Un tueur sur la route

Titre original : *Silent Terror* (Avon Books)

27, rue de Fleurus, 75006 Paris
10, rue Fortia, 13001 Marseille
ISBN 2-86930-448-X
ISSN 0764-7786

A Duane Tucker

Extrait du *Big Apple Tattler* du 13 septembre 1983 :

« LE SEXTUEUR CAPTURÉ !!! UNE DESCENTE DANS UNE PENSION DE FAMILLE DE WESTCHESTER RAMÈNE DANS SES FILETS LE TUEUR DES COUPLES BEHRENS/LIGGETT - DE NUNZIO/CAFFERTY.

« A 3 h ce matin, la ville de New Rochelle encore endormie fut le théâtre d'un drame de vie et de mort, lorsque les agents fédéraux et la police locale opérèrent leur jonction avant de donner l'assaut à une petite pension de famille très proprement tenue située aux limites du centre ville.

« A l'intérieur, dans une petite chambre proprette du troisième étage, dormait Martin Michael Plunkett, âgé de 35 ans, coupable présumé des meurtres sexuels de deux couples d'amoureux du comté de Westchester : Madeleine Behrens, 23 ans, et son petit ami, Richard Liggett ; et Dominic De Nunzio, 18 ans, et sa fiancée Rosemary Cafferty, 17 ans. Surnommé le "Sextueur" par les autorités locales, Plunkett est suspecté d'avoir commis plusieurs autres meurtres similaires et tout aussi violents, des meurtres qui couvrent tout le territoire des États-Unis sur une période de dix années.

« Mais le tueur, homme de grande taille à l'allure farouche, n'était pas d'humeur meurtrière lorsque les G-men, conduits par Thomas Dusenberry, agent du FBI et membre de la force spéciale chargée des meurtres en série, firent évacuer la pension de famille et lui lancèrent cet ultimatum au porte-voix : "Vous êtes encerclé, Plunkett ! Rendez-vous, ou nous venons vous chercher !"

« Le bloc 800 de Lockwood Sud accueillit l'écho du porte-voix par un silence de mort... avant que retentisse la voix du "Sextueur" : "Je ne suis pas armé. Je veux parler à votre chef avant que vous m'emmeniez."

« Au milieu des protestations stupéfaites de l'équipe

SWAT* de New Rochelle, comme de ses collègues du FBI, l'inspecteur Dusenberry se rendit dans la chambre du tueur ; puis, cinq minutes plus tard, il en ressortit avec Plunkett menottes aux poignets. Interrogé sur ce qui s'était passé durant ces cinq minutes, Dusenberry a déclaré : "Lui et moi, nous avons parlé. Il voulait s'assurer que sa déclaration serait publiée mot pour mot lorsqu'il aurait avoué. Il a été clair sur ce point. Il semblait y attacher une importance capitale."

Extrait de la rubrique "Précédents judiciaires" du *Journal américain de Psychiatrie* du 10 mai 1984 :

« Spécialistes de droit comme psychologues criminels continuent d'accorder un intérêt considérable au cas de Martin Michael Plunkett, reconnu coupable en février de quatre chefs d'accusation de meurtre au premier degré dans le comté de Westchester, New York.

« Condamné à quatre peines successives d'emprisonnement à vie et actuellement détenu préventivement à la prison de Sing-Sing, Plunkett, 36 ans, n'a présenté aucune défense devant le tribunal. Agissant comme son propre avocat, il a soumis au juge un acte rédigé devant notaire et, devant une salle de tribunal bondée, il a répété sa déclaration écrite, mot pour mot :

« Le 9 septembre 1983, j'ai assassiné Madeleine Behrens et Richard Liggett. Le couteau que j'ai utilisé pour le meurtre est enveloppé dans un sachet plastique et enterré à l'angle sud-ouest du lac de Huguenot Park, non loin du croisement de North Avenue et d'Eastchester Road, à New Rochelle, New York. Le 10 septembre 1983, j'ai assassiné Dominic De Nunzio et Rosemary Cafferty. La scie que j'ai utilisée pour les démembrer est enveloppée dans un sachet plastique et enterrée au pied d'un sycomore en face de la bibliothèque

* SWAT : Special Weapon and Armament Team : brigade spéciale d'intervention.

municipale de Bronxville, New York. Ceci est la première, seule et unique déclaration que je ferai concernant les crimes dont on m'accuse, ainsi que tout autre crime que l'on me suspectera éventuellement d'avoir perpétré. »

« Les enquêteurs ont bien découvert les armes décrites par Plunkett et portant ses empreintes. Les techniciens des laboratoires d'analyses criminelles leur ont fait subir des séries de tests avant de déclarer que le tranchant du couteau coïncide parfaitement avec les découpes en "SS" relevées sur les jambes des quatre victimes. Plunkett, qui avait gardé un silence absolu depuis son arrestation, le 13 septembre, a été inculpé sur la base des preuves matérielles et de sa propre déclaration.

« Ce silence a déclenché une véritable fureur chez les responsables du maintien de l'ordre qui ont la conviction que le nombre des victimes de Plunkett pourrait atteindre cinquante. Thomas Dusenberry, l'agent du FBI en charge de l'enquête qui a conduit à l'arrestation de Plunkett, a déclaré : "En me fondant sur des analyses psychologiques des meurtres Behrens/Liggett et De Nunzio/Cafferty, ainsi que sur les disparitions et meurtres non résolus qui correspondent, quant à leurs dates, à ce que nous connaissons des déplacements de Martin Plunkett, je le considère comme suspect *d'au moins* trente autres meurtres et disparitions non résolus. Des aveux, fussent-ils volontaires ou obtenus par l'administration de drogues, épargneraient aux services du maintien de l'ordre un nombre d'heures d'enquête impossible à chiffrer : beaucoup des affaires pour lesquelles nous avons "cadré" Plunkett ne sont toujours pas classées."

« Mais Plunkett, dont les dossiers scolaires mentionnent une intelligence qui confine au génie, se refuse même à parler – et encore plus à avouer –, et, d'un point de vue légal, nul ne peut l'y forcer. En conséquence, les officiels des services pénitenciaires de l'État de New York sont assaillis de pétitions qui proviennent de deux sources distinctes : les services du maintien de l'ordre, soucieux de faire toute la lumière sur les homicides non résolus dans leurs juridictions, et les psychologues et analystes criminels, soucieux de sonder l'esprit d'un assassin "en série" intelligent. Jusqu'à présent, toutes ces pétitions ont été rejetées par les services pénitenciaires, et les représentants de l'Association américaine pour les libertés civiques ont déclaré qu'ils interviendraient sur le plan légal s'il était fait un usage coercitif de drogues psychotropes pour obliger Plunkett à des aveux forcés.

« Le dernier mot sur l'affaire Plunkett revient peut-être au gardien-chef de Sing-Sing , Richard Wardlow : "Les implications légales et psychologiques de ce marché me dépassent, mais je peux vous dire une chose : Martin Plunkett ne reverra plus *jamais* la lumière du jour. Malgré toute la sympathie que j'éprouve pour les flics ayant des homicides non résolus sur les bras, je pense qu'ils devraient abandonner et être reconnaissants que le ---------- soit sous les verrous. On ne peut pas faire saigner une pierre, même en l'écrasant."

Extrait de *Publishers Weekly*, l'hebdo de l'édition, du 6 juin 1984 :

« LE TUEUR SILENCIEUX DOIT "PARLER" DANS UNE AUTOBIOGRAPHIE CRIMINELLE. »

« L'agent littéraire Milton Alpert, de chez M. Alpert et Associés, a annoncé qu'il agirait au nom de Martin Michael Plunkett, plus connu sous le nom de "Sextueur" et reconnu coupable de meurtres, pour la vente de son mémoire autobiographique, dont Alpert déclare : "Tous les coups y sont portés sans retenue ; ce sera considéré à l'avenir comme un des grands classiques de l'âme criminelle."

« Convoqué à Sing-Sing à la suite d'un appel téléphonique de Plunkett – lequel avait gardé un silence absolu depuis la lecture de sa déclaration de culpabilité lors de son procès, en février –, Alpert a déclaré que le meurtrier, âgé de

36 ans, “éprouve un profond remords pour tous les actes qu’il a commis, et souhaite expier sa culpabilité par l’écriture de ce mémoire “édifiant”.

« Puisque la loi de l’État de New York interdit que des criminels puissent récolter les fruits en argent de leurs crimes par la publication de leurs récits, toutes les sommes que gagnera Plunkett en publiant son “mémoire” iront aux familles de ses victimes. Alpert a mis l’accent sur ce détail : “C’est Martin, en réalité, qui *veut* qu’il en soit ainsi.”

« Tous les services du maintien de l’ordre d’Amérique ont déjà exprimé le très grand intérêt que pourrait présenter la lecture du manuscrit de Plunkett, au fur et à mesure de sa rédaction, d’un point de vue purement “légal”. Ils pensent que cela pourrait les aider à faire la lumière sur des homicides non résolus dont Plunkett lui-même (suspecté par plusieurs responsables du FBI d’être un meurtrier “en série” de très longue date) est peut-être coupable. Selon l'un des termes d’“un accord réciproque dont les deux parties seront mutuellement bénéficiaires”, Alpert a accepté de “communiquer les renseignements pertinents relatifs à des meurtres non résolus” en échange de “documents officiels de la police, afin d’aider Martin à poursuivre la rédaction de son livre.”

« L’ouvrage, qui ne porte pour l’instant pas de titre, sera mis aux enchères une fois terminé. »

Première partie

Los Angeles

1

Dusenberry était bien au-dessous de la vérité dans ses estimations sur le décompte des corps, et la métaphore lapidaire du gardien chef Wardlow n'était que partiellement correcte. On *peut* faire saigner les objets inanimés, mais si l'on veut que la transfusion s'opère, l'objet doit céder son fluide de son propre vouloir, le plus profond et le plus logique. Jusqu'à Milt Alpert, cet adepte de la littérature expéditive, d'une décence des plus remarquables, qui s'est senti obligé de masquer l'annonce de notre collaboration de lourds clichés justificateurs et de paroles que je n'ai jamais prononcées. Il ne peut accepter le fait qu'il gagnera dix pour cent sur un texte d'adieu aux lettres de sang. Que je ne ressente aucun remords, que je ne cherche pas l'absolution lui est totalement incompréhensible.

Dans ma situation, un individu aux objectifs plus clairement définis que les miens aurait sauté sur l'occasion offerte d'écrire, pour infléchir son récit afin de manipuler la gent psychiatrique et les institutions judiciaires libérales, tous ces gens enclins à des visions de rédemption mesquines. Puisque je n'ai aucun espoir de jamais quitter cette prison, je me refuse à cela – ce serait tout simplement malhonnête. De même d'ailleurs que je n'arguerai d'aucune justification psychologique pour arriver à un arrangement en juxtaposant mes actes à l'absurdité – reconnue – de la vie américaine du vingtième siècle. En parcourant en toute conscience les lices forcées du silence et de la volonté, en créant ma propre réalité aux trop-pleins de vide, j'ai été capable d'exister loin des influences banales de l'environnement jusqu'à un degré exceptionnel : les douleurs prosaïques à devoir simplement grandir et à être américain firent très vite long feu ; très tôt, je les métamorphosai en quelque chose de *plus*. En conséquence, que mes actes soient mes juges. Ils sont les miens en propre : nul ni rien ne pourra y trouver à redire.

Ici même, dans ma cellule, je dispose de tout ce dont j'ai besoin pour donner vie à mon discours d'adieu : machine à écrire sophistiquée, papier vierge, documents de police, obtenus par l'entremise de mon agent. Sur le mur du fond s'étale une carte Rand Mc Nally de l'Amérique, et près de ma couchette, il y a une boîte de punaises à capuchon plastique. Au fur et à mesure de la progression de ce manuscrit, j'utiliserai ces punaises pour marquer les endroits où j'ai assassiné des gens.

Mais par-dessus tout, je dispose de mon esprit ; mon silence. Il existe une dynamique dans la mise en œuvre marchande de l'horreur : servez-la garnie d'hyperboles fleuries, et la distance s'installe, même si la terreur est présente ; puis branchez tous les feux du cliché littéral ou figuratif, et vous ferez naître un sentiment de gratitude parce que le cauchemar prendra fin, un cauchemar au premier abord trop horrible pour être vrai. Je n'obéirai pas à cette dynamique. Je ne vous laisserai pas me prendre en pitié. Charles Manson, qui déblatère dans *sa* cellule, mérite, lui, la pitié ; Ted Bundy, qui proteste de son innocence pour que des femmes solitaires lui écrivent, mérite le mépris. Je mérite crainte et respect pour être demeuré inviolé jusqu'au bout du voyage que je vais décrire, et puisque la force de mon cauchemar interdit qu'il prenne fin un jour, vous me les offrirez.

2

Les guides touristiques donnent de Los Angeles une vision fausse par leur amalgame entre l'industrie du cinéma, et les plages et les palmiers embrasés de soleil. L'intelligentsia littéraire tente avec niaiserie de pénétrer cette façade et vous offre du bassin de L.A. l'image d'un creuset où fusionnent le kitsch désespéré, l'illusion violente, et les folies religieuses les plus variées. Ces deux représentations contiennent des éléments d'une vérité qui n'est que conventionnelle. Il est facile d'aimer l'endroit au premier coup d'œil, et encore plus facile de le haïr lorsque vous parvenez à une perception juste des gens qui y habitent. Mais pour le *connaître*, il vous faut être né dans les *petits quartiers*, ces enclaves au cœur de la ville, dont les guides touristiques ne font jamais état et que les artistes rejettent, dans leur hâte à peindre à grands traits caricaturaux.

Ces endroits-là exigent un esprit inventif, plein d'ingéniosité ; ils ne révéleront pas leurs secrets à l'observateur extérieur, seul l'habitant inspiré y aura accès. À ce terrain de chasse et de manœuvres de ma jeunesse, j'ai accordé une attention tellement implacable qu'il s'est ouvert à moi dans sa plénitude. Il n'existait rien dans cette zone tranquille des abords d'Hollywood que je ne connusse pas.

Beverly Boulevard au sud ; Melrose Avenue au nord. Les limites ouest étaient définies par Roomore et le Country Club de Wilshire, ligne de démarcation entre la fortune et ceux qui n'en ont que le rêve. A la porte est, se tenaient en sentinelles Western Avenue et sa profusion de bars et de magasins de spiritueux, qui gardaient à distance respectueuse les indésirables : écoliers, Mexicains et homosexuels. Six blocs du nord au sud ; dix-sept d'est en ouest. Des petites maisons à ossature en bois, de style espagnol ; des rues bordées d'arbres et sans feux rouges ; un immeuble locatif avec cour dont la rumeur voulait qu'il fût rempli de prostituées et d'étrangers en situation illégale ; une école primaire ; l'existence discutable d'un "baisodrome" où les joueurs de l'USC* amenaient des filles pour visionner des films porno des années cinquante. Un petit univers de secrets.

J'ai vécu en compagnie de mon père et de ma mère dans une version miniature couleur saumon de la mission de Santa Barbara : deux étages, un toit de carton bitumé, et une imitation de la cloche de la mission. Mon père travaillait comme dessinateur industriel dans une usine d'aviation ; c'était aussi un joueur prudent, qui habituellement gagnait. Ma mère était employée de bureau dans une compagnie d'assurances : elle passait ses heures de loisir à contempler la circulation sur Beverly Boulevard.

Je me rends compte aujourd'hui que mes parents avaient des vies mentales pleines de fureur et furieusement séparées. Ils restèrent ensemble les sept premières années de ma vie, et dès mon plus jeune âge, je me souviens de les avoir considérés comme mes gardiens, et rien de plus. Je ressentais confusément leur manque d'affection, à mon égard et à l'égard l'un de l'autre, comme un gage de liberté. La conscience imparfaite que j'avais de leurs manques en tant que parents résonnait en moi comme une négligence dont je pourrais tirer parti. Ils ne possédaient pas la passion qu'il eût fallu pour m'aimer ou me maltraiter. Je sais aujourd'hui qu'ils m'ont doté dans mon enfance d'une sauvagerie qui aurait suffi à alimenter toute une armée.

Au début de 1953, les sirènes d'alarme aérienne installées dans tout le voisinage se déclenchèrent accidentellement, et mon père, convaincu de l'imminence d'une attaque atomique par les Russes, nous emmena, ma mère et moi, sur le toit pour attendre l'arrivée du Gros Coup. Il avait emporté une bouteille de bourbon, car il désirait porter un toast au champignon atomique qu'il

* USC : University of South California : université de Californie du Sud.

s'attendait à voir s'élever au-dessus du centre ville. Lorsqu'il comprit que le Grand Coup ne se produirait jamais, il était ivre et déçu. Ma mère intervint alors verbalement, chose rare chez elle, et offrit son aide pour tenter de soulager la dépression de son mari, maintenant que le monde n'allait plus voler aux mille diables. Il leva le bras pour la frapper, puis hésita, avant de descendre le reste de la bouteille. Mère descendit jusqu'au fauteuil réservé à ses contemplations routières et je me mis à consulter les livres scientifiques de la bibliothèque. Je voulais savoir à quoi ressemblent les champignons atomiques.

Pour le mariage de mes parents, cette nuit-là marqua le début de la fin. La panique des raids aériens amena dans le voisinage une multiplication brutale des abris antibombes, et mon père, dégoûté par toutes ces constructions d'arrière-cour, prit l'habitude de passer ses week-ends sur le toit, à boire et à contempler le spectacle. J'observais la colère qui montait en lui, et je voulus soulager sa douleur, je ne voulais pas qu'il se contente de n'être qu'un observateur refoulé. Sans trop savoir comment, l'idée me vint de lui offrir le lance-pierre Flinguo en acier inox que j'avais trouvé sur un banc, dans l'abri de bus d'Oakwood et Western.

Mon père adora mon cadeau, et il se mit à tirer des billes d'acier de roulements sur les parties visibles des abris aériens. Il devint bientôt un excellent tireur et rechercha dès lors des cibles plus stimulantes : il commença à assassiner les corbeaux qui se perchaient sur les fils de téléphone courant dans l'allée, à l'arrière de la maison. Un jour, il réussit même à abattre un rat en fuite à une distance de treize mètres quarante. Je me souviens de la distance parce que mon père, fier de sa prouesse, la décompta en mètres, pas à pas, avant de mesurer le restant au moyen d'une règle à dessin métallique.

Au début de 54, j'appris que mes parents allaient divorcer. Mon père m'emmena sur le toit pour me l'apprendre. J'avais vu venir la chose, et je savais, grâce au programme télé *Les Confidences de Paul Coates*, que beaucoup de mariages d'après-guerre prenaient le chemin de Taille-la-Ville.

– Pourquoi ? demandai-je.

Mon père remua le gravier du toit du bout du pied ; on aurait dit qu'il traçait des champignons atomiques.

– Ben... J'ai trente-quatre ans, et ta mère et moi, ça marche plus ; et si je reste avec elle plus longtemps, j'aurai bousillé mes plus belles années ; et si je fais ça, autant faire une croix tout de suite ; on peut pas faire une chose pareille, t'es pas d'accord ?

– Si.

– J'te reconnais bien là, mon Marty. Je vais au Michigan, et toi et ta mère, vous gardez la maison, et je vous écrirai, et puis j'vous enverrai de l'argent.

Je savais par le show Coates que le divorce, c'était quelque chose qui coûtait cher, et j'eus la sensation que mon père devait avoir mis de côté un gros paquet de pognon gagné au jeu pour faciliter son départ vers Taille-la-Ville. On aurait dit qu'il avait lu dans mes pensées lorsqu'il ajouta :

– On s'occupera bien de toi, te fais pas de bile là-dessus.

– Je ne me ferai pas de bile.

– Bien.

Mon père visa du pouce et de l'index un geai bien dodu perché sur le garage du voisin.

– Tu sais que ta mère est... ben... tu sais...

Je voulus hurler “cinglée”, “folle”, “givrée”, “bonne pour le psy” mais je ne voulais pas qu'il sache que je savais.

– Elle est... sensible ? osai-je avancer.

Mon père secoua lentement la tête ; je sus que *lui* savait que je savais.

– Ouais, sensible. Essaie de la manier avec des pincettes. Travaille bien à l'école et essaie d'être ton propre maître, et on entendra parler de toi.

Sur ces paroles prophétiques, mon père me tendit la

main. Je la lui serrai, et cinq minutes plus tard il franchissait la porte. Je ne devais plus jamais le revoir.

3

Tout ce qu'exigeait ma mère, c'était que je maintienne un niveau raisonnable de silence et que je ne lui encombre pas l'existence de questions sur ce qu'elle pensait. S'y ajoutait son désir implicite que je sois discret en classe et à la maison comme dans mes jeux. Si elle considérait ses diktats comme des punitions, elle avait tort : dans ma tête, je pouvais aller où je voulais.

Comme tous les autres mômes du voisinage, je fréquentais l'école primaire de Van Ness Avenue, j'obéissais, je riais de bêtises et j'en étais blessé. Mais les joies et les blessures des autres enfants provenaient de stimuli extérieurs alors que les miennes se réfléchissaient sur un écran que nourrissait tout ce qui m'entourait, cinéma strictement personnel dont les productions étaient réservées à mes propres séances à-l'intérieur-de-mon-cerveau ; la séance débutait grâce à un déclencheur mental dur et lisse comme l'acier qui savait toujours avec exactitude ce dont j'avais besoin pour m'empêcher de m'ennuyer.

Mes écrans s'animaient de la manière suivante : Mlle Conlan ou Mlle Gladstone se tenaient près du tableau, à susurrer de leur voix mielleuse. A mesure que mon ennui grandissait, leur image commençait à disparaître à mes yeux et, sans que je le veuille, mes yeux se mettaient à traîner dans le vague pour s'accrocher à quelque chose qui me garderait mentalement éveillé.

Les enfants les plus grands étaient assis à l'arrière de la pièce et, de mon pupitre, à l'extrême gauche, en coin, au fond de la classe, j'avais une parfaite trajectoire de visée en diagonale avant, qui m'offrait des vues de profil de tous mes camarades de classe. L'image du professeur et son bruissement étaient réduits au minimum, les visages des autres élèves se fondaient et se brouillaient pour en former de nouveaux ; des bribes de conversations murmurées se mêlaient les unes aux autres jusqu'à ce que tous les nouveaux hybrides garçon/fille proclament leur dévotion à mon égard.

Se sentir aimé dans le vide était comme une rêverie : les bruits de la rue résonnaient comme une musique. Mais un mouvement brusque à l'intérieur de la classe, le claquement des livres dans le couloir extérieur, cassaient l'harmonie. Pieter, le grand blond qui fut mon voisin de table du CM1 à la sixième, de confident subjugué, se transformait en monstre aux traits grotesques, et l'intensité de la caricature se déterminait par le niveau du bruit extérieur.

Après de longs moments de frayeur, j'englobais dans ma vision le devant de la classe, focalisais soit sur ce qui s'écrivait au tableau, soit sur le monologue du professeur, et si j'étais sûr de pouvoir me le permettre, j'y allais d'un commentaire à haute voix. Cela me calmait et j'y gagnais en plein les regards des autres enfants, enclenchant ainsi cette zone de mon cerveau qui ne vivait que par la création de caricatures rapides et cruelles. Très vite, Judy Rosen se retrouvait avec les grandes dents de cheval de Claire Curtis ; Bobby Greenfield, grand amateur de morve, alimentait Roberta Roberts en crottes de nez et les faisait tomber sur le chandail en cachemire qu'elle revêtait chaque jour, indifférente au temps qu'il faisait. Je me mettais alors à rire intérieurement, allant parfois jusqu'à éclater à haute voix. Et je ne cessais de m'interroger : jusqu'où pourrais-je aller, si je parvenais à raffiner mon déclencheur cérébral au point où même le bruit ne pourrait plus me faire souffrir ?

Pour ce qui est de souffrir : seuls les autres enfants étaient alors capables d'éveiller en moi le sentiment d'être vulnérable, et dès l'âge de huit ou neuf ans, la sensation nauséeuse de me sentir prisonnier de besoins irrationnels était physique, comme une secousse brutale en prescience de la terreur et du désespoir qui sont les conclusions inévitables de toute poursuite sexuelle. Je luttais contre ces besoins en leur refusant le droit d'être, en ne m'occupant pas des autres gamins. Récemment, une demi-douzaine de mes anciens contemporains du voisinage ont donné à la revue *People* leur opinion sur moi lorsque j'étais enfant. "Inquiétant", "bizarre" et "renfermé" sont les qualificatifs qui revenaient le plus fréquemment. Kenny Rudd, qui habitait en face de chez moi, de l'autre côté de la rue, et qui aujourd'hui travaille comme concepteur de jeux de base-ball pour ordinateur, s'est approché le plus près de la vérité : "Ce qui se disait, c'était : "Ne -------- pas avec Marty, il est psycho." Je ne sais pas, mais je pense que, peut-être, plus que toute autre chose, il avait peur."

Bravo, Kenny, bien que je sois content que toi comme tes crétins de camarades n'ayez pas été au courant de ce simple fait lorsque nous étions enfants. Mon étrangeté te révulsait et te donnait l'occasion d'exécrer quelqu'un à distance respectueuse, mais eusses-tu senti ce que je cachais, tu aurais exploité ma peur et fait de moi l'objet de tes tortures. Au lieu de cela, tu m'as laissé tranquille, me facilitant ainsi la découverte de mon environnement physique.

De 1955 à 1959, je relevai la topographie de mon univers immédiat et amassai ainsi une collection extraordinaire de faits : l'immeuble d'habitation en briques rouges de Beachwood, entre Clinton et Melrose, avait sur l'arrière un cimetière pour animaux familiers ; la rangée de garçonnières récemment construite sur Beverly et Norton avait été bâtie de bois pourri, de revêtements de stuc d'occasion et de bardeaux rongés ; le "baisodrome" apocryphe était en réalité un ensemble de bungalows sur cour situé sur Raleigh Drive, où un prof de l'USC emmenait des étudiants pour des liaisons homosexuelles. Les jours de collecte des ordures ménagères, M. Eklund, en haut de la rue, procédait à l'échange de ses bouteilles de gin contre les bouteilles de sherry de Mme Nulty, deux maisons plus bas. Les raisons de l'échange m'échappaient, bien que j'aie su qu'ils avaient une liaison. Les Bergstrom, les Seltenright et les Monroe avaient organisé une soirée piscine – nu intégral – au cours de laquelle avait jailli l'étincelle entre Laura Seltenright et Bill Bergstrom : Laura s'était mise à rouler les yeux au ciel lorsqu'elle avait aperçu pour la première fois la taille démesurée du braquemart de Bill.

Le projectionniste du cinéma Clinton vendait des pilules d'excitant aux membres de l'équipe de natation du lycée d'Hollywood ; et l'"Homme Fantôme" qui avait sillonné tout le voisinage à la recherche de jeunes garçons pendant plus d'une décennie était un certain Timothy J. Costigan habitant Saticoy Street, à Van Nuys. L'étal Burgerville, sur Western, servait de la viande de cheval hachée dans son chili. J'ai entendu le propriétaire en parler un soir au livreur alors qu'ils croyaient que personne n'écoutait. Je savais toutes ces choses, et pendant longtemps, le savoir m'a suffi.

Les années passèrent. Ma mère et moi continuions. Son silence, de surprenant, devint banal ; le mien, de tendu, se fit facile, au fur et à mesure que grandissait mon potentiel de ressources mentales. Puis, au cours de ma dernière année de lycée, les responsables de l'établissement finirent par remarquer que je ne parlais que lorsqu'on s'adressait à moi. Cela les conduisit à m'obliger à voir un psychiatre pour enfants.

L'impression que j'en eus fut celle d'un homme condescendant dont l'attirance à l'égard des enfants n'était pas naturelle. Son bureau était rempli d'un ensemble de jouets agencés de manière pas trop subtile : animaux en peluche et poupées alternant avec mitraillettes et soldats en plastique. Je sus immédiatement que j'étais plus malin que lui.

Il me désigna les jouets du doigt, comme je m'asseyais sur le canapé.

– Je ne m'étais pas rendu compte, quel gaillard tu es ! Ces jouets, c'est pour les gamins, et pas pour les costauds comme toi.

– Je suis grand, je ne suis pas costaud.

– La différence est la même. Moi, j'suis un petit. Les petits n'ont pas les mêmes problèmes que les grands. Tu n'es pas d'accord ?

Il était facile de suivre le cheminement de ses questions. Si je disais "oui", ce serait admettre que j'avais, moi, des problèmes ; si je disais "non", il entamerait alors son baratin comme quoi tout le monde a ses problèmes, avant de me faire partager quelques-uns des siens comme stratagème simpliste de sympathie partagée.

– Je ne sais pas et je m'en fiche, dis-je.

– Les gens qui se fichent de leurs propres problèmes, souvent, ne se préoccupent guère d'eux-mêmes. Ça doit être infernal de vivre comme ça, tu ne crois pas ?

Je haussai les épaules, et lui offris un de ces regards vides aux yeux écarquillés dont j'usais pour tenir les autres à distance ; très vite, il se mit à disparaître jusqu'à n'être plus qu'une tête d'épingle, alors que mon cerveau se focalisait sur un ours en peluche, sur ma droite. En une fraction de seconde, l'ours prit pour cible la tête du psy avec un bazooka en plastique et je me mis à glousser.

– Alors, on rêvasse, mon gaillard ? Tu veux me dire ce qui est si drôle ?

J'abandonnai mon petit cinéma mental pour revenir au docteur et exécutai avec le sourire un travelling parfait. Je voyais bien qu'il en était tout décontenancé. Mes yeux se posèrent sur un Bugs Bunny en peluche et je dis :

– Qu'est-ce qu'il y a, doc ?

– Martin, les jeunes qui sont très paisibles ont en général des choses plein la tête. Tu as un cerveau de qualité et tes résultats scolaires le prouvent. Tu ne crois pas qu'il serait temps que tu me dises ce qui te tracasse ?

Bugs Bunny se mit à jouer des sourcils et à mordiller le cou du psy.

– Le prix des carottes, dis-je.

– Quoi ?

Le psy enleva ses lunettes d'écaille et en nettoya les verres au moyen de sa cravate.

– Avez-vous jamais vu un lapin avec des lunettes ?

– Martin, tu n'écoutes pas ce que je dis, tu n'es pas logique.

– Avoir une bonne vue, ce n'est pas logique ?

– Ce que tu dis est sans queue ni tête.

– Non, ce n'est pas vrai. Si c'était le cas, mes conclusions ne suivraient pas les déductions logiques qu'elles infèrent. Une bonne vue est la suite logique d'un régime à base de carottes.

– Martin, je...

Le docteur commençait à s'empourprer et à suer ; Bugs Bunny lançait des carottes en direction de son bureau.

– Ne m'appelez pas Martin, dites “mon gaillard”. Ça me branche plus.

Rajustant ses lunettes, le docteur dit :

– Changeons de sujet. Parle-moi de tes parents.

– Ils sont accro au jus de carotte.

– Je vois. Et c'est censé vouloir dire quoi ?

– Qu'ils ont une bonne vue.

– Je vois. Rien d'autre ?

– De grandes oreilles et une queue en touffe.

– Je vois. Tu crois être drôle, si je ne me trompe ?

– Non. Je crois que c'est vous qui l'êtes.

– Espèce de petit merdeux vicieux. Je te parie que tu n'as pas un seul ami au monde !

La pièce se changea en quatre murs de bruit hideux, et Bugs Bunny se tourna vers moi, ce qui fit ressurgir contre ma volonté un kaléidoscope horrible de souvenirs à moitié enfouis qui se mirent à défiler sur l'écran de mon cerveau : un grand garçon blond en train de dire à un groupe de gamins : “Marty le pète-kiki m'a demandé d'aller regarder les voitures qui passent, en sa compagnie." ; Pieter et sa sœur Katrin rejetant mon offre d'être mes voisins de classe en sixième.

Le psy me fixait du regard, un sourire satisfait sur les lèvres parce que je m'étais montré vulnérable ; et Bugs Bunny, son ami secret, l'accompagnait de ses rires en m'aspergeant de pulpe d'orange. Je regardai autour de moi à la recherche d'un objet en acier inoxydable comme le lance-pierre de mon père. Je vis une barre à rideaux en acier appuyée contre le mur du fond et je l'attrapai pour décapiter le lapin en peluche. Le psy me regardait, stupéfait.

– Je ne vous parlerai plus jamais, dis-je, et personne ne peut m'y obliger.

4

L'incident de chez le psy n'eut aucune répercussion extérieure, je fus admis au lycée sans aucune autre forme de procès, scolaire ou psychiatrique. Le docteur savait reconnaître un objet inébranlable lorsqu'il en voyait un.

Mais je me sentais comme une machine fonctionnant mal ; comme si un pignon s'était détaché à l'intérieur de moi, errant à son gré au travers de mon corps, y dénichant de manière experte toutes les occasions de me faire paraître tout petit sous la tension extérieure. Lorsque je me repassais mon cinéma mental en classe, jouant de la substitution des visages et des corps, garçon sur garçon, fille sur fille et inversion des sexes, c'était pareil à une course d'obstacles où les images sexuelles m'assaillaient sans rime ni raison. La puissance sans discrimination des images que je m'obligeais à voir, son aspect aléatoire, étaient impressionnants ; la nécessité que je savais confusément se cacher derrière me donnait l'impression d'une vague déferlante de mépris et de dégoût mêlés à l'égard de moi-même. Je sais aujourd'hui que je devenais fou.

Je fus sauvé par un héros méchant de bande dessinée.

Il s'appelait Super Saigneur et était un des méchants permanents de la BD de l'*Homme Cougouar*. C'était un supercriminel, tueur à gages et voleur de bijoux, qui conduisait une voiture amphibie gonflée de partout et grognait d'une voix hargneuse une version débile de Nietzsche, en bulles géantes. L'Homme Cougouar, un balaise moralisant qui pilotait une Cadillac de 59 du nom de Chatmobile, s'arrangeait toujours pour envoyer en prison Super Saigneur, lequel parvenait toujours à s'échapper deux numéros plus loin.

Je l'adorais pour sa voiture et pour un don surnaturel qu'il possédait, un don dont je sentais que je pourrais l'imiter dans la réalité. La voiture n'était qu'angulosités luisantes, toute en acier brossé, d'une méchante efficacité. Ses phares projetaient un rayon de mort nucléaire qui changeait les gens en pierres ; au lieu d'essence, le moteur consommait du sang humain. La sellerie, c'était de la peausserie de chat couleur fauve – la chair même de l'antique famille de l'Homme Cougouar morte en martyr. Du coffre dépassait une potence en acier. Chaque fois que Super Saigneur réclamait une victime, son amie vampire, Lucretia, une grande blonde aux crocs gigantesques, marquait le bois d'une morsure.

Foutaises ridicules ? Je l'admets. Mais le graphisme était superbe, Super Saigneur et Lucretia respiraient le mal, un mal raffiné, sensuel et stylisé. SS affichait un renflement cylindrique qui lui descendait presque au genou de la jambe gauche de son pantalon ; les tétons de Lucretia étaient toujours en érection. Un dieu et une déesse "high tech" vingt ans avant le high tech, et ils étaient *miens*.

Super Saigneur possédait la faculté de se déguiser sans changer de costume. Elle lui venait du fait qu'il buvait du sang radioactif et se concentrait sur la personne qu'il voulait voler ou tuer, au point de s'imprégner si fort de l'aura de la personne en question qu'il en venait à lui ressembler psychiquement, à singer jusqu'au moindre de ses gestes et à anticiper la moindre de ses pensées.

Le but ultime de SS était de parvenir à l'invisibilité. C'était là la motivation qui le poussait à aller au-delà de son don d'invisibilité *psychique*, faculté qui lui permettait de s'intégrer partout, en tout lieu et à toute heure. S'il devenait *physiquement* invisible, il aurait carte blanche* pour s'emparer du monde.

Bien sûr, jamais Super Saigneur n'atteindrait son objectif : ce serait mettre un terme à toutes ses confrontations potentielles avec l'Homme Cougouar, et c'était lui le héros de la bande dessinée. Mais SS, c'était de la fiction, alors que j'étais, moi, chair, sang et réalité en acier poli. Je décidai de me rendre invisible.

Mes transits de silence et de cinéma mental avaient été un bon terrain d'entraînement. Je savais que mes ressources mentales étaient exceptionnelles, et j'avais réduit mes besoins humains au strict minimum que me fournissait ma mère indéchiffrable : gîte, couvert, plus quelques dollars par semaine pour le superflu. Mais l'image d'intouchable paisible que je m'étais forgée comme bouclier pendant si longtemps travaillait à mon désavantage : socialement, je n'avais aucune distinction, je ne percevais les autres que comme objets de dérision, et si je devais imiter avec succès l'invisibilité psychique de Super Saigneur, il me faudrait apprendre avant toute chose à devenir insinuant, patelin, et très au fait des centres d'intérêt des adolescents, lesquels m'ennuyaient à mourir : le sport, les sorties avec les filles, le rock and roll. Il me faudrait apprendre à *parler*.

Et cela me terrifiait.

Je passais de longues heures en classe à étouffer mon

* En français dans le texte.

cinéma mental et à laisser traîner mes oreilles en quête d'informations : dans le vestiaire des garçons, j'écoutais de longues conversations longuement embellies, sur la taille du pénis. Un jour, je grimpai à un arbre qui donnait sur le gymnase des filles et écoutai les gloussements qui s'élevaient au-dessus du sifflement des douches. J'accumulais ainsi un grand savoir, mais j'avais toujours peur de passer à l'*acte*.

Et donc, apparemment par couardise, je battis en retraite. Je parvins à me convaincre que, bien que Super Saigneur pût se passer de déguisement, jamais je ne le pourrais. Le problème s'en trouva simplifié : comment me procurer une armure corporelle adaptée ?

En 1965, les adolescents des classes moyennes de L.A. prisaient trois styles vestimentaires : le surfeur, le loubard et le minet de collège. Les surfeurs, qu'ils fussent réellement surfeurs ou non, portaient des Levis en velours blanc, des tennis Jack Purcell "Beau Sourire" et des Pendleton ; les loubards, membres d'un gang ou modèle "pseudo-rebelle", portaient pantalons de treillis fendus dans le bas, chemises de marque et casquettes de gardien honoraire de ferme-prison. Le minet de collège avait une préférence pour le style mocassin, chandail, col à pointes boutonnées, toujours en vogue. Je me dis que trois tenues de chaque style suffiraient pour me donner une coloration protectrice.

C'est alors qu'une nouvelle vague d'effroi m'envahit. Je n'avais pas d'argent pour acheter mes vêtements. Ma mère ne laissait jamais traîner d'argent liquide, elle était d'une ladrerie extrême ; en outre, j'avais encore trop peur pour exécuter ce que je désirais du fond du cœur : casser, entrer et voler. Dégoûté par ma propre prudence, mais toujours déterminé à me constituer une garde-robe, je m'emparai du contenu de trois placards de plain-pied : des vêtements de jeunesse de ma mère, qu'elle ne portait jamais.

Rétrospectivement, je sais que j'avais concocté mon plan dans un accès de frayeur désespérée – une tactique de retardement afin de décaler dans le temps mon inévitable cours accéléré de pratique sociale ; mais à l'époque, cela me parut l'exemple parfait du bon sens. Un jour, je séchai l'école et, muni d'un assortiment de couteaux de cuisine bien affûtés, me rendis dans le placard de la chambre maternelle. J'étais en train de me tailler une cape dans l'un de ses vieux manteaux de tweed, lorsqu'elle me surprit, de retour de son travail plus tôt que d'habitude, et se mit à hurler.

Je levai les bras en geste d'apaisement, tenant toujours à la main un couteau à découper à lame en dents de scie. Ma mère hurla si fort que je crus que ses cordes vocales allaient casser. Elle parvint à articuler le mot "animal" en désignant mon bas-ventre. Je vis que j'avais une érection et laissai tomber le couteau ; ma mère me frappa maladroitement de ses mains ouvertes jusqu'à ce que la vue du sang qui me coulait du nez la force à s'arrêter, puis à s'enfuir au rez-de-chaussée. En l'espace de dix secondes, la femme qui m'avait porté passa du statut d'énigme vivante à celui d'ennemi majeur. J'eus l'impression de me retrouver enfin chez moi.

Trois jours plus tard, elle me transmit sa réprimande officielle : six mois de silence. Je souris à l'énoncé de la sentence : c'était un soulagement après toutes les frayeurs abominables dues à ma mission d'invisibilité, et aussi l'occasion de faire défiler sans fin des films sur mon écran mental.

Bien que l'intention maternelle ne concernât que le silence de la maison, je pris son édit au pied de la lettre et emportai mon silence partout où j'allais. A l'école, je ne voulais pas parler, même lorsqu'on s'adressait à moi ; je rédigeais des petites notes à l'intention de mes professeurs lorsqu'ils désiraient une réponse. Cela suscita quelque remue-ménage, ainsi que des spéculations diverses quant à mes motifs, l'interprétation la plus communément admise étant que je protestais ainsi contre la guerre du Viêt-nam, ou exprimais ma solidarité avec le Mouvement pour les droits civiques. Comme j'obtenais d'excellents résultats aux examens et devoirs écrits, on tolérait mon absence de paroles tout en me soumettant à des cargaisons de tests psychologiques. Je truandais chacun des tests de manière à montrer chaque fois une personnalité totalement différente, ce qui laissait les autorités de l'école stupéfaites ; après de nombreuses tentatives infructueuses pour convaincre ma mère d'intervenir, elles décidèrent de m'accorder mon diplôme en juin.

Dès lors, mon cinéma mental en cours s'accompagna des regards de mes condisciples qui me dévisageaient sans retenue, nombre d'entre eux pensant que j'étais "cool", que je "planais" ou que je donnais dans "l'avant-garde". Je pénétrais au cœur d'objets apparemment impénétrables, c'était là mon thème premier, et les regards impressionnés qu'on m'adressait me donnaient la sensation de pouvoir accomplir *n'importe quoi*.

Cette sensation de pouvoir s'accompagnait d'une haine acharnée pour ma mère, et qui allait croissant. Je me mis à fouiller dans ses affaires, cherchant le moyen de lui faire mal. Un jour, pris d'une impulsion subite, je fouillai son armoire à pharmacie et y découvris plusieurs flacons de phénobarbital obtenus sur ordonnance. Un éclair se fit dans ma tête et je passai à la fouille le reste de la chambre et de la salle de bains. Sous le lit, dans une boîte en carton, j'obtins la confirmation de ce que je cherchais : des flacons vides de sédatif, en quantité, dont les dates, sur les étiquettes, remontaient à 51. On avait bourré les flacons de petits morceaux de papier couverts d'une écriture crayonnée, minuscule et indéchiffrable.

Puisque j'étais incapable de lire les mots de ma mère zombie, il fallait que je parvienne à les lui faire prononcer à haute voix. Le lendemain, en classe, je fis passer un mot à Eddie Sheflo, un surfeur, dont la rumeur disait qu'à ses yeux, "le numéro de Martin, c'est super". Le mot disait :

"Eddie.

"Peux-tu m'avoir pour un dollar de bennies* ?"

Le grand surfeur blond refusa le billet d'un dollar que je lui tendais et dit :

– Tu les as, le fort en silence.

Cet après-midi-là, je substituai de la Benzedrine au phénobarbital, et remplaçai l'ampoule, au-dessus de l'armoire à pharmacie, par une ampoule grillée. Les deux variétés de pilules étaient petites et blanches, et j'espérais que le manque de lumière ne ferait que renforcer la confusion.

Je m'installai au rez-de-chaussée pour attendre le résultat de mon expérience. Ma mère rentra de son travail à l'heure habituelle, 5 h 40, et me salua d'un signe de tête avant de dîner de son sempiternel sandwich poulet-salade et de monter au premier. J'attendis dans le fauteuil préféré de mon père, qui l'avait laissé là, en feuilletant d'un air absent une pile de BD de l'*Homme Cougouar.*

A 9 h 10, il y eut un bruit de pas lourds dans l'escalier, et peu après ma mère était là, en slip, debout devant moi, toute suante, les yeux en têtes d'épingles, tremblante. Je lui dis : "On a encore tâté du jus de carotte, M'am ?" Elle porta une main à son cœur, en haletant violemment. Je lui dis : "C'est drôle, chez Bugs Bunny, ça n'entraîne jamais ce genre de réactions." Elle se mit alors à déblatérer sur le péché et sur cet horrible garçon avec lequel elle avait couché le jour de son anniversaire, en 1939, et puis sur mon père qu'elle haïssait parce qu'il buvait et avait un quart de sang juif, et puis qu'on devait éteindre les lumières la nuit ou bien les communistes réussiraient à lire dans nos pensées. Je souris, dis : "Prends deux aspirines et fais-les passer d'un coup de jus de carotte", lui tournai le dos et sortis de la maison.

J'errai dans le quartier toute la nuit ; puis, à l'aube, je rentrai à la maison. En allumant les lumières du salon, je vis du liquide rouge qui gouttait d'une fissure du plafond. Je montai au premier pour voir ce qu'il en était.

* Bennies : Benzedrine : marque d'amphétamines.

Ma mère était étendue morte dans sa baignoire. Ses bras tailladés pendaient sur les côtés, et la baignoire était pleine à ras bord d'eau et de sang. Une demi-douzaine de flacons vides de phénobarbital jonchaient le plancher, flottant dans deux centimètres d'eau.

Je descendis l'escalier en vitesse, appelai les Urgences, et leur donnai mon adresse d'une voix de circonstance aux sanglots étouffés, déclarant que j'avais un suicide à signaler. En attendant l'arrivée de l'ambulance, j'engloutis à pleine bouche le sang de ma mère.

5

La maison, la voiture et tout l'argent de ma mère revinrent aux rosicruciens ; j'eus droit à une audience du tribunal qui eut à décider de qui aurait ma garde. Puisque j'étais à moins de six mois de mon diplôme de fin d'études secondaires et de mon dix-huitième anniversaire, on estima qu'une famille adoptive officielle serait une perte de temps. En outre, mon conseiller d'éducation de terminale déclara au tribunal pour enfants mineurs que j'étais "trop secret et trop instable" pour qu'on me lâche dans la nature en m'"émancipant". Mes refus d'assister aux funérailles de ma mère ou de contacter mon père dans le Michigan ajoutèrent à sa conviction que j'avais "besoin d'être guidé et discipliné, de préférence par une figure masculine". Aussi, le Conseil pour l'aide aux mineurs m'adressa à Walt Borchard.

Walt Borchard était un flic de L.A., un gros gaillard, une bonne nature qui approchait de la soixantaine. La majeure partie de ses vingt-trois années de LAPD, il les avait passées dans le circuit des écoles primaires à faire des exposés précautionneux sur la drogue, les pervers et les dangers malfaisants d'une vie criminelle ; il montrait aux gamins son 38, leur pinçait le menton, et leur recommandait d'être des "mecs régul". Il était veuf, sans enfant, et vivait dans le plus grand appartement d'un immeuble qui en comprenait douze et dont il était propriétaire. Il gardait toujours disponible sa "garçonnière", une chambre qu'il destinait aux adolescents sans foyer que les autorités judiciaires pour mineurs lui adressaient. Ce petit cagibi de quatre sur cinq à un bloc d'Hollywood Boulevard devint mon nouveau foyer.

Le locataire précédent avait été un hippie, et il laissait derrière lui un tapis épais couleur vert chartreuse, des posters des Beatles sur les murs, et un placard rempli de "patte d'eph", de vestes à franges et de chaussures de tennis soigneusement blanchies.

– Un fêlé de l'acide, avait déclaré l'"oncle" Walt lorsque j'avais emménagé. Y s'était mis dans la tête qu'y pouvait voler. L'a battu des bras et l'a sauté du Taft Building, et tu sais pas ? il avait tort. Il est parti, il était défoncé. Le coroner a dit qu'il était bien chargé. T'as pas des idées de cinglé, toi, au moins ?

– J'ai des tendances vampiriques, dis-je.

– Moi aussi, dit oncle Walt en riant. En fait, justement, la nuit dernière, j'ai mordu la fille du bas, au numéro quatre. Écoute, Marty, tu touches pas à la drogue, tu es gentil avec les autres locataires, tu vas au lycée, tu gardes ta piaule propre, et on s'entendra super tous les deux. Le Tribunal me paie pour te garder ici, et je cherche pas à devenir riche, alors je te refile trente sacs par semaine pour tes petits faux frais et je me charge des courses. Mais va falloir que t'observes le couvre-feu jusqu'à ton anniversaire, j'veux plus te voir dans les rues après onze heures. Y'a des tas de jolis cous à mordre sur le Boulevard, mais tu t'débrouilles pour avoir fini tes morsures pour 10 h 59. Et si tu as besoin de quoi que ce soit, tu sais où je suis. J'adore bavarder, et pour écouter, j'suis pas mauvais.

L'arrangement me convenait. J'avais maintenant un nouveau quartier à découvrir, mon petit havre de paix et de sécurité où me réfugier, et au lycée, j'étais auréolé d'une gloire toute nouvelle : c'était moi le mec qui n'avait pas versé une larme en découvrant sa mère morte, celui qui avait fait plier l'Administration à sa volonté par l'ampleur de ses silences, et qui aujourd'hui taquinait les gens de ses formules à l'emporte-pièce : “Sous le règne du sang, prends garde aux éclaboussures” et “Super Saigneur vaincra”. J'avais l'impression d'être devenu adulte.

Ma vie, c'était le lycée et mon cinéma mental, de longues promenades le soir le long des rues qui donnent sur Hollywood Boulevard, et des heures captives passées à écouter oncle Walt Borchard et sa philosophie de café du commerce. Ses maximes étaient moins terre à terre que les miennes, et il avait envisagé de les réunir en recueil et de les publier lorsqu'il aurait quitté le LAPD. Les perles de sagesse qu'il répétait le plus souvent étaient du genre :

“Dieu bénisse les pédés : ça fait des femmes en plus pour ceux qui restent.

“Ça ne me plairait pas de voir des négros s'installer dans le quartier, mais que je sois damné si jamais j'essaye de faire quelque chose pour les en empêcher ; et si effectivement ils s'installent, je serai le premier à les accueillir avec une plâtrée de côtelettes et un magnum de T. Bird.*

“On n'a rien à faire au Viêt-nam, sauf si on veut vraiment *gagner* – et *ça*, ça veut dire larguer la bombe à hydrogène.

“Si Dieu avait voulu que l'homme ne bouffe pas de la chatte, pourquoi aurait-il donné à la chatte la forme d'une crêpe farcie ?”

Et ainsi de suite. C'était un solitaire plein de bonne volonté, sans intentions malignes. Son absence d'ingéniosité intellectuelle et son besoin constant d'un public me dégoûtaient, et j'appréhendais le moment où il frapperait à ma porte. Mais je me tenais tranquille. Par-

* T. Bird : vin bon marché.

dessus tout, je connaissais la valeur du silence.

Mon nouveau quartier était déprimant par son *manque* de silence. La nuit était perpétuellement animée du rugissement incessant des voitures qui se dirigeaient vers le Boulevard, du martèlement lourd des passants, piétons de retour de leurs courses dans les magasins de Sunset ouverts la nuit, ou hippies qui achetaient leur drogue dans les recoins obscurs des ruelles. Jusqu'à la qualité du spectacle qui y était bruyante : les brumes des néons qui couvraient le ciel paraissaient pleines de craquements et de sifflements, comme autant d'avertissements contre les noirceurs dont elles étaient les porte-drapeaux.

Au bout de cinq mois d'Hollywood, j'abandonnai mes errances nocturnes dans le quartier et passai toutes mes nuits dans ma chambre à me repasser mon cinéma mental. Parfois j'avais la visite de Walt Borchard qui insistait pour bavarder ; je le déconnectais de mon univers tout de suite et poursuivais mon petit spectacle. De plus en plus, le scénario tournait autour du trio de Super Saigneur, Lucretia et moi dans notre voiture en acier poli, à piller et à chercher l'invisibilité. Les scènes devenaient presque multidimensionnelles : la *sensation* de sentir mon corps pris entre ceux de ces supercriminels, le *parfum* d'huile de moteur et de sang, les *bruits* de borborygmes de nos victimes lorsque nous nous attaquions à leur jugulaire. Comme metteur en scène de mes films intérieurs, j'avais fait de grands progrès au fil des années, et j'en étais arrivé à faire des prouesses, comme d'y inclure les dernières découvertes techniques. Mon cerveau était équipé en matériel couleur de luxe, grand écran, son stéréophonique et odorama. Aurais-je eu la possibilité de faire payer les tickets d'entrée, je serais devenu millionnaire.

En avril 66, j'eus dix-huit ans ; en juin, j'obtins mon diplôme secondaire. J'étais maintenant un adulte dans le principe et je pouvais me passer des bons soins de Walt Borchard. Comme je n'avais ni argent ni travail, je soupesai mes choix possibles. C'est alors qu'oncle Walt me dit que je pourrais rester pour un loyer purement théorique et qu'il irait même jusqu'à m'aider à trouver un emploi. Le motif pathétique qui se cachait derrière son offre était évident. Personne jamais ne l'avait écouté avec autant d'attention et il ne pouvait supporter l'idée de perdre un public aussi remarquable. L'aspect symbiotique du propos dans son entier me sourit, et j'acceptai de rester.

Borchard me trouva un travail à la bibliothèque municipale d'Hollywood, sur Ivar, juste au sud du Boulevard. Mes fonctions consistaient à ranger les livres sur les étagères, et à aller dans les toilettes pour hommes m'éclaircir bruyamment la gorge, toutes les demi-heures – stratégie dont le but était de déranger les rendez-vous homosexuels. Le salaire était d'un dollar soixante-cinq de l'heure, et le travail en question était fait sur mesure pour moi : je me repassais mes films intérieurs toute la journée.

Un soir de juin, en revenant de la bibliothèque, je tombai sur oncle Walt qui nettoyait le garage, à l'arrière du bâtiment. Les rayons du soleil couchant se reflétaient sur un ensemble d'instruments en acier poli qu'il enveloppait dans une toile huilée. Les outils avaient l'air sinistre – quelque chose que Super Saigneur pourrait posséder.

– Qu'est-ce que c'est ? demandai-je.

Borchard tint en l'air un instrument qui ressemblait à un scalpel.

– Des ustensiles de cambrioleur. Ce p'tit coco, c'est un rossignol et un pied de biche. Tu utilises le côté plat pour faire sauter le pêne, et la pointe pour entailler le chambranle de la porte. Les autres, c'est un levier pour forcer les fenêtres, une vrille et un ciseau à froid. Le gros morceau, là, tout au bout, c'est un diamant à vitre avec ventouse. Qu'est-ce que t'as, Marty ? T'as l'air tout tremblotant.

Je pris une profonde inspiration et feignis l'indifférence en haussant les épaules.

– C'est qu'un mal de tête. Pourquoi les manches portent-ils ces rainures profondes ? Pour une meilleure prise ?

Borchard s'empara du ciseau à froid.

– En partie, mais surtout, les crénelures sont là pour empêcher les empreintes. Écoute, être en possession d'outils de cambrioleur, c'est un délit, et si un cambrioleur se fait pincer avec, c'est un délit majeur ; et s'il se fait pincer avec, à l'intérieur d'un appart qu'il cambriole, c'est une circonstance aggravante. Mais ces marques de rainures grossières ne retiennent pas les empreintes. Alors s'il est dans un appart et qu'on l'épingle, il peut planquer les outils dans un coin et dire : "Ces trucs, c'est pas à moi", même s'il est flagrant qu'ils lui appartiennent. Les petites arêtes, ça fait aussi un bon gratte-dos.

Je souris lorsque oncle Walt se frotta le dos avec le manche du ciseau à froid, avant de lui demander :

– Si c'est illégal, comment ça se fait que vous les ayez ?

Borchard m'entoura les épaules d'un bras paternel :

– Mon p'tit Marty, tu es intelligent mais un peu naïf. J'ai été inspecteur aux Cambriolages pendant trois ans avant de rejoindre le bureau du porte-parole, et disons que j'ai réussi à acquérir quelques petites choses avec cent pour cent de réduction parce que j'avais la main leste, si tu vois où je veux en venir. Des outils, c'est toujours utile à posséder pour un homme, et j'utilise la pince-monseigneur pour jouer aux fléchettes. Je t'accroche une photo de LBJ* ou de l'un de ses copains libéraux sur le mur, et vole le truc ! Thwack ! Thwack ! Thwack ! Viens, on va dans mon appart. J'ai deux pizzas surgelées qui hurlent : "Mangez-moi !"

Cette nuit-là, je m'arrangeai pour que les monologues de Borchard collent à un seul sujet : *les cambriolages*. Il était inutile que je prétende être captivé, cette fois-ci : ça allait de soi, comme si le projecteur que j'uti-

* LBJ : Lindon B. Johnson, président des États-Unis.

lisais pour mon cinéma intérieur était en grève et que j'avais découvert quelque chose de mieux. J'appris les usages pratiques de tous ces beaux outils en acier poli, je pigeai les rudiments sur la manière de court-circuiter un système d'alarme. J'appris que la drogue, ainsi qu'une propension naturelle à se vanter de leurs exploits, étaient les raisons les plus fréquentes qui faisaient tomber les cambrioleurs ; j'appris aussi que si un voleur n'était pas trop gourmand et s'il changeait fréquemment ses lieux d'exercice, il pourrait éviter la capture indéfiniment. Les modèles criminels vinrent se graver dans cette partie de mon cerveau où seule la logique existait : les rats d'appart qui volent l'argent liquide, et les bijoux en vrac qu'ils peuvent avaler si les flics se montrent ; les voleurs de cartes de crédit qui se dépêchent de faire une flopée d'achats avant de revendre la marchandise aux fourgues. Les empoisonneurs de chiens de garde, les cambrio-violeurs et les voleurs à la vitrine pleins de hardiesse – tu fracasses, tu prends, tu te tires –, tous vinrent rejoindre Super Saigneur dans mon entourage mental.

Aux environs de minuit, Borchard, groggy de pizza et de bière, bâilla et me reconduisit à la porte. Au moment où je sortais, il me tendit le ciseau à froid.

– Défonce-toi, môme. Colle-toi ce bon vieux LBJ et pique-le une bonne paire de fois pour oncle Walt. Mais essaie de ne pas toucher le mur : les lambris, ça coûte cher.

J'eus l'impression que les rainures d'acier s'imprimaient dans ma main comme des fers brûlants. Je retournai dans ma chambre, sachant que, maintenant, j'aurais le courage de *passer à l'acte*.

6

La nuit suivante, je frappai. Ma journée s'était passée en tremblements de tout le corps et films intérieurs pleins de sauvagerie, et le bibliothécaire en chef m'avait demandé par deux fois si je me sentais “bien dans mon assiette” ; mais lorsque tomba le crépuscule, un professionnalisme depuis longtemps enfoui s'empara de tout mon être, et mon esprit se mit à bourdonner des exigences du travail qui m'attendait.

J'avais déjà décidé que mon “gâteau”, ce serait les demeures des femmes solitaires, et que je ne volerais que ce que je pourrais emporter sur moi sans problèmes. Je savais, d'après de précédents monologues de Walt Borchard, que la zone qui s'étendait au sud de la rue de Griffith Park, direction est, était relativement peu fréquentée par les flics : c'était un quartier de classes moyennes, à la criminalité faible, où l'on se contentait de banales patrouilles. Je gardai ce renseignement confidentiel à l'avant de mon viseur mental et allai marcher dans le quartier après mon travail.

Les rues qui donnaient sur Los Feliz et sur Hillhurst étaient un mélange d'immeubles en stuc de quatre étages et de petites maisons avec pelouse en façade, larges ou étroites. Partant de Franklin en direction du nord, je fis des huit autour des blocs, vérifiant la présence ou l'absence de voitures dans les allées, et repérant les portes fragiles qui paraissaient mûres pour être violentées et forcées. La pince-monseigneur était en place dans ma poche arrière, enveloppée dans une paire de gants de caoutchouc que j'avais achetés à l'heure du déjeuner. J'étais prêt.

Le soleil entama sa descente aux alentours de sept heures trente, et j'eus le sentiment que les allées encore vides à cette heure-là le resteraient : j'avais vu une grosse foule de gens qui rentraient du travail entre six et sept, mais maintenant la circulation se faisait plus réduite et je voyais de plus en plus de maisons obscures, sans voiture garée. Je décidai d'attendre que l'obscurité se fasse, puis d'y *aller*.

Vingt-cinq minutes plus tard, j'étais sur New Hampshire Avenue et approchais de Los Feliz. J'arrivai à une rangée de maisons d'un étage en pleine obscurité et commençai à fouler les pelouses, cherchant à repérer les noms de femmes seules sur les boîtes aux lettres. Les quatre premières indiquaient comme occupants "M. et Mme", mais la cinquième, c'était du *gâteau* : Mlle Francis Gillis. J'allai jusqu'à la porte, et sonnai avant que ma peur ne puisse prendre le dessus.

Silence.

Une sonnerie ; deux sonneries ; trois. L'obscurité, derrière la fenêtre de façade, parut se faire plus profonde à l'écho de chaque sonnerie ; j'enfilai mes gants, sortis mon outil et l'enfonçai entre porte et huisserie. Mes mains tremblaient, mais j'étais prêt à pousser, creuser, taillader. C'est alors que mes tremblements s'accélérèrent, et que le côté plat de la pince fit sauter le pêne à la perfection. La porte s'ouvrit avec un déclic.

Je fis un pas dans l'entrée et refermai délicatement la porte avant de m'immobiliser dans l'obscurité, attendant de découvrir la forme de la pièce de façade. Des genoux au pelvis, j'avais le corps qui me picotait, et comme je restais là à songer à Super Saigneur, la sensation se localisa dans mon bas-ventre.

Puis j'entendis un bruit de cavalcade, et une force puissante et aveugle me jeta sur le dos. Des mâchoires se refermèrent sur mon visage et je sentis qu'on m'arrachait une partie de la joue. Deux yeux jaunâtres luisaient juste en face de moi, énormes lueurs translucides et fantomatiques. Lorsque je vis les cataractes entourant les pupilles noires, je sus que c'était un chien et que Super Saigneur voulait que je le tue.

Les dents claquèrent à nouveau ; cette fois, elles éraflèrent mon oreille gauche. Je sentis des pattes qui s'enfonçaient dans mon estomac, et je balançai l'extrémité tranchante de mon outil, vers le haut, dans la bête, juste à l'endroit où j'estimais que devait se trouver le ventre de l'animal. C'était l'imitation parfaite du geste de SS lorsqu'il éventrait ; et lorsque la lame perça la peau, les entrailles s'échappèrent, chaudes et moites, et je sentis que j'approchais de l'orgasme. Je roulai pour me dégager du corps du chien au moment où il entamait une série de spasmes réflexes d'agonie, et j'écrasai mon ventre au sol en jouissant. Mes yeux étaient maintenant habitués à l'obscurité et je vis, à quelques mètres, un canapé parsemé de coussins. Je me traînai jusque-là, agrippai un gros oreiller duveteux et me jetai sur le chien pour l'étouffer.

La tête me tournait quand je me remis debout ; je trouvai une lampe au sol et l'allumai, illuminant un salon moderne de style scandinave avec, au beau milieu, une nature morte de Plunkett le Moderne : une moquette gorgée de sang, le cadavre d'un berger allemand, et un oreiller au crochet à la place de la tête. Mes mains tremblaient, mais intérieurement je me sentais calme grâce à l'écran vide de mon cinéma mental. Je m'apprêtais à accomplir mon premier cambriolage.

Dans la salle de bains, je me nettoyai la joue à l'hamamélis avant de passer à l'intérieur de la plaie un crayon hémostatique. Très vite se forma une croûte et j'entrecroisai sur les lèvres de la blessure de minuscules bandes d'adhésif ; puis je pénétrai dans la chambre à coucher.

Lentement, méthodiquement, je me mis au travail. J'arrachai d'abord ma chemise tachée de sang, la roulai en boule et fouillai dans le placard jusqu'à ce que j'y découvre une chemise bleue à pointes boutonnées qui ne paraîtrait pas suspecte sur un homme. Je l'enfilai et vérifiai le résultat dans le miroir du mur. Étroite, mais je n'avais pas l'air ridicule. Mon pantalon était détrempé de sang et de résidus de viscères, mais il était de couleur sombre et les taches ne s'y remarquaient pas tellement. Je pourrais rentrer chez moi sans problèmes.

Je songeai à *mon butin*, fouillai tiroirs, placards et commodes et dénichai une petite boîte en bois de cèdre pleine de billets de vingt dollars, ainsi qu'un coffret en velours garni de pierres étincelantes et de colliers de perles qui avaient l'air authentique. Je songeai un instant à essayer de trouver des cartes de crédit mais décidai que ce n'était pas raisonnable. Le cadavre du chien pouvait signifier que la police prêterait au cambriolage plus d'attention que de coutume, et je ne voulais pas courir le risque de fourguer des cartes qui seraient l'objet d'une surveillance policière spéciale. Pour mon premier coup, j'avais volé suffisamment.

Avec pince, liquide et bijoux au fond des poches de mon pantalon, je fis un dernier passage dans la maison et éteignis les lumières. Quand je ramassai ma chemise ensanglantée, Super Saigneur m'envoya un signe ; petite touche finale en souvenir : en me dirigeant vers la porte, je laissai tomber une boîte de biscuits pour chiens près de la tête du berger.

7

Cette nuit de New Hampshire Avenue marqua le début de mon apprentissage criminel ainsi que l'apparition de terribles conflits en séries, batailles intérieures que se livraient les débris désordonnés de mes pulsions émergentes. Les onze mois qui suivirent, je les passai à me demander si les différentes parties de mon être se réconcilieraient jamais jusqu'à s'emboîter toutes à la perfection comme les morceaux d'un puzzle, pour me permettre enfin d'être cet homme de méchanceté et de vice que j'aspirais à devenir.

Je poursuivis ma carrière de cambrioleur deux nuits plus tard, et me payai trois appartements sombres dans le même bloc d'Hollywood Est en usant de ma seule pince-monseigneur pour fracturer les portes. Je volai quatre cents dollars en liquide, une boîte de bijoux fantaisie, de l'argenterie et une demi-douzaine de cartes de crédit ; et ce n'est qu'une fois en sécurité chez moi que je me rendis compte que j'étais déçu – mon triple succès avait un goût de douche glacée. La nuit suivante, une vitre fracassée du poing m'obligea à en trouver la raison en toute conscience : mon premier vol avec effraction, ça avait été du sang, du cran, des viscères, du courage ; ceux qui avaient suivi n'étaient qu'un raffinement de techniques, loin d'être aussi excitant. Cette prise de conscience me pénétra au plus profond comme la nécessité d'être encore plus circonspect et prudent ; jamais, au grand jamais, je ne devrais me laisser prendre. Intellectuellement, de m'en être rendu compte me fut d'un grand secours... très momentané.

D'autres vérités se firent jour immédiatement.

La première, c'est que je n'arrivais pas à me mettre à vendre ou à fourguer les bijoux et les cartes de crédit volés. J'avais peur d'établir des liens criminels qui me rendraient vulnérable à un possible chantage, et j'éprouvais le besoin de *toucher* concrètement les récompenses de mes actes. Les plaquettes de plastique rigide qui portaient en relief les noms de femmes inconnues faisaient que leurs *existences* alimentaient mon cinéma intérieur, et chaque carte était la promesse d'heures entières où j'échappais à l'ennui. Les bijoux ajoutaient leur poids et leur contact à mes écrans personnels, et je n'ai même jamais eu le souci de vérifier s'ils étaient vrais ou faux.

Ainsi donc, à mesure que mes escapades cambrioleuses progressaient, mon seul butin utile était l'argent, que je récupérais habituellement par petites sommes. Je conservai mon emploi à la bibliothèque, et plaçai le liquide volé sur un compte-épargne. Walt Borchard m'avait appris à conduire, et au début de 68, six mois après le début de mon apprentissage, j'obtins mon permis de conduire et achetai une voiture, une banale Valiant 60. C'est au cours de mes explorations d'un territoire plus vaste, à son volant, que se précisa en moi mon conflit le plus dangereux.

Devant mon pare-brise se déroulait une partie de La Vallée, aux sinistres maisons de série, et à voir le nombre d'enfants qui jouaient dans les cours cimentées, je compris que les femmes seules étaient très nombreuses. Je décidai de me diriger à l'ouest vers Encino, mais *quelque chose* m'obligeait à serrer la bordure de la voie de droite, le *regard* rivé sur les allées à voitures, toutes identiques, que je dépassais. C'est alors que je vis un chien errant qui déambulait sur le trottoir, et l'image, dans l'image, me frappa de plein fouet.

Toute la durée du trajet, sur la demi-douzaine de blocs que j'avais longés, j'avais gardé les yeux rivés sur les chatières circulaires qui ornaient les portes latérales, toutes installées au même endroit pour toutes les maisons. Soudain, je *sentis* la maison de New Hampshire Avenue, dix mois auparavant : ce parfum métallique m'emplit les narines et fit frissonner mes mains sur le volant. Je me rangeai contre le trottoir, et le souvenir me revint en force. En accompagnement, j'eus droit à un déluge de retours vers le passé où se mêlaient mes autres sens : le *goût* du sang de ma mère mêlé à l'eau ; les panneaux “Attention au chien” que j'avais remarqués lorsque j'avais sélectionné les sites de mes précédents cambriolages ; la *sensation* de connaître l'orgasme. Le chien, sur le trottoir, commençait à ressembler à l'ennemi haï de Super Saigneur, l'Homme Cougouar. C'est alors que le sens *acquis* qu'est la raison s'empara de moi, et je quittai ce sinistre et dangereux voisinage avant qu'il n'ait pu me faire mal.

Ce soir-là, chez moi, je caressai ma pince-monseigneur et coupai net le cinéma intérieur qui me distrayait vingt-quatre heures par jour. Lorsque je n'eus devant les yeux qu'un écran vide, je le remplis de ce que je savais et de tout ce qu'il me faudrait faire de ce savoir, en caractères d'imprimerie sans fioritures qui ne laissaient pas place à l'embellissement :

“Tu essaies inconsciemment de revivre le meurtre du chien.

“Tu fais ça parce que l’excitation t’a fait décharger.

“Tu prends des risques inconsidérés afin de trouver une satisfaction sexuelle.

“Si tu continues à prendre de tels risques, tu te feras capturer, tu seras jugé et condamné pour cambriolage.

“Tu dois arrêter.”

La machine à écrire de mon cerveau fit apparaître une série d’énormes points d’interrogation devant cette dernière phrase, et lorsqu’ils frappèrent le papier vierge, je les ressentis comme autant de coups au cœur. Je serrai mon rossignol de plus en plus fort, et mon cerveau se mit à battre la campagne à la recherche d’une réponse au dilemme le plus autodestructeur qu’un homme eût jamais connu. C’est alors qu’une nouvelle série d’énoncés apparut :

“Laisse tomber, que ce ne soit pas ton acte de mort.

“Rentre-le en toi-même comme Super Saigneur.

“Mais lui a Lucretia ?

“Oblige-toi à des rêves qui te feront faire relâche.

“Mais ce serait me trahir moi-même ?

“Fais ce que chacun fait à soi-même.

“Non.

“Non.

“Non.

“Touche-toi, mutile-toi, ou suicide-toi ; mais fais-le *maintenant* !”

Je me déshabillai et allai jusqu’au miroir de plain-pied fixé à la porte de la salle de bains. Les yeux rivés sur mon image, je vis un grand garçon maigre, pas encore un homme, la peau blanchâtre, et des yeux marron pleins de sauvagerie. Je me souvins de mes explosions pendant mon sommeil, nées non pas de rêves mais d’une accumulation d’images de haine sur mon cinéma intérieur. Je songeai à la honte qui m’envahissait lorsque je m’éveillais avec la preuve tangible de ce que je désirais en secret. Mon cœur battait à rompre, et mon corps tout entier tremblait sous les halètements de mon souffle court. Je posai le tranchant de ma pince sous mes parties génitales, puis contre ma gorge. Je fis couler de minces rigoles de sang aux deux endroits, puis j'eus un haut-le-cœur en comprenant ce que je faisais, et je m'éloignai avec violence du miroir pour me jeter sur le lit. Là, en compagnie de l'outil dont les rainures du manche d'acier brossé pénétraient la peau de mon scrotum, je pleurai et me libérai – prix amer à payer afin de pouvoir continuer.

8

J'avais frôlé l'auto-anéantissement et je pris la résolution pleine et entière de fantasmer moins et de voler plus. J'eus mal de cette vie mentale désormais diminuée mais j'y gagnai par contrecoup une témérité qui cautérisa la plaie qui s'envenimait. En une semaine, j'exécutai cinq coups, chacun dans une juridiction relevant de services de police différents, chacun selon un mode d'effraction différent, et je me ramassai un total de sept cents dollars, plus de la petite monnaie, deux montres Rolex, et un 38 Smith et Wesson que j'avais l'intention de passer entièrement à la lime afin d'en cranter toutes les surfaces – l'arme suprême du cambrioleur. C'est alors que le destin noua mon sort à l'histoire et que je commençai au même moment mon ascension et ma chute.

C'était le 5 juin 1968, la nuit qui suivit l'assassinat de Robert Kennedy à L.A. Il gisait entre la vie et la mort à l'hôpital du Bon-Samaritain, là où j'avais vu le jour. Aux informations télévisées, je vis une foule énorme qui veillait devant l'hôpital. Une foule énorme, c'était autant de logements vides. Walt Borchard m'avait dit que les zones résidentielles, au voisinage des centres hospitaliers, regorgeaient d'infirmières – endroits parfaits pour la "chasse à la chatte". Tous ces facteurs combinés disaient clairement que c'était là un paradis pour les cambrioleurs, et je roulai jusqu'au centre ville, la tête pleine de visions dansantes de grandes maisons vides.

Wilshire Boulevard était un flux ininterrompu de voitures, avertisseurs enclenchés, comme une procession funéraire improvisée. Le trottoir, face à l'hôpital, était bourré de badauds et de gens prématurément en deuil qui agitaient leurs pancartes, tandis que des hippies vendaient des autocollants "Priez pour Bobby". Nombre de femmes, dans la foule, portaient une tenue d'infirmière, et une agréable sensation de certitude commença à grandir au creux de mon estomac. Je me garai dans un parking d'Union Avenue, à plusieurs blocs à l'est du Bon-Samaritain, et partis à pied.

Je m'étais trompé dans mes premiers fantasmes sur le quartier. Il n'y avait pas de grandes maisons, rien que des immeubles locatifs de dix ou douze étages. Mes sensations de certitude disparurent lorsque j'essayai les portes extérieures des trois premiers monolithes de brique rouge rencontrés sur mon chemin et que je les trouvai verrouillées. Puis, au coin de la Sixième et d'Union, je me retournai sur le bloc que je venais de dépasser et ne vis, immeuble après immeuble, que des étages successifs de fenêtres sombres et d'escaliers de secours latéraux identiques. Je revins sur mes pas et d'un regard de mes yeux plissés, remontai le long des façades à la recherche de fenêtres ouvertes.

Le troisième bâtiment, sur le côté est de la rue, attira mon attention ; je vis au cinquième étage une fenêtre à demi ouverte, à portée de main du palier de l'escalier d'incendie. Je regardai aux alentours à la recherche d'éventuels témoins, ne vis personne et tirai une poubelle vide sous le dernier barreau de l'échelle de secours. Je montai dessus et escaladai à la force des bras.

La nuit était claire mais sans lune, et j'enfilai mes

gants en m'obligeant à avancer sur la pointe des pieds, à la manière de Super Saigneur s'approchant d'une future victime. Sur le palier du cinquième, je regardai au-dessous de moi, ne vis personne qui me surveillait et tentai d'ouvrir la porte de secours. Elle n'était pas verrouillée, et ouvrait sur un long couloir dénudé et minable. C'était la voie d'accès la plus sûre... si la porte de ma cible sautait facilement. Mais la fenêtre, distante d'un mètre, avec vingt mètres de vide en dessous de moi, me parut cependant plus résistante et plus sinistre.

La jambe droite en extension, j'essayai de soulever le panneau coulissant. Il refusa d'abord de bouger, mais au fur et à mesure que la prise se faisait plus solide sous mon pied, je réussis à l'ouvrir complètement. Je m'accroupis et lançai la jambe dans les ténèbres ainsi ouvertes en m'ancrant plus solidement. Puis, avant que la panique ne me gagne, je m'écartai du palier d'une poussée de mon autre jambe, agrippai des deux mains le cadre en bois de la fenêtre et entrai sans faire le moindre bruit.

Je me trouvais maintenant dans un salon modeste. Mes yeux s'habituèrent à l'obscurité et j'aperçus canapés et fauteuils disparates, étagères fabriquées de briques et de planches et bourrées de livres de poche, et un couloir à angle droit juste en face de moi. Un bruit étrange venait du fond de ce couloir et j'eus des fourmis dans tout le corps à la pensée d'un chien de garde. Je sortis ma pince et avançai dans le couloir jusqu'à une porte ouverte sur une lumière de bougie : je compris immédiatement que j'entendais les bruits de deux personnes en train de faire l'amour.

Entrelacés sur le lit, un homme et une femme, le corps couvert de sueur, remuaient comme deux serpents, en contrepoint l'un de l'autre : lui allait toujours de l'avant, inlassable, à descendre et remonter, sortir et repénétrer ; elle bougeait les hanches latéralement, s'écartant un peu plus à chaque poussée de ses jambes nouées sur les reins de son partenaire. Une bougie posée sur une étagère œuvrait de conserve avec une douce brise en provenance de la fenêtre ouverte et envoyait de longues langues de lumière vacillantes à travers l'obscurité, une danse de flamme dont la pointe se terminait à la jonction des corps des deux amants.

Leurs gémissements se firent plus forts, puis s'apaisèrent pour se transformer en hoquets haletés qui parlaient presque. Je contemplai la lueur de la bougie qui illuminait cette part de lui qui était en elle. A chaque vacillement, le point où ils s'unissaient se faisait plus beau, d'une beauté de ruisseau toujours plus explicite. Je rivai mon regard sur eux, transfiguré, oublieux du risque que je prenais. Je ne sais pas combien de temps je restai là, mais au bout d'un moment je commençai à anticiper les mouvements des amants, avant de me mettre à bouger à leur unisson, en silence, à distance, une distance qui me parut intime malgré leur éloignement. Leurs hanches montaient puis retombaient ; les miennes également, en parfaite synchronisation, frôlant un espace vide animé de vie en devenir, comme empli de choses en croissance. Leurs gémissements n'en firent bientôt plus qu'un seul, qui grandissait, atteignant au point où l'apaisement ne serait plus jamais possible. Je me surpris sur le point de crier avec eux, avant de me mordre la langue lorsque Super Saigneur m'adressa un signe de rappel à la prudence professionnelle. A cet instant, mon être tout entier fusa dans mon bas-ventre, et nous jouîmes ensemble, les deux amants et moi.

Ils restèrent là, allongés, haletants, se serrant l'un l'autre avec violence ; je me collai le dos au mur comme pour y entrer tout entier et contenir les ondes de choc résiduelles de mon explosion. Je poussais de plus en plus fort, au point que je crus briser ma colonne vertébrale ; j'entendis alors des murmures, et une voix radiophonique emplit la chambre. Un journaliste à la voix ténébreuse disait que Robert Kennedy était mort. La femme se mit à sangloter, et l'homme murmura :

– Ch...ut, ch... ch... ut. On savait que ça devait arriver.

Les trois derniers mots me firent sursauter, et je repris le couloir en sens inverse jusqu'au salon. Je vis un pantalon en velours étendu sur un fauteuil, et un sac à main par terre. Un œil toujours fixé sur les rougeurs de bougie qui émanaient de la chambre, je sortis un porte-billets de la poche arrière du pantalon et un portefeuille du sac à main ouvert. Puis je me faufilai dehors avant que les beautés de la bougie ne m'attirent à nouveau vers les deux amants, comme un aimant.

Dans la voiture, avant même que je réussisse à examiner mon butin, j'eus un instant de lucidité mêlée d'effroi. Je savais qu'il me faudrait le faire à nouveau, encore et encore, et à moins que les bénéfices criminels que j'en tirerais ne vaillent la peine d'en courir le risque, je savais que je mourrais si je cédais à ce désir. Je songeai aux bijoux et aux cartes de crédit cachés dans mon placard, à la maison, ainsi qu'aux noms et au quartier général des fourgues dont avait parlé Walt Borchard au cours de ses nombreux monologues embiérés. Je retournai à la maison, récupérai mon butin planqué et ressortis pour ajouter un cran supplémentaire à mon professionnalisme. En route, je me sentis rassasié, d'un calme paisible et doux, mais déterminé. *En état d'amour.*

Mon calme se transforma en appréhension lorsque je me garai sur Cahuenga et Franklin, à un demi-bloc de l'Omnibus – l'infamie, l'endroit que Walt Borchard appelait "une poche de pus, même selon les critères d'Hollywood, un véritable carnaval de raclures de bas étage : fourgues, motards, racoleuses, revendeurs de came, drogués et pédés". Avant même d'en franchir le seuil, je vis son analyse se confirmer. Une demi-douzaine de motos se trouvaient garées sur le trottoir, en face d'un immeuble peu élevé en ciment, et un groupe d'hommes à l'allure de durs se passaient une bouteille de whisky à la cantonade. Je poussai les portes battantes et y pénétrai : l'intérieur se présentait comme un circuit organisé de choses que je n'avais jamais vues.

Une estrade occupait l'avant de la vaste pièce enfumée. Des Noirs torse nu y tapaient sur leurs caisses à conga, devant un Blanc qui balançait une lampe à arc colorée en direction de la piste de danse en forme de fer à cheval. A la périphérie de la foule des danseurs en oscillation permanente se tenaient, alignés en file, un groupe de jeunes, garçons et filles, dont un membre s'éclipsait toutes les quelques secondes en direction d'une porte que j'aperçus à l'arrière de l'estrade.

J'avançai au milieu de ce maelström de raclures, tripotant le butin caché dans les poches de mon coupe-vent afin de me porter chance et de me donner du courage. Je rejoignis la file des hippies et vis nettement la piste de danse. Des hommes dansaient entre eux, des femmes entre elles. Je sentis une odeur grasse et musquée et compris que ce devait être de la marijuana. C'est alors que je reçus un coup de coude dans les côtes et qu'un joint de marijuana apparut devant mes yeux.

– Une biffe ? dit une rouquine aux cheveux filasse. C'est de la dorée d'Acapulco. Tu vas planer.

Je songeai à Super Saigneur et à l'invisibilité psychique avant de répondre :

– Non, merci. C'est pas mon truc.

Le regard de la fille se rétrécit et elle se tira une biffe. En soufflant la fumée, elle dit :

– T'es des Stups ?

– Non, je suis venu pour affaires.

– T'achètes ou tu vends ?

– Je vends.

– Super. De l'herbe ? Des amphets ? De l'acide ?

SS me murmura à l'oreille : “À Rome, vis comme les Romains”. Sur une impulsion, je dis “une biffe”, et m'emparai du joint. Je le plaçai entre mes lèvres et inhalai profondément. La fumée me brûla, mais je la gardai jusqu'à ce que je sente un fer porté au rouge me cramer les poumons. Je relâchai la fumée dans un rot et haletai :

– Bijoux, montres, cartes de crédit.

La fille biffa et dit :

– Je m'appelle Fille d'Amour. T'es un criminel ou quoi ?

Elle me tendit le joint, et pendant que je tétais la fumée, je vis Super Saigneur et Lucretia en train de se frotter lentement ventre à ventre sur la piste de danse. D'autres danseurs venaient se cogner à eux, et Lucretia se mit à mordre les cous offerts jusqu'à ce qu'ils reculent. En quelques secondes, les danseurs se retrouvèrent à genoux, tandis que SS et Lucretia, *nus*, se lovaient l'un dans l'autre comme deux serpents en une masse confuse de bras et de jambes. Je repris une biffe, et entendis la musique qui suintait de l'estrade : "Faut qu'j'décolle, qu'j'm'envole, faut qu'j'plane, faut qu'j'crame, bon Dieu ! Dans le ciel, du blanc de porcelaine, sur fond de brumes pourpres... Pourquoi ?"

Fille d'Amour se poussa tout contre moi et fit la moue :

– Pas à la Bogart ! Pas à la Bogart ! Ça coûte cher !

Les yeux toujours fixés sur Super Saigneur et Lucretia, je mis la main dans la poche droite de mon coupe-vent à la recherche d'une Rolex de dame pour la calmer un peu. Ma main se referma sur du métal et je sortis ce que je tenais. Quelqu'un hurla alors :

– Il a un revolver !

La file des hippies se sépara, Super Saigneur et Lucretia disparurent. J'entendis un bafouillis de syllabes, "flic", "flicaille" et "poulet", qui se répétaient sans discontinuer. Un déclic, la réalité reprit sa place, et mon cerveau embrumé de marijeanne réussit à sortir le nom du "chef fourgue" dont Walt Borchard disait qu'il avait ses quartiers à l'OB. Je pointai mon 38 non chargé sur Fille d'Amour et dis d'une voix sifflante :

– Cosmo Veitch. Va le chercher !

La foule commençait à remuer ; je sentis qu'ils étaient tous en train de me jauger. J'avais l'avantage de ma taille et de mes vêtements de cave, mais ça mis à part, j'étais sec comme un clou ; et je n'avais que vingt ans. S'il prenait à quelqu'un la fantaisie d'allumer, je serais vite démasqué comme faux flic et imposteur.

Les vieux films, les vieux souvenirs de mon cinéma

intérieur vinrent à mon secours ; je sentis les traits de mon visage se figer en glace, genre “m’emmerdez pas, j’suis psycho”, le regard braqué sur le vide. Super Saigneur me murmurait des paroles d’encouragement en me montrant son diaphragme ; je compris qu’il voulait que je parle d’une voix de dur bien grave :

– Reculez, citoyens. Ce n’est pas une descente, ça ne concerne que Cosmo et moi.

Ma petite remarque parut apaiser totalement la foule. Je sentis les visages crispés qui se relâchaient de soulagement, et les danseurs, en face de moi, reculèrent jusque sur la piste pour reprendre leurs oscillations. Je vis que je tenais toujours mon 38 au niveau de ma hanche et que la rangée des hippies s’était dispersée. Je me concentrais afin de garder le visage dans l’obscurité lorsque j’entendis une voix d’homme derrière moi :

– Oui, monsieur l’agent ?

Je pivotai lentement et souris à la voix. Elle appartenait à un homme ado au regard dur, court sur pattes, le muscle dur, des lunettes de grand-mère et une coiffure en queue de cheval.

– Un endroit discret, dis-je avant d’indiquer de mon arme l’arrière de l’estrade des musiciens.

Cosmo ouvrit la marche, et me conduisit jusqu’à une petite pièce remplie de tabourets de bar et de juke-box débranchés. La lumière brillait d’un éclat dur, et je concentrai tout mon être pour paraître plus vieux, de physique et de voix :

– Je m’appelle Saigneur. Je travaille de jour aux Cambriolages à La Vallée et j’ai entendu des choses intéressantes à votre sujet.

L’arme pointée vers le plancher, je vidai le contenu des deux poches de mon coupe-vent sur un tabouret. Cosmo poussa un sifflement devant le tas de bijoux, de montres et de cartes de crédit. SS me faisait des signes, “mollo, mec”, et je soupirai avant de dire :

– Dites un chiffre, je n’ai pas toute la nuit.

Cosmo caressa les deux Rolex avant d’inspecter le

tas de bijoux d'un doigt fouineur et de présenter plusieurs pierres rouges à la lumière.

– Cinq cents, dit-il.

Je sentis une autre secousse. Toujours la marijeanne.

– En liquide, pas en monnaie de singe.

Les "mollo, mec" de Super Saigneur se firent plus marqués et j'ajoutai :

– Six cents.

Cosmo sortit un rouleau de billets de sa poche. Il en détacha six billets de cent avant de me les tendre et d'indiquer une porte, au fond. Je fourrai l'arme dans ma poche, fis ma courbette et sortis, tel un acteur célèbre quittant la scène après les rappels pour une représentation d'exception. J'avais conquis le sexe et, le même jour, j'étais parvenu à l'invisibilité psychique. J'étais inviolé ; j'étais marqué par les dieux.

9

Surveiller.

Voler.

Surveiller *et* voler.

Je passai vingt-quatre heures fiévreuses à essayer de concilier cette logistique double. Les maisons de couples de jeunes mariés ? Non, trop risqué.

La surveillance de jeunes et jolies femmes chez qui le petit copain reste pour la nuit ? Non, trop hasardeux. Finalement, une idée vit le jour ; j'allai au bout du couloir frapper à la porte d'oncle Walt Borchard.

– Ami ou ennemi ? s'écria oncle Walt.

– Ennemi, m'écriai-je en retour.

– Entre, ennemi.

J'ouvris la porte. Oncle Walt était assis sur le canapé du salon, en train d'engloutir son dîner habituel, bière et pizza, au-dessus d'un journal déplié au sol pour récupérer les miettes de fromage dégoulinant.

– J'... J'ai besoin de parler, dis-je dans une imitation de voix mièvre.

– Ça a l'air sérieux. Assieds-toi et prends un morceau de pizza.

Je pris un fauteuil face à Borchard et déclinai son offre.

– Est-ce qu'il vous est arrivé de travailler aux Mœurs ? demandai-je.

Borchard mâchonna et rit en même temps, exploit des plus difficiles pour ses capacités. Il avala et dit :

– Ça a vraiment l'air sérieux. T'es okay, Marty ?

– Ou-ou-ais, ça va. Ça vous est arrivé ?

– Non, jamais. Tu as des ennuis, môme ?

– Non. La brigade des Mœurs arrête bien les prostituées, non ?

– Oui, c'est exact.

– Et les call-girls ? Vous savez, des prostituées vachement bien ? Pas le genre radasse bon marché, mais, je veux dire, des filles *belles*, des filles qui possèdent leur propre appartement pour y emmener leurs mecs... comme ça, ça fait pas débinard comme dans un motel ?

Borchard éclata de rire si fort qu'il en recracha un anchois qui atterrit sur la table basse, en face de lui. Il le récupéra, et se remit à le mâchonner avant de dire :

– Marty, est-ce que tu cherches à tirer un coup ?

– Oui, dis-je en baissant les yeux.

– Môme, on est en 1968. Les filles, aujourd'hui, elles se laissent faire, c'est pas comme jadis.

– Je sais, mais...

– Tu as essayé avec Patty, à l'étage au-dessous ? Elle a écarté les jambes si souvent qu'y va falloir l'enterrer dans un cercueil en Y.

– Elle est laide et elle a des boutons.

– Alors, mets-lui un sac sur la tête et achète-lui un tube de Clearasil.

En me forçant, je réussis à faire couler quelques larmes de crocodile, et oncle Walt dit :

– Ah merde, môme, je suis désolé. T'es puceau, pas vrai ? Tu démarres un peu tard, et tu veux une connasse mignonne pour ta grande première de baise ?

– Oui, dis-je en m'essuyant le nez.

Oncle Walt se leva et m'ébouriffa les cheveux avant d'aller dans sa chambre. Il revint un moment plus tard et me tendit un billet de cent dollars.

– Tu ne diras pas que je ne t'ai jamais rien donné, et tu ne diras pas non plus que je n'ai jamais enfreint mes principes pour un pote.

Je mis l'argent dans la poche de ma chemise.

– Super, merci, oncle Walt.

– C'est avec plaisir. Maintenant, ouvre bien tes oreilles, et dans une heure ou deux, tu auras perdu ta virginité. Tu écoutes *bien* ?

– Oui.

– Bien. Je vais te donner quelques informations surprenantes : le LAPD, dont je suis membre, autorise *effectivement* une certaine forme de prostitution de haut vol dans la zone d'Hollywood. Est-ce que ce n'est pas *choquant* ? Bon, y'a une section du Boulevard, juste à l'ouest de La Brea, où y'a plein de piaules de call-girls. Les filles traînent dans les bars des meilleurs hôtels, comme le *Cine-Grill* du *Roosevelt*, le *Bar Aérien* du *Yamashiro*, le *Gin Mill* du *Knickerbockers* etc... Les filles restent au bar à siroter des cocktails et à reluquer les mecs seuls, et on n'a pas besoin d'être un génie pour deviner ce qu'elles font pour vivre. Leur manière de procéder habituelle, c'est de te proposer un chiffre avant de te suggérer de rejoindre leur piaule. Le tarif standard pour la nuit, c'est cent sacs tout rond, ce que je viens juste de déposer au creux de ta petite patte lubrique. Y'a aussi que tu n'as pas l'âge de boire de l'alcool, alors vas-y mollo quand le barman te demandera ce que tu veux prendre. Conduis-toi en homme bien élevé avec la dame de ton choix, dis-lui qu'un billet de cent, c'est le maxi, et défonce-lui la couenne jusqu'à ce qu'elle gueule à pleins poumons.

Je me levai. Oncle Walt me tapota le menton et dit :

– J'connais une jeune dame qui va brûler plus de caoutchouc que la voie express de San Berdoo. Allez, sors d'ici, maintenant, ma pizza refroidit.

***

Une heure plus tard, je n'étais pas en train de me faire dépuceler. J'étais installé au bar du *Hollywood Roosevelt Cine-Grill*, et j'observais une femme en robe noire collante à paillettes bavardant avec un homme qui en faisait trop pour que ce soit naturel, vêtu d'un costume d'été moucheté de badges de divers congrès. La femme était une rousse décolorée, mais elle était jolie ; l'homme avait l'air costaud et musclé. Je sirotais un Scotch et soda et gardais ma nervosité à bonne distance en les imaginant tous deux comme Super Saigneur et Lucretia, en train de se détendre après une longue journée passée à l'affût de nouvelles victimes. J'en arrivai presque à pouvoir les *sentir* tous les deux au lit.

Ils quittèrent le bar brusquement. Comme ils se levaient pour partir, je me rendis compte que je faisais défiler des images de mon cinéma intérieur et que je les avais perdus de vue en tant que réalités physiques. Je comptai jusqu'à dix et me mis à les suivre.

Je les vis qui montaient dans un taxi, devant l'hôtel, et je courus vers ma voiture. Le taxi était facile à suivre ; la circulation était chargée, sur le Boulevard, et il s'était fait coincer derrière une file de voitures à La Brea. J'étais juste derrière eux, et je tâtonnais sous le siège à la recherche de mes gants et de ma pince. Lorsque le feu passa au vert, je souris : le taxi se rangeait contre le trottoir ; le "bloc à call-girls" d'oncle Walt était bien lettre d'évangile.

Le couple sortit du taxi. Je me garai hâtivement deux voitures plus loin et les suivis du regard, qui entraient dans un grand immeuble rose en forme de maison de maître d'une plantation sudiste. La femme ne se servit pas de sa clé pour ouvrir la porte, je pouvais donc pénétrer dans les lieux. J'attendis dix secondes avant de sprinter à toute allure pour ne ralentir que devant la porte qui ouvrait sur un long couloir moqueté de rose. L'homme et la femme franchissaient le seuil d'un appartement, sur la gauche, tout au bout du couloir.

Je passai les boîtes aux lettres en revue en m'obligeant à arborer l'air d'un jeune homme décontracté, habitant d'une plantation rose au style outrancier, sur Hollywood Boulevard. Cela me fut facile et je me sentis devenir insolent sous mon allure affectée de suprême nonchalance. Le couloir était désert, mais une gamme variée de bruits de télés et de chaînes hi-fi résonnait à l'intérieur des appartements, et le niveau sonore général était plutôt élevé. J'avançais vers ma cible en inspectant les portes en chemin. Les serrures n'étaient pas renforcées, et il y avait un jour d'au moins un millimètre et demi entre dormant et battant. Si la racoleuse n'avait pas mis sa chaîne de sécurité, je pourrais entrer.

Arrivé à la porte de ma cible, je prêtai l'oreille, dans l'attente de civilités pré-sexe ; tout ce que j'entendis, tout ce que je *sentis* de l'autre côté, ce ne fut que silence. Je jetai un coup d'œil rapide dans le couloir, enfilai mes gants, insérai le crochet de mon instrument et me mis à tripatouiller la serrure. Je sentis les coulisseaux à ressorts céder et glisser l'un après l'autre, et lorsque le troisième lâcha doucement avec un cliquetis, j'entrouvris la porte d'une poussée – rien que quelques millimètres, suffisamment pour me permettre d'entrevoir un salon-salle à manger plongé dans l'obscurité. Je secouai la tête pour en chasser mon cinéma intérieur et entrai, poignée vrillée, pêne désengagé, avant de refermer la porte sans bruit.

Des voix, et non des bruits passionnels, me tirèrent en direction de la chambre, où j'aperçus des corps imparfaits. Mon cœur se brisa lorsque je collai l'œil à mon cadreur improvisé : le jour, large de deux centimètres, de la porte entrebâillée. Il était gras à lard, elle portait des tatouages sur les cuisses et les épaules. Elle s'était de toute évidence fait teindre les poils du pubis pour qu'ils soient assortis à la couleur de ses cheveux. Il avait gardé ses chaussettes. J'essayai de les faire se changer en Super Saigneur et Lucretia, mais la caméra de mon cerveau refusait la mise au point, et leurs deux voix grinçaient tellement que je compris qu'il serait hideux de les voir faire l'amour – jamais je ne pourrais me joindre à eux.

– J'suis déjà venu dans cet immeuble, disait l'homme. Quand je suis venu à L.A. pour le congrès des Élans, en 64.

– Y'a des tas de filles qui travaillent à partir d'ici, dit la racoleuse. Y'en a, même, c'est moi qui les dirige. Vous voulez commencer ?

– Pas si vite. Vous êtes une *madame* ?

La racoleuse soupira.

– Plutôt une confidente, une grande sœur, en fait comme une thérapeute. C'est vrai, j'arrange les rencarts et je prends mon pourcentage, mais j'aime bien faire la copine, la grande sœur qui connaît toutes les ficelles.

– C'qu'vous voulez dire ?

– Eh ben, une fois par semaine, on se retrouve ensemble moi et les filles, les travailleuses, on se taille une bavette, on discute michés, enfin, *vous voyez.*

L'homme gloussa.

– Z'avez déjà fait ça avec une aut'nana ?

La femme grommela.

– Oh, Seigneur ! Écoutez, je crois que je vais avoir besoin d'un verre. Z'en voulez un aussi ? Peut-être que ça calmera...

Je sus ce qui allait se passer, et je rejoignis la porte à pas de velours. La main déjà sur la poignée, je vis un sac à main sur une chaise, à quelques pas de moi. Je m'en emparai, et je réussis à m'extirper de l'appartement à l'instant précis où la porte commençait à s'ouvrir. Puis je m'enfuis en courant.

Le sac me fournit neuf dollars quarante-trois, et des renseignements sexuels grâce auxquels j'occupai plus d'une année de mon temps à observer, espérer, traquer et quelquefois voler. L'argent, bien entendu, était négligeable. C'est le petit carnet de la racoleuse qui me tint occupé.

C'était un registre improvisé de clients, avec leurs numéros de téléphone, les dates et les lieux des rendez-vous arrangés précédemment ; il comportait aussi la liste des autres filles que Carol Ginzburg, la "thérapeute-confidente", dirigeait, ainsi que les noms et numéros de téléphone des michés ; il y était aussi précisé si le rencart se tenait dans un motel, dans la piaule du miché ou dans l'appartement même de la fille. Ce qui revenait à une riche moisson d'emplacements possibles de vol-surveillance, et, dans le cas des rencarts arrangés d'avance, cela me donnait le temps d'exécuter quelques escapades de reconnaissance avant le rendez-vous proprement dit.

Plein de la détermination de Super Saigneur, je me mis à rédiger mon propre registre. Tout d'abord, j'utilisai l'annuaire normal de L.A. et ses pages blanches, ainsi que l'annuaire de la police – inversé – de Walt Borchard, et j'établis une liste des adresses correspondant aux numéros de téléphone relevés sur le carnet de Carol Ginzburg. Puis, un week-end où oncle Borchard s'était absenté pour une partie de pêche, je mis en scène une effraction par la porte arrière du garage et volai le reste des outils de sa trousse de cambrioleur, sa tondeuse à gazon électrique, et une pile, prétendûment de valeur, de *National Geographic*. Je balançai la tondeuse et les revues dans le réservoir de Silverlake ; j'enveloppai les outils dans une toile de bâche en nylon et les planquai à l'intérieur d'un arbre creux, à deux blocs de là.

Vint ensuite une série de missions en éclaireur.

Carol Ginzburg et ses "filles" se retrouvaient tous les dimanches pour un petit déjeuner tardif au *Carolina Pines*, un café de Sunset et La Brea – elle notait sur son calepin "papotages". Je surpris leurs conversations à trois occasions et étudiai les filles en personne : j'éliminai Rita, Suzette et Starr comme trois pétasses stupides ; Danielle, Lauri et Barb étaient acceptables pour un tiers de la triade en mélange : Lauri était particulièrement adorable, une grande blonde majestueuse aux cheveux de miel et à l'accent scandinave. Je décidai de m'attaquer en premier à ses heures de passe avec ses michés réguliers et partis repérer le territoire pour mettre à l'épreuve mes compétences de cambrioleur "avec effraction".

Je procédai très méthodiquement. Lauri avait un rencart à Coldwater Canyon toutes les trois semaines, le mercredi ; j'inspectai la maison, la jugeai imprenable, reliée directement au poste de police, et la rayai de ma liste. Une fois par mois, le lundi, elle avait une réunion dans l'un des secteurs les moins chics de Beverly Hills ; les fenêtres étaient un jeu d'enfant et les chambres donnaient immédiatement sur des haies et leur végétation protectrice. C'est là que j'allais exécuter mon coup numéro un, le 7 août 1968.

Je poursuivis avec les noms de ma liste, les rencarts de Lauri en premier, ceux de Barb en deuxième et enfin ceux de Danielle. Toutes les trois vivaient dans la plantation rose de Carol Ginzburg, et il me faudrait court-circuiter toutes les passes "à domicile" – je ne pouvais courir le risque de cambriolages répétés dans le même bâtiment. En outre, certaines des crèches de passe étaient trop exposées et à l'épreuve des cambriolages : il me fallut les éliminer. Mais au bout du compte, toutes choses réglées, je me retrouvai avec une liste de dix-neuf possibles – tous repérés et répertoriés par dates –, cambriolages de nids d'amour qui, si tout se passait bien, me dureraient jusqu'en janvier 70. Et je disposais d'une double sécurité déjà en place : les petits papotis-cafés de ces demoiselles. Si la police était alertée, si le point commun des cambriolages, à savoir les racoleuses, se faisait trop voyant, je serais parmi les premiers à être mis au courant.

Pendant la journée, ma vie se poursuivait comme d'habitude, tandis que j'attendais le sept août : je travaillais à la bibliothèque, me repassais mes films intérieurs, et m'efforçais d'atteindre à l'invisibilité psychique. Mais la nuit, je *travaillais* dans ma planque, une cahute de cantonnier abandonnée que j'avais découverte au fond des bois de Griffith Park. Aux lueurs d'une lampe à arc montée sur batterie, j'appris à *sentir* les six rossignols de ma trousse, cette imperceptible petite sensation d'*abandon* qu'ils mettaient en jeu lorsque je les saisissais pour les manipuler. J'achetai des douzaines de verrous de porte flambant neufs en acier brossé dans des quincailleries, et j'appris la manière de réduire à néant les différentes marques. Je m'entraînais sur les vitres avec mon diamant à ventouse ; je courais dans les collines sombres du parc pour gagner du souffle, pour le cas où il me faudrait fuir à pied d'une piaule de passe. J'en vins à me convaincre que ma première année de cambriolages avait été un mélange incroyable de hasard, de bravade insouciante et de chance du débutant. J'avais été alors un enfant voyageur. J'étais aujourd'hui un artisan maître de son art.

***

7 août 1968.

La référence du calepin à michés de Carol Ginzburg disait 9 h, aussi quittai-je Beverly Hills à 7 h 30 pour me donner les moyens d'une séance de réflexion intense de dernière minute. La nuit était d'une chaleur étouffante, écœurante. Je me garai dans une zone à parcmètres sur Wilshire, à trois blocs de ma cible, et fis le chemin à pied, l'allure facile de quelqu'un de peu pressé par le temps et sans rien à craindre. A Charleville et Le Doux, je vis le domicile de M. Murray Stanton, illuminé comme un sapin de Noël en prévision d'une nuit brûlante avec Lauri. En traversant l'allée à voitures qui coupait le trottoir, j'entendis le climatiseur de la fenêtre qui bourdonnait à plein régime. Je m'approchai, l'air détaché, et coupai le cordon, juste à l'endroit où il sortait de la fenêtre pour se connecter à la machine. Je m'accroupis et admirai mon travail. Le cordon était déjà effiloché, et la rupture paraissait naturelle. J'allai dans l'arrière-cour et m'accroupis derrière une haie de rosiers buissons pour attendre.

A 8 h 20, j'entendis un homme qui marmonna "merde" ; quelques secondes plus tard, j'entendis qu'on ouvrait les fenêtres des deux côtés de la maison. Je réussis à entrevoir la silhouette de Murray Stanton. De loin, il aurait presque pu passer pour Super Saigneur.

A 9 h exactement, le carillon de la porte d'entrée résonna. J'enfilai mes gants, fermai les yeux, enclenchai mon cinéma personnel et comptai en même temps jusqu'à cinq cents. Puis j'allai jusqu'à la fenêtre la plus éloignée de la chambre et pénétrai dans la maison obscure en m'aidant des coudes.

Des gloussements d'extase me conduisirent à la porte de la chambre. Je vis qu'on l'avait simplement repoussée ; le verrou n'était pas mis, et de la lumière filtrait par dessous. Je tentai ma chance dans l'espoir que les amants aient les yeux fermés, et poussai la porte du pied pour l'entrouvrir.

Murray Stanton était en train de s'activer sur Lauri, et son dos infesté de boutons d'acné était une insulte à Super Saigneur. Lauri, grande, blonde et royale – pour ce que je voyais de son corps —, examinait une photographie encadrée posée sur une table de nuit près du lit, tandis que son autre main reposait sur l'épaule boutonneuse de Stanton, les doigts tendus vers l'extérieur comme si elle craignait que les pustules ne soient contagieuses. C'était *elle* qui gémissait, en mauvaise actrice ; le clou de son numéro consista à reposer la photo pour se gratter le nez. Elle était suffisamment belle pour être Lucretia, mais elle me rappela quelqu'un d'autre, quelqu'un de solide et de nordique, enterré dans les profondeurs de ma mémoire.

Je continuai à regarder, sans ressentir d'excitation. Au bout d'un moment, Lauri cessa de gémir et se mordit les ongles des deux mains. Les mouvements de Stanton se firent plus frénétiques, et il lâcha brutalement, hors d'haleine :

– J'vais jouir ! Dis : "Elle est grosse !" Dis : "Elle est tellement grosse qu'elle me fait mal !"

Lauri déclama les mots demandés en retenant son fou rire. L'ironie de sa voix aurait été perçue à l'évidence par n'importe qui, excepté par ce cas clinique de porc acnéique au bord de l'orgasme. Je retournai au salon, avec Super Saigneur à mes côtés qui me murmurait :

– *Vole, vole, vole* !

Une fois au salon, je commençai par obéir. Je tendais la main vers un portefeuille posé sur la table basse lorsque je reçus dans le cerveau un message étonnant en caractères dactylographiés : *Ne vole pas, parce que le porc à boutons accusera Lauri, et tu ne sauras jamais qui elle est.*

Le message fut d'une telle intensité que je m'exécutai par pur réflexe. Mais en me dirigeant vers la fenêtre, j'empochai une minuscule photographie encadrée d'un trio d'enfants souriants.

Surveiller.
Voler.
Surveiller *et* voler.

Ces quêtes jumelles en vinrent à régir mes heures de veille pendant l'année qui suivit, tandis que les cauchemars régissaient mon sommeil. J'avais espéré que ma trinité serait un-homme-une-femme-et-moi, mais ce ne fut pas le cas. Ce fut une trilogie : surveiller des actes de sexe exécutés sans conviction, nés de l'avidité et du désespoir ; voler pour ma survie émotionnelle et la raison d'être de mes surveillances ; rêver pour déchiffrer le mystère de Lauri. Mes rêves se transformaient inévitablement en cauchemars et c'était le plus difficile.

Le nom véritable de Lauri était Laurel Hahnerdahl et, en me faisant passer pour un policier, au téléphone, j'appris qu'elle était née à Copenhague, au Danemark, en 1943, et qu'elle était venue en Amérique en 1966. Elle avait donné comme profession "mannequin", elle n'avait pas de parents aux États-Unis et ne possédait pas de casier judiciaire. C'est tout ce que le service des cartes grises et les Sommiers du LAPD purent m'apprendre.

Il était impossible que nous nous fussions rencontrés mais elle me paraissait familière, presque en symbiose avec moi. Je fouillai son appartement par deux fois sans rien y trouver qui me rafraichît la mémoire ; j'observai quatre de ses rencarts, sans rien voler, et toujours sans pouvoir déchiffrer ce mystère. Je rêvais d'elle sans cesse, et mon rêve était toujours le même : je la regardais qui faisait l'amour avec un homme qui ressemblait à Super Saigneur, et ma vision se troublait ; aussi je m'approchais plus près, pour me retrouver à l'état d'objet inanimé, sans regard, sans bras, sans jambes. Il ne me restait que l'ouïe, et j'entendais alors le tonnerre – un fracas de tonnerre qui masquait des milliers de voix inintelligibles qui essayaient de me dire ce que Lauri signifiait. Mon cauchemar prenait fin inéluctablement à ce point, et je me réveillais en érection et trempé de sueur.

Lauri retourna au Danemark en avril 69, et Carol Ginzburg organisa un déjeuner en son honneur pour célébrer son retour au pays. Je fus peiné de la voir partir, en colère contre moi-même pour n'avoir pas su résoudre l'énigme qu'elle représentait, mais son départ s'accompagna de cauchemars en diminuendo, et je parvins à chasser de mon esprit le rébus qu'elle personnifiait.

Et je continuai à surveiller et à voler, jusqu'à ce que l'espoir de jamais retrouver les sensations que j'avais connues le 5 juin 1968 meure complètement de trop de numéros turgides de draps et de lits, trop de représentations pathétiques de solitude. Mes désillusions de surveillance s'accompagnèrent concurremment d'une joie nouvelle dans l'acte de voler et j'accumulai un total de onze coups d'affilée dont je fourguai le butin à Cosmo Veitch : bien qu'il ait finalement compris que je n'étais pas policier, je me délectais au moins de la peur sincère que je lui inspirais. De la fin de l'été 68 au milieu de l'été 69, il me régla un total de sept mille deux cents dollars pour la marchandise volée. Je conservai l'argent dans un coffre particulier d'une banque de La Brea et le gardai en réserve pour le jour où j'abandonnerais mon travail à la bibliothèque et quitterais l'immeuble minable de Walt Borchard.

Mais en août 69, une série d'événements coïncidèrent, qui mirent momentanément un frein à ma carrière criminelle. Sharon Tate et quatre autres personnes furent massacrées dans la maison de celle-ci, à Benedict Canyon ; vint s'y ajouter une boucherie similaire, les meurtres de La Bianca, à l'autre bout de la ville, dans le district de Los Feliz ; les assassinats déclenchèrent un vent de panique et une véritable explosion du marché des systèmes et services de sécurité. Les Angelanos* se mirent à acheter armes et chiens de garde, se barricadant contre les tueurs toujours en fuite, très évidemment, mais en règle générale contre tout ce qui représentait les années soixante. Le cambriolage allait devenir une entreprise beaucoup plus risquée.

Et au bout du compte, Carol Ginzburg additionna deux et deux et fit le lien entre les vols dans les piaules des michés et son calepin volé. Je prêtai l'oreille au petit déjeuner du dimanche, lorsqu'elle déclara à ses filles : "Coïncidence ou incidence tout court, il se passe quelque chose de bizarre." Elle détailla sa théorie sur un voleur plein de sang-froid, n'attaquant que par intermittence, par prudence, et ajouta qu'elle engageait un détective privé afin de voir ce qu'il en était. Je réglai mon addition et quittai le café au milieu de ses déclarations.

* Angelanos : habitants de L.A.

Maintenant que vol et surveillance avaient disparu, ne me restaient de ma trilogie que mes cauchemars. Bien que Lauri eût aussi disparu, ils revinrent en murmures sarcastiques entre des grondements de tonnerre. Je ne savais pas ce qu'ils disaient, mais lorsque je m'éveillais, j'avais aux lèvres le goût du sang.

10

Sans membres pour me propulser, sans regard pour me guider, mes rêves devinrent des excursions dans l'apesanteur. J'étais la proie de bruits qui me secouaient en tous sens comme une poupée de chiffon ; j'étais à la merci du tonnerre qui me brûlait le corps. Seul un courant souterrain de conscience réussit à contenir mes cauchemars et m'épargna le désastre à force d'insomnies nées de mes terreurs. Je sus, ballotté au plus fort des assauts du tonnerre, que sentir la chaleur des tempêtes signifiait qu'il m'était impossible de me désincarner. Chaque matin, lorsque je m'éveillais, reposé et en même temps plein d'un reste de mes frayeurs, je savais que je possédais en moi un système de pilotage automatique qui me préserverait toujours de tomber dans le précipice.

Et pourtant, je redoutais toujours le sommeil, et pour tenter d'en repousser la torture, je recherchais l'épuisement physique.

Avec mon compte bancaire comme garantie de protection, je quittai mon travail à la bibliothèque et passai mes journées à dissiper l'énergie de mon corps. Je m'inscrivis dans un gymnase de L.A. Ouest et soulevai des haltères deux heures par jour ; au bout d'un mois, mon ossature frêle commença à se couvrir de muscles noueux. Je gravissais les collines de Griffith Park à la course jusqu'à m'effondrer à force de vertiges, et j'accueillais la douche chaude, à la maison, comme une chaleur bienfaisante. Puis, la nuit venue, je désincarnais les autres.

C'était un rituel né de la conscience de mon propre corps, et poussé par un désir d'étouffer mes cauchemars. Je me fis chalutier, pêchant dans mes filets les humains dans leurs poses les plus banales ; je me fis le metteur en scène de mon cinéma intérieur, expert en l'art d'improviser un drame à partir des passants, dans la rue, et de leurs gestes anodins. Nuit après nuit, je patrouillais dans les files de droite des rues, à surveiller. Je voyais des mains tirer sur une jambe de pantalon ou un ourlet de jupe, et je savais comment ces gens aimaient à assouvir leurs besoins sexuels ; les néons qui projetaient leurs vibrations de lumière sur les bandes de loubards en polos à épaulettes sans manches, me disaient les raisons pour lesquelles ils faisaient les choses qu'ils faisaient. La caméra de mon cerveau était équipée d'une lentille automatique pour ralentis, et lorsque la beauté de certains corps exigeait un examen détaillé, en plan macro, pour mieux rendre la vérité de leur poésie, le système s'enclenchait de lui-même et me laissait à mes errances sur toutes les adorables courbures et liaisons de la chair.

Après quelques semaines de surveillance mobile, mes cauchemars s'atténuèrent et je passai des fonctions de metteur en scène à celles de chirurgien, avec la volonté de les éliminer totalement. Mes expériences de chirurgie concernaient la transplantation d'organes d'un sexe sur l'autre – jambes d'homme sur torse de femme, visage de femme sur corps d'homme –, et je portais une attention toute particulière aux incisions mentales qui rendaient les greffes possibles. Je roulais le long du trottoir et je cadrais un couple qui se donnait la main, avant de ralentir jusqu'à me déplacer à la même vitesse qu'eux. Lorsque les lampadaires illuminaient leurs visages, je les amputais de leurs bras et de leurs jambes pour ensuite réagencer leurs membres ; sans effort, sans une goutte de sang. Et bien que totalement incapable d'exprimer la signification de l'acte en mots, je savais que j'élaborais des unions en symbiose à trois dimensions qui transcendaient le sexe.

L'épuisement, à l'issue de mes journées, se combina à mes séances nocturnes de cinéma intérieur pour finalement réduire mes rêves jusqu'au point où ils ne furent plus pour moi qu'un embêtement occasionnel. Par précaution, pour éviter qu'ils ne réapparaissent en force, je dormais lumière allumée, et s'il m'arrivait de m'éveiller la nuit, j'allais jusqu'au miroir de plain-pied de ma salle de bains et contemplais mon propre corps. J'étais fort maintenant, et je le devenais chaque jour un peu plus, et lorsque je touchais mes muscles, de mes doigts inquisiteurs, je ressentais presque des décharges électriques. La décharge courait jusqu'à mon bas-ventre et se terminait sur une fin en paroles : le mot *cambriolage*.

Je réussis à pousser le mot et ses connotations vertigineuses des semaines durant, jusqu'au début d'octobre, lorsqu'une série de corps remua les vieilles braises encore chaudes et que le destin fit souffler le vent qui me forcerait dans la fournaise.

Je roulais vers le nord, au crépuscule, sur l'autoroute de la Côte pacifique, et je me dirigeais par l'échangeur de Topanga Canyon vers La Vallée, en regardant de tous mes yeux. La température était anormalement douce, et des groupes de surfeurs encombraient les allées goudronnées qui longeaient la plage. Garçons et filles, ils étaient tous jeunes et souples, et je levai le pied sans même m'en rendre compte. Un groupe de quatre attira mon regard : deux garçons, deux filles, minces, les cheveux bruns. Mon esprit se mit à régler les détails d'une "prep" avant opération, puis tout devint blanc. Il me fut impossible d'improviser à partir de leurs corps et j'en compris la raison : ils étaient trop parfaits.

Bien que je fisse tous les efforts possibles, mon scalpel mental se refusait à descendre et le quatuor se fit de plus en plus lisse. Les avertisseurs des voitures résonnaient dans mon dos ; je vis que j'étais complètement arrêté et que je bloquais la circulation. Je commençai à prendre peur, et fis l'inventaire de l'arsenal de mon cerveau à la recherche de tranchants d'acier brossé dont je pourrais les estropier tous les quatre. Puis, *contre ma volonté*, les bruns se transformèrent en blonds, les garçons embrassaient les garçons, les filles embrassaient les filles... et une voiture frôla mon pare-chocs arrière, accompagnée des hurlements du conducteur :

– Passe ton permis, eh ! pédale !

J'écrasai l'accélérateur par réflexe, et ma vieille Valiant traversa un croisement au feu rouge, à toute vitesse, manquant d'écraser une vieille dame qui poussait un landau. Je quittai la route des yeux et rivai mon regard au rétroviseur : mes quatre parfaits avaient disparu. Je sortis de La Vallée à faible allure, sachant que ce n'était qu'une question de temps avant que je ne casse, entre, surveille, vole et revienne – sans me soucier des risques.

La pleine obscurité s'accompagna pour moi d'un ennui affreux. Les seuls êtres qui étaient encore dehors étaient flasques et ordinaires, indignes de mes machinations, et la beauté de mes bruns/blonds me pénétrait par bouffées comme un musc mental. J'abandonnai les quartiers commerçants pour les rues résidentielles, sachant très bien le but ultime de ma démarche ; les maisons que je longeais brillaient uniformément de toutes leurs lumières, comme les bastions d'un bonheur bon marché incompréhensible. Il ne me restait plus qu'à manger, rentrer, et espérer un sommeil sans rêves.

Je m'arrêtai au *Bob's Big Boy* de Ventura Boulevard. Assis dans un box près de la porte se trouvait un couple physiquement attirant, et je m'installai au comptoir afin de pouvoir les garder tous deux dans mon champ de vision. J'étais plongé dans un processus conscient qui les transformait en blonds l'un et l'autre, lorsqu'ils se levèrent et allèrent jusqu'à la caisse. Deux jeunes costauds en jeans vinrent prendre leurs places et le plus grand des deux empocha le pourboire. Au moment où sa main ramassait les pièces de monnaie, je la changeai en serre de rapace ; et bientôt les deux garçons se trouvèrent fixés dans mon esprit sous la forme de caricatures de lézards. C'est alors que leurs voix mirent un terme aux jeux de mon esprit, et je prêtai l'oreille :

– ... ouais, des racoleuses hippies, mais des vraies de vraies. Je te parle de nanas qui adorent leur boulot, que ça branche plus de s'envoyer en l'air que de faire du pognon. Et pour presque rien. Y'a une des nanas, Saison, elle m'a tapé de dix sacs au matin ; l'autre, Fleur – tu peux piger ça ?–, elle demande encore moins. Y faut que tu les écoutes radoter sur le mec qui les branche, leur gourou, mais après tout, quelle importance ?

– Et tu me dis qu'elles traînent tous les soirs au Whiskey ? Qu'elles ont une piaule pas loin du Strip, et qu'elles les écartent pendant toute une nuit rien que pour un bifton de dix ?

– Je t'en veux pas de croire qu'c'est d'la blague, mais écoute : elles ont une motivation pas très claire, t'appelles ça comme tu veux : elles recrutent pour leur gourou, un mec qui s'appelle Charlie, et elles te racontent que le pognon de la baise va à la "famille", et qu'il faudrait que tu viennes faire un tour au ranch où elles vivent. C'est géant, non, mais quelle importance ?

– Et ces nanas, c'est des poules de première ?

– De première bourre.

– Et tout ce que j'ai à faire, c'est d'aller au Whiskey et de demander après elles ?

– Non, tu y vas, tu bouges pas, l'allure dégagée, et c'est elles qui te trouveront.

– Mais alors, putain, pourquoi je perds mon temps ici à regarder ta sale tronche ?

Je ne savais pas que mon chemin venait de croiser celui de l'histoire. Je laissai un dollar sur le comptoir et roulai jusqu'au Strip et au Whiskey-à-Gogo*. Une enseigne au néon annonçait "Bataille de Groupes" : les Marmelades contre les Lapins Électriques ; Perko Dan et son Groupe Magique contre les Amoureux Transis.

J'eus du mal à me garer, mais je trouvai une place dans le parking d'une station-service, de l'autre côté de la rue. Sachant que j'étais là en mission criminelle – ce n'était plus un exercice de chirurgie mentale –, j'avançai jusqu'à la porte, réglai mon droit d'entrée et pénétrai dans les ténèbres d'une caverne à décibels.

Les miaulements électriques amplifiés étaient hideux et n'avaient rien à voir avec la musique ; l'obscurité qui baignait tout l'intérieur à l'exception de la scène était apaisante, c'était aussi un allié involontaire : je ne voyais pas les gens, entassés autour de tables de la taille d'une boîte d'allumettes ; il n'y aurait pas de corps qui m'attireraient pour me distraire de ma mission. Les six contorsionnistes qui cognaient leurs guitares à la lueur des strobos m'obligeraient à partir à la recherche de Fleur et de Saison : leur "présence artistique" sur scène se résumait à un enchevêtrement frénétique de longs cheveux plats, fringues fluo et giclures de sueur et de postillons.

Je me détournai d'eux, trouvai une table libre et m'installai. Une serveuse se matérialisa, plaça un napperon devant moi et dit :

– Minimum trois boissons, trois cinquante le verre ; si vous voulez de l'alcool, j'ai besoin d'une pièce d'identité. Si vous voulez sortir pour revenir ensuite, il faut que je vous tamponne la main.

– Limonade au gingembre, dis-je en lui tendant un billet de cinq avant de cligner des yeux dans l'obscurité.

Au bout de quelques secondes, je commençai à entrevoir les formes des gens assis. Je décidai de garder les yeux fixés sur un point médian entre les tables du fond, dans l'espoir d'y entrevoir Saison et Fleur allant de l'une à l'autre au cours de leurs tentatives de "recrutement". Je me déplaçais dans mon univers propre de concentration pure lorsque je sentis une main sur mon bras et entendis une voix de femme haletante. Elle me

* Whiskey-à-Gogo : club de rock.

prit à l'improviste et je sursautai, mes genoux heurtèrent la table et la renversèrent. La fille qui m'avait adressé la parole se recula précipitamment et je vis qu'elle était adorable sous la chevelure noire qui lui descendait jusqu'à la taille. Je souris et m'obligeai à endosser une aura d'invisibilité psychique avant de parler d'un ton de pure nonchalence, de pur savoir-faire*.

– Je rentre juste du vieux continent, les tables, dans les cafés, y sont beaucoup plus spacieuses. Que diriez-vous de vous asseoir et de prendre un verre avec moi ?

Éberluée, la mâchoire tombante, de belle, elle se changea en niaise.

– Quoi ? Vous voulez dire que vous êtes maladroit ?

– Simplement sous le charme, dis-je. Vous ne voulez pas vous asseoir ?

– Sous le charme ? dit la fille en me lançant un regard où se mêlaient à parts égales mépris et stupéfaction.

L'éclat passager d'un strobo lui grossit la bouche comme sous une loupe ; à la fois sarcastique et béate. Je sentis ses sarcasmes m'envelopper, et je la démembrai mentalement en taillant et tranchant avant de balancer ses morceaux en direction des Lapins Électriques et de leurs gémissements de faussets. La fille marmonna "taré" du bout des lèvres avant de faire signe à quelqu'un, derrière moi, en appelant :

– Saison ! Attends !

Mes cibles.

La fille se faufila jusqu'à un panonceau "Sortie", près des tables du fond. J'hésitai, puis suivis. Lorsqu'elle arriva à la porte, elle se serra contre deux autres personnes ; à dix mètres de distance, je vis qu'elles avaient toutes deux les cheveux longs et portaient vestes et pantalons de daim. J'étais trop loin pour déterminer leur sexe et je m'obligeai à contenir le scalpel de mon cerveau pour éviter qu'il ne taillade leurs culottes afin de vérifier. Soudain, ce que ces deux-là

* En français dans le texte.

portaient entre leurs jambes devint la chose la plus importante du monde. J'avançais vers la porte lorsque la fille aux cheveux noirs fit demi-tour pour se faufiler à nouveau dans la mêlée de la boîte de nuit ; le duo en daim franchit la porte donnant sur la rue.

Je suivis.

Le duo traversa Sunset en un tourbillon androgyne, équipé à son insu d'un système de pistage en acier qui me rendait indifférent à tout ce qui se passait autour de moi. Je me rendis compte confusément que je traversais un flot de circulation sans même le voir, dans un concert d'avertisseurs et de grincements de pneus. Je continuai pourtant ; je gardais ma vision en tunnel toujours enclenchée. Lorsque la rue fut derrière moi et que je dirigeai mes pas vers l'obscurité du quartier résidentiel qui me faisait face, une voiture éclaira mes proies en virant. Je vis qu'elles étaient mâle et femelle, un peu frêles l'une et l'autre, avec pour seul signe distinctif une moustache chez le garçon. Mon système de pistage passa sur "arrêt" et un bouton "prudence" s'enclencha à sa place.

Je restai en arrière et pris de profondes inspirations ; le duo en daim tourna au coin et monta l'escalier latéral d'un immeuble en stuc aux entrées non protégées. Saison ouvrit la troisième porte à partir du bout et alluma l'éclairage avant de faire signe au jeune homme d'entrer. Lorsqu'elle referma la porte derrière eux, la lumière s'éteignit immédiatement. Elle n'avait pas utilisé de clé pour entrer ; la porte n'était probablement pas verrouillée.

J'attendis vingt longues et insupportables minutes avant d'avancer jusqu'à la porte. Les néons rouges de "prudence" me brûlaient les yeux de tous leurs feux ; je mis l'oreille contre le contreplaqué et écoutai. Je n'entendis rien que les craquements de l'électricité qui me parcourait le corps, et j'entrai.

L'appartement était dans l'obscurité complète, et la moquette spongieuse semblait vouloir me séduire, et m'y attirait lentement. Je me sentis enlacé par les murs qui m'enveloppaient ; l'air était chaud et rance. Lorsque mes yeux réussirent à distinguer les détails, le fer forgé bon marché et les meubles en Formica ne m'apparurent ni stériles, ni inertes : ils prirent vie comme objets de gens que je voulais connaître. La chaleur de ce vide enchâssé entre quatre murs prit sa place auprès de mon centre physique et étouffa le signal "prudence". Juste en face de moi, je vis un petit couloir et l'embrasure d'une porte tendue d'un rideau de perles, qui ouvrait sur des ténèbres en repos. Mais je sus que cela ne m'empêcherait pas de voir. J'avançai sur la pointe des pieds jusqu'à la dernière barrière qui me séparait des amants.

J'entendis résonner derrière elle grommellements, gloussements et cris de plaisir. J'écartai les perles et plissai les yeux jusqu'à ce qu'ils me fassent mal : je réussis à entrevoir un jeu d'ombres et de lumières sur des chevilles verrouillées ; j'aspirai une goulée d'air et y trouvai le goût de la marijeanne. Les bruits d'amour se firent plus intenses, et les mots que je réussis à discerner – "ouais", "vas-y", "viens" – étaient le fait de voix vulgaires. J'en fus secoué, et de l'air froid commença à s'insinuer dans mon être sensuel et profond. Pour en arrêter la glace, je me fis insensible et gourd, tout en m'efforçant de *percer* de mes regards les perles jusqu'à ce que je voie les corps de deux femmes se tordant en tous sens, leurs frottements faisant naître des étincelles à l'endroit où leurs tétons se touchaient... ou deux hommes, unis par le bas-ventre et masquant de leurs membres étirés leur point d'union. Puis les quatre corps n'en firent plus qu'un, et je m'égarai en essayant de voir qui se trouvait où. C'est alors que je jouis, les mains serrées à force sur les perles.

Chose étonnante, on ne m'entendit pas. J'étais d'une immobilité de roc, enveloppé de chaleur et bombardé par une série de panneaux "prudence" rédigés en deux types de caractères parce que des lettres manquaient. Je restais immobile, parfaitement immobile, puis j'entendis pour la première fois la voix de Saison.

– Ce n'est que le vent et les perles. Ce n'est pas joli ?

– C'est sinistre, répondit l'amant.

Saison soupira.

– C'est la nature. Charlie dit qu'après le *Grand Chambard**, lorsque les grosses compagnies auront toutes disparu et que les gens auront récupéré leurs terres, les choses nées de la main de l'homme fonctionneront en parfaite harmonie avec la nature. C'est dans la *Bible*, les Beatles et les Beach Boys, et Charlie et Dennis sont en train de faire un album là-dessus.

– Ce gommeux de Charlie, tu l'as dans le crâne !

– C'est un sage. Il est chaman et guérisseur, il est aussi métaphysicien et guitariste.

L'amant renâcla et Saison se mit à chanter :

– "Vous dites que vous voulez une révolution, eh-eh-eh bien, vous savez, nous voulons tous changer le monde." Charlie appelle ça l'Évangile selon Saint Paul et Saint Jean.**

– Ha ! Tu veux entendre l'Évangile selon saint Moi-même ?

– Eh ben !... Ouais, bien sûr.

– Alors, ouvre tes esgourdes : bonne bouffe, bonne came, bon flip et bonne baise, et si quelqu'un se met en travers, tu verrouilles, tu charges et tu tires, juste entre les deux yeux.

– Et mort aux pourris !

– C'est pas mon truc, papa est flic. Qu'est-ce que dit Charlie quand on se repasse le même morceau ?

– Qu'est-ce que tu veux dire ?

– Viens ici, je vais te montrer.

Saison gloussa. Je sentis l'air se réchauffer derrière le rideau de perles, et je sortis de la matrice avant que sa chaleur ne me réclame.

* Helter Skelter : titre d'une chanson des Beatles, et aussi titre donné au livre consacré à Charlie Manson.

** Référence à la chanson des Beatles *Revolution*, et à John Lennon et Paul Mc Cartney.

Cette nuit-là, mes rêves furent exemplaires.

J'étais sans bras et sans jambes. Un fantôme du nom de Charlie me poursuivait, et je voulais savoir pourquoi de jolies jeunes filles parlaient de lui après avoir fait l'amour avec quelqu'un d'autre. Aussi me laissai-je capturer, et je poussai un hurlement lorsque je vis que le visage de Charlie était un miroir qui réfléchissait non pas mon propre visage, mais un collage d'organes sexuels déchiquetés. Walt Borchard me reprocha de hurler, puis il me fourra des billets de cent dollars dans la bouche pour que je la ferme. Ma mère se saisit de l'argent et essaya de s'en faire un garrot autour de ses bras tailladés ; mon père porta un toast au champignon atomique qui s'élevait au-dessus de L.A. Centre. Sachant qu'un silence absolu serait mon salut, je m'attachai des pinces en acier brossé sur les lèvres et enclenchai une série d'engrenages extérieurs qui empêcheraient les synapses de mon cerveau de chauffer en étincelles. Je commençai à me sentir inexpugnable et essayai de rire. Pas un son ne sortit de ma bouche, et une nouvelle cohorte d'ennemis aux visages de miroirs s'approcha de moi, avec à la main de grosses clés métalliques qui déverrouilleraient et ma voix, et mon cerveau, et ma mémoire.

Je m'éveillai à l'aube ; j'étouffais et haletais, à bout de souffle. J'avais déchiré l'oreiller à force de morsures, et j'avais la bouche pleine de coton et de mousse de caoutchouc. Je recrachai tout et respirai profondément, avant de me plier d'une quinte de toux. J'essayai de lever le bras droit pour m'essuyer les yeux, mais je n'éprouvai pas la moindre sensation sur tout le côté droit du corps.

"Non, s'il vous plaît", dis-je en gémissant. J'envoyai un signal "frappe" à ma jambe droite : elle heurta le plancher, je compris que cette partie de moi n'avait pas été amputée. En grinçant des dents, j'envoyai à mon bras un signal "attrape, arrache, déchire, entaille, vis". Quelque chose remua sous les draps, puis ma main s'extirpa du mur, près du lit. J'avais les doigts couverts de sang et de mortier ; je regardai le trou que mon cauchemar avait creusé. Les orifices parfaitement délimités retinrent mon attention comme autant de hiéroglyphes des cavernes. Je les fixai de tous mes yeux jusqu'à ce que les sensations reviennent dans ma main, et je m'évanouis sous la douleur.

***

Je passai la journée pareil à un zombie : je dormais, j'allais jusqu'au lavabo de la salle de bains pour y baigner ma main, je retournais me coucher. La douleur de mes doigts était la preuve rêvée que j'existais, que la machine fonctionnait ; et lorsque je m'éveillai et me levai, au crépuscule, je sus ce qui me restait à faire. J'ôtai le reste des fragments de plâtre de sous mes ongles et retournai à la matrice pour y attendre les corps les plus parfaits qu'elle pourrait m'offrir.

Je me garai au bord du trottoir, près du bâtiment de stuc rose, et j'attendis. À 7 h, Fleur et Saison quittèrent l'appartement et partirent pour le Strip en stop ; à 8 h 19, Fleur était de retour en compagnie d'un hippie aux allures de rongeur. La stupidité de la fille combinée au lard du corps rongeur disaient clairement "non". Je continuai ma surveillance.

Fleur, escortée de son rongeur, partit à 10 h 03 ; ils se séparèrent au coin de la rue. Saison et un homme sec comme une trique, âgé d'environ trente ans, croisèrent Fleur qui repartait à pied vers le Whiskey. Ils échangèrent quelques paroles. C'était Saison que je voulais dans mon triumvirat, mais son partenaire décharné avait l'air vicieux et tuberculeux. Impatient, dévoré de tics à cause de ce long transit sans cinéma intérieur, je restai planqué.

Peu après minuit, Saison et son amant quittèrent

l'appartement et se dirigèrent vers le sud, s'éloignant du Strip. Je me rendis compte que les filles devaient probablement synchroniser leurs départs et leurs arrivées, et je tins le pari que Fleur serait de retour dans moins de dix minutes. Ma main me faisait mal, mais je réussis à contenir mes palpitations en me concentrant sur la question qui avait empoisonné mes rêves : qui est Charlie ?

Fidèle à elle-même, Fleur apparut au coin de la rue quelques minutes plus tard. Un homme imposant, en treillis de l'armée, l'accompagnait, et l'autorité qui se dégageait de son allure était totalement anti-hippie, anti-contre-culture, et purement mâle. En approchant de l'immeuble, il ôta sa casquette et lissa sa chevelure. Elle était d'un blond lumineux, et je sus que ce ne pouvait être que Charlie.

Mon attente ne fut plus que frissons, tremblements et picotis jusqu'au bas-ventre. Sachant que Charlie trouverait vulgaire un accouplement rapide et violent, je pris le temps de laisser s'installer une atmosphère d'intimité avant l'acte proprement dit, puis j'allai jusqu'à la porte. Le cœur battant à rompre, j'ouvris et entrai.

La pièce de façade était dans l'obscurité complète ; je laissai la porte entrouverte de quelques centimètres pour la lumière et me dirigeai droit vers le rideau de perles. Je plongeai mes regards au travers, et la lumière de la bougie cadra son corps au-dessus d'elle. Je me touchai, mais cette partie de moi était de glace. Mon cœur cognait "ba-boum, ba-boum, ba-boum" et je sus que les deux amants n'allaient pas tarder à l'entendre. Je me touchai à nouveau, je ne sentis plus de glace, je ne sentis plus *rien du tout*. Je murmurai "Charlie", écartai les rideaux et avançai jusqu'au lit. Une brise déplaça la lumière qui éclaira des jambes entrelacées. Le souffle court, je me penchai et les touchai.

– Mon Dieu !

– Put...

J'entendis les mots et reculai ; une lumière jaillit et les jambes que je caressais se détendirent pour me frapper. Puis Charlie se couvrit d'un drap, et tout ce qu'il me resta à faire, ce fut de fuir.

Je plongeai vers le rideau, mais un coup m'atteignit sur la nuque. Fleur cria :

– Le Grand Chambard est arrivé !

Je tombai à genoux. Puis la lumière se fit dans la pièce de façade, et une force qui m'enserrait le cou m'arracha. J'eus la vision, pêle-mêle, de Tahiti et du Japon via la Pan American Airways, et de panneaux publicitaires qui vantaient les Jook Savages et les Marmelades. J'essayai de faire défiler en réaction de défense un film de mon cinéma intérieur, mais j'avais l'impression que mon cerveau me jaillissait du crâne. Charlie hurlait : "Putain, putain, putain !" Puis nous nous retrouvâmes sur l'allée de dégagement, au vu des gens des appartements avoisinants qui regardaient à leurs fenêtres ; ils me regardaient, *moi*.

On me tordait, on m'arrachait le cou de son axe et je ruai latéralement vers les gargouilles ; du verre vola en une succession de visages stupéfaits. Les oreilles me résonnaient de hurlements et de bruits de sirènes qui approchaient, pendant que Charlie m'entraînait dans l'escalier, et la dernière chose que j'entendis avant de m'évanouir, ce fut Fleur qui chantait un "medley" improvisé de morceaux des Beatles.

11

La caresse me coûta près d'une année de ma vie. Je fus arrêté et inculpé, chef d'accusation : effraction, et la pince-monseigneur trouvée dans ma poche me valut une seconde inculpation pour possession d'instrument de cambriolage. Une plainte pour voyeurisme était en suspens, mais mon avocat nommé d'office me déclara qu'oncle Walt Borchard avait convaincu le procureur de ne pas lui donner suite : il ne voulait pas que je me traîne une “collante” de criminel sexuel. Sur le conseil de mon défenseur, je plaidai coupable lors de la mise en accusation. Ma condamnation : un an à la prison du comté de Los Angeles et trois années de mise à l'épreuve. Lorsque le juge me lut la sentence et me demanda si j'avais une déclaration à faire, je rompis la ligne de conduite – silence et réponses en monosyllabes – qui avait été la mienne depuis le moment de mon arrestation.

– Je n'ai rien à dire pour l'instant, dis-je.

Mon “économie de silence” s'était enclenchée automatiquement, au moment où les shérifs m'avaient passé les menottes aux poignets et que j'avais appris que mon agresseur n'était pas Charlie le fantôme, mais un homme du nom de Roger Dexter. Les flics, les prisonniers et les conseils judiciaires auxquels j'avais eu affaire entre le moment de mon arrestation et celui de ma condamnation s'attendaient de ma part à une attitude faite de silences tendus et de regards lointains, et mon comportement à l'annexe du poste d'Hollywood Ouest n'avait pas paru incongru. Je mesurais 1 m 86, je pesais 83 kg, bizarre et anguleux, et les brutes du frigo avaient d'autres “chats” plus fragiles à fouetter et à harceler. Personne ne savait que j'étais absolument terrifié, littéralement mort de peur, et que mon protecteur, à la prison, n'était qu'un méchant héros de bande dessinée.

Les conseils de Super Saigneur émoussèrent mes cauchemars, apaisèrent mes souvenirs de l'instant où j'avais touché cette chair, et me permirent de me concentrer sur les moyens de survivre à ma sentence. Nos dialogues étaient d'une constance telle que même lors de mes périodes de silence physique soutenu, je me sentais intérieurement en hyperverbalisation pendant que s'imprimaient sur mon champ de vision des conseils de prudence, chaque fois que je me sentais particulièrement effrayé :

“En comptant la remise de peine et les périodes de

travail que tu obtiendras de par tes fonctions d'"homme de confiance", tu auras neuf mois et demi d'incarcération à supporter. Tes confrères seront des hommes stupides, des hommes violents enclins à faire des victimes de tous ceux qui leur seront plus faibles.

"En conséquence, il te faudra utiliser ton aspect physique extérieur sans affecter une attitude macho qui attirerait la violence.

"En conséquence, jamais tu ne devras trahir auprès de tes compagnons de cellule le fait que tu es beaucoup plus intelligent qu'eux, ou que tes propres tendances criminelles dérivent de besoins et de curiosités beaucoup plus profonds que les leurs.

"En conséquence, tu devras utiliser économie de silence et invisibilité psychique, ainsi qu'une nouvelle "invisibilité protectrice" parfaitement rodée – en endossant les personnalités de ceux dont tu partageras la vie, *en te fondant en eux jusqu'à ce qu'on ne puisse plus te distinguer de tes compagnons.*"

C'est ainsi que j'arrivai, avec pour arme mon cerveau, à la nouvelle prison du comté de L.A. pour y accomplir ma peine. Le bâtiment terminé tout récemment était une masse toute en angles, d'acier et de béton luisants, peinte en bleu-gris et orange, avec de longs couloirs où s'enchâssaient salles d'arrivée et "modules" d'incarcération : quatre étages de cellules avec passerelles étroites sur le devant. Les six étages, reliés par des ascenseurs, avaient chacun une hauteur égale à celle d'un immeuble de trois étages ; les couloirs couraient sur une longueur équivalente à celle de trois terrains de football. Les réfectoires avaient la taille de salles de cinéma, et le chapelet des bureaux d'administration occupait deux cents mètres, derrière des portes d'accès blindées d'acier. Après dix heures de corvée passées à attendre dans la salle d'arrivée – avec fouille au corps, passage à la désinfection, analyse de sang, et encore attente –, je fus affecté en compagnie de cinq autres prisonniers à une cellule pour quatre, pour y attendre ma classification comme homme de confiance, et le travail qu'on m'attribuerait. Après les kilomètres de béton bleu-gris et orange que j'avais arpentés, je m'allongeai sur le bat-flanc que j'avais piqué à un jeune mexicain, gros et court sur pattes, et me laissai envahir par mes premières impressions d'ensemble.

Confinement était le mot qui les résumait avec le plus de précision ; je savais qu'il tirait son origine du béton et de l'acier qui me contenaient, des cerveaux amoindris de mes gardiens et de mes collègues prisonniers, et du niveau sonore de l'air que je respirais. Avec Super Saigneur à mes côtés, je compris que mon auto-confinement au sein du confinement général serait impénétrable.

J'attendis quatre jours avant d'être classé "homme de confiance", pendant lesquels j'appris le vocabulaire de la prison et aiguisai mes talents de démembreur. Mis à part les "appels-bouffe", je passais tout mon temps en cellule, à dormir et à écouter les récits exagérés d'exploits criminels et sexuels, et ne participais aux conversations que lorsqu'on m'interrogeait directement. Je commençais à percevoir l'ennui qui régnait en maître sur la violence comme le trait le plus marquant de la vie de prisonnier : le plus grand danger que je pourrais courir serait de m'esclaffer à haute voix devant les faits ridicules que des visages sérieux me racontaient.

Aussi, lorsque Gonzalez, le môme tas-de-lard mexicain dont j'avais piqué la couchette, commença son bavardage par sa phrase habituelle : "Tu parles de chatte de première, mec !", je me mordis les joues pour m'empêcher de glousser ; lorsque Willie Grover, alias Willy Muhammed 3 X, se mit de la partie de son traditionnel : "Me-e-e-rde ! Quand tu parles de chatte, moi, ça me va ! J'ai fourré ma trique – vingt-cinq centimètres ! – dans plus de connasses que t'en as jamais vu !", j'enfonçai les doigts dans le mur de la cellule pour étouffer les tressautements de mon ventre. Les autres prisonniers – deux Blancs, Ruley et Stinson, et un

Mexicain du nom de Martinez – se moquaient verbalement de Gonzalez et de Grover, et je fus bientôt capable de déterminer l'argumentation criminelle et sexuelle qui les amènerait à parler.

Ainsi donc, les premières journées de ma peine se transformèrent en cours accéléré d'intégration sociale sous la contrainte. Lorsqu'on m'interrogeait sur mon "motif", je répondais : "Effraction. Je fauchais dans les apparts d'Hollywood Ouest." Lorsqu'on me posait des questions sur ma main, toujours enflée pour avoir essayé de me creuser une échappée à mes cauchemars, je disais : "J'ai descendu le mecton quand y m'a surpris dans sa turne." Les petits signes de tête que je recevais en réponses à mes paroles m'encouragèrent ; les regards appréciateurs qui erraient sur mon corps musclé de frais me disaient qu'aucun de mes tôlards ne se risquerait à émettre un avis contraire. Mon personnage criminel tenait bon.

Et tandis que je faisais semblant de lire de vieux numéros d'*Ebony* et de *Jet*, allongé sur ma couchette, j'écoutais, accumulant expressions toutes faites et informations sur la manière de se conduire, qui renseignaient mon personnage de tôlard pour lui donner encore plus d'authenticité.

Ma peine d'un an s'appelait une "balle" ; l'argot de réfectoire pour steaks, hot dogs et gelée du petit déjeuner était, respectivement, "gainesburgers", "pines d'ânes" et "mort rouge". Les prisonniers en préventive, en attente d'être jugés et classés, étaient appelés les "bleus", au vu de l'uniforme de toile bleue que je portais à présent ; un informateur était une "balance" ; un homosexuel, une "tante" ; les shérifs adjoints qui servaient comme gardiens, des "bœufs".

Si un prisonnier offrait bonbons ou cigarettes, il fallait refuser immédiatement, parce qu'il voulait vous faire "virer votre cuti".

Si un "tantouzard" faisait des avances sexuelles, il fallait lui "rentrer dans le lard", même en présence des bœufs, sinon, “si on le remettait pas à sa place”, on vous collait un “bifton de tante” et on se faisait “asticoter” par tous les “amateurs de rondelle” prêts à faire un tour côté “Route-à-l’envers”.

S'adresser aux bœufs avec le titre de M. Untel ou adjoint Untel, mais ne jamais entamer une conversation avec eux sur des sujets ne relevant pas de votre “numéro en kaki” ou de vos “affaires régul”.

Ne pas chercher l’amitié des Noirs, on devenait alors un “ringueur de négros” ou un “baise bougnoules” et on était sujet aux attaques des “paddys”, (les Blancs), des “fayoteurs” (les Mexicains), et du “Conseil de guerre” (Blancs et Mexicains qui s’alliaient en cas d’urgence pour opposer aux Noirs un front uni.)

Et toujours, toujours, “être à la coule” et “jouer au dur”.

A mon troisième jour de cellule, je reçus une lettre d’oncle Walt Borchard. Mes mains tremblaient pendant que je la lisais.

« 16. 10. 69

« Cher Marty,

« Je crois qu’avec ton arrestation, c’est fini. Je ne suis pas venu te voir à l’annexe d’Hollywood Ouest parce que l’agent qui m’a prévenu pour me dire où tu étais m’a parlé de l’instrument qu’il a trouvé sur toi, et je ne suis pas complètement bouché, je sais additionner deux et deux. C’est moi qui ai fait sauter ton motif d’obsédé : faire sa vie avec l’étiquette d’obsédé sexuel qui vous colle à la peau quand on a 21 ans, c’est inadmissible, sauf si on a fait du mal à quelqu’un, ce que tu n’as apparemment pas fait – sauf à moi.

« Tu aurais pu venir me parler, tu sais. La plupart des mômes, ça vole des petits trucs, c’est une période comme ça. Mais tu m'as tiré les vers du nez pour des tuyaux sur la cambriole, et ça, ça casse tout.

« J'ai nettoyé ta piaule, et j'ai planqué tes affaires. J'ai trouvé tes livrets de banques, tes reçus et les clés de tes coffres personnels, et je les garderai jusqu'à ce que tu sortes. Je ne sais pas où tu as eu l'argent, et je me fiche pas mal de ce qu'il y a dans tes coffres. Les shérifs d'Hollywood Ouest ont emmené ta voiture, et elle ne vaut pas le coup d'être récupérée : qu'ils la vendent aux enchères. Quand tu passeras chercher tes affaires, va voir Mme Lewis au N° 6 ; je ne veux plus te voir, et c'est elle qui a tout dans son placard.

« Walt Borchard »

Ma lecture terminée, je sentis une porte en acier poli qui se refermait sur une longue période de ma vie. Une autre porte s'ouvrait, celle-ci portant en relief des symboles de dollars, les dollars que je croyais avoir perdus. Willy Muhammed 3 X dit :

– T'as l'air heureux, mon pote. Ta salope a réussi à te faire passer des trucs de cul malgré la censure ?

– Mon oncle est mort, dis-je d'un mensonge.

– Et ça te rend heureux ?

– Il me laisse six bâtons, et des p'tits trucs chouettes.

– Super, mais l'était de ta famille, et t'es heureux ?

Je jetai la lettre dans les toilettes et tirai la chasse, m'efforçant de me visser sur la figure mon nouveau regard glacé, modèle breveté "raclure de Blanc".

– C'était une tante, il a eu que ce qu'il méritait.

Après la bouffe du matin, à mon quatrième jour dans les "blocs", la voix du gardien du module retentit dans les haut-parleurs :

– Lopez, Johnson, Plunkett, Wilkie et Flores, magnez-vous, allez vous faire classer.

La porte électrique de la cellule coulissa, et je rejoignis les autres sur la passerelle. Un adjoint du shérif apparut quelques instants plus tard et nous conduisit le long d'une série de couloirs jusqu'à une petite pièce aux murs de ciment bleu-gris. Une photographie du shérif Peter J. Pitchess, enchâssée de plastique, était la seule décoration des murs, et la pièce ne comportait pas le moindre meuble.

Lorsque l'adjoint eut verrouillé la porte derrière nous avant de nous laisser, mes collègues firent une descente sur la photo, crayon à la main, et bientôt le shérif du comté de Los Angeles se retrouva avec des croix gammées sur les pointes de son col, des boutons à la Frankenstein sur le cou, et un phallus géant dans la bouche. Tous les quatre se mirent à saluer avec force cris leur travail d'artistes, puis une voix amplifiée électriquement retentit :

– Bonjour, messieurs. C'est l'heure du classement. Vous disposez de soixante secondes pour nettoyer le shérif Pitchess, ensuite il nous faut Plunkett, Flores, Johnson, Wilkie et Lopez à la porte intérieure, dans cet ordre.

L'ultimatum fut accueilli par des huées.

– Avec ta mère, c'est soixante minutes qu'j'me suis payées, pédé !

– Le shérif Peter, il est trop occupé à jouer avec mon zizi.

– Le pouvoir au zizi !

Je ris devant le rituel valable pour les deux bords, avant d'aller, guilleret, me poser près de la porte intérieure. Deux prisonniers frottaient la photo de leurs mouchoirs détrempés de salive. Au moment même où le shérif retrouvait sa virginité, la porte s'ouvrit et un adjoint en uniforme m'indiqua une rangée de cagibis, en marmonnant :

– Celui du bout.

J'allai jusque-là, le long d'un couloir sinistre muni de barres boulonnées au mur à hauteur de menton.

Dans le dernier cagibi était assis un adjoint, derrière un bureau. Il m'indiqua une chaise en face de lui. Lorsque je m'assis, il dit :

– Vous vous appelez Martin Michael Plunkett ?

Je me demandai quel genre de voix je devais prendre. Les secondes passaient, je décidai de paraître cultivé, dans l'espoir d'obtenir un travail de bureau.

– Oui, monsieur, dis-je de ma voix normale.

L'adjoint soupira.

– Votre premier séjour en prison ?

– Oui, monsieur.

– Votre première erreur, Plunkett. On n'appelle pas les adjoints dont on ne connait pas le nom "monsieur". Les autres détenus considèrent que c'est de la lèche.

– Bien.

– C'est déjà mieux. Laissez-moi vous lire votre fiche. 1 m 87, 83 kg, DDN* 11/4/48. Une inculpation pour effraction, une autre pour possession d'instrument de cambriolage : une balle pleine. Trois ans de mise à l'épreuve. Date de libération 14/7/70. Ça vous paraît à peu près correct ?

– Oui.

– Okay. Passons aux choses plus personnelles. Quel est votre métier ?

– Bibliothécaire.

– Jusqu'où êtes-vous allé dans vos études ?

Je jetai un coup d'œil aux papiers, entre les mains de l'adjoint ; mon instinct me dit que ses renseignements étaient minces.

– J'ai une maîtrise de bibliothécaire.

L'adjoint joua du tambour, du bout des doigts sur le bureau.

– Vous avez une putain de maîtrise à vingt et un ans ?

Je gloussai en me dénigrant moi-même pour me rendre plus modeste.

– D'une petite université, en Oklahoma. Ils ont un programme de maîtrise spécial, en accéléré.

– Seigneur, bibliothécaire-cambrioleur ! Ça n'arrive qu'à L.A. Okay, Plunkett. Etes-vous homosexuel ?

– Non.

* DDN : date de naissance.

– Diabétique ?
– Non.
– Épileptique ?
– Non.
– Intoxiqué aux drogues hallucinogènes ?
– Non.
– Prenez-vous des médicaments sur ordonnance ?
– Non.
– Êtes-vous alcoolique ?
– Non.
– Bien. Moi, si, et putain, c'est pas drôle !

L'adjoint éclata de rire et dit :

– Et maintenant, les choses un peu moins nettes. Croyez-vous qu'on conspire contre vous pour vous avoir ?
– Non.
– Croyez-vous que les gens rient dans votre dos ?
– Non.
– Entendez-vous des voix quand vous êtes seul ?
– Non.
– Vous arrive-t-il de voir des choses qui ne sont pas là en réalité ?

Je me mordis la langue pour m'empêcher de rire.

– Non.

L'adjoint étira les bras et dit :

– Vous êtes un putain de parangon d'équilibre, mais testons un peu votre cerveau. Combien font quatre-vingt-dix-sept et quarante et un ?

Sans hésitation, je dis :

– Cent trente-huit.
– Ça marche, rat de bibal. Cent dix-huit et soixante-quatorze ?
– Cent quatre-vingt-douze.
– Deux cent quatre-vingt-quatre et cent soixante-six ?
– Quatre cent cinquante.
– Vous avez dû cambrioler des machines à calculer. Qu'est-ce...

Des gloussements de voix de fausset retentissaient quelque part dans la rangée des cagibis. Une voix aiguë roucoula :

– Des devinettes comme ça, je peux y jouer aussi bien au bloc à tantes du vieux comté. On m'y a envoyé...

L'adjoint tapa sur la table.

– Votre attention, monsieur Fufute. Ça, c'est Lopez qui tente le coup pour le bloc à choutes ; il croit que ça craint moins là-bas. Et voici mon petit dernier, pour changer. Combien font quatre et quatre ?

– Je ne sais pas, dis-je en souriant.

L'adjoint me rendit mon sourire avant de consulter ses papiers et de dire :

– Une question psycho que j'ai oubliée. Êtes-vous sujet à des suées nocturnes ou à des cauchemars ?

Pendant ce qui me parut l'éternité de fractions de secondes, je me retrouvai sans membres, prisonnier de flash-backs de cauchemars que je croyais contenus par la prison. Finalement, Super Saigneur apparut pour me murmurer : *Mollo, doucement* .

– Non, dis-je d'une voix rauque.

– Vous transpirez, dit l'adjoint, mais je mettrai ça sur le compte de vos nerfs de novice. Dernier test. Allez jusqu'aux barres et faites autant de tractions que vous le pourrez.

J'obéis et m'attaquai aux barres : une traction, montée, descente, montée-descente, montée-descente, jusqu'à me retrouver trempé de suées diurnes qui ne pouvaient se terminer qu'en épuisement bienfaiteur et sans rêves. Lorsque finalement mes muscles ont abandonné, je tombai au sol et l'adjoint dit :

– Trente-six. Tout ce qui dépasse vingt, c'est automatiquement "déchargements et poubelles", et là j'dois dire qu'vous vous êtes dépassé. Allez dans la pièce d'arrivée et attendez ; quelqu'un vous emmènera au dock DP.

Je me levai et pénétrai dans la pièce d'arrivée. Les autres détenus étaient là, en train d'embellir le shérif

Pitchess de lunettes et d'une moustache à la Hitler. La voix aiguë que j'avais entendue dans les cagibis se mit à pousser ses trilles :

– Ce beau gosse tout en sueur, qu'est-ce qu'il est mignon !

Et je sentis une main sur mon épaule. Je pivotai, et vis que Lopez me lançait son regard de vamp, pendant que les autres me jaugeaient dans l'attente de ma réaction.

Je me retins, avec la sensation de quelque chose de maladif, sucré et mièvre. Puis je reçus une décharge de terreur comme si quelqu'un m'enfonçait un câble électrique dans le cerveau. Je regardai les trois autres détenus, qui me jaugeaient et m'accusaient, et devant mes yeux ils se transformèrent en Charlie et son visage en miroir. Lopez roucoula "la sueur, vraiment, ça me botte", et je le frappai de ma main blessée, puis de ma main intacte, puis blessée-intacte, blessée-intacte, blessée-intacte, jusqu'à ce qu'il se retrouve au sol à cracher ses dents. Je piquais sur sa gorge comme centre de ma cible lorsque les trois détenus me tirèrent en arrière ; l'adjoint des classifications sortit, secoua la tête et dit :

– Lopez, espèce de merde débile, regarde ce que t'as fait, maintenant. Wilkie, emmenez Plunkett au dock de déchargement ; Johnson, emmenez Lopez à l'infirmerie. Plunkett, vous avez droit à une fleur, la première. N'y revenez plus.

Les détenus me laissèrent partir, et Wilkie me poussa gentiment dans le couloir. Ma vision se bordait de rouge et de noir, et les palpitations de ma main étaient comme les fils de contention qui m'empêchaient d'exploser comme un obus shrapnel. Wilkie sourit et dit :

– T'es doué.

Déchargement.
À l'écoute.
Invisibilité de protection.
Je passai les six semaines suivantes de ma peine à jongler entre ces trois activités. Assigné aux fonctions d'homme de confiance en kaki, service "déchargements et poubelles", j'avais le boulot le plus dur de tout le système pénitenciaire du comté de L.A., et j'eus droit aux récompenses qui allaient de pair : une cellule individuelle, trois repas par jour dans la salle à manger des gradés, mes week-ends libres, avec libre usage du module des hommes de superconfiance : quatre étages de passerelles très larges – on aurait pu y lancer les dés d'une partie de craps ! —, salle de télé et salle de cartes, et une bibliothèque pleine de livres de poche, de westerns, et de l'histoire en images de l'Allemagne nazie. Les récompenses étaient douteuses mais, fait étrange, j'en vins à aimer mon travail.
A 2 h chaque matin, le gardien du module nous réveillait individuellement, en faisant résonner nos cellules une à une avant de nous envoyer la lumière d'une lampe stylo dans les yeux. Je me réveillais toujours instantanément avec une sensation de soulagement. Depuis que j'avais frappé Lopez, mon sommeil avait été sans rêves à cent pour cent, mais la peur des cauchemars était toujours là, tout près de moi ; et encore plus près, juste au-delà, toujours présente, la certitude que le mélange prison/cauchemars serait quelque chose d'effroyable.
Après décompte individuel sur la passerelle du bas, on nous apportait le petit déjeuner dans la salle à manger des gradés. Un diététicien employé par le comté avait élaboré une théorie selon laquelle des postes de douze heures d'un travail épuisant exigeaient, pour les solides gaillards qui en avaient la charge, une alimentation équivalente ; et on nous bourrait de plâtrées de bacon, d'œufs, de steaks trop cuits et de patates qui trempaient dans un jus de viande à vous donner la nausée, fait de

farine, d'eau et de porc salé. Les hommes de confiance qui étaient mes collègues se régalaient de leur menu spécial, dévorant la nourriture avec le panache et le j'm'enfoutisme d'hommes décidés à mourir jeunes ; ne voulant pas paraître en reste, je bâfrais gloutonnement en leur compagnie. Et lorsque le travail s'arrêtait pour le déjeuner de 11 h, j'avais faim. Parce que le travail consistait, sans interruption, à soulever, transporter, se baisser et pousser.

La prison était le lieu de distribution de tous les établissements pénitenciaires et correctionnels du comté, et la moindre parcelle de linge de tout le système passait par le quai de déchargement, pour être chargée dans le camion qui l'emmènerait à sa destination finale. Nous avions la responsabilité du chargement comme du déchargement, et chaque sac de linge que nous déplacions pesait au moins cinquante kilos. Cette partie-là du travail était relativement facile et propre. Puis, le déjeuner terminé, les muscles brûlants et douloureux, alourdis et abêtis de quelques milliers de calories supplémentaires, nous voyions les camions de l'abattoir qui venaient se ranger.

C'est là que j'écoutais et travaillais tout à la fois, utilisant mon invisibilité de protection à mon plus grand avantage.

Les autres détenus trouvaient révoltant le transport des quartiers de viande, et ils faisaient passer leur dégoût en s'aidant de bavardages incessants. Il était convenu entre eux qu'ils garderaient leurs meilleures histoires et leurs projets criminels les plus audacieux pour les deux bonnes heures que nous passions à transbahuter des quartiers de bœuf et de porc hors des camions jusqu'aux chambres froides de stockage, à quelque cent cinquante mètres du quai de déchargement. Mes kakis détrempés de sang, les mains glissantes de graisse et de morceaux de cartilage, je digérais les récits d'agréables prouesses de lit, ou de mésaventures sexuelles hilarantes ; j'appris la manière de chauffer une voiture et de se procurer tout un assortiment de faux papiers. J'acquiesçais de la tête, et ponctuais leurs récits d'éclats de rire, et comme c'était toujours moi qui me coltinais les morceaux les plus lourds, personne ne semblait remarquer que je n'avais jamais d'histoire à raconter.

Femmes, lits et voitures rapides.

Techniques de vol à l'étalage.

Prix de la came, tels qu'ils se pratiquaient.

Détails pornographiques de femmes jadis aimées, maintenant méprisées.

Soupirs alanguis pour les femmes toujours aimées.

Comment exploiter au mieux les services d'homosexuels.

Je fis mien tout ce savoir pendant que mon corps était poussé à ses limites, le sang des animaux morts dégoulinant dans mes pantalons. Je savais que les récits que j'entendais devenaient mes propres récits, une part de ma mémoire, et que le rituel tension-douleur-chargement-sang-savoir par lequel ils devenaient miens en faisait ma propriété bien plus que celle des hommes qui les avaient vécus en propre. Et lorsque le dernier camion de l'abattoir était vide, je restais toujours à traîner sur le quai de déchargement, laissant la tiédeur des vents d'automne, les Santa Ana du désert, réchauffer la pourpre luisante de mon corps.

***

En un sens, les "déchargements et poubelles" m'ont donné mon corps.

Mes exercices de gym en avaient été le début : de décharné, j'étais devenu mince, mais mes six premières semaines de D&P y ajoutèrent épaisseur et muscle : j'étais devenu un grand costaud. A force de balancer des sacs de linge de cinquante kilos, les muscles de mes poignets avaient doublé de volume ; à me baisser pour soulever les sacs de cinquante kilos, je me musclai le bas du dos, des crêtes noueuses et dures en triangle au niveau des lombaires. A charrier des quartiers de bœuf, ma poitrine prit du coffre et mes épaules se firent cordes et câbles, tandis que mes bras, à force de tirer, balancer et soulever sans cesse, se durcirent au point qu'une aiguille en pénétrait difficilement le muscle. Pendant le transport des sacs de la blanchisserie, j'observais à la dérobée les autres corps qui travaillaient à mes côtés. C'était des corps de force, mais les estomacs distendus par la bière, et les poitrails laids comme des barriques prédominaient. Mon corps était celui qui approchait le plus de la perfection, et au moment de ma libération, il n'en serait que plus proche d'autant.

Après le travail et une longue douche solitaire, j'écoutais les hommes qui jouaient aux cartes sur la passerelle, avant de me retirer dans ma cellule pour me plonger dans la lecture des illustrés sur l'histoire nazie. Le sujet en soi ne m'intéressait pas, mais la juxtaposition d'histoires d'horreur en toutes lettres et des cris en provenance de la passerelle était d'une certaine manière rassurante. Puis, après la bouffe du soir et le verrouillage des cellules, je passais sans transition de l'observation et de l'invisibilité à des rituels d'individuation.

Une fois les portes des cellules fermées avec fracas, je me déshabillais, et, complètement nu, je m'imaginais un miroir de plain-pied, face aux barreaux. Je me palpais le corps en quête de nouveaux muscles, et rassemblais mentalement à la fois les renseignements criminels pratiques de la journée et les anecdotes sexuelles que j'avais entendus. Au bout de quelques minutes, d'autres rituels commençaient à se faire entendre : le grincement des ressorts des lits, de chaque côté de ma cellule, me disait clairement que c'était l'heure des fantasmes et des attouchements ; c'est alors que je me plongeais bille en tête au cœur des récits d'abattoir et de déchargement de viande, où je personnifiais alternativement l'un et l'autre sexes, utilisant "Charlie" comme nom lorsque j'interprétais l'homme. Le procédé me donnait la sensation d'usurper les souvenirs des autres, et je me chargeais d'expériences que je n'avais jamais connues, afin de me rendre encore plus inviolé de ne les avoir pas connues. Les grincements des matelas alentour montaient à l'unisson, mes re-créations de distraction également. Sans même me toucher, je déchargeais, toujours dans le rôle de "Charlie", les yeux rivés au travers des ténèbres, sur ma propre image.

***

Le 2 décembre, je découvris qui était en réalité Charlie, et la retenue qui avait été la mienne explosa en morceaux.

Des titres sur cinq colonnes du *Times* et de l'*Examiner* annoncèrent la nouvelle : Charles Manson, ainsi que quatre membres de sa "famille" avaient été arrêtés et inculpés des meurtres de Tate/La Bianca. Manson – connu chez ses disciples sous le nom de "Charlie" – dirigeait une "commune hippie" à La Vallée, au Movie Ranch Spahn quasi abandonné où il présidait toutes les nuits à des orgies de came et de sexe. Des déclarations des trois membres féminins de l'"escadron de mort" de Manson semblaient indiquer que les meurtres avaient été perpétrés dans un désir de susciter un soulèvement social, des troubles qui étaient censés mener à l'Armageddon, que Charlie appelait le Grand Chambard.

Je soufflais sur le quai de déchargement de la blanchisserie lorsque je lus les premiers comptes rendus, et je fus pris de tremblements de la tête aux pieds lorsque les souvenirs de mon passé récent se mirent à clignoter à travers les pages du journal. Je *vis* les deux clowns du restaurant et *entendis* l'un d'eux dire : "Ils recrutent pour leur gourou, un dénommé Charlie, et elles te racontent que le pognon de leurs baises va à la famille et que tu devrais aller jusqu'au ranch où elles vivent." Fleur avait crié : "Le Grand Chambard nous tombe dessus", et Saison avait décrit l'homme que l'*Examiner* présentait comme un "svengali*, ancien tôlard aux yeux bruns d'hypnotiseur" sous les termes de "sage, chaman, guérisseur et métaphysicien".

Le gardien des D&P appela :

– Au boulot, Plunkett.

Après la lecture du paragraphe final qui promettait des photos du "sauveur au culte satanique" dans l'édition suivante, j'obéis. Sur le quai de l'abattoir, cet après-midi-là, je fus incapable de comprendre et d'assimiler les anecdotes ; mon corps brûlait d'une seule pensée : Charlie Manson avait les yeux bruns, moi aussi. Ce point d'identité établi, la ressemblance s'arrêterait-elle là, irait-elle grandissant ou s'effondrerait-elle en morceaux ?

L'édition du soir du *Times* de Los Angeles me fournit la réponse. Charlie Manson était un minus de trente-quatre ans, la poitrine creuse, la chair molle, à peine plus d'un mètre cinquante, de longs cheveux graisseux et une barbe broussailleuse. Je me sentis soulagé et déçu en étudiant ses photographies, mais je n'arrivai pas à comprendre les raisons de cette ambivalence. L'article de tête sur le passé de Manson suffit à peine à clarifier mes sentiments : c'était un ex-tôlard déjà condamné pour proxénétisme, faux, possession de stupéfiants et vol de voiture, et il avait déjà passé plus de la moitié de sa vie en diverses prisons. Je ne me sentis que mépris : un séjour en prison, mis à profit pour y apprendre des pratiques que la société rejette, passe encore ; des séjours répétitifs indiquent un penchant autodestructeur vers l'institutionnalisation du procédé. Je commençai à me demander jusqu'où cet homme m'emmènerait.

* Personnage de music-hall, hypnotiseur et magicien célèbre, devenu nom commun.

Une semaine durant, il m'emmena sur des montagnes russes, où frustration et introspection se côtoyaient.

Manson devint le centre des conversations de la prison, et les hommes de confiance des D&P étaient divisés dans leurs opinions : certains le considéraient comme "un psycho complet", d'autres admiraient son emprise sur les femmes et son mode de vie, came et violence. Je me tins à l'écart des discussions : j'écoutais ce que disaient les participants, mais j'essayais de limiter ma connaissance de Manson aux seuls faits que je pouvais glaner dans les médias. En mettant de côté les expressions outragées et scandalisées qui accompagnaient le moindre écrit sur Charlie et sa famille, je me composai un traité dont les faits me paraissaient solides.

Charlie avait l'instinct de la rue, c'était un manipulateur de jeunes gens errant sans but précis, doué pour se procurer de la came, bien versé en rock and roll, en science-fiction, en pensée religieuse et dans la pléthore des mouvements sociaux auxquels sont sensibles les jeunes impressionnables ; de toute évidence, c'est à partir de cela qu'il avait bâti sa propre façon d'être – une éthique capable de séduire des mômes sans racines. L'ensemble était impressionnant.

Et pourtant, en tant que criminel, c'était un foireux complet, qui avait donné sa confiance à des gens, lesquels, au bout du compte, l'avaient trahi.

Et pourtant, au cours de ses interviews, il apparaissait comme un psychotique sans cervelle, brailleur de slogans.

Mais, il s'était créé un fief qui s'organisait autour de ses fantasmes sexuels les plus extrêmes ; *mais*, des gens avaient assassiné sur son ordre ; *mais*, il avait le pouvoir d'usurper mes rituels nocturnes devant miroir, les transformant en séances atroces de questions-réponses.

"Existe-t-il quelque sombre raison d'ordre cosmique pour que ton chemin ait croisé celui de cet homme ?

"*Son* pouvoir sexuel a eu pour résultats *ta* seule et

unique tentative avortée d'accouplement et, partant, une année de prison. Cela impliquerait-il un sens sinistre et caché ?

"Intellectuellement et physiquement, tu es capable de le casser en deux comme un fétu de paille, du bout des doigts, mais lui a fait la couverture de *Life* tandis que tu traînes tes sacs de linge comme une non-entité criminelle. De quoi ce fait est-il porteur pour ton propre futur ?"

Je savais que ces questions resteraient sans réponse, conséquence inévitable de mon sentiment profond et essentiel d'impuissance totale. Ce sentiment, je le mis à mal du mieux qu'il me fut possible : je fis porte close à toutes les pensées qui me mettaient en scène aux côtés de Charlie comme jumeaux en symbiose de la célébrité et de l'échec ; je traînai des charges de plus en plus lourdes sur les quais avant de passer des heures à m'entraîner physiquement dans ma cellule, me créant ainsi mon propre univers d'épuisement physique où le corps était roi. Mais ce stratagème était toujours battu en brèche par les titres sur Manson, les histoires de Manson, les bavardages et les spéculations sur Manson. Les mecs de confiance parlaient de Charlie sur le quai, et – je faillis en perdre la tête tant je fus surpris – un documentaire télé sur la "famille" présenta des interviews de Saison et de Fleur. J'eus une envie démesurée de les arracher tous de là, appuyés contre le mur de la passerelle. Puis, le grand jury et la procédure de mise en accusation terminés, le "satan hippie" fut transféré au quartier de haute sécurité du nouveau comté : nous habitions sous le même toit.

Je savais que nos chemins convergeaient ; que le destin nous préparait un rendez-vous et que tout ce que j'avais à faire, c'était de poursuivre ma voie du moment : mes questions trouveraient leurs réponses par la bouche de l'homme miroir en personne. Aussi poursuivis-je ma lutte avec les superchargements des quais, sachant que ce qui me poussait, c'était la peur et le doute ; après mon travail, je m'étendais sur ma couchette, soucieux de faire que le corps que je me gagnais jour après jour ne ruine pas mon invisibilité psychique ; que, pour le restant de mes jours, je ne m'exclus pas de la foule des autres, pareil à une grosse baraque à merde à laquelle les autres viendraient se mesurer en guise de test. Je commençai à percevoir mon dilemme comme visibilité contre invisibilité, pendants à une affirmation hurlante de soi contre le pouvoir subtil de l'anonymat. Les plus et les moins s'égalisaient des deux côtés, et ils étaient d'autant plus convaincants que je savais que ma destinée était unique dans sa différence et sa témérité. Bien que n'ayant jamais manifesté ouvertement de croyance en Dieu, je commençai à le prier toutes les nuits afin qu'il me conduise à Charlie, que je voie enfin ses yeux bruns en face et que j'y lise les augures des miens.

La route qui menait à Manson s'ouvrit un mercredi matin pluvieux, une semaine après son transfert en haute sécurité. Je charriais des cartons de boîtes de conserve du quai jusqu'à une zone protégée par un avant-toit, lorsque j'entendis "Attrape, la Frime !" et reçus un cageot de laitues en plein dans le dos. Je fus étourdi par le choc et tombai à genoux ; j'entendis des cris de "enfoiré de snobinard" et "allez, bouge-toi, m'sieur Muscle". Je me remettais debout lorsque je perçus un écho ancien, en ligne droite du baisodrome de Fleur et Saison : "Verrouille, charge et tire, entre les deux yeux."

De ma position à genoux, je pris l'attitude d'un sprinter au départ, avant de bondir en avant et de foncer bille en tête sur mes accusateurs. Surpris, ils ne firent pas un geste pour se séparer. Je les heurtai de plein fouet comme un bélier, et lorsque je vis un biceps mollasse juste devant mes yeux, je mordis à pleines dents et avalai le petit morceau de chair que j'avais réussi à arracher.

Le groupe se dispersa alors, et mon propre élan me propulsa au sol. Je me relevai une nouvelle fois et pivotai pour voir un groupe d'hommes démesurés, debout, en état de choc, un air de stupéfaction sur le visage. Ne cédant pas d'un pouce, j'entendis au milieu des murmures : "Il m'a mordu... putain de Dracula !", "Pas moi, mec !" Le gardien des D&P s'approcha. J'avais trouvé ce que je voulais et je me laissai passer les menottes pour qu'on me ramène en cellule.

On m'infligea cinq jours de réclusion en solitaire dans le "module de réadaptation" – une rangée de cellules pour un seul occupant, sans couchette, avec un seau pour uriner et aller à la selle. Pas de lecture autorisée, et la nourriture consistait en six tranches de pain et trois tasses d'eau par jour. Si les geôliers s'imaginaient que ces conditions spartiates allaient être une épreuve, ils se trompaient : je me purgeai le corps grâce aux rations caloriques congrues, et ce petit réduit de deux mètres cinquante sur un mètre cinquante fut le lieu de séjour parfait pour l'esprit parfaitement vide auquel j'aspirais à atteindre pour le restant de ma détention. Lorsque ma cellule s'ouvrit et qu'on me conduisit à mon "nouveau domicile" – le module de détention réservé aux hommes de confiance – je me sentais calme et décontracté. On m'affecta une cellule avec trois occupants et on me donna mon travail : passer le balai le long des passerelles de la prison, dix heures par jour, six jours par semaine. Je ne posai qu'une seule question :

– Est-ce que je balaierai un jour la haute sécurité ?

– Tôt ou tard, répondit le gardien du module.

Je n'y eus droit ni tôt ni tard ; après un nombre inchiffrable, en centaines d'heures, en milliers de passerelles et de couloirs, avec la sensation d'avoir poussé mon balai sur des millions de kilomètres, l'esprit toujours vide, gardant scellées les questions destinées à l'homme miroir, mais prêt à les faire jaillir à la seconde. Je ne me souviens même pas du jour, mais lorsque le gardien en charge me dit : "Plunkett, à la haute sécurité", j'attrapai mon balai et mon ramasse-poussière et m'y rendis, sur pilote automatique, ne m'arrêtant que pour lire la liste des détenus affichée à l'entrée du module.

C'était là, noir sur blanc : Manson, Charles, cellule A-11, accompagné du numéro du code pénal californien correspondant à “meurtre au premier degré”, 187 PC, écrit en rouge à côté du nom.

Le geôlier ouvrit la grille. Pénétrant sur la passerelle du bloc A, je regardai en dessous de moi et découvris les enclos fermés de grilles aux barreaux serrés des cellules individuelles de la haute sécurité. Pas un bruit n'en émanait, et j'en comptai onze pour bien repérer l'endroit dans ma tête. Puis, comme si je disposais de tout le temps du monde, je parcourus la passerelle, poussant mon balai devant moi, avant de pivoter et de m'adresser aux barreaux de la A-11.

– Salut, Charlie !

Les ténèbres se mirent à palpiter à l'intérieur de la cellule ; je crus un bref instant que l'homme miroir n'était plus là. J'étais sur le point d'agripper les barreaux et de plisser les yeux pour essayer d'y voir, lorsqu'une douce voix de ténor se mit à chanter :

– “Vous me dites que c'est l'ins-ti-tu-tion, eh-eh-eh bien, vous savez, c'est votre esprit que vous feriez mieux de libérer.”

Il y eut une pause puis la voix dit :

– Je te vois, mais tu ne peux pas me voir. Tu crois le message qu'il y a dans la chanson, “Régulier” ?

Je posai mon balai contre les barreaux et plissai les yeux pour essayer de voir l'intérieur de la cellule ; tout ce que je vis, c'est une forme sur la couchette.

– Oui, et j'avais tout compris avant les Beatles.

Charles Manson ricana.

– Tu croyais avoir compris. Saint Jean et Saint Paul, c'est de moi qu'ils l'ont eu, et toi, c'est d'eux que tu l'as eu. Cause et effet, le karma revient pour se reposer. Et aujourd'hui, on est ici tous les deux. Elle te botte, l'énergie ?

Je ricanai en retour.

– Pratique, comme interprétation. Parle-moi du Grand Chambard.

– Écoute l'*Album Blanc* * et lis ta bible. Tout y est, dit Manson.

La forme, sur la couchette, prit figure ; Charlie avait l'air âgé et frêle.

– *Parle-moi du Grand Chambard.*

Manson se mit à rire, d'un rire aux sonorités liquides, comme si le "satan hippie" recrachait sa salive.

– Toi, moi, les parias de Dieu, sur leurs Harley et leurs buggies des dunes. Les négros qui relèvent la tête. La terre qui me reviendra, à moi.

– Dans ta cellule capitonnée ?

Gloussement sec cette fois.

– O homme de peu de foi ! Si tu connaissais le message des Beatles, tu ne serais pas ici.

– Tu y es bien.

– Mon karma, Régulier. Mon énergie qui me dirige vers ceux qui ont le plus besoin d'entendre mon message.

D'un recoin des profondeurs de mon magasin à questions-réponses, une question surgit et prit le dessus, et avant d'avoir pu revenir à mes joutes verbales, je la posai :

– Qu'est-ce que ça fait de tuer quelqu'un ?

Manson se leva et s'approcha des barreaux. Je vis qu'il m'arrivait tout juste à l'épaule, et que "ses yeux bruns d'hypnotiseur" avaient cette lueur des psychotiques sans espoir de retour. Ce serait facile de les arracher de leurs orbites et de les transformer en humeur visqueuse en les écrasant sur le sol de la passerelle.

– Je n'ai jamais tué personne, dit Charlie. C'est un coup monté par les autorités en place.

– De l'"Institution" ?

– C'est exact.

* Double album des Beatles contenant la chanson *Helter Skelter.*

– Alors utilise la liberté de ton esprit pour t'échapper d'ici.

Manson éclata de rire.

– La prison, c'est mon karma. Enseigner aux cyniques ignorants emprisonnés, c'est là mon énergie. Dis-moi, incroyant, que sais-tu, toi ?

Je m'accroupis de sorte que mes yeux soient au niveau des yeux du satan raccourci. Super Saigneur apparut d'un bond à mon esprit, à gesticuler en pantomime pour me signifier *PROFITE DE CET INSTANT*. De la voix la plus froide qu'il m'ait jamais été donné de prendre, quintessence de toutes les froideurs, je dis :

– Je sais que les gens tuent, prennent ce qu'ils veulent et ne se font pas prendre. Et s'ils se font prendre malgré tout, ils ne rationalisent pas leur échec au moyen d'un baratin mystique foireux pour se donner l'air important ; et ils n'accusent pas la société, parce que, dès le départ, ils avaient la liberté de choisir. Et je sais qu'il y a des gens qui tuent pour eux-mêmes, qui n'envoient pas les filles hippies, camées jusqu'aux yeux, faire ce qu'ils ont peur de faire, eux. Je sais que la véritable liberté, c'est quand on fait tout par soi-même, et c'est tellement bon que ce n'est jamais la peine d'en parler à quiconque.

– Salaud ! persifla Charlie avant de me cracher à la figure.

Je laissai la salive couler, stupéfié par ma propre éloquence qui avait semblé jaillir de son propre vouloir des profondeurs de nulle part – comme si cette déclaration, et non les réponses de Manson à mes propres questions, était exactement ce que j'attendais, l'esprit vide, depuis des semaines.

Toujours immobile, la salive dégoulinant de mon menton, j'entendis Charlie qui se mettait à chanter :

– Hey, Jude, fais pas le difficile, laisse le Grand Chambard faire ça encore mieux. Souviens-toi, vide-toi la tête des salopards...

Super Saigneur interrompit la musique en superposant *CHÂTRE-LE* sur le front de Charlie. Je fouillai loin, pour une bouffée de glace dans ma voix, et je dis :

– J'ai baisé Fleur et Saison dans ta piaule, près du Strip. Elles baisent comme des pieds ; et comme agents recruteurs, c'est encore pire, et elles riaient toujours de ta petite pine de deux centimètres, un vrai criquet !

Manson se lança contre les barreaux et se mit à hurler ; je récupérai mon balai et m'éloignai sur la passerelle en balayant. J'entendis des applaudissements au-dessus de moi et levai les yeux. Un groupe d'adjoints du shérif étaient en train de saluer mon numéro.

***

Les semaines qui suivirent, je me sentis gagné par une pesanteur agréable. Je compris qu'elle me venait de mon affrontement avec les "réguliers" du quai de déchargement et avec le satan d'occasion, et j'eus la sensation d'une reprise de ma vieille invisibilité. Mon obsession à me construire un corps me fit l'effet d'un manque de maturité ; je ne trouvais plus aucun goût à faire défiler mon cinéma intérieur, comparé au simple spectacle de ce qui se déroulait autour de moi. Je continuai mes nuits de sommeil sans rêves, et comme la date de ma libération approchait, je me sentis devenir impatient à l'idée d'affronter, comme en un jeu, les responsables de la conditionnelle, les employeurs, et le défilé quotidien de mes rencontres de travail. Une idée lourde de sens mijotait dans les tréfonds brûlants de mon cerveau : je pourrais vivre anonymement, sans grands besoins, sans cauchemars et sans pulsions dangereuses, et posséder mon pouvoir d'hypnotiseur en propre.

L'emprise qu'avait Charles Manson sur moi diminua et disparut complètement, jusqu'à ce que sa célébrité carcérale ne soit plus qu'un petit agacement, comme les tourbillons d'un moustique qui réussit toujours prestement à éviter la claque qui va l'écraser. L'éloquence de mon attaque contre lui perdit aussi de son importance, jusqu'à ce que, trois semaines avant le grand jour, quelqu'un prenne en compte mon faux diplôme de maîtrise, et qu'on m'affecte à la bibliothèque pour une tâche bien particulière : classer par ordre chronologique quarante grands cartons de revues dont les établissements pénitenciaires du comté de L.A. venaient d'hériter par donation.

Les cartons contenaient des numéros du *Times*, de *Life* et de *Newsweek* qui remontaient aux années quarante. On me laissait seul dans une cave de rangement, huit heures par jour, en compagnie de mes revues, d'un sac de sandwiches, d'une Thermos de café, et d'un couteau suisse pour couper carton et ficelles. Ce fut un travail paisible et méthodique, jusqu'à ce que je tombe sur une foison de numéros récents illustrant le "Satanique Charlie" et me mette à lire la prose sans emphase qui en faisait quelqu'un d'impressionnant.

Je mis ces numéros de côté, furieux à l'idée que des journalistes grassement payés puissent se laisser duper par ce numéro de bavasseur pseudo-mystique. La prose sur Manson fourrée dans un coin moisi de la cave, j'abandonnai mon travail de rangement cinq jours d'affilée et passai mon temps à feuilleter les vieilles revues, à la recherche de comptes rendus sur des criminels stupides qui se faisaient, au bout du compte, toujours prendre, condamner et écraser comme des larves. Je ne lus que les récits des meurtres de la région de L.A. ; et au fur et à mesure que je reconnaissais des noms de rues et de lieux, je sentais la pathologie autodestructrice des meurtriers qui me pénétrait pour se transformer en mépris total pour les feux de la rampe. Puis, lorsque mon histoire de violence futile arriva à 1941, je sortis mon couteau.

Juanita Spinelli la "Duchesse", chef meurtrier d'un gang de voleurs, pendue à San Quentin, 21/11/41 – tchak, tchak – ; Otto Stephen Wilson, assassin de trois femmes, gazé à San Quentin, 18/10/46 – tchak, tchak, tchak, un coup pour chaque victime – ; Jack Santo, Emmett Perkins et Barbara Graham, immortalisés par le film *Je Veux Vivre*, mais passés au gril pour leurs meurtres et cambriolages, bousillés le 3/6/55 – tchak multiples – ; Donald Keith Bashor, cambrioleur, assassin, matraqueur, qui avait exercé ses talents à l'est de mon vieux quartier de jadis, exécuté le 14/10/57 – taille, tranche et déchire, pour avoir été aussi stupide si près de moi – ; Harvey Murray Glatman, le réparateur télé sadique qui avait "effacé" trois femmes après les avoir photographiées, bâillonnées, au milieu de leurs souffrances, "rayé des vivants" par l'État le 18/8/59 – tchak de mépris pour ses gémissements sur la route de la chambre à gaz – ; Stephen Nash, l'errant édenté, qui se décrivait lui-même comme le "Roi des Tueurs", exécuté une semaine après Glatman, le 25/8/59 – des petits coups de couteau gentillets pour avoir craché à la figure du chapelain et avalé les bouffées de cyanure sourire aux lèvres – ; Elizabeth Duncan, qui avait engagé deux poivrots, Augustine Baldonado et Luis Moya, afin qu'ils tuent la femme de son fils, ce qui leur fit gagner à tous trois des allers sans retours pour la chambre verte de San Quentin le 11/5/62 – beaucoup de pages lacérées pour le manque de professionnalisme éthylique et mesquin de toute l'affaire...

Et ainsi de suite, et ainsi de suite ... jusqu'à Charlie Manson, au destin toujours incertain mais limité à deux possibilités : la chambre à gaz ou la cellule capitonnée d'Atascadero – taille, tchak, éventre, déchire et urine sur sa figure qui rayonne de satisfaction dans *Newsweek*...

Lorsque le tas de papier fut réduit à l'état de confettis, je le dissimulai derrière des cartons à lait abandonnés et songeai à la douceur de ce que serait ma vie anonyme et paisible.

12

Les quatre années qui suivirent, je me métamorphosai en objet.

Je devins dépositaire d'images ; une banque de mémoire. Pour l'essentiel, 1970-74 furent les années où je donnai une interprétation au théâtre de l'humanité et à ses jeux de rôles, sans fantasmer à leur propos, pour en faire des variations sexuellement gratifiantes. Je sais aujourd'hui que cette retenue rigoureuse et infernale fut ce qui déclencha finalement l'explosion.

Je fus relâché de prison le 14 juillet 1970 et me rendis immédiatement dans l'immeuble d'oncle Walt Borchard où je récupérai mon livret de banque ainsi que mes clés de coffres. La femme à qui Borchard avait confié mes affaires essaya de me tendre un gros paquet de vieux vêtements, mais je sentis la défaite qui s'accrochait à leurs plis et je dis "non".

Intérêts compris, mon compte épargne avait six mille trois cent dix-huit dollars cinquante-neuf à son crédit, et mon magot était toujours intact dans mon coffre. Je retirai trois mille dollars en liquide ainsi que le contenu de mes trois coffres. A partir de là, petit saut jusqu'à la crèche de Cosmo Veitch, du côté du Boulevard. Je revendis à Cosmo tout mon lot de montres, de bijoux et de cartes de crédit pour mille cinq cents dollars. A la suite de quoi, petit détour jusque chez un concessionnaire Ford, sur Cahuenga, et ses prix de liquidations d'été sur les camionnettes d'occasion. J'achetai une Econoline de 68, couleur gris acier, que je réglai en liquide, trois mille deux cents dollars, puis je me dirigeai vers L.A. Ouest pour y trouver un endroit sûr et inoffensif où je pourrais habiter.

Je dénichai un appartement au sud de Westwood Village, dans une petite rue latérale paisible, et réglai six mois de loyer d'avance. L'immeuble était habité essentiellement par des personnes âgées : mon trois pièces était frais, peint d'un gris apaisant dont la teinte était identique à celle de ma camionnette. Tout ce qu'il me restait à faire pour mettre la touche finale à mon retour dans les rangs de la société, c'était de me présenter auprès de mon responsable de conditionnelle et de trouver un travail.

Mon RC était une femme du nom d'Elizabeth Trent. D'un libéralisme plein d'élégance, elle déborda instantanément de sympathie en énumérant les termes de ma conditionnelle : "Ne volez pas, ne vous mêlez pas aux criminels, ne prenez pas de drogues, tenez-vous à un emploi stable et présentez-vous ici une fois par mois." Cela mis à part, elle me dit de "m'en donner à cœur joie", de "moissonner de bons karmas" et "d'appeler si j'avais besoin de quelque chose". En quittant son bureau à l'issue de notre première conférence, je lui collai l'étiquette de posthippie : quelqu'un ayant des problèmes avec les hommes, une bonne pâte se mêlant des affaires des autres pour soulager ses propres tumultes personnels. Ma conditionnelle ne poserait pas de problèmes.

Trouver un emploi fut encore plus facile que mon heure mensuelle à faire gentil-gentil avec Liz Trent. De 70 à 74, je n'eus qu'une série de boulots insignifiants que je choisis sur un seul critère : leur potentiel à me garder mentalement éveillé sans fioritures fantasmatiques. Je fus, tour à tour : livreur pour Pizza Soopreem avec, pour territoire, une zone d'Hollywood Ouest riche en artistes, écrivains et acteurs tous au chômage qui se faisaient livrer bière et pizza vingt-quatre heures par jour ; responsable de nuit d'une librairie pornographique, juste en face du célèbre Hollywwod Ranch Market ouvert vingt-quatre heures sur vingt-quatre ; plongeur dans un bar-restaurant pour célibataires de Manhattan Beach ; employé chargé de l'emballage et des expéditions d'une maison de vente par correspondance spécialisée dans l'attirail sado-maso.

Tous ces boulots me permirent d'observer des vies surprises dans leurs moments de faiblesse, par petites périodes intenses. Lorsque je travaillais dur pour Pizza Soopreem, des clients des deux sexes ouvraient parfois leur porte complètement nus ; et, à l'occasion, les plus fauchés d'entre eux s'offraient à moi en règlement de la facture. Mon séjour à "Porno Villa" fut un diplôme de doctorat en intrigues où se mêlaient culpabilité sexuelle et mépris de soi : les hommes qui achetaient des livres de "barbu", des livres de "baise et suce", étaient des exemples pitoyablement négatifs de la force à gagner par une totale abstinence.

Le Disco de Big Daddy était une *Caméra invisible* qui serait passée aux projections X en tragicomique. Le chef de cuisine avait foré, à travers le mur de la salle de plonge, un trou qui donnait dans les toilettes pour femmes, et lorsqu'on soulevait le calendrier *Play-Boy* qui le masquait, s'offrait à l'œil plissé qui s'y collait une vue du miroir des toilettes et d'un cabinet. L'équipe des cuisines tout entière y passait tour à tour à regarder en gloussant, mais j'attendais toujours qu'ils soient tous repartis, à 1 h du matin, et que je me retrouve seul pour ranger. C'est alors que je regardais et que j'écoutais ; c'est là que je voyais un assortiment de jeunes femmes frissonnant à l'idée d'un rendez-vous prochain ou pleurant devant le miroir après une longue nuit de refus de la part des clients des bars. Les femmes parlaient des hommes en termes explicites, et je comprenais leur style imagé ; elles reniflaient de la cocaïne pour se donner du courage... puis devaient adoucir de poudre les creux dont la coke marquait leurs visages. Un œil perçant le mur, je devins le chroniqueur mental des désespoirs à petite échelle, et j'avais l'impression de damer plus profond la retenue qui était mienne, d'un marteau de velours.

J'étais, *moi-même*, objet assimilant et interprétant, et j'avais la convoitise du contact d'autres objets aux belles lignes. Je recommençai à prêter l'oreille à Super Saigneur et à ma jeunesse et remplis mon appartement d'acier brossé : taille-crayons, échantillons d'aluminium de parement, couverts, couteaux suisses aux lames aiguisées, que je polissais moi-même à la paille d'acier. Au fil des années, ma collection de couteaux grandit, jusqu'à ce que je possède la panoplie complète des couteaux de l'armée suisse exposée sur le mur du salon, et dont je changeais l'agencement à ma fantaisie. Puis je commençai à m'intéresser aux armes à feu.

Mais ce que je désirais, c'était des armes *de poing*, et comme j'avais été condamné, la loi m'interdisait d'en posséder. En outre, elles coûtaient cher – d'autant plus qu'on se les procurait illégalement –, et à la pensée de violer ma précieuse invisibilité pour m'en procurer une, j'étais effrayé, apostasie en puissance dont je savais qu'elle me ramènerait à tous mes anciens penchants dangereux.

Je venais de commencer à travailler à Cuir et Dentelle, la maison de vente par correspondance de matériel sado-maso, lorsque ma fixation sur les armes s'empara de moi. Mon travail consistait à ouvrir les enveloppes du courrier contenant chèques et commandes pour des fouets, des chaînes, des colliers de chien, des godemichés, des équipements de contention et autres ; je préparais les commandes en attendant le virement des chèques, pour les faire partir une fois obtenu le feu vert du bureau. La pièce à courrier était bourrée jusqu'au plafond de marchandises perverses fabriquées à Tijuana : la plupart des instruments étaient fabriqués de cuir noir bon marché et de mauvais alliages métalliques. Toute la journée, j'avais sous les yeux ces objets laids et luisants, et afin de garder mes fantasmes à bonne distance, je m'attachai mentalement à les transformer en quelque chose d'utile. Aucune mauvaise idée ne s'empara de moi, je passais tout mon temps libre à lire des catalogues d'armes de poing. Le désir profond que je ressentais à feuilleter les photos brillantes de Colt, Smith et Wesson, et Rugers était abominable, il s'ajoutait au fait que les débiles de sexe ne cessaient de mettre du liquide dans les enveloppes que le poids des pièces trahissait immanquablement. Je pourrais voler l'argent et les vols seraient attribués aux Postes ; je pourrais obtenir de fausses pièces d'identité dans les milieux criminels et utiliser l'argent volé pour acheter un gros magnum ou un 45 automatique, ou bien je pourrais voler encore plus d'argent et acheter une arme dans la rue. Plus j'y pensais, plus j'étais ému – et plus j'étais effrayé.

Alors, je ne fis rien, et ce rien se vengea en retour.

Partout où j'allais, des objets de laideur me toisaient de tous leurs yeux. Au cours de mes longues promenades de nuit, les poubelles de métal ondulé hurlaient "trouillard" ; les enseignes au néon énonçaient de leurs clignotements les codes chiffrés de délits alléchants. Tout se passait comme si la partie la plus contenue de mon cerveau avait soudain acquis la possibilité de déclencher mon cinéma intérieur sans mon consentement.

Aussi continuai-je à ne rien faire, et ce rien continuait à se venger.

Je conservai mon emploi à Cuir et Dentelle, et résistai au désir de fantasmer et de voler le liquide qui m'arrivait. En mars 1974, ma conditionnelle arriva à son terme et Liz Trent me lâcha définitivement la bride sur une dernière recommandation :

– Faites quelque chose que vous aimez vraiment, et faites-le vraiment bien.

Ces paroles m'offrirent un "quelque chose" temporaire qui très rapidement me sauta à la figure.

Le lendemain, je préparais mes commandes lorsque je remarquai un tube du catalogue de Cuir et Dentelle, article n° 114 : le "Siège d'Amour d'Annie l'Anale". Je vis que sa circonférence était légèrement supérieure aux caractéristiques du canon d'un magnum S&W que j'appréciais particulièrement, et je me rappelai un "baratin de placard" sur la fabrication maison des silencieux. Sachant que c'était là un antidote quasi légal à *rien du tout*, j'achetai les outils nécessaires et fis ça "vraiment bien".

Scie à métaux, tas de fibre métallique utilisée en isolation thermique, filière et morceau de tube de fer allèrent rejoindre les dix-huit centimètres d'Annie l'Anale dans mon salon ; à l'aide de mes couteaux suisses, je me mis au travail. D'abord, je sciai, coupai et assemblai les pièces ; puis, me servant d'un magnum jouet "réplique exacte" du modèle réel, je filetai un embout pour l'adapter sur le canon. Lorsque je vis que les deux pièces collaient parfaitement, je frisottai de grosses boules de fibre dont je bourrai le tube avant d'y engager à force, au beau milieu, un tube plus mince qui guiderait le passage de la balle.

Le tube en question, estimai-je, permettrait le passage d'une tête creuse de 357 avec un jeu de 7/100 ᵉ, ce qui l'obligerait à basculer sur sa trajectoire. Une fois l'assemblage de base terminé, je maintins le silencieux au sol et martelai le rebord du tubage contre le canon jusqu'à ne laisser dépasser qu'un petit orifice.

C'était le plus bel objet que j'aie jamais vu.

Mais avec ce "quelque chose" derrière moi, mes "rien" revinrent en force pour me rappeler que, sans magnum, mon silencieux ne valait pas mieux qu'un presse-papiers. Je le portais sur moi comme talisman au cours de mes promenades au cœur de la nuit ; et si les poubelles continuaient à me lancer leurs regards noirs, maintenant, je les renversais à coups de pied ; et si les voitures en stationnement me choquaient de leurs couleurs voyantes, j'utilisais le silencieux pour taillader des SS sur leurs flancs. Rébellion puérile, furie pleine de vide, mais tenir ce morceau de métal de rien façonné à la main était la seule manière pour moi de ne pas être dévoré par mes hallucinations de 187 PC.

J'en vins à croire qu'un changement de résidence améliorerait les choses. La familiarité même de L.A. était dangereuse, et si je pouvais échapper à sa toile de nostalgie et de tentations auto-destructrices, alors je serais en sécurité. Vivre dans une autre ville m'insufflerait la prudence et écraserait les fantasmes criminels qui essayaient de me détruire. Je pris la décision de partir et me fixai une date de départ stricte et sans retour à trois semaines de là : le 12 avril, le lendemain de mon vingt-sixième anniversaire.

Le temps passa vite. Je quittai mon emploi, liquidai mon compte en banque, et chargeai ma camionnette de vêtements, d'articles de toilette et de mon silencieux/talisman, laissant derrière moi le reste de mes objets d'acier pour symboliser ma rupture d'avec les attaches du passé. La perte de mes couteaux me fit mal et chaud au cœur à la fois : je savais que c'était un sacrifice conscient destiné à éviter la catastrophe.

La nuit de mon anniversaire, je fis un tour d'adieu à travers le voisinage. Pas de regards de colère de la part des objets, pas d'éclairs de nombres bizarres devant mes yeux. Seuls le tonnerre et la pluie frappèrent en me trempant jusqu'aux os. Je cherchais un endroit où me mettre au sec et je remarquai une enseigne au néon devant le cinéma Nuart : *Sauvez les Phoques.*

Je courus jusque-là. Le hall d'entrée était désert, aussi me dirigeai-je vers les toilettes pour y prendre quelques serviettes en papier. J'avais la main sur la porte lorsque j'entendis un couinement perçant qui venait de la salle proprement dite. J'en oubliai de me sécher et me dirigeai droit sur le bruit.

Sur l'écran, des phoques se faisaient battre à mort. Ce que j'avais entendu, c'était leurs hurlements, auxquels se mêlaient maintenant les sanglots du public. Les sons vous donnaient des frissons mais le spectacle était laid et pathétique, aussi je fermai les yeux. L'absence de vision fit naître le goût du sang – le sang de tous les corps que j'eusse jamais désirés. Je sanglotai bientôt à mon tour, et le goût se fit plus prenant, jusqu'à ce que la musique prenne la place des jappements. J'ouvris les yeux, les gens défilaient devant moi en me lançant des regards de sympathie et de commisération. On me tapotait l'épaule, on me touchait les mains – comme si j'étais l'un d'eux. Personne, de tous ces gens, ne savait que c'était la joie qui était à l'origine de mes larmes.

Deuxième Partie

San Francisco

13

Je choisis pour ville San Francisco, et ma seule raison, ce faisant, était sa topographie, totale antithèse de celle de L.A. Les flancs des collines en terrasses et les maisons victoriennes ne palpitaient pas des messages cachés de mon passé, et la relative absence de néons signifierait une diminution de mes hallucinations de code pénal chiffré. Los Angeles m'avait fait, m'avait possédé et m'avait chassé ; San Francisco était l'occasion de réduire à néant mon histoire personnelle et de me forger de nouvelles pulsions dynamiques dans un environnement libéré de souvenirs.

Ainsi, par le simple fait d'avoir parcouru sept cents kilomètres, je passai de tous les indices qui m'annonçaient chaque jour avec plus de lucidité le futur de ma destinée, à une amnésie complète facilitée par la nouveauté de San Francisco. Je louai un appartement sur la vingt-sixième, et Greary, dans le quartier de Richmond, et je liquidai le plus gros de mes économies en achetant des meubles banals, sans acier, et des gravures pastorales encadrées. Je réussis à me satisfaire gentiment des nécessités de me comporter comme les gens soit-disant normaux et je commençai à croire que je serais capable de jouer mon rôle pendant très, très longtemps.

Je décidai de m'offrir une semaine avant de me mettre à chercher du travail et j'explorai la ville. Pittoresque, ancienne et jolie en étaient les caractéristiques manifestes ; un sens de la grâce paraissait auréoler les gens que je voyais dans la rue ; en moyenne, ils étaient beaucoup plus attirants que les habitants de L.A., d'origines ethniques plus diverses, et un nombre relativement important parmi eux étaient d'une blondeur à faire arrêter les voitures en pleine circulation.

Je n'en continuai pas moins de rouler sans m'arrêter pour eux ; un poids invisible écrasait mon pied sur l'accélérateur lorsque ces souvenirs gracieux de mon passé apparaissaient. C'était la preuve concrète que mon amnésie bénigne tenait bon. D'autres signes – rêves aux couleurs pastel, paisibles promenades nocturnes, abandon de mon obsession des armes – vinrent s'ajouter pour former ce mot à la simplicité magique : *bonheur*.

Et le bonheur permanent nécessitait de l'argent. Ma semaine de tranquillité avait dévoré tous mes crédits, à l'exception de deux cents dollars, et j'avais besoin de regarnir rapidement mes fonds par un chèque de paie hebdomadaire. Au matin de mon huitième jour à San Francisco, je sortis les pages jaunes et cherchai des agences de placement pour des emplois très ordinaires. J'en trouvai une demi-douzaine répertoriées, toutes situées dans le même bloc de Mission Sud. J'allai jusque-là en voiture, impatient d'augmenter ma sérénité d'un cran supplémentaire.

C'était un bloc d'une rue de la Mouise, du genre qui, à Los Angeles, m'avait toujours déprimé. Mais ici, la débine avait un côté presque charmant ; et comme je verrouillais ma camionnette avant de consulter ma liste d'agences, j'eus la sensation de me trouver partie prenante, en terre connue. Cela me poussa en avant et je franchis une porte marquée "Bureau d'Emploi de l'Homme Fort" ; j'allai jusqu'à un comptoir jonché de papiers.

Une jeune femme, les cheveux noirs jusqu'aux épaules, leva les yeux de son bureau et me sourit avant de me dire :

– Vous venez de chez Orinda et vous avez besoin de trois esclaves – oops ! –, je veux dire des hommes forts, pour travailler sur un chantier, exact ?

Elle consulta quelques fiches et ajouta :

– Eddington, exact ? Vous avez dit que vous enverriez votre chauffeur récupérer les poivrots – je veux dire les ouvriers ?

Pris au dépourvu par son attitude très directe, je lâchai :

– Quoi ?

Elle sourit devant ma stupéfaction.

– Vous voulez dire que ce n'est pas Eddington ? Mais vous avez besoin d'esclaves ?

Je la regardai dans les yeux et vis qu'elle devait probablement planer.

– Non, je...

– Alors vous êtes venu pour me demander de sortir avec vous ?

Je me rendis compte que je me faisais draguer. Un sentiment de vide et de néant m'envahit, et par réflexe, je cherchai le conseil de Super Saigneur ; je compris brutalement que j'étais à San Francisco, pas à L.A., et que SS était censé être caduque.

– Je suis nouveau en ville, dis-je. J'ai besoin d'un travail, et j'ai vu votre annonce dans les pages jaunes.

– Mon Dieu, je suis désolée, dit la femme, il y a simplement que vous êtes habillé si correctement et... eh bien... pour la plupart, les mecs que nous avons sont des soiffards et des camés, vous savez, toujours à la recherche de quelques biftons pour se défoncer. Est-ce que vous avez une piaule ici, dans le quartier ?

– J'ai un appartement, dis-je.

Elle parut surprise.

– Où ça ?

– Vingt-Sixième et Greary.

Elle parut très étonnée.

– Mon Dieu, mon petit ami habite dans ce bloc-là. Écoutez, vous avez l'air plutôt classe moyenne, alors je vais vous tuyauter sur quelque chose. Nous payons nos mecs un salaire minimum pour des boulots de rien comme la distribution de prospectus, le déchargement de camions non syndiqués, ce genre de trucs. Ce qui rapporte, au fond, dans notre affaire, c'est que nous payons en liquide à la fin de la journée. De cette façon, les esclaves claquent leur argent en vin et came toutes les nuits et ils reviennent le lendemain matin. Si vous pouvez vous permettre de vivre à Richmond, vous ne *pouvez* pas vous permettre de prendre un travail ici.

A moi d'être étonné à mon tour ; je commençais à apprécier la femme.

– J'ai dépensé mes économies pour emménager ; et maintenant, j'ai besoin de trouver un travail si je veux garder mon appartement.

– Wow ! Un vrai travailleur dans une mauvaise passe.

La femme prit une cigarette dans un paquet, sur le bureau, l'alluma et fuma en silence un long moment. Finalement, elle claqua des doigts et alla jusqu'au comptoir. Elle se pencha en avant d'un air de conspirateur jusqu'à frôler mon visage de ses cheveux et dit :

– Allez jusqu'au campus de l'université d'État de S.F. et consultez le tableau d'affichage, à l'extérieur du bureau de placement des étudiants. Ils ont des tas de boulots répertoriés avec un salaire décent. Arrachez les fiches des boulots qui vous intéressent, appelez les numéros et dites-leur que vous êtes étudiant de second cycle en cours du soir, ce qui vous permet de travailler à plein temps. Vous êtes fort et vous avez l'air intelligent, on devrait vous embaucher sans problème. Vous avez pigé ?

– J'ai pigé, dis-je, et je me reculai devant l'avalanche de cheveux.

La femme se redressa et sourit, et je sus qu'elle avait pleinement apprécié notre contact. Elle me tendit la main et dit :

– A propos, je m'appelle Jill.

J'avais l'intention de lui offrir une poignée de main de pure forme mais je me saisis de sa main avec douceur et dis :

– Je m'appelle Martin.
– Bonne chance, Martin.
– M-Merci de votre aide.

***

Je mis un terme en toute conscience aux délices tout en finesse de l'échange et suivis les conseils de la femme : j'allai jusqu'au campus de l'université d'État de San Francisco. Le tableau d'affichage qu'elle avait mentionné était couvert de fiches proposant des emplois, mais je m'écartai des lignes de son plan en me contentant de mémoriser les emplois et les numéros de téléphone plutôt que de voler l'information. J'appelai les employeurs d'une cabine et obtins trois “non” pour des emplois de bureau et un “oui” brutal et masculin pour la fiche du boulot manuel.

– J'appelle au sujet de l'offre d'emploi que vous avez affichée à l'université.

– Êtes-vous étudiant à plein temps ? demanda la voix.

– Je suis les cours du soir du second cycle.

– Êtes-vous costaud ? Pardonnez-moi ma franchise, mais ce n'est pas un boulot pour fillette.

– Je mesure 1 m 87, je pèse 90 kg et je suis fort. Que faudra-t-il que je fasse exactement ?

– Avez-vous un moyen de transport ?

– Oui. Que...

– Je suis entrepreneur dans l'immobilier à Sausalito. J'ai besoin d'un môme costaud pour nettoyer le terrain de mon nouveau lotissement des souches d'arbres qui s'y trouvent. C'est un travail dur, mais la paye, c'est cinq sacs de l'heure, ni vu ni connu, et sans retenues. Quel est votre nom ?

– Martin Plunkett.

– Okay, Marty, moi, c'est Sol Slotnick. Vous voulez le travail ?

– Oui.

– Pouvez-vous rencontrer mon contremaître demain ? A Sausalito.

– Oui.

– Alors, prenez note : franchir le Golden Gate, quitter l'autoroute à la quatrième sortie, tourner à droite, puis à gauche à Wolverton Road. Vous verrez un grand champ avec des panneaux "Sherlock Holmes", un logo qui représente le détective. Demain à huit heures. Compris ?

– Oui.

– Super. Vous aurez besoin d'outils, une hache et une faux, mais je fourn...

J'interrompis mon nouvel employeur.

– J'apporterai mes propres outils, M. Slotnick.

– Autonome, hein ? Okay, môme, bonne chance.

Ce soir-là, je dépensai ce qu'il me restait d'argent. Dans un magasin des surplus de l'armée, j'achetai des pantalons et une chemise de travail kaki, une paire de bottes de marche étanches, une ceinture en toile, et mes premiers instruments fonctionnels en acier brossé depuis mon outillage de cambrioleur, il y avait des années de cela : une hache à manche court, une hache à manche long et une faux de jardinier à toute épreuve. Les lames des haches étaient revêtues de Téflon transparent et garanties auto-affûtables – plus on les utilisait, plus elles étaient censées s'affûter. Ça paraissait trop beau pour être vrai, aussi j'achetai une pierre à aiguiser comme garantie supplémentaire.

Le lendemain, je traversai le Golden Gate Bridge jusqu'à l'emplacement du Sherlock Holmes. C'était une vaste clairière envahie de broussailles d'où émergeaient des souches d'arbres, entourée de tous côtés par une épaisse forêt de pins – des mois de travail pour un homme seul. Le contremaître me dit que M. Slotnick voulait voir le travail terminé pour le 10 septembre, date à laquelle il était prévu que l'équipe des maçons viendrait couler les fondations. Si j'avais de la chance et si les écologistes ne venaient pas foutre le bordel, je pourrais me trouver un boulot supplémentaire à abattre les arbres de l'autre côté de l'autoroute, sur le site prévu par Slotnick pour son "Paradis pour Célibataires". Après m'avoir expliqué que tout ce que j'avais à faire, c'était de déraciner toutes les souches du terrain, couper toutes les broussailles et laisser tout sur place pour les bulldozers, l'homme indiqua les outils suspendus à ma ceinture et dit :

– Vous avez l'air d'un pro. La paie, c'est tous les vendredis à cinq heures, ici.

Il me serra la main et me laissa seul avec la nature.

Et la nature, malgré le fait que je conspirais contre elle, m'offrit quatre mois ininterrompus de beauté enivrante et de travail béni, pendant lesquels je ne pensai pas.

Je tranchai et taillai de mes haches et de ma faux, d'avril jusqu'à fin août, huit heures par jour, sept jours par semaine, oublieux des vagues de chaleur et de la pluie torrentielle. Des ondes de choc me traversaient le corps pendant que je travaillais, et je me sentais devenir de plus en plus fort, sans jamais me soucier de développer une musculature qui attirerait l'attention comme je l'avais fait en prison, parce que les senteurs de foin et de bois éventré me protégeaient, les pins m'enveloppaient, et lorsque je taillais de ma hache, les yeux fermés, je voyais de jolies couleurs, des teintes qui devenaient plus sombres au fur et à mesure que mes coups se faisaient plus forts, mais qui restaient néanmoins dans mon esprit tendres et douces. J'étais complètement épuisé à la fin de chaque journée, mais les couleurs persistaient à la périphérie de ma vision, sur le trajet jusqu'à la maison, pendant le dîner, et lorsque je tombais, tout de suite, dans un sommeil profond.

Un soir que je rangeais ma camionnette devant mon appartement, au début de septembre, j'entendis "Salut, Martin !" Je ne compris pas les mots complètement tout de suite : personne ne m'avait appelé par mon nom depuis des mois, et j'étais épuisé par une journée de travail particulièrement longue, j'avais faim de nourriture et de sommeil. Puis la même voix répéta "Salut, Martin !" Je regardai de l'autre côté de la rue et vis une jolie femme aux longs cheveux noirs. La chevelure, éclairée par derrière par un réverbère, m'attira comme un aimant et j'avançai jusqu'à elle.

Elle était sur le trottoir en compagnie d'un homme, et ils vacillaient très légèrement tous les deux, comme éméchés. Cela me prit quelques secondes, mais finalement, l'image de cheveux me frôlant le visage me donna le nom de la femme. Super Saigneur jaillit du néant et me glissa d'une voix sifflante : *SOIS GENTIL.*

– Salut, Jill, dis-je. Heureux de vous rencontrer.

Jill gloussa et chercha le bras de son cavalier.

– On est vraiment beurrés. Vous avez trouvé un travail ? Je suis sûre que oui, vous avez toujours votre appart.

Super Saigneur maniait une baguette de chef d'orchestre en me murmurant quelque chose que je n'arrivais pas à entendre.

– Oui, j'ai suivi votre conseil. Ça a marché, et j'ai un emploi depuis ce moment-là.

– Super, dit Jill. Steve, je te présente Martin ; Martin, voici Steve.

Je tournai mon attention vers le petit ami, un bonhomme maussade avec de ridicules favoris en côtelettes. SS me disait : *SOIS GENTIL SOIS GENTIL SOIS GENTIL SOIS GENTIL.*

– Salut, Steve, comment va ? dis-je en lui tendant la main à la mode hippie.

– Comment va, mec ? dit Steve, en me broyant la main à la mode contre-culture.

Je fis la grimace sous un semblant de douleur et Jill se mit à rire.

– Steve est mécanicien d'aviation, et il est très fort. Vous voulez monter prendre un verre ou quelque chose ?

A l'annonce de "ou quelque chose", SS joua des sourcils.

– On y va, dis-je.

Jill se plaça entre son petit ami et moi et s'accrocha à nos bras, en murmurant comme en aparté de théâtre : "Je suis complètement défoncée." Son bras sur mon coude se faisait alternativement chaud puis froid, doux et dur, mais son contact n'était pas effrayant le moins du monde. Nous marchâmes à trois de front sur la moitié du bloc avant de monter les marches d'un immeuble victorien de quatre apparts. Steve déverrouilla la porte et appuya sur l'interrupteur. Jill lâcha mon bras et dit :

– Y'a quelque chose que Stevie me tarabuste de faire depuis un bon moment, et je suis juste assez bourrée pour le faire.

Elle franchit le salon en sautillant, et mes yeux firent automatiquement le tour des quatre murs.

Des affiches de compagnies aériennes y étaient scotchées de travers : de tous les pays représentés, Tahiti et le Japon se détachèrent du lot, comme si j'y étais jadis allé. En refermant la porte, Steve dit :

– J'ai été dans tous ces coins au moins deux fois déjà. Quand on travaille pour la Pan Am, on vous offre deux voyages gratuits par an, on peut même emmener sa nana si on veut.

Il indiqua la hache agrafée à ma ceinture :

– Z'êtes charpentier ?

– Je suis chirurgien des arbres, dis-je.

Je repris mon circuit autour de la pièce, me demandant pourquoi des endroits que je n'avais jamais vus me paraissaient tellement familiers. Steve me regardait d'un air bizarre, aussi, pour le mettre à l'aise, j'ajoutai :

– Jill m'a trouvé mon travail. J'étais fauché quand j'ai atterri en ville, et je me suis pointé à l'Homme Fort à la recherche d'un boulot. Jill m'a envoyé au bureau de placement de l'université.

– Jill, c'est le genre serviable, dit Steve.

SS m'envoya une série d'instantanés : Jill flirtant et couchant avec d'autres hommes pour revenir toujours à Steve, qui lui était reconnaissant de revenir à lui et l'emmenait alors en de longs voyages de réconciliation vers des endroits exotiques, aux frais de son employeur ; Steve en train de bouder, de ruminer parce qu'on le traitait comme un paillasson, en train de se saouler avec ses copains mécanos en cassant du sucre sur le dos de Jill, sans jamais oublier de l'appeler du bar pour la prévenir qu'il serait en retard.

– Qu'est-ce que tu bois, mec ?

La voix de Steve me fit sortir du film dont il était la vedette américaine.

– Vous avez de la bière ? dis-je.

– C'est comme de demander à un ours s'il chie dans les bois. Viens, on va faire un tour au frigo.

Je suivis Steve dans une petite cuisine. D'autres affiches de compagnies aériennes étaient collées aux murs, mais les photos graisseuses de Paris et des Alpes bavaroises ne réveillèrent rien dans ma mémoire. Steve surprit à nouveau mon regard et dit :

– Tu reluques ces affiches comme un mec qui aurait besoin de vacances.

Il ouvrit le réfrigérateur et en sortit deux boîtes de bière. Lorsqu'il m'en tendit une, je dis :

– Ouais, Tahiti ou le Japon, peut-être.

– C'est des endroits dégueulasses, dit Steve en ouvrant sa bière. La bouffe est dégueulasse, et les japs, y ressemblent aux bridés du Nam.

Il engloutit sa bière et rota, avant d'éclater de rire.

– Coors, le petit déjeuner des champions. On a fait l'"Olympiade Coors" l'année dernière au boulot. Le mec qui a gagné, il a bu deux cartons de six, il a gardé ça pendant deux heures, et après il a rempli de pisse un bidon à essence. C'était le triathlon. Tu piges ? Trois épreuves, comme aux vrais jeux Olympiques. T'as été au Nam ?

Je m'appuyai contre un mur constellé de taches de gras et fis semblant de siroter ma bière. Super Saigneur m'envoya par télétype : *UTILISE TA CERVELLE UTILISE TA CERVELLE*, qui vint se superposer au visage de Steve.

– J'étais 4F, dis-je. Une vieille blessure de football.

Steve rota.

– T'as pas raté grand-chose. T'as joué ailier ?

– Quoi ?

– Qu'est-ce que tu veux dire, quoi ? T'es grand, t'as au moins dû essayer de jouer ailier ?

– Quart arrière en troisième ligne, dis-je l'air modeste.

Steve sourit devant mon apitoiement calculé.

– Troisième ligne, c'est l'histoire de ma vie. Je me demande ce que fabrique Jill. D'habitude, elle adore ça, déconner avec les invités.

– Est-ce que quelqu'un a cité mon nom ?

Je tournai la tête en direction des paroles. Jill se tenait dans l'embrasure de la porte de la cuisine, vêtue d'un peignoir, une serviette enroulée autour des cheveux comme un turban.

– Vous vous souvenez des vieilles pubs pour Clairiol ? "Si je n'ai qu'une seule vie, laissez-moi la vivre en blonde !" ? Eh bien, regardez.

D'une pirouette, elle défit la serviette et secoua la tête. Sa belle chevelure noire était maintenant d'un blond oxygéné, et Super Saigneur m'envoya ses éclairs : *NE LA LAISSE PAS NE LA LAISSE PAS NE LA LAISSE PAS NE LA LAISSE PAS NE LA...*

Je dégrafai ma hache – auto-affûtable, acier brossé et revêtement de Téflon – et la balançai en direction de son cou. La tête fut sectionnée d'un coup net, le sang jaillit, les bras et les jambes s'agitèrent de soubresauts spasmodiques ; puis son corps tout entier s'effondra en tas sur le sol. La force du coup que j'avais donné me fit tournoyer, et pendant une seconde j'englobai dans ma vision la scène dans son entier : les murs éclaboussés de sang ; le reste du cou d'où jaillissait un geyser artériel, le cœur continuant à pomper par réflexe ; Steve, pétrifié, se colorant d'un bleu de catalepsie.

J'inversai mon pas en faisant pivoter le manche, le tranchant de la lame vers l'extérieur, et frappai en retour, en arc de cercle, de la main gauche. Le coup atteignit Steve sur le côté de la tête, et le bruit fut pareil à celui d'une coquille d'œuf qui éclate, amplifié dix millions de fois. La lame resta coincée, et pendant de longues secondes je retins suspendu l'homme debout déjà mort. Puis je tirai, et le corps s'inclina vers l'avant pendant que ma hache volait en sens opposé, sa course lubrifiée de cervelle et de sang.

Puis Steve tomba au milieu de ses gargouillis.

Puis *ses* membres commencèrent *leur* danse de mort.

Puis un jet de sang jaillit de son crâne et m'aveugla.

Puis je déchargeai, et toutes les couleurs que j'avais vues vinrent se fondre pour me projeter au sol où je reconstituai ma triade.

***

Je m'éveillai des heures plus tard. Un téléphone sonnait et j'avais aux lèvres un goût de linoléum et de sang. J'ouvris les yeux et vis un morceau du plancher où gisaient deux boîtes de bière. Je commençai à percevoir ce qui s'était passé et je retins mes sanglots, avant d'expédier des messages de mon cerveau à mes bras et à mes jambes afin de savoir si j'avais été amputé en punition de mes crimes. Mes doigts griffèrent une surface froide et mes jambes s'animèrent de soubresauts, je me sentis plein de gratitude. Le téléphone arrêta de sonner et je me demandai à qui j'étais redevable de toute cette gratitude. Puis le morceau de plancher et la boîte de bière disparurent pour être remplacés par des lettres rouges sur fond de papier blanc : *A MOI MOI MOI MOI MOI MOI MOI MOI*

Sur la pellicule vierge de mon cerveau, je tapai : *OUI OUI OUI OUI OUI DIS-MOI CE QU'IL FAUT FAIRE.*

Super Saigneur dit : *Ouvre les yeux*. J'obéis, et il se

tenait là avec Lucretia, nus tous les deux. Je mémorisais les lignes de leurs corps lorsque SS me rembarra de la voix la plus dure qu'il eût jamais utilisée : *Nous sommes les parents fantasmatiques que tu utilises depuis l'enfance. Nous te donnons ce dont tu as besoin afin que tu puisses faire ce que tu dois faire. Tu viens de vivre ce que certains qualifieraient d'épisode psychotique. En fait, tôt ou tard, délibérément, tu aurais fait ce que tu viens de faire.*

Super Saigneur s'arrêta et m'accorda un instant pour réagir. Je tapai : *POURQUOI ?*

Il dit : *Martin, tu es un assassin.*

C'était la première fois qu'il s'adressait à moi en m'appelant par mon nom.

Je le suppliai de répéter, que je sache quoi faire. Il y consentit.

Martin, tu es un assassin.

Martin, tu es un assassin.

Martin, tu es un assassin.

Mon destin me résonnait aux oreilles et mon père fantasmatique, reconnu et accepté comme tel, me guida pas à pas : je fis en sorte de mériter mon titre. D'abord, j'essuyai soigneusement toutes les surfaces que je pouvais avoir touchées, et je m'appliquai à réduire à néant toutes les preuves des coups de hache qu'un examen légiste pourrait mettre en évidence : je profanai les deux cadavres aux endroits mêmes où je les avais entaillés, au moyen d'un couteau de cuisine et d'un maillet à viande, pour masquer les marques des entailles et les points d'impact. Ce fut un travail sale, mais j'obligeai mon cerveau à le considérer comme seulement ennuyeux. Lorsque j'en eus terminé, je me lavai les mains, ôtai ma tenue kaki trempée de sang, enfilai une combinaison prise dans le placard de Steve, et enveloppai bottes et vêtements dans plusieurs épaisseurs de sacs poubelle en plastique. Les pieds nus et à l'air libre, je ramassai hache et ceinture et consultai ma montre. Il était 3 h 16 du matin. J'éteignis la lumière et quittai l'appartement.

Il n'y avait personne dans la rue. Je marchai jusqu'à la maison et m'endormis en voyant des couleurs.

Extrait de la première page du *San Francisco Examiner* du 4 septembre 1974 :

« UN COUPLE SAUVAGEMENT ASSASSINÉ DANS UN APPARTEMENT DU QUARTIER RICHMOND.

« Les corps odieusement massacrés d'un jeune couple ont été découverts la nuit dernière dans l'appartement du jeune homme. La police a été appelée sur les lieux lorsque les voisins ont signalé "d'étranges odeurs" qui émanaient d'un appartement du rez-de-chaussée du 911, 26ᵉ Rue.

"Je savais qu'il y avait quelque chose de mort là-dedans." dit Thomas Frischer, du 914, 26ᵉ Rue, aux infirmiers. "La vague de chaleur que nous connaissons a fait que les corps puaient vraiment fort." Après avoir défoncé la porte, les agents ont découvert les corps du locataire de l'appartement, Steven Sifakis, 31 ans, mécanicien au terminal de la Pan American Airways, à l'aéroport international de San Francisco, et de son amie, Jill Eversall, 29 ans, conseillère à l'emploi à l'agence de main-d'œuvre de l'Homme Fort. Dans une déclaration en exclusivité aux reporters de l'*Examiner*, le sergent W.D. Sternhall, du SFPD*, officier commandant l'unité qui a répondu à l'appel pour "désordres d'origine inconnue", nous a dit : "Je savais qu'il y avait des morts à l'intérieur, aussi je me suis mis un mouchoir sur le nez avant d'entrer. Lorsque j'ai vu les corps, la première chose à laquelle j'ai pensé a été les meurtres d'il y a quatre ou cinq ans, dont celui de Sharon Tate. Le spectacle était incroyable. La cuisine était couverte de sang séché, et au sol gisait le corps d'un homme au crâne fracassé. Ce n'était pas le pire.

* SFPD : forces de police de San Francisco.

Dans l'embrasure de la porte de la cuisine se trouvait le cadavre d'une femme. Elle avait été décapitée, et sa tête gisait sur la moquette du salon. J'ai vu l'arme du crime – un couteau de cuisine – sur le sol de la cuisine près du cadavre de l'homme, et j'ai envoyé mon collègue à la voiture pour qu'il appelle les inspecteurs et le légiste."

« Très rapidement, le paisible quartier de Richmond se trouva illuminé des lueurs des gyrophares des voitures de police. Huit équipes de patrouilleurs ont entamé le quadrillage, maison par maison, et l'adjoint du coroner, Willard Willarsohn, après avoir examiné les corps, a attribué les causes de la mort à "des traumatismes violents causés par des coups de couteau répétés, et perte de sang", ajoutant que le couple était mort depuis au moins 48 heures, voire 52.

« Pendant que se déroulaient les interrogatoires rigoureux des voisins, les amis, familles et employeurs des victimes étaient contactés. Une fois éliminées toutes les expressions de choc, d'outrage et de chagrin, les agents chargés de l'enquête ont abouti à ceci :

« Un : Sifakis et Mlle Eversall étaient amants depuis longtemps ; ils ont été vus pour la dernière fois dînant ensemble au *Molinari Delicatessen* de North Beach, le lundi soir 2 septembre, à 7 h 30, cinquante et une heures avant la découverte des corps. Et deux : les deux victimes avaient la réputation de s'absenter fréquemment et sans raison de leurs lieux de travail. En conséquence, aucun de leurs collègues n'a songé à signaler leur absence. Une de leurs relations communes, qui a tenu à rester anonyme, a déclaré à nos reporters : "Stevie et Jill sortaient beaucoup. Ils aimaient bien planer et danser, et ils n'étaient pas difficiles sur le choix de leurs relations. Ils prenaient les auto-stoppeurs, et puis, disons que Jill aimait bien les échanges de partenaires. Stevie aimait bien boire le coup avec les motards d'Oakland, et je crois que ça va être difficile de découvrir les responsables parce qu'ils connaissaient tous deux beaucoup de monde, genre sans domicile fixe."

« Entre-temps, sans beaucoup d'indices, la police a élargi son champ d'investigations et un porte-parole du SFDP a annoncé : "C'est un crime majeur, nous y attachons un intérêt majeur. Nous faisons appel aux citoyens de San Francisco pour nous fournir des renseignements pour notre enquête. Nos efforts n'auront de cesse que nous n'ayons arrêté le ou les assassins."

Extrait de la première page du *San Francisco Chronicle* du 6 septembre 1974 :

« AUCUNE PISTE SUR LA BOUCHERIE DE RICHMOND. ON INTERROGE LES RELATIONS DES VICTIMES.

« Malgré les forces mises en œuvre, la police n'a guère avancé dans son enquête pour résoudre les assassinats brutaux de Jill Eversall et Steven Sifakis, dont les cadavres ont été découverts poignardés dans l'appartement de Sifakis, 26e Rue, mercredi soir. Selon le chef des inspecteurs du SFPD Douglas Lindsay, les 50 heures qui se sont écoulées entre le crime et la découverte des corps ont donné au tueur – ou aux tueurs – un avantage, et le mode de vie des victimes pose des problèmes frustrants aux enquêteurs. Dans une déclaration officielle faite aux médias ce matin à l'Hôtel de Ville, Lindsay a déclaré :

"L'enquête préliminaire terminée, je peux vous dire ceci : M. Sifakis et Mlle Eversall ont été vus tous deux au restaurant lundi soir sur North Beach, et ils ont rencontré la ou les personnes qui les ont tués quelque part entre le restaurant et l'appartement de M. Sifakis. En dépit d'appels au public largement diffusés et de l'interrogatoire de pratiquement tous les habitants dans un rayon de huit blocs autour de l'immeuble de la victime, nous n'avons trouvé aucun témoin oculaire ; personne n'a vu les victimes en compagnie d'une ou plusieurs autres personnes. Les seules empreintes que l'on ait trouvées dans l'appartement appartenaient aux victimes elles-mêmes, ou à des relations connues qui ont depuis été écartées comme suspects. L'arme du crime – un couteau à viande à lame de scie – a été découverte sur les lieux du crime, et nous croyons qu'il a servi à l'assassin – ou aux assassins – pour décapiter Mlle Eversall. M. Sifakis, qui est mort des suites de coups sur la tête, a eu le crâne mutilé après sa mort au moyen d'un couteau, mais nous pensons que c'est en fait un maillet de cuisine en acier qui a été la véritable arme du crime. Les techniciens du laboratoire ont examiné scrupuleusement les lieux sans réussir à récolter de faits marquants, et nous avons éliminé le cambriolage comme mobile après avoir fait l'inventaire de l'appartement avec des amis de M. Sifakis. Rien ne paraît avoir été volé, et personne n'a entendu le bruit des meurtres – qui ont dû se dérouler très soudainement pour qu'un tel carnage passe inaperçu.

"Au vu des faits, nous pensons que le ou les tueurs ont dû partir au petit matin, vêtus de vêtements appartenant à M. Sifakis, en emportant leurs propres habits ensanglantés dans des sacs poubelle en plastique pris sous l'évier. Le départ du ou des tueurs est passé inaperçu, et nous rassemblons actuellement des renseignements sur les véhicules suspects vus dans le quartier cette nuit-là.

"Notre enquête est maintenant centrée sur le mode de vie des victimes. Jill Eversall travaillait dans une agence d'emploi temporaire dans un quartier déshérité : on y engageait des gens sans domicile fixe, avec un passé criminel, et pendant ses trois années de présence à l'agence, elle s'est liée d'amitié avec nombre d'hommes au passé douteux. Pendant cette période, elle a reçu des coups de téléphone obscènes, et elle a répété à maintes reprises à ses amis que certains des hommes qu'elle connaissait dans le cadre de sa profession lui faisaient peur. Nous vérifions en ce moment par le détail les travailleurs associés à l'agence de l'Homme Fort, ainsi que les autres habitués de la rue de la Débine.

"Steven Sifakis avait été inculpé par deux fois pour vente de marijuana, et il était vaguement lié à un certain nombre de bandes de motards d'Oakland. Pour l'instant, nous pensons que les meurtres sont peut-être liés à la drogue. Des agents des Stupéfiants s'occupent de cet aspect de l'affaire, et des agents rattachés à la brigade des crimes sexuels vérifient les tenants et aboutissants de criminels sexuels répertoriés, connus pour faire usage de la violence. Bien que les victimes n'aient subi aucune violence sexuelle, les psychiatres de médecine légale que cette enquête concerne sont arrivés à la conclusion que le ou les tueurs ont agi dans une crise de furie aux motivations sexuelles. Mlle Eversall comme M. Sifakis ont eu des relations avec d'autres partenaires dans un passé récent, et la jalousie reste le premier des mobiles probables. On est en train de contrôler les emplois du temps des partenaires en question.

"En conclusion, nous faisons tout notre possible pour découvrir le ou les tueurs, et nous sommes convaincus que la réponse réside dans le style de vie sans morale de nos victimes. Les preuves dont nous disposons, ainsi que les profils psychologiques, laissent à penser que ce crime est purement lié à l'occasion, et non l'œuvre répétée d'un psychopathe."

Extrait du *Berkeley Barb** du 11 septembre 1974 :

« DES POULETS PARTOUT, RANÇON DES MACCHABÉES A SENSATION.

« Le mois dernier, Dicky le Truandeur** a démissionné, et vous vous êtes dit que les choses allaient changer. Vous aviez raison, mais aujourd'hui, pour compléter le tableau, c'est la deuxième godasse – ou devrions-nous dire godillot ? – qui tombe. Le 2 septembre, Jill Eversall et son homme favori Steve Sifakis se faisaient brutalement éliminer dans la piaule de Steve, quartier de Richmond. Le tueur n'a toujours pas été

* *Berkeley Barb* : journal du mouvement gauchiste des étudiants de l'université de Berkeley.

** Dickie le Truandeur : surnom donné à l'ancien président des États-Unis, Richard Nixon.

capturé, malheureusement, bien que la poulaille y travaille dur. A certains égards : trop dur.

« Vous comprenez, Steve et Jill, c'était un couple libéré, et ça les branchait bien de planer avec un peu d'herbe, et ils n'étaient pas du genre coincé ni regardant pour leurs relations. Jill avait un boulot au marché aux esclaves de South Mission, et – vous êtes prêts ? – elle aimait à donner un coup de main pour que des mecs dans la mouise rue de la Débine trouvent du boulot. Alors...

« Alors les flics de San Francisco en ont conclu que le mode de vie sans contraintes de Steve et Jill était la cause de leur mort ; bien qu'ils déplorent ce mode de vie, les flics sont fermement décidés à trouver le ou les artistes responsables des deux macchabées, avec la détermination du bouledogue. (Steve et Jill habitaient à Richmond, c'est joli, c'est sûr, après tout – mais dites donc, ç'aurait pu être quelqu'un... de bien !) Dans le cadre de leur enquête, ils ont violé les droits civiques de douzaines de pacifiques fervents d'une "vie sans contraintes".

« Pour preuve : au cours d'une descente, tôt le matin, les poulets ont alpagué une demi-douzaine de cheveux longs dans le jardin du Golden Gate, et lorsqu'ils ont découvert un canif sur un jeune homme, ils lui ont collé une arme sur la tête en hurlant : "Dis-nous pourquoi tu as saigné ces gens, à Richmond !"

« Pour preuve : des ouvriers en train de boire du vin à l'extérieur du bureau aux esclaves de l'Homme Fort ont été chargés dans un fourgon et traînés jusqu'à la prison de la ville, où ils ont eu droit à une fouille au corps, et au harcèlement des inspecteurs de la Criminelle. Un des salopards en civil a exigé d'un vieil homme qu'il admette en pincer pour Jill Eversall. Lorsque le vieil homme a refusé, le flic lui a brisé une bouteille de vin sur la tête.

« Pour preuve : nombre d'innocents ayant un casier pour délit sexuel ont été la proie des flics qui ont menacé de révéler au grand jour à leurs amis et employeurs leurs casiers judiciaires.

« Pour preuve : les flics ont interrompu un service récitatif au temple Hare Krishna de Delones Street à seule fin de fouiller les pratiquants, à la recherche de drogue et d'armes. Lorsque le responsable du temple a exigé des explications, un agent s'est exclamé : "Je pense que les meurtres de Richmond sont liés à la pratique d'un culte. Maman habite la Vingt-Neuvième Rue ! Arrêtez de déconner avec moi ! Je suis ici pour faire respecter la loi !"

« Au *Berkeley Barb*, nous voulons protester contre les actes illégaux cités ci-dessus et faire remarquer qu'une autre loi pourrait bientôt avoir priorité : la loi de l'action-réaction, égale et en sens opposé. Enfreindre la loi pour faire respecter la loi ne se justifie jamais, même quand le crime est un meurtre. »

14

Pendant que se déroulaient les événements relatés dans les comptes rendus qui précèdent, j'étais invisible au centre de la tempête, lucide et prudent avec grâce, ainsi qu'il se doit à un apprenti lorsqu'il atteint finalement au statut de professionnel.

Martin, tu es un assassin.

En me réveillant de mon sommeil coloré d'après-crime, à 7 h 30, automatiquement je me rasai, me lavai et me préparai au travail. Je savais exactement ce que j'avais fait et ce que j'avais à faire, et je m'y attelai, libéré des couleurs en latence et de mon cinéma intérieur. Je revêtis d'abord ma tenue de travail de rechange, puis, sachant qu'il était peu probable que les corps aient déjà été découverts, je joignis la combinaison de Steve à ma tenue kaki ensanglantée, ainsi que ma ceinture et ma hache, enveloppai de plastique le baluchon bien serré, et le transportai jusqu'à ma camionnette. J'allai jusqu'au chantier comme si je m'attaquais à une journée de travail bien ordinaire, et enterrai mon attirail de mort dans une zone marécageuse, en dehors du centre de Sausalito. L'étape numéro un de ma fuite accomplie, je m'assis sur un rocher et passai mentalement en revue les étapes restantes, en caractères d'imprimerie, sur le thème "les affaires continuent", thème fondamental de mon échappée :

"Les voisins ont pu te voir avec ta hache, tu as donc besoin de te procurer illégalement une hache identique et d'en user le tranchant, de sorte qu'elle ne porte pas de traces de sang et soit bien patinée par l'usage si elle devait subir des examens de labo.

"Ton alibi, c'est que tu étais à la maison, que tu dormais à l'heure des meurtres. Les autres locataires confirmeront que tu es un lève-tôt, un rentre-tôt et un locataire paisible. Personne ne t'a vu parler dans la rue à Steve et Jill. Il n'y avait pas de témoin au bureau de l'Homme Fort lorsque tu as rencontré Jill, et si elle a parlé de votre rencontre à d'autres, et si la police t'interroge à ce sujet, tu dois nier – parce qu'un interrogatoire sur ce sujet fera logiquement suite à leur premier interrogatoire de routine de tous les résidants du voisinage. Et si tu changes ton récit après avoir prétendu en premier ne pas l'avoir connue, tu deviendras un suspect majeur.

"La police va relever les numéros de tous les véhicules environnants, contrôler les immatriculations dans les dossiers du bureau des affaires criminelles de Californie. Ta condamnation pour cambriolage, et le fait que tu viennes récemment de terminer ta conditionnelle et de quitter Los Angeles pour venir ici seront remarqués, et tu seras soumis à un interrogatoire serré et peut-être même à des violences physiques. Tu ne dois jamais faiblir dans ton refus d'être coupable, même sous des contraintes extrêmes, et tu dois refuser de passer au détecteur de mensonges.

"Martin, tu es un assassin."

Au bout du compte, mon scénario se transposa dans la réalité avec une fidélité presque parfaite. Je volai une hache identique à la mienne dans une quincaillerie de

Sausalito et en ruinai le tranchant sur les quelques souches qui subsistaient sur le chantier. Je poursuivis mon travail de nettoyage pour M. Slotnick, dont le contremaître vint me dire que le 10 septembre je serais au chômage parce qu'on allait labourer le chantier ; les "écolos tarés" avaient mis le holà au "Paradis des Célibataires" du grand Sol. Je continuai à respecter ma ligne de conduite "les affaires continuent", et ma confiance crut en bonds gigantesques devant le retard pris à découvrir les corps.

Puis, cinquante heures et dix minutes après *l'instant*, j'entendis des sirènes, regardai par la fenêtre et vis mon nom qui s'affichait en lueurs rouges tournoyantes. J'observai le rouge qui se faisait de plus en plus intense au fur et à mesure de l'arrivée des voitures de police, puis j'allai au lit et dormis d'un sommeil tout de rêves dont les lumières affichaient "Martin, tu es un assassin".

Des coups sonores à la porte m'éveillèrent à l'aube. J'enfilai un peignoir, allai jusqu'à la porte et bâillai devant le judas.

– Ouais ? Qu'est-ce que vous voulez ?

– Police, ouvrez, me répondit une voix sans conviction.

En un instant, je sus qu'ils avaient déjà fait leurs vérifications sur les véhicules : ils connaissaient mon casier judiciaire. Je retrouvai les grandes lignes du numéro d'interprétation que j'avais mis au point et enjolivé à outrance. Je me frottai les yeux pour en chasser les restes de sommeil et repris mon personnage d'ancien prisonnier.

– Ouais, qu'est-ce que c'est ?

Trois durs à cuire étaient sur mon paillasson. Ils étaient aussi grands et forts que moi, les cheveux en brosse, le visage renfrogné, vêtus de complets d'été bon marché. Celui du milieu, qui ne se distinguait que par sa cravate sale et tachée, dit :

– *Toi*, tu ne sais pas ?

– Mettez-moi au courant, dis-je. Il est six heures du

matin, bordel, et je meurs d'envie d'entendre ce que vous avez à me dire.

– Comédien, marmonna le flic de gauche, en me faisant signe de reculer.

Je m'exécutai en feignant d'y mettre de la mauvaise volonté. Tous les trois défilèrent jusque dans le salon, et l'homme à la cravate indiqua immédiatement ma hache et ma faux appuyées contre le mur, près de la porte.

– C'est quoi, ça ? demanda-t-il.

Je le regardai droit dans les yeux.

– Une hache et une faux.

– Je le vois bien, Plunkett. Et tu t'en sers pour faire quoi ?

Je jouai au surpris en entendant mon nom, et m'obligeai à hésiter pendant trois secondes, en observant les deux autres flics qui se séparaient pour fouiller mon appartement.

– Pour me couper les ongles, dis-je.

– Ne déconne pas avec moi, dit-il en refermant la porte.

– Alors dites-moi de quoi il s'agit.

– J'y arrive. Depuis combien de temps habites-tu à San Francisco ?

– Depuis avril.

– Pour quelle raison as-tu ces outils en ta possession ?

– Je travaille sur un chantier, à Marin, et j'utilise mes outils pour déterrer les souches d'arbres et les broussailles.

– Je vois. Qui t'a trouvé ce travail ?

– Je l'ai trouvé sur le tableau d'affichage de l'université.

– Tu y es étudiant ?

– Non.

– Alors qu'est-ce qui t'a donné le droit de prendre ce travail ?

– D'être fauché, ça m'a donné le droit. Qu'est-ce...

– La ferme. Tu es sûr de n'avoir pas trouvé ce boulot par l'agence de l'Homme Fort ?

– Absolument sûr.

– Combien de cambriolages as-tu commis à San Francisco ?

– Le dernier chiffre, c'est trois milliards. Je...

– Je t'ai déjà dit de ne pas déconner avec moi !

J'eus un sursaut de recul et pris l'air effrayé. Je fis marche arrière dans mon petit numéro et dis :

– J'ai commis un vol avec effraction à L.A. il y a cinq ans, et j'ai tiré un an, et depuis j'ai gardé le nez propre, je suis allé au bout de ma conditionnelle et j'ai emménagé ici. Putain, je n'étais qu'un môme quand j'ai commis ce vol, et ça ne s'est pas reproduit depuis. Maintenant, qu'est-ce que vous voulez ?

Le flic-cravate crocheta les pouces dans son ceinturon. La position qu'il prit me permit d'apercevoir un 38 dans son étui, et en le fixant droit dans les yeux, je réussis à entrevoir la cervelle basse-tension qui se cachait derrière.

– Tu sais que c'est grave ? dit-il.

Je resserrai la ceinture de mon peignoir.

– Je sais que ce n'est pas une simple visite à quelqu'un suspecté de cambriolage.

– Et intelligent avec ça ! As-tu vu des voitures de police dans ce bloc la nuit dernière ?

– Oui.

– T'as essayé de savoir pourquoi ?

– Non.

– Et pourquoi ça ?

– J'ai assez vu de flics pour me durer une vie entière. Qu'est-ce...

– Je te le dirai en temps utile. T'aimes la chatte ?

– Ouais, et vous ?

– T'en as eu ces temps-ci ?

– En rêve la nuit dernière.

– Mignon. T'aimes les blondes ou les brunettes ?

– Les deux.

– T'as déjà demandé à une femme de se teindre ses frisettes pour tes beaux yeux ?

J'éclatai de rire pour masquer mes réactions devant la question inattendue.

– Le barbu, vous voulez dire ?

Le flic-cravate grimaça puis regarda par-dessus mon épaule. Je me retournai et vis que ses collègues fouillaient mes tiroirs de cuisine. Lorsque l'un d'eux fit un signe de tête négatif, Cravaté dit :

– Changeons de sujet.

– Que diriez-vous du base-ball ?

– Que dirais-tu des garçons ? T'es bisexuel ?

– Non.

– T'aime ça en trio ?

– Non.

– Te faire mettre dans le cul ?

– Non.

– Oh, alors, tu suces ?

Je commençai à me mettre en colère pour de bon et mes mains ballantes s'animèrent de tics. Cravaté remarqua mon changement d'attitude et dit :

– J'ai touché un nerf à vif, hein, m'sieur la Froideur ? Peut-être qu'aujourd'hui, c'est les garçons qui te font sauter les plombs, tu aimes ça et tu te dégoûtes ? Peut-être que tes plombs ont sauté lundi soir vers 9 h lorsque Steve et Jill ont proposé une soirée à trois ? Peut-être que tu n'as pas bien compris ce qui était prévu, et quand Jill a refusé de se laisser faire, tu t'en es pris à Steve avec un maillet à viande, et tu as tranché la tête de Jill parce que tu n'as pas aimé sa manière de te regarder ? Combien de personnes as-tu tuées, Plunkett ?

Dans l'espace d'une microseconde, se produisit une chose étonnante. Alors que le sang se retirait de mon visage, je devins le numéro que j'interprétais : ma colère, qui était réelle, se transforma en état de choc véritable, et je fus soudain l'innocent qu'on accuse à tort.

– V-v-vous v-v-voulez dire, balbutiai-je, que d-d-des g-g-gens ont été ass-ass-assassinés ?

Je vis immédiatement que le flic-cravate avalait

l'hameçon jusqu'au bouchon. Lorsqu'il dit : “C'est exact”, je vis sa déception du fait que j'étais innocent ; lorsqu'il dit : “Toi, tu étais où, lundi soir ?”, je sus que le reste de l'interrogatoire ne serait qu'une formalité. Après cet instant de révélation, je repris un air de culpabilité saine et normale en jouant de tout le poids de ma volonté pour ne pas me réjouir ouvertement.

– Je-je-j'étais ici, dis-je en bégayant.

– Seul ?

– Ou-ou-oui.

– Qu'est-ce que tu as fait ?

– Je-je suis rentré du travail vers huit heures trente. J'ai dîné, puis j'ai lu pendant à peu près une heure avant de me coucher.

– Quelle folle soirée ! C'est ce que tu fais d'habitude ?

– Oui.

– Tu ne sors pas avec des amis ?

– Je n'ai pas vraiment d'amis ici.

– Ça ne t'arrive jamais de te sentir seul ?

– Oh si ! Qu'est-ce que vous pensez ...

– C'est moi qui pose les questions. Connais-tu une femme du nom de Jill Eversall ou un homme du nom de Steven Sifakis ?

– C'est eux qui...?

– C'est eux.

– A quoi ressemblent... ressemblaient-ils ?

– Elle, c'était une brunette piquante et sexy, environ un mètre soixante-deux, des beaux nichons. T'aimes les nichons ?

– Allez, monsieur l'inspecteur...

– Okay. Et Steven Sifakis ? Un mètre soixante-dix-sept, quatre-vingt-cinq kilos, cheveux brun-roux avec des favoris en côtelettes. Il avait la réputation d'être monté comme un âne. Ça te botte, les grosses pines ?

– Rien que la mienne.

J'entendis rire les deux flics dans la cuisine, et me retournai pour les regarder. L'un d'eux secouait la tête en se passant un doigt sous la gorge, et de toute évidence le geste était destiné à Cravaté. Je me retournai à nouveau et dis :

– Est-ce qu'on peut régler ça en vitesse ? Il faut que j'aille au travail...

– C'est toi qu'on pourrait peut-être bien régler, Plunkett, dit lentement Cravaté.

J'allai droit vers l'estocade finale, sachant qu'au jeu de l'enfermement, j'étais capable de vaincre la meilleure des machines.

– Ça commence à bien faire, on ne pourrait pas régler ça ? Puisque j'ai tué personne, pourquoi n'irions-nous pas vite fait jusqu'au poste ? Vous me collez au détecteur de mensonges, je passe le test avec succès et vous me lâchez. Qu'en dites-vous ?

Cravaté chercha du regard le flic responsable. Je résistai à l'envie d'observer leurs signaux, et me concentrai sur la tache qui m'avait fait attribuer au flic ce nom impromptu. Je venais de décider que c'était de la sauce au chili lorsque Cravaté dit :

– As-tu vu quelqu'un dans la rue en rentrant chez toi lundi soir ?

Je réfléchis un instant à ma "question victoire" et dis :

– Non.

– T'as entendu des bruits bizarres ?

– Non.

– T'as vu des voitures que tu ne connaissais pas ?

– Non.

– T'as déjà baisé Jill Eversall ou acheté de l'herbe à Steven Sifakis ?

Je regardai Cravaté d'un air de mépris qui aurait fait baisser les yeux au pape.

– Allez, poussez pas.

– Non, à toi d'y aller. Réponds à ma question.

– Très bien. Non, j'ai jamais baisé Jill Eversall ni acheté de l'herbe à Steven Sifakis.

L'un des flics s'éclaircit la gorge dans mon dos ; Cravaté se carra les épaules et dit :

– Il se peut qu'on revienne.

– Garde le nez propre, dit le flic responsable en passant près de moi pour se diriger vers la porte, tandis que le dernier m'adressait un clin d'œil.

***

Bien sûr, je ne les revis jamais, et je passai les semaines suivantes à jouir de ma gloire anonyme sous le nom de l'"Éventreur de Richmond", qualificatif que m'avait attribué un journaliste de l'*Examiner*. "Les affaires continuent" étaient mes mots de garde, et je m'imaginais sous surveillance vingt-quatre heures sur vingt-quatre, en songeant que le moindre de mes gestes était décortiqué par des puissances tout aussi anonymes que désireuses de m'abattre. A cultiver ma paranoïa en toute conscience, je m'obligeai à rentrer chez moi à la nuit malgré mon désir d'être dans la rue à écouter les gens parler de moi ; cela m'obligea à me rendre à l'université, devant le tableau d'affichage, à chercher un nouvel emploi, alors que je voulais dépenser l'argent accumulé en armes à feu ; cela m'empêcha de collectionner les coupures de presse sur mon crime ; cela me força à ne pas faire ce que je désirais plus que tout : aller vers d'autres villes et voir comment elles réagissaient sur moi. Mon régime de vie en vint à une pratique ascétique en lieu et place de faire la fête, et la seule chose qui en était satisfaisante sur le plan de l'émotion était ma certitude de savoir que j'en étais chaque jour plus fort.

Dix jours après les meurtres, je me trouvai un autre travail de force : débroussailler un pan entier de colline en bordure du campus de l'université de Berkeley. Le travail était pénible et frustrant – d'autant plus que l'argent ne m'était pas nécessaire –, et prêter une oreille indiscrète aux conversations des étudiants me rendait furieux : leurs sujets favoris, c'était le Watergate et la démission toute récente de Nixon, et lorsqu'ils daignaient parler de moi, ils m'éliminaient vite fait en me collant l'étiquette de "psycho" ou de "malade". Je décidai que le 2 octobre, un mois jour pour jour après les meurtres, je ferais la fête.

Le temps passait avec lenteur.

Je travaillais sur ma colline, écoutais les bavardages des étudiants et lisais les journaux à l'heure du déjeuner. La lecture des journaux me donnait l'impression d'être suspendu, ballant, aux ficelles de mon ego. Les articles qui me comparaient à la famille Manson, "en plus brillant", étaient comme des échappées jusqu'aux nuages ; les paragraphes qui attribuaient mes meurtres au "Tueur du Zodiaque" – un psychopathe mystique qui adressait des communiqués à la police – me donnaient l'impression d'être traîné dans la boue. Huit jours d'affilée sans un entrefilet, et ce me fut comme d'être totalement abandonné par ma propre mère, jetant son enfant non désiré sur un tas d'ordures. Les nuits étaient les plus lentes à passer. En revenant à la maison, je voyais parfois les flics qui coinçaient des jeunes à cheveux longs, et je savais confusément que j'avais été le catalyseur de ce chaos mineur. Il était satisfaisant de traverser la foule des rues au volant de ma camionnette parce que je savais qu'ils savaient ce que j'avais fait. Mais chez moi, au sein de mon cocon de précautions, il n'y avait que moi. Et bien que mon identité fût établie par mon "tu es un assassin, Martin", je n'avais pas encore décidé de m'échapper vers les nuages et d'y rester désormais par des meurtres répétés.

Avant le 2 octobre déjà, l'affaire de l'Éventreur de Richmond était pâture rassise pour les médias, et mes instincts me disaient que la police s'était reportée sur des affaires priotaires de plus grande urgence. La logique vint s'ajouter aux intuitions du cœur pour me dire de faire la fête. Ce que je fis.

Il me fallut une journée et une nuit entières pour

trouver ce que je voulais. Et le prix à payer – quatre cents dollars – n'était rien à côté de l'effort qui avait précédé : parler du coin des lèvres à une longue succession de truands de San Francisco Sud, échanger "pedigrees" et convenances criminelles, partir en chasse et revenir bredouille une demi-douzaine de fois de suite, pour finalement aboutir à un prêteur sur gages à la retraite qui cherchait à liquider un "stock brûlant". La transaction finale fut brève et sans effort, et je me retrouvai propriétaire en toute illégalité d'un revolver Colt, modèle Python 357 magnum, flambant neuf, jamais répertorié, qui ne mènerait jamais jusqu'à moi.

J'avais maintenant deux talismans : le premier fait main, le second gagné de mes deniers. Je les assemblai chez moi, cylindre fileté sur canon. Ils s'emboîtèrent à la perfection, ajoutant le poids de leur contact à ma nouvelle identité. En me rendant au travail le lendemain matin, j'achetai une boîte de munitions à tête creuse ; mon canon portatif équipé de son silencieux sous la chemise, je déracinai les mauvaises herbes de la terre molle jusqu'au crépuscule. Puis, à la lueur des fenêtres des dortoirs et de la nuit étoilée, je m'entraînai.

Éclair du canon, recul, cognements assourdis du silencieux, claquements des balles qui déchiraient les sillons de bêche du sol. Cordite et odeur de terre dans les narines, lueurs des phares des voitures de passage sur la route en surplomb, qui illuminaient furtivement les cratères de mes balles. Mon poignet droit douloureux sur le magnum brûlant ; éjecter les douilles dans ma poche après chaque sixième explosion ; recharger dans le noir, et faire feu, faire feu, encore et toujours, jusqu'à vider ma boîte de balles à tête creuse sur ce flanc de colline qui sentait le champ de bataille, sans une goutte de sang versé ! Puis retour à la maison en voiture, le corps tremblant à l'intérieur, impatient d'atteindre l'espace ouvert de l'autoroute, et de partir, tout simplement.

Mais partir, à ce point de ma vie, était en contradiction avec “les affaires continuent”, ce qui voulait dire “reste”. Aussi je restai, terminai mon travail de désherbage, mais continuai à fréquenter l’université de Berkeley comme balayeur remplaçant, à passer le balai et la serpillière les jours de congé de l’équipe de nettoyage régulière. Je décidai de prendre la route le jour de Thanksgiving, le 24 novembre, et continuai à vivre à l’économie en ne m’autorisant qu’un seul luxe : les munitions.

Aussi, pour ne pas éveiller les soupçons par l’achat répété de boîtes de balles à l’unité, j’allai jusqu’à San Jose et en achetai une caisse, 7200 balles au total. Je cachai la caisse dans une zone fortement boisée, côté Berkeley de Bay Bridge ; et tous les soirs, après le travail, je tirais sur des cibles imaginaires, sur l’eau. Chaque explosion, chaque recul, chaque cognement du silencieux, chaque vague à l’impact me rapprochaient du départ, mais je ne savais toujours pas ce que cela signifiait.

C’est ce que je découvris la veille de mon départ.

Mon silencieux fait maison était, à force, pratiquement hors d’usage ; aussi j’allai à San Francisco Sud pour retrouver le prêteur sur gages qui m’avait vendu le Python, et voir s’il connaissait quelqu’un susceptible de me vendre un silencieux professionnel en remplacement. L’homme sourit lorsque je lui soumis ma requête, décrocha du mur une photo de voiliers et fit tourner le cadran du coffre-fort qui se trouvait derrière. Quelques instants plus tard, je vissais un silencieux au canon de mon magnum, une “beauté noire” de la CIA, en échange d’une somme de cinq cents dollars. Plus que satisfait, j’enfonçai l’arme dans ma ceinture, la recouvris de ma chemise et me dirigeai vers ma camionnette. En voyant un présentoir du *Chronicle* fonctionnant à pièces, je m’approchai pour en acheter un, espérant y trouver quelques lignes en dernière page sur le thème : “Toujours aucun indice dans l’affaire de l’Éventreur d'Hollywood". J'étais sur le point de glisser mes quinze cents dans la fente lorsque je vis une affiche agrafée au poteau téléphonique, derrière le présentoir.

En première page, sur cinq colonnes, ponctué de points d'exclamation, le titre proclamait : "Le Salaire du Péché !!!", au-dessus d'une reproduction photographique d'une netteté parfaite, portant dans le bas l'inscription SFPD, 4/9/74. Le texte qui l'accompagnait traitait de la rédemption par Jésus, mais la photo du milieu de page me fit trembler si fort qu'il me fut impossible de lire effectivement le message.

La tête tranchée de Jill Eversall gisait au premier plan, en harmonies vivantes de noir et de blanc. Le restant du corps s'étalait dans l'embrasure de la porte de la cuisine. En arrière-plan, on apercevait les jambes de guingois de Steven Sifakis, les murs, le sol et leurs traînées sanglantes. Super Saigneur fit apparaître dans mon champ de vision *laid laid laid* en caractères d'imprimerie ; avant d'effacer la ligne et de la remplacer par *mauvais désarroi pas laid désarroi d'amateur pas mal travail d'amateur pas laid pas mal.*

J'arrachai l'affiche du poteau et la roulai en boule avant de la jeter dans le ruisseau et d'écraser le carton à pieds joints jusqu'à ce que mes chaussures soient trempées. J'avais, devant les yeux, les affiches de Tahiti et du Japon, sur les murs de Steven Sifakis, ainsi que le souvenir premier qui m'avait échappé jusque-là : l'amant de Saison qui m'avait éjecté cul par-dessus tête, des ténèbres vers la lumière, avec des affiches similaires sur le mur pendant qu'il m'humiliait de ses coups. SS prit la voix de Country Joe Mac Donald et se mit à chanter : "De cendres en cendres, de poussière en poussière, les jours d'orage, t'as la pompe qui grippe, comme la rouille sur le fer." Sa voix disparut au milieu d'une strophe, mais je compris qu'il me disait d'aller acheter un bel appareil photo Polaroïd pour accompagner mon magnum. D'autres instructions m'arrivèrent, ni en lettres, ni en paroles, mais par télépathie. Ce n'est qu'au cours des quatorze heures qui suivirent, alors que j'accomplissais méthodiquement chacune de mes tâches, qu'elles prirent vie, en caractères d'imprimerie :

"Achète l'appareil et la pellicule.

"Rentre à la maison, et mets toutes tes affaires dans la camionnette, y compris les meubles que tu avais eu l'intention de laisser derrière toi à l'origine.

"Laisse tes clés à la vieille dame du rez-de-chaussée.

"Achète un étui pour ton arme, découpe un trou dans le fond pour y glisser le silencieux, et fixe le magnum aux ressorts, sous le siège du conducteur de la camionnette.

"Dors bien, et prends la Route 66, vers l'est, en direction de la frontière du Nevada, tôt demain matin.

"Débarrasse-toi de tous tes meubles, excepté le matelas, une fois sorti de la région de San Francisco.

Garde le Polaroïd à portée de main.

***

Toutes ces tâches terminées, exécutées en professionnel, cochées en marge des lignes de caractères au fur et à mesure de leur exécution, je pris la direction de l'est à travers les forêts de pins verdoyantes du Nevada, en solo, sans Super Saigneur comme copilote. La circulation était inexistante, le réservoir était plein, et j'avais trois mille six cents dollars dans la boîte à gants. L'appareil photo était à portée de main sur le siège du passager. Des montagnes impressionnantes apparaissaient derrière les arbres élevés. Je me sentais en paix.

C'est alors que je vis les auto-stoppeurs.

C'était deux adolescents, garçon et fille, les cheveux longs, vêtus de blousons et de jeans Levis et chargés de sacs à dos. Je me rangeai sur le bas-côté et m'arrêtai. Quelques secondes plus tard, le garçon était à la porte, côté passager, la fille sur ses talons. D'une main, je relevai le taquet de fermeture, de l'autre je sortis le magnum de son étui, sous le siège.

– Merci, m'sieur.

Je fis feu par trois fois, à hauteur de poitrine ; à voir la manière dont les corps de la fille et du garçon basculèrent en arrière, je sus que je les avais touchés tous les deux. Je serrai le frein à main et enclenchai mes feux de détresse. Je me glissai sur le siège du passager et sortis de la camionnette. Les adolescents gisaient sur l'accotement de gravier, morts. Je regardai au-delà des corps et vis que le bas-côté partait en pente douce ; je repoussai les corps à coups de pied et recouvris de gravier le sang qui avait coulé des blessures. Un chronomètre, avec compte à rebours de dix minutes, jaillit soudain dans mon cerveau. Je sortis mon Polaroïd de la camionnette et decendis la pente, l'appareil à la main.

Les auto-stoppeurs gisaient dans la terre molle, en contrebas, unis comme deux pièces d'un puzzle : elle, la tête au creux du genou droit du garçon, le bout de leurs doigts entrecroisés, formant un angle ouvert. Les corps me rappelèrent des drapeaux de signalisation qui m'enverraient le mot "désarroi" en sémaphore, et je faillis oublier toute prudence dans mon désir de les rendre parfaits.

Mais je n'oubliai pas. J'inspectai en premier la poitrine et le dos du garçon, puis ceux de la fille. Lorsque je vis un orifice de sortie de balle sur le dos de la fille, et des déchirures sur l'avant de son sac, sans trou à l'extérieur, je compris que les balles n'étaient pas sorties. Une minute et trente-sept secondes s'étaient écoulées à ma montre. J'abaissai la fermeture Éclair, ouvris le sac, et fouillai parmi les culottes et les chemisiers jusqu'à ce que mes doigts touchent l'acier brûlant. Je mis les balles dans la poche de ma chemise et, les laissant brûler, creusai du pied avec énergie une tombe peu profonde dans la terre qui s'étendait autour de nous trois.

Six minutes et quatre secondes s'étaient écoulées.

J'essuyai les empreintes sur le sac à dos au moyen de

ma manche avant de dévêtir les deux corps et de jeter vêtements et sacs dans la tombe.

Sept minutes et quarante-six secondes s'étaient écoulées.

Les amants étaient nus ; je plaçai la fille sur le dos et lui écartai les jambes ; j'installai le corps du garçon sur elle. Lorsque le simulacre d'acte sexuel fut parfait, je pris ma première photo, suivis du regard l'épreuve vide d'image sortant de l'appareil et attendis.

Neuf minutes et quatorze secondes s'étaient écoulées.

La perfection photographique apparut et, étrangement, surnaturellement, je sus que l'image était un indice quant à mes fixations sur les blonds, sur Lauri la racoleuse, et sur des choses beaucoup, beaucoup plus anciennes.

Dix minutes s'étaient écoulées, l'alarme tintait, en même temps que je prenais conscience que Super Saigneur et moi-même avions fusionné pour ne faire plus qu'un. Je recouvris les corps de terre en vrac avant de disposer de grosses branches par-dessus pour la retenir.

Tic tic tic tic tic tic tic tic tic.

Je m'accordai une gratification de quelques secondes en commémoration de l'événement et glissai l'instantané dans ma poche ; je vis que le sang, sur mon col, n'était pas plus important que les suites d'une coupure due au rasage ; je compris que, la prochaine fois, je devrais voler l'argent et peut-être aussi les cartes de crédit. Lorsqu'il fut temps de partir, je masquai les empreintes de mes pas en repassant dessus latéralement pour remonter la pente du talus. Ma camionnette avait l'air neuf sous le soleil. Sur une impulsion subite, je la baptisai “Mortmobile” et m'éloignai.

Troisième Partie

Crimes de circonstance : l'assaut de mes cauchemars (1974 - 1978)

Extrait de la revue *Boss Detective* du 28 décembre 1974 :

« DÉCOUVERTE SINISTRE GRÂCE AU CHIEN DES CAMPEURS. ON RECHERCHE L'ASSASSIN SEXUEL !

« Sans la finesse du nez de Buford, chien basset de trois ans, les corps de Karen Roget et de Todd Millard, disparus depuis le jour de Thanksgiving, n'auraient peut-être jamais été retrouvés. Buford, qui appartient à M. et Mme J. Bradley Streep de Sacramento, Californie, gambadait en liberté près d'un terrain de camping à proximité de la Route 66, aux abords de Hastings, Nevada, lorsque, pour reprendre les paroles de M. Streep, "il a commencé à japper comme un fou et s'est mis à creuser la terre. Lorsqu'il en a sorti un premier os, j'ai failli en faire tomber mes gâteaux par terre !"

« L'os était humain, et M. Streep (qui a suivi quelques cours de chiropractie à l'université il y a quelques années), l'ayant reconnu comme tel, s'est précipité vers le terrain de camping et sa CB. Entre-temps, pendant que son propriétaire contactait les autorités, Buford continuait à creuser ; il mit bientôt au jour les squelettes de deux corps, ainsi que leurs vêtements et deux sacs à dos contenant pièces d'identité, vêtements de rechange et canadienne. Le basset au flair aiguisé grignotait joyeusement les os d'un pied lorsque M. Streep revint en compagnie de l'adjoint du shérif – comté de Lewis – J. V. Mc Clain, qui eut le souffle coupé au vu de la position des squelettes :

" Les corps étaient disposés de manière à... euh... suggérer l'acte sexuel", a déclaré l'adjoint Mc Clain au correspondant de *Boss Detective*, Robert Rice. "Bien que la décomposition fût complète, il était possible de voir ce que le tueur avait fait."

« Malgré le choc reçu, l'adjoint Mc Clain a appelé des renforts par radio, avant de vérifier les vêtements gisant sous les corps, dans la tombe. Il y découvrit deux permis de conduire appartenant à deux habitants de Sacramento, Todd Thomas Millard, 17 ans, et Karen Nancy Roget, 16 ans, et se rappela un avis de recherches pour disparition établi aux deux noms. "On les avait vus pour la dernière fois à Hastings le 24 novembre, le jour de Thanksgiving", a-t-il déclaré, "il y a presque un mois, et devant l'état des corps, j'ai su qu'ils étaient morts depuis ce moment-là."

« Le coroner du comté de Lewis arriva bientôt sur les lieux et précisa les causes de la mort : "A partir des déchirures et des taches de sang de leurs vêtements et de leurs sacs à dos, on peut considérer sans risque d'erreur qu'ils ont été abattus par balles."

« Une équipe d'agents arrivés ensuite ont alors entamé un quadrillage du terrain mais les balles du meurtre sont restées introuvables ; les lieux du crime ont été matérialisés par des cordages pendant qu'on emportait les restes des adolescents et que les techniciens cherchaient d'autres indices. Les Streep et Buford ont poursuivi leurs vacances, accompagnés par les félicitations chaleureuses des autorités du comté de Lewis qui ont immédiatement commencé leur enquête. Trois jours plus tard, le shérif Roger D. Norman a déclaré aux journalistes :

"Nous disposons de peu d'indices sur les assassinats sadiques de Todd Millard et Karen Roget. Le temps qui s'est écoulé entre les meurtres et la découverte des corps nous a fortement handicapés. Nous avons été dans l'impossibilité de retrouver des témoins, et les relations connues des victimes ne nous ont fourni aucune piste réelle. Nous avons cependant éliminé le vol comme mobile, et nous concentrons actuellement tous nos efforts sur les dossiers de déviants sexuels connus."

« Entre-temps, les familles et les amis, bouleversés, pleurent Todd et Karen, et prient pour que la police retrouve le monstre qui les a tués. »

Extrait de *True Life Sleuth** de mars 1975 :

« UN OU PLUSIEURS MONSTRES HANTENT LES ROUTES DE L'UTAH ET DU NEVADA ! LES CRIMES SONT-ILS LIÉS ?

« La police est toujours impuissante devant une poussée soudaine de crimes d'une habileté diabolique, commis apparemment au hasard sur les territoires de l'Utah et du Nevada. Depuis la nouvelle année, quatre jeunes gens, tous originaires de familles aisées qu'ils avaient abandonnées, ont été assassinés. Les dénominateurs communs aux quatre crimes sont le vol comme seul mobile apparent, l'origine sociale aisée des victimes, ainsi que leur statut de fugueurs. Ces facteurs mis à part, les meurtres présentent des différences tellement marquées que les enquêteurs ne sont pas sûrs que les crimes soient liés. Les quatre victimes sont :

« Randall Hostford, 18 ans, découvert dans un fossé de drainage aux abords de Carson City, Nevada, le 2 janvier. Le jeune homme vivait des allocations que lui adressait sa famille, des gens aisés de Californie du Nord ; il était connu pour avoir parcouru les États de l'Ouest, pouce en l'air, les poches toujours pleines de cartes de crédit et d'argent liquide en grosse quantité. Lorsque la police a découvert son cadavre étranglé, le portefeuille avait été nettoyé, et il n'y a pas d'indices en l'état actuel de l'enquête.

« Lee Richard Webb, 20 ans, de Las Vegas. Fils du propriétaire d'un casino, le jeune Webb a été vu pour la dernière fois en train de faire de l'auto-stop à la sortie de Las Vegas le 19 janvier. Son corps a été découvert une semaine plus tard dans le désert, à soixante kilomètres de la mecque du jeu. Le jeune homme avait été étranglé et volé. Situation de l'enquête : pas d'indices.

« Coleman Loring, 19 ans, et son ami Ralph De Santis, 21 ans, tous deux fils de riches entrepreneurs miniers de Moab, Utah, ont été découverts ligotés ensemble, tués d'une

* Enquêtes de la vraie vie.

balle au cœur et dépouillés de leur argent, dans une grotte, non loin de Moab, le 26 janvier. Les balles sont restées introuvables, bien que les gros orifices d'entrée et de sortie des plaies indiquent l'utilisation d'une arme de gros calibre. Les deux garçons se rendaient à Las Vegas en auto-stop pour un week-end dans les salles de jeux ; on savait qu'ils emportaient avec eux plus de deux mille dollars en liquide. Situation de l'enquête : pas d'indices.

« Post-scriptum : à l'heure de mettre sous presse, notre correspondant de Carson City nous adresse ce bulletin de dernière minute :

« La police a récupéré les cartes de crédit appartenant à feu Randall Hostford. Un homme, dont l'identité n'est pas connue (il a été éliminé comme suspect du meurtre) a déclaré aux inspecteurs du CCPD* qu'il avait rencontré dans un bar "un homme grand, approchant de la trentaine, sans signe distinctif, du nom de Saigneur. L'homme lui aurait vendu les cartes pour cent dollars pièce, en lui affirmant qu'elles étaient "froides comme la pierre". Le CCPD n'a pas encore de piste sur Saigneur ; l'homme auquel il a vendu les cartes a été inculpé de recel de marchandises volées. »

Extrait de la rubrique "Avez-vous vu ces personnes ?" de la revue *True Life Sleuth* de juin 1975 :

« Avant-propos du rédacteur en chef : En temps ordinaire, nous diffusons dans ces colonnes des photographies du service des cartes grises concernant des personnes disparues ; cependant, comme toutes les personnes dont les noms sont cités ci-dessous n'ont pas l'âge requis pour avoir le permis de conduire dans leurs États d'origine, ou ne possèdent pas de permis, nous ne diffusons que leur description physique et l'endroit où elles ont été vues pour la dernière fois. Nous, journalistes de *True Life Sleuth,* souhaitons alerter les autori-

* CCPD : forces de police de Carson City.

tés compétentes sur le fait suivant : ces cinq personnes ont disparu de deux États voisins sur une période de huit semaines :

« Everett Bigelow, blanc, sexe masculin, de Provo, Utah. Vu pour la dernière fois à Provo le 4/3/75. Âge : 71 ans, taille : 1 m 78, poids : 70 kg. Cheveux gris, yeux bleus, corpulence légère. Connu pour aimer fréquenter les bars à bière, pas de tatouage ou signe distinctif.

« Hazell Leffler, blanche, sexe féminin, âge : 67 ans, de Bostang, Utah. Vue pour la dernière fois à l'extérieur du centre commercial de Bostang, engagée dans une conversation avec un homme blanc non identifié, le 11 mars. Cheveux noirs teints, yeux bruns, 1 m 65, 76 kg. Corpulence forte. Porte des lunettes et s'aide d'une canne pour la marche.

« Wendy Grace Sanderson, 14 ans, et son voisin Carl Sudequist, 16 ans, tous deux de race blanche, originaires de Putnamville, Nevada. Vus ensemble pour la dernière fois sur une aire de pique-nique près de Putnamville le 9/4/75. La jeune fille : 1 m 35, 40 kg, cheveux blonds, yeux verts ; le garçon : 1 m 70, 63 kg, cheveux et yeux bruns. Tous deux étaient vêtus des uniformes bleu marine de l'école Sainte-Marie de Putnamville.

« Gregory Hall, 37 ans, de Las Vegas Sud, Nevada. Race blanche, sexe masculin, 1 m 82, 85 kg, cheveux bruns, yeux bleus. Vu pour la dernière fois faisant de l'auto-stop près de la frontière nord Utah - Nevada le 30 avril 1975. Récemment libéré sur parole de la prison d'État du Nevada, et aujourd'hui objet d'un mandat de recherches pour violation possible de conditionnelle. (Les photos de prison seront diffusées dans le prochain numéro de *True Life Sleuth* sous la rubrique "Avez-vous vu ces personnes ?")

« Note du rédacteur en chef : tout renseignement concernant les lieux où pourraient se trouver actuellement les personnes citées ci-dessus est à transmettre aux polices d'État de l'Utah et du Nevada ainsi que sur la ligne ouverte des "Personnes disparues" de *True Life Sleuth*, numéro d'appel gratuit : 1-800 DISPARU. »

Extrait de *True Crime Detective** de juillet 1975 :

« MORT DÉMONIAQUE POUR LE PLONGEUR SOURD ET MUET.

« De notre correspondant à Salt Lake City, 16 juin 1975 :

« Le corps d'un jeune homme sourd-muet de Salt Lake City a été découvert sur les plateaux de sel entourant le Grand Lac Salé, tôt ce matin. La victime, Robert Masskie, 18 ans, travaillait comme plongeur au restaurant *Colonial Joe*, à Salt Lake City, et venait d'encaisser son chèque de salaire de deux semaines. On n'a rien retrouvé de l'argent sur lui, et à cette heure matinale, la police estime que le vol est le mobile. Les compagnons de travail du gentil garçon handicapé ont été choqués par sa mort, et le cuisinier, Martin Plunkett, 27 ans, a déclaré : "Bobby était un auto-stoppeur invétéré, et ça, c'est dangereux. Dites, s'il vous plaît, à vos lecteurs, d'être prudents et de ne pas faire d'auto-stop." Sage conseil. Pour l'instant, il n'y a pas d'indices, mais nous ferons le point sur les progrès de l'enquête dans le numéro du mois prochain de *True Crime Detective*. »

Extrait de la revue *Boss Detective*, rubrique "Personnes disparues", de décembre 1975 :

« Vus pour la dernière fois le 30/10/75 sur la I-95 d'Ogden, Utah, "parlant à un jeune homme blanc de grande taille" qui pourrait être le propriétaire d'une camionnette grisâtre d'un modèle récent :

« Kenneth Neufeld, 41 ans, blanc, sexe masculin, 1 m 80, 78 kg, cheveux et yeux bruns, tatouage du corps des marines sur l'avant-bras droit.

* Le vrai détective criminel.

« Cynthia Neufeld, 39 ans, blanche, sexe féminin, 1 m 60, 58 kg, cheveux blonds, yeux bleus, pas de signe distinctif.

« Disparition signalée le 1/12/75 par leurs enfants adolescents. Leur véhicule a été découvert abandonné dans les bois, à la sortie d'Ogden, le 4/12/75. Un quadrillage poussé de la zone n'a donné aucun indice. Photographies de M. et Mme Neufeld disponibles auprès du bureau des personnes disparues, services de police d'Ogden, et de la police d'État de l'Utah. Toute information ou demande de renseignements concernant M. et Mme Neufeld sont à transmettre à ces deux services. »

Extrait de *Boss Detective* d'avril 1977 :

« L'ASSASSIN DU ZODIAQUE RÔDE-T-IL DANS LE COLORADO ? LES MEURTRES D'ÉTUDIANTS SONT-ILS LIÉS ? LES MARQUES RITUELLES SONT-ELLES L'ŒUVRE D'ADEPTES D'UN CULTE DE LA BANDE DESSINÉE ?

« Aspen, Colorado, est, douze mois sur douze, la mecque de la jeunesse en quête de bons moments ; c'est la capitale sans rivale des grandes fêtes d'hiver de tous les États-Unis, renommée pour son ski et pour l'ambiance bon enfant de ses chalets. La jeunesse vient à Aspen pour se délasser et se mettre au vert loin des tensions de l'université et du travail. On est sûr d'avoir du bon temps à Aspen mais, depuis janvier 1976, pour huit étudiants, les certitudes ont dépassé leurs espérances : ils ont disparu de la surface de la terre.

« Cindy Keneally, 22 ans, Chicago, Illinois, dernière apparition le 18/1/76.

« George Keneally, 20 ans, Chicago, son mari, dernière apparition le 18/1/76.

« Gustavo Torres, 23 ans, São Paulo, Brésil, dernière apparition le 26/1/76.

« Mills Jensen, 24 ans, Aspen, dernière apparition le 1/3/76.

« Craig Richardson, 17 ans, Glenwood Springs, Colorado, dernière apparition le 1/4/76.

« Maria Kaltenborn, 21 ans, Akron, Ohio, dernière apparition le 2/6/76.

« John Kaltenborn, 22 ans, époux de Maria, dernière apparition le 2/6/76.

« Timothy Bay, 16 ans, Glenwood Springs, dernière apparition le 18/8/76.

« Les polices chargées des enquêtes sur les disparitions se sont dépêchées (au départ) de mettre en avant le caractère passager des plaisirs offerts par des stations telles qu'Aspen. L'année dernière, au printemps 76, lorsque le nombre des disparus était de cinq, elles ont fait la moue à l'idée d'actes criminels en série. Mais par la suite, pendant le dégel du printemps 76, la fonte des neiges a mis au jour les corps mutilés de M. et Mme Keneally et de M. Torres, et elles ont compris qu'un monstre était en chasse.

« Pendant tout l'hiver, les températures inférieures à zéro ont préservé les détails les plus horribles des corps. M. et Mme Keneally étaient nus, leurs corps placés dans une position sexuelle explicite, et M. Torres (disparu huit jours après les Keneally) gisait à quelques pas de là. Les trois victimes avaient la gorge tranchée et la poitrine marquée de "SS".

« Les autorités ont cru tout d'abord que les marques indiquaient un assassin nazi, "SS" étant les initiales de la police secrète de Hitler. Par la suite, cette théorie a été abandonnée au profit de celle de l'"Assassin du Zodiaque", assassin "en série", de Californie du Nord, de la fin des années 60 et du début des années 70. Les marques "SS", sur les corps, étaient portées en oblique, ce qui les faisait ressembler à des Z ; et l'Assassin du Zodiaque (qui adressait à la police de San Francisco des messages où il revendiquait "des esclaves pour sa seconde vie") marquait parfois ses victimes de la même manière.

« Un habitant de Glenwood Springs, Martin Plunkett, a avancé une théorie totalement différente : Plunkett, bibliothécaire adjoint à la bibliothèque locale, 28 ans, mordu d'histoires criminelles et collectionneur de bandes dessinées depuis l'enfance, a déclaré que les marques pourraient se référer à "Super Saigneur", un méchant d'une bande dessinée, populaire dans les années cinquante et soixante. La police d'Aspen a remercié M. Plunkett pour son appel téléphonique et la théorie qu'il a avancée. Les enquêteurs ont interrogé les collectionneurs de BD, avant de les laver de tout soupçon, et de se retrouver au point de départ dans cette histoire frustrante de meurtres et de disparitions : pas d'indices.

« Au cours d'une conférence de presse qui s'est tenue le mois dernier, le chef de la police d'Aspen, Arthur Wittinghill, a déclaré : "Les meurtres Keneally/Torres sont certainement l'œuvre du ou des mêmes individus. Je soupçonne l'aspect sexuel des crimes de n'être qu'un paravent, œuvre d'un ou de plusieurs individus désireux de masquer leurs mobiles. Les cinq autres disparitions y sont peut-être liées, ou pas du tout ; il n'y a pas eu d'autre corps découvert, je pencherais plutôt pour la théorie d'assassins-ravisseurs séparés. Les spéculations sur le Zodiaque et les BD me paraissent absurdes ; ce qui est important aujourd'hui, c'est que tous les habitants du Colorado ainsi que les visiteurs de moins de vingt-cinq ans se méfient des inconnus."

Extrait de *Boss Detective* de novembre 1978, rubrique "Disparus !" :

« Les neuf personnes dont les noms sont donnés ci-dessous ont disparu entre avril 1977 et le moment où nous mettons sous presse, le 15 octobre 1978. Elles ont toutes été aperçues dans différents endroits du Kansas et du Missouri. Ce sont tous des étudiants de race blanche. Les photos sont disponibles auprès des divisions des personnes disparues, polices d'État du Kansas et du Missouri. Transmettez toute demande de renseignements à ces services. Les personnes disparues sont les suivantes :

« Janet Cahill, 21 ans, 1 m 57, 51 kg, bruns, bleus. Dernière apparition : Holcomb, Kan., 16/4/77.

« Walter Cahill, 17 ans (frère de Mlle Cahill), 1 m 70, 60 kg, bruns, bleus. Dernière apparition : Holcomb, Kan., 16/4/77.

« James Brownmuller, 24 ans, 1 m 87, 92 kg, blonds, bleus. Dernière apparition aux environs de Wichita Falls, Kan., 9/6/77.

« Mary Kilpatrick, 20 ans, 1 m 52, 43 kg, blonds, bleus. Dernière apparition à Wichita Falls., 11/6/77.

« Thomas Briscoe, 22 ans, 1 m 78, 78 kg, bruns, bruns. Dernière apparition à Wichita Falls., 7/7/77.

« Karsten Hanala, 26 ans, 1 m 82, 90 kg, bruns, noisette. Dernière apparition aux abords de Tompkinsville, Kan. "en train de parler à un Blanc grand et costaud conduisant une camionnette", 6/8/77.

« Christine Muldowney, 19 ans, 1 m 78, 60 kg, blonds, bleus. Dernière apparition à Joplin, Mo., 13/3/78.

« Laurence Muldowney, 17 ans, 1 m 85, 82 kg, blonds, noisette. Dernière apparition à Joplin, Mo., 13/3/78.

« Nancy De Fazio, 20 ans, 1 m 60, 55 kg, noirs, bruns. Dernière apparition près de Blue Lake, Mo., 1/10/78.

« En conclusion : en écartant l'hypothèse de la mort, il reste que des cartes de crédit, propriété de plusieurs des personnes mentionnées ci-dessus, ont refait surface dans des lieux de revente de marchandises volées, sur tout le territoire des États-Unis. Les deux fraudeurs de cartes appréhendés à ce jour ont des alibis solides quant aux disparitions des propriétaires desdites cartes. Les deux hommes ont été innocentés comme suspects après un examen scrupuleux de leurs déclarations au détecteur de mensonges ; et l'un d'eux (devant le détecteur de mensonges) a déclaré : "J'ai acheté ma carte à un mec qui l'avait eue d'un autre mec, un mec au nom bizarre, comme Super Semeur. »

15

Je les ai tous tués, et tous les meurtres et disparitions mentionnés dans les articles qui précèdent constituent approximativement les deux tiers de mon compte de corps, de 1974 à 1978.

Quelques-uns ont été des crimes d'occasion et de circonstance ; d'autres, des agressions contre mes cauchemars de sommeil et de veille, et contre le désir qui refaisait surface de temps à autre de vivre au milieu de fantasmes d'enfance. Tous ont été exécutés à la perfection.

La Mortmobile a été mon outil absolu premier, et le refus de tomber dans des modèles de comportement criminel, le moyen premier d'éviter la capture. Je n'ai jamais parlé de mes exploits. Je n'ai jamais pris de drogues ni d'alcool ; je n'ai jamais réglé mes achats au moyen des cartes de crédit que je volais, je ne les ai vendues qu'à des paumés ivrognes ou drogués irrécupérables que j'ai trouvés dans des bars, des hommes qui me décriraient par la suite comme "costaud", "grand", "jeune" et sous le nom de "Saigneur", des hommes qui auraient été totalement incapables de m'identifier parmi une rangée de suspects. Je n'ai jamais tué lorsqu'il subsistait la plus infime chance de témoins oculaires, et les quelques témoins partiels qui m'ont repéré en train de bavarder avec des relations de bord de route que je tuerais par la suite ne seraient *jamais* capables de m'identifier parce que je tournais toujours le dos à la route : "costaud", "grand", "blanc", certainement ; Martin Michael Plunkett, non.

Prudence.

Entre 1974 et 1978, le butin brut de mes vols-meurtres se monta à onze mille cent soixante-quatorze dollars. Il est évident que je ne me promenais pas avec une telle quantité de liquide sur moi : je gardais l'argent dans des coffres personnels dans diverses banques, éparpillées dans la moitié ouest des États-Unis ; j'avais réglé dix années de location d'avance, et planqué les clés en lieu sûr dans les bois alentour ; la clé finale, c'était ma mémoire.

Ultra-prudence.

Mortmobile II, que j'avais achetée à Denver grâce au butin des meurtres d'Aspen, prit la place de Mortmobile I lorsque je pris conscience de l'imprudence qu'il y avait à conduire avec une arme de poing illégale agrafée sous le siège. Le 357, les revues de détectives que je conservais comme mémentos de mes exploits, et la marijuana que je gardais habituellement afin d'en séduire les types hippies, éveilleraient des soupçons de la pire sorte s'ils venaient à tomber sous les yeux de la police. J'avais besoin de pouvoir mettre la main dessus en quelques secondes, mais hors de portée des fouilles les plus grossières des flics. Mortmobile I ne disposait pas de cachettes adaptées, mais après avoir étudié les livrets de diverses marques de camionnette, je découvris que les Dodge dernier modèle possédaient un châssis constitué de "poches" métalliques de forme rectangulaire avec ouvertures sur le côté. J'estimai que deux ou trois des poches contiendraient tous mes articles de contrebande. Afin d'en uniformiser l'aspect extérieur, il me faudrait en couvrir les extrémités de fil de fer ou de plaques d'acier, mais l'esprit apaisé que j'y gagnerais valait la peine d'en faire l'effort.

Aussi, en mars 77, je fis l'achat d'une camionnette Dodge 300 de 76 et fis subir au châssis des opérations de chirurgie vitale en bloquant les orifices des vingt poches au moyen de grillage. J'en sélectionnai quatre où je déposai mon 357, mes chargeurs et mon stock de drogue. Derrière les sièges, à côté de mes affaires, je gardais une trousse à outils et des signaux lumineux pour m'aider dans mon personnage de bon Samaritain automobile, le Polaroïd toujours chargé, à côté de moi, à l'avant.

Prudence.

Ultra prudence.

Ne rien laisser au hasard.

Ces trois mémentos de garde se combinaient pour souligner, encadrer, mettre en italiques : *méthodologie*. A l'intérieur du mot lui-même, ces trois éléments se combinaient pour édicter leurs règles :

– Essuyer toutes les surfaces que les victimes auraient pu toucher.

– Ne tuer au magnum qu'en tout dernier ressort, en essayant de récupérer les balles.

– Enterrer les victimes aussi profond que possible pendant les dix minutes allouées.

– Ne tuer pour le sexe que lorsque cauchemars et fantasmes commencent à se faire douloureux.

– Déchirer les instantanés dans les quatre heures, après en avoir enregistré les détails les plus infimes.

Entre 74 et 78, je n'allais sex-tuer/déshabiller/positionner/photographier que quatre fois au total. La première fois, après avoir quitté San Francisco, j'avais agi par nécessité, afin de redresser le désarroi dû à Eversall/Sifakis ; les occasions suivantes avaient été alimentées par mes cauchemars et mes désirs sexuels étouffés. Je savais pourtant d'instinct que ce que je cherchais était au-delà de l'assouvissement et de l'orgasme, mais j'avais assez de présence d'esprit pour choisir mes victimes avec soin, fondant leur sélection, d'instinct, sur ce à quoi ressembleraient leurs corps disposés ensemble.

Les Keneally, nus dans la neige du Colorado, tuèrent mes cauchemars et me firent décharger sans pour autant satisfaire ma curiosité ; aussi plaçai-je, huit jours plus tard, Gustavo Torres à côté d'eux, avec la sensation qu'une tierce personne venait frapper à la porte de ma mémoire. Vaguement inquiet de ce que le visiteur pourrait dire, je battis en retraite jusqu'à ce que les cauchemars deviennent abominables, avec au bas-ventre la sensation que je retenais des bombes prêtes à exploser ; c'est alors que je trouvai les Kaltenborn en train de faire du stop près de Glenwood Springs : je passai des heures à arranger leurs postures en prenant des clichés, moi-même nu dans le rôle du troisième. A nouveau, j'y gagnai un soulagement dans l'instant et des semaines de réconfort, sans que le souvenir en reste.

Sentant que le souvenir prenait son origine dans mon enfance et correspondait à mon vieux démon de blondeur, j'attendis deux ans avant de trouver une paire d'amants potentiels au-delà de toute perfection, les enfants Muldowney de Joplin, Missouri : blonds, les yeux bleus, adorables. En leur promettant du hachich, je les entraînai jusqu'à des collines désertes où je les étranglai ; je les déshabillai, pris des photos de leurs corps, les touchai puis me touchai, et je restai près des corps jusqu'après le crépuscule, mettant ainsi en risque ma propre sécurité.

Malgré cet effort, la lumière ne se fit pas en moi.

La lumière ne se fit pas, parce que au fond je tuais par caprice d'argent et désir biologique d'assouvissement, je tuais pour faire disparaître la douleur. Les neuf mois qui suivirent, les Muldowney passèrent comme dans un brouillard et les explorations de mes souvenirs en vinrent à se faire capricieuses, car un de mes cauchemars prit forme humaine et vivante, et il me fallut tuer pour survivre.

Quatrième Partie

La foudre frappe deux fois

16

4 janvier 1979.

Je roulais vers le nord sur la US 5 au milieu d'une tempête de neige en direction de Lake Geneva, Wisconsin, ville de vacances douze mois sur douze. Ma cagnotte de voyage était au plus bas : j'avais dû équiper Mortmobile II pour l'hiver, pneus neige de tout premier ordre, sacs de couchage de duvet d'oie et isolation intérieure onéreuse. Ma cachette de banque la plus proche se trouvait au centre du Colorado. En passant de l'Illinois au Wisconsin, je regardai les grosses congères qui se formaient en pensant qu'elles offriraient pour longtemps un tombeau glacé à quiconque aurait la malchance de croiser mon chemin.

La décision prise, mon cerveau se mit à l'ouvrage en termes de *prudence*, pour *ne rien laisser au hasard*. Je songeai aux patrouilleurs d'autoroute en maraude, prêts à venir en aide aux automobilistes bloqués, je songeai à mes anciens meurtres d'Aspen, me disant combien il est difficile d'étrangler et d'assommer à coups de gourdin, les jambes prises dans un bourbier de neige. En périphérie de ma vision, j'entrevis des murailles massives d'épicéas dénudés flanquant les deux côtés de la route et je les imaginai en dignes réceptacles de balles à charge creuse sanguinolentes. J'eus droit en réponse à "tire/vole/récupère/enterre". Je me rangeai sur le bas-côté et sortis mon magnum de sa cachette, dans les renforts du châssis.

La tempête de neige augmentait régulièrement d'intensité ; vers midi, je commençai à me demander si je ne devais pas me trouver un abri ou un parking et attendre que la tempête cesse. J'étais sur le point de me décider, lorsque j'aperçus une Cadillac rangée n'importe comment sur la voie gauche de l'autoroute, le nez vers la circulation, risquant à tout instant d'être heurtée par une voiture de passage.

Je me garai et fourrai mon 357 dans mon pantalon, au creux des reins, en m'assurant que ma veste en duvet couvrait bien la crosse. Voyant qu'il n'y avait pas la moindre voiture sur l'autoroute, je courus jusqu'à la Cadillac.

Il n'y avait personne à l'intérieur. Je remarquai des traces presque effacées dans la neige, les empreintes de pas d'une seule personne qui se dirigeait au nord sur l'accotement de droite. J'étais maintenant en traque et je retournai à la Mortmobile ; j'avançais lentement, un œil sur l'espace que dégageait mon essuie-glace gauche, l'autre sur le bas-côté.

Une demi-heure plus tard, je le vis qui avançait péniblement, de la neige jusqu'aux chevilles. Il se retourna en entendant mon moteur, et quelque chose en lui, la neige qui lui couvrait la tête, me fit saisir mon Polaroïd.

J'appuyai sur l'avertisseur et freinai ; l'homme agita les bras comme un fou en direction de son sauveur présumé. Je mis le frein à main, enclenchai mes feux de détresse, et me faufilai au-dehors, côté passager, pour affronter ma victime.

Il était corpulent, entre deux âges, et son allure d'homme aisé en détresse réduisait à néant l'effet de la charmante couronne de neige qui le coiffait. Il dit en haletant :

– Ma femme ne cesse de me tarabuster pour que je monte une CB. Aujourd'hui, je comprends pourquoi.

Il désigna mon Polaroïd.

– Fana du diaphragme, hein ? J'ai entendu dire que les mecs comme vous, ça irait au bout du monde pour une photo, et maintenant je veux bien le croire.

Je sortis mon 357 et plaçai le bout du silencieux sur le nez de l'homme.

– Hé ! Qu'est-ce...

Je souris et dis :

– Tout ce que je veux, c'est votre argent.

Tremblant plus de peur que de froid, il dit : "De l'argent, j'en ai", et je l'entendis claquer des dents. Je lui fis signe d'avancer vers les épicéas, à une dizaine de mètres de là, et il ouvrit la marche ; puis, lorsqu'il fut à trois mètres du rideau d'arbres, je l'abattis de deux balles dans le dos.

Le silencieux fit pffft-dum ; le gros homme plongea, nez en avant, suivi par l'écho du bois qui volait en éclats. Je plaçai mon compte à rebours à huit minutes par ultra-prudence avant de compter lentement jusqu'à vingt pour donner à ma victime le temps de mourir. Une fois assuré qu'il ne m'embêterait plus avec ses secousses réflexes ou ses giclures de sang, je l'attrapai par les talons et le tirai jusqu'aux arbres les plus susceptibles d'avoir arrêté les balles de mort. Je vis le bout des têtes creuses enchâssées côte à côte dans une jeune pousse et les dégageai de mes doigts avant de les mettre dans la poche de ma veste. Je traînai alors l'homme à travers une petite clairière jusqu'à une congère déjà haute d'un mètre. Je couvris mes mains dégantées de mes manches et sortis son portefeuille de sa poche intérieure : j'en ôtai une liasse de billets de cent, vingt et dix, et une collection de cartes de crédit. Je les fourrai dans ma poche-revolver, reculai, pris une profonde inspiration et détachai le Polaroïd de mon épaule.

Quatre minutes et seize secondes s'étaient écoulées.

J'inspectai mes poches, touchai magnum, balles récupérées, argent volé et plastique. Les empreintes de pas et le sang étaient *faits accomplis** ; la neige fraîche les recouvrirait vite. Je baissai les yeux sur l'homme

* En français dans le texte.

mort, et constatai que sa couronne neigeuse lui donnait l'air d'un romantique, comme si c'était là un dandy de l'époque de Beethoven qui déguiserait sa laideur d'une perruque poudrée. Cette pensée me heurta : je me penchai et tirai un gros plan de l'arrière de la tête. L'appareil éjecta du papier vierge, et lorsque l'image de la couronne de neige apparut, je mis la photo dans ma poche de devant, avant de faire basculer le corps sur le dos et de clicher le masque de mort aux yeux proéminents et à la bouche ensanglantée. A nouveau, ma mémoire s'obscurcit, et avec six minutes d'écoulées, j'entassai la neige sur le cadavre jusqu'à en faire un monticule d'une blancheur immaculée. Le travail terminé, j'étudiai le visage de la photo en retournant à la Mortmobile.

Le 357 à nouveau en sûreté dans son logement, je continuai ma route, les photos placées sur le tableau de bord, là où je pouvais les voir se découper sur la perruque poudreuse de la neige. Je roulais lentement, sans quitter la voie de droite, imaginant dame Nature en train de couvrir mes traces, là-bas, sur les lieux de mort. La tempête se transformait en blizzard, et je compris que je n'arriverais jamais à Lake Geneva avant la nuit ; il me faudrait bientôt chercher un abri. Mes essuie-glaces réussissaient à peine à dégager les nuages poudreux qui frappaient le pare-brise ; après une longue courbe en S, je dus sortir de la voiture et dégager la neige à la main.

C'est alors que je vis le barrage.

Il était à soixante mètres devant moi, et je savais qu'il ne pouvait pas m'être destiné : j'avais tué le gros sans bavures, il y avait de cela une heure et demie, et si l'on m'avait identifié comme étant le tueur, la police aurait fait des manœuvres d'approche. Je me tendis comme une peau de tambour à l'intérieur de moi-même et raclai le pare-brise de ma manche, avant de remonter dans la voiture et de déchirer les photos de mort en petits morceaux que je jetai dans la neige par la porte du côté du passager. Je me souvins des balles et des cartes de crédit gardées dans ma poche. Je les jetai, démarrai la Mortmobile et approchai doucement de la barricade.

Des hommes de la police d'État, armés de fusils, étaient alignés devant les chevaux de frise, collés les uns aux autres ; derrière eux se trouvait une demi-douzaine de voitures pie. Comme je freinais, deux policiers s'approchèrent de la Mortmobile sur chaque flanc, le canon de leurs armes braqué droit sur moi. Une voix amplifiée électriquement aboya derrière les chevaux de frise :

– L'homme à la camionnette argent ! Ouvrez la porte de votre véhicule, sortez mains sur la tête et avancez jusqu'au milieu de la chaussée. Lentement ! Exécution !

J'obéis, très lentement ; la neige tombait sur moi, les deux policiers me tenaient toujours dans leur ligne de mire, les yeux de leurs calibres 12 noirs et énormes sur fond de neige tombante. Lorsque j'arrivai au milieu de la chaussée goudronnée, un troisième flic m'agrippa les bras par derrière, les tira dans mon dos et me plaça les menottes. Une fois que je fus immobilisé, une nuée de policiers bondit, franchit les chevaux de frise d'un bond, avant de fondre sur la Mortmobile. Les deux flics à fusil abaissèrent leurs armes et s'approchèrent. Le flic-menottes me passa à la fouille par derrière et dit : "Rien". Les deux autres m'indiquèrent la direction de la camionnette. Les policiers étaient partout sur Mortmobile II, au-dessus, en dessous et à l'intérieur ; cela me mit en colère, et j'eus le sentiment qu'il me fallait jouer l'indignation pour mon premier interrogatoire difficile depuis Eversall/Sifakis, quatre années auparavant.

– Qu'est-ce que c'est que ce bordel ? dis-je.

Les flics à fusil me poussèrent sur le côté de la camionnette avant de s'y appuyer à leur tour. Nous y gagnâmes tous trois un refuge momentané contre le vent et la neige, et le flic plus âgé, dont le chapeau à la Smokey l'ours s'ornait sur le devant d'une barrette de lieutenant, dit :

– Votre nom ?
– Martin Plunkett.
– Adresse ?
– Je n'ai pas d'adresse. Je me rends à Lake Geneva pour y chercher du travail.
– Quel genre de travail ?
Je soupirai d'un air furieux.
– Garçon d'ascenseur ou barman l'hiver, et peut-être caddie pendant la saison de golf.
L'autre flic prit le relais.
– Vagabond professionnel, alors, Plunkey ?
– Appelez-moi correctement, j'ai un nom.
Le lieutenant piqua mon portefeuille dans ma poche-revolver et le tendit à un policier installé dans la cabine de la Mortmobile.
– Faites diffuser un avis de recherche à toutes les unités, dit-il. Il se retourna vers moi et dit :
– M. Plunkett, vous avez le droit de garder le silence. Vous avez le droit de vous faire assister par un avocat pendant l'interrogatoire. Si vous n'en avez pas les moyens, un conseil légal vous sera affecté sans qu'il vous en coûte rien.
J'inspirai profondément et digérai son baratin. En arrière-plan, j'entendais qu'on diffusait mon nom et les coordonnées de mon permis de conduire dans un micro. Ils semblaient en avoir pratiquement terminé avec la fouille de la camionnette. Le gros malin s'adressa à moi :
– T'as une déclaration à faire, Plunkey ?
Je ricanai, méprisant, à la manière de Bogart :
– Tu suces les pines, haleine de biroute ?
Le policier serra les poings et le lieutenant m'agrippa pour m'emmener à quelques mètres de là. J'entendis une voix hurler :
– Le véhicule a l'air régulier, patron !
– Ne le prenez pas sur ce ton-là, jeune homme, me dit le lieutenant. Ce n'est ni le lieu, ni le moment.
– Je n'aime pas qu'on me bouscule quand on

m'agrafe, dis-je en prenant un air blessé.

– Quand on m'agrafe, hein ? Vous avez déjà été agrafé auparavant ?

– J'ai été arrêté pour cambriolage, il y a une dizaine d'années. Je n'ai pas eu de problèmes depuis.

Le lieutenant sourit et essuya la neige de ses lèvres.

– C'est le genre d'histoire que j'aime bien entendre, en particulier si elle se trouve corroborée par l'avis de recherche que nous sommes en train de diffuser.

– Elle le sera.

– Je l'espère sincèrement, parce que trois jeunes femmes ont été récemment violées et assassinées dans les environs – une encore ce matin, près de la frontière de l'Illinois –, ce qui explique ce qui se passe. Quel est votre groupe sanguin, Martin ?

Je ne savais pas de quelle manière réagir devant cette coïncidence, et l'air choqué de mon visage a dû être convaincant parce que le lieutenant secoua la tête et dit :

– Difficile de trouver pire, hein ? Quel est votre groupe sanguin, mon garçon ?

– O négatif.

– Ça tombe au poil. J'vais vous dire ce qu'on va faire. D'abord, à supposer qu'il n'y ait pas d'avis de recherche à votre nom, vous allez emmener votre camionnette jusqu'à la ville voisine, Huyserville, et on va vous mettre dans une jolie cellule bien propre de la prison, où on vous fera une prise de sang. Si ça tombe bien sur O négatif, vous êtes libre, parce qu'on a catalogué le fils de pute violeur qu'on recherche à partir de son sperme, et il est O positif. Remercie m'am et p'pa pour leurs gènes, fils, pasqu'un inconnu O positif sur mon territoire du Wisconsin Sud, il est bon pour se faire bousculer.

Un policier passa la tête par la fenêtre du conducteur de la camionnette.

– La tire grince bien un peu, mais l'bonhomme, l'a pas de mandat ou d'avis de recherche. Une condamnation pour cambriolage qui remonte à 69, c'est tout.

Le lieutenant ouvrit et m'ôta les menottes, avant de dire :

– Greer, tu te magnes pour emmener M. Plunkett ici présent à Huyserville. Tu lui trouves une cellule confortable et tu fais venir Doc Hirsh pour une prise de sang. Martin, vous conduisez prudemment ; et résignez-vous à passer la nuit dans un bled de la cambrousse parce que les routes, ce soir, y'a pas un chien qui voudrait rouler dessus. Allez, roulez.

Je montai à bord de Mortmobile II et saluai mon copilote d'un hochement de tête. Il avait son revolver réglementaire sur les genoux, le doigt contre la gâchette. On écarta les chevaux de frise et j'accélérai à l'aveuglette au milieu d'un mur de neige. Je me concentrai sur ma conduite et parvins à rester raisonnablement calme, mais je me sentais partagé en deux parties distinctes : une moitié de moi-même, fière de mon numéro d'acteur ; l'autre moitié effrayée à l'idée que l'on ne découvre la Cadillac du mort pendant que je serais bloqué à Huyserville, ou qu'après mon départ on ne découvre le corps : on se souviendrait alors de moi et je deviendrais suspect de meurtre. Mes craintes me paraissaient insolubles, et toute spéculation futile. Je m'éclaircis la gorge et dis au policier :

– Y-a-t-il un hôtel à Huyserville ?

– Le palais aux cafards, dit-il en ricanant. Si tu dois y passer la nuit, vaut mieux la prison. T'as pas de domicile, pas vrai ? Trois repas chauds, une couchette, pas besoin d'autre chose pour des mecs comme toi, et ça, tu l'trouveras au placard – *si* t'es innocent et qu'on te laisse repartir.

Je hochai la tête. Je trouvais déplaisante sa manière de parler, et je restai silencieux en le laissant caresser son arme. La tempête faisait rage et il me fallut une heure pour parcourir les seize kilomètres jusqu'à Huyserville : un bloc de commerces et l'annexe du poste de la police d'État du Wisconsin où je devais être retenu. Alors que je me rangeais dans le parc de stationnement du poste, le policier me dit :

– Pour sûr que j'espère que t'es pas coupable, mon pote. Deux des filles tuées étaient d'ici.

L'intérieur du poste était impeccable et d'un modernisme surprenant. Je me retrouvai seul dans une cellule. Très peu de temps après, un vieil homme, chargé d'une mallette noire, archétype de toutes les mallettes, fit son apparition. La grille de la cellule coulissa, commandée à distance. Je remontai ma manche automatiquement. Le docteur sortit de son sac des tampons et une seringue équipée d'un tube en plastique.

– Serrez le poing, dit-il.

Il tamponna le creux de mon coude droit et inséra l'aiguille. Une fois le tube plein de sang, il dit “une heure pour le résultat”, et me laissa seul. Lorsque la porte de la cellule se referma en raclant le sol, j'eus soudain très peur.

L'heure du docteur s'étira interminablement, de même que mes craintes. Non pas la crainte d'être découvert comme meurtrier en série de longue haleine, mais la crainte de me retrouver non en détention, mais en contention, captif de tous les petits moments de ces quatre dernières années – ces petits moments à longueur de temps, que je ne passais pas à guetter, voler, tuer et penser –, tout ce temps passé à faire des boulots mesquins, à cultiver l'invisibilité, à jouer de prudence alors que je voulais faire œuvre de témérité. J'avais en moi cette crainte inexplicable que ces flics de la cambrousse ne sachent qui j'étais ; qu'ils sachent plus encore – de manière inexplicable, surnaturelle – : que la manière la plus perverse de me punir serait de me remettre en liberté, pour ne plus jamais projeter/guetter/voler/et encore tuer ; pour me condamner à une vie qui ne serait faite que de tous ces petits moments, à longueur de temps, ces instants d'intermittence qui me permettaient jadis d'être libre.

L'heure s'étira, et je savais que les soixante minutes avaient doublé et triplé, je savais que si je regardais ma montre pour en avoir confirmation, je perdrais jusqu'à la plus petite parcelle de cette maîtrise que je cachais depuis trente années. Je songeai un instant à retrouver Super Saigneur comme entité séparée, avant de rejeter l'idée comme *la* régression dans toute sa nudité ; je commençai à craindre que les meurtres, et la retenue jusqu'à l'explosion pour les choses du sexe, aient quelque part modifié mon groupe sanguin : j'allais maintenant me faire châtrer pour les crimes de quelqu'un d'autre. La notion d'un sang étranger à l'intérieur de mon propre corps faillit me faire hurler, et je me mis à passer en revue le catalogue de ces longs petits moments d'intermittence pour me prouver à moi-même que je ne devenais pas fou. Je pensai au moindre de tous les appartements minables que j'avais occupés depuis mon départ de San Francisco ; à toutes ces étendues désolées de routes où je n'avais jamais trouvé personne ; tous ces êtres que j'y avais rencontrés, trop laids, trop pauvres, trop bien établis et trop inintéressants pour que je les tue. La litanie eut un effet salutaire, je consultai ma montre et vis qu'il était 6 h 14 : mon escapade en neurones m'avait dévoré plus de quatre heures. Puis une voix, à l'extérieur de ma cellule, résonna doucement :

– M. Plunkett, je suis le sergent Anderson.

Avant même de réfléchir, je lâchai :

– Est-ce que mon sang était bien ?

– Du bon sang bien rouge, dit la voix – et l'homme auquel elle appartenait m'apparut derrière les barreaux.

Ma première impression fut que je contemplais une affiche publicitaire vantant l'autorité la plus immaculée de toutes celles qu'il m'eût été donné de voir. L'homme, vêtu de l'uniforme de la police d'État du Wisconsin – pantalon de serge vert olive, chemise en gabardine beige et ceinturon Sam Browne* –, était un composé parfait de souplesse musculaire, de beauté affable, et de quelque chose d'autre que je n'arrivais pas à situer. Je

* Ceinture Sam Browne : d'après l'uniforme des fantassins de la Première Guerre mondiale, ceinture en coton avec baudrier.

me levai et vis qu'il faisait un tout petit peu plus d'un mètre quatre-vingts ; ses cheveux raides d'un brun roussâtre et sa moustache en brosse lui donnaient un air de jeunesse que la froideur des yeux bleus combattait – pour l'emporter en vainqueur. L'uniforme taillé d'une manière exquise transformait sa beauté en un quelque chose d'autre encore, que je ne réussissais pas à déchiffrer : j'en fus frappé lorsque nous nous trouvâmes face à face, avec les seuls barreaux pour nous séparer. Je me trouvais en présence d'une volonté de puissance extraordinaire. Je me retrouvai moi-même et dis :

– Bon, rouge et O négatif, d'accord, sergent ?

L'homme sourit et tapota un sac de papier qu'il tenait à la main.

– Exact, O négatif. Je suis moi-même O positif et je n'ai jamais réussi à me faire plus d'une thune quand j'étais étudiant et sans un.

Il détacha une clé de sa ceinture et déverrouilla la porte. Je fis un pas en avant et il me barra le passage. Un court instant, la glace des yeux bleus prit feu avant qu'un sourire de traviole n'y mette un terme et qu'Anderson ne me dise :

– Vous avez déjà remarqué la manière qu'ont les gens de parler du temps pour engager la conversation, Martin ?

Ce "Martin" énoncé d'une voix douce me terrifia. Je reculai d'un pas et dis :

– Oui.

– Eh bien, dit Anderson en caressant le sachet de papier, c'est d'un temps très facheux que nous avons à parler : soixante-cinq centimètres de neige attendus d'ici demain matin, menace de tempête dans trois États, routes fermées dans un rayon de huit cents kilomètres. Écoutez, j'espère que ce n'est pas présomptueux de ma part, mais le lieutenant Havermeyer a été appelé à Eau Claire, ce qui me donne le commandement effectif du poste, et j'ai pris la liberté de vous réserver la toute dernière chambre disponible de Huyserville.

Il sortit une clé de sa poche arrière et me la tendit ; lorsque nos doigts se touchèrent, je sus qu'il savait.

– Martin ? Vous avez un peu mal au cœur ?

Les mots pleins de sollicitude et de douceur me transpercèrent comme un poignard et je me mis à vaciller sur mes jambes. Anderson m'apparaissait dans un brouillard, mais sa main, sur mon épaule, était pareille à la racine d'un arbre qui me tenait droit, et sa voix était la clarté même.

– Mau-au-vais temps. Je patrouillais plus au sud ce matin, et j'ai vu une Caddy Eldo 79 arrêtée sur la chaussée ; c'était dangereux, alors je l'ai repoussée au-delà du bas-côté, elle est probablement recouverte de neige à l'heure qu'il est. Je m'demande bien ce qu'est devenu le conducteur. Il servira probablement de casse-croûte à un loup, de la bonne viande d'humain bien juteuse. Vous ne voulez pas savoir ce qu'il y a dans le sac ?

Super Saigneur m'envoya ses éclairs, des lignes d'astérisques, de points d'interrogation et de nombres, et lorsque les nombres en arrivèrent à 1948-1979, j'essayai de lever les mains jusqu'à la gorge d'Anderson. Mais je n'y arrivai pas : il contenait la force de mes quatre-vingt-douze kilos d'une main ferme sur mon épaule tout en m'admonestant de ses “ssssh, ssssh, ssssh”.

Je vacillais sous la main du policier.

Je m'adaptais au rythme et j'y trouvais un certain plaisir.

La cellule était sur le point de basculer tout entière, mais je fus sauvé à la dernière seconde par une voix d'enfant de chœur :

– Je ne pense pas que vous puissiez supporter de regarder, alors je vais vous le dire. J'ai un beau Colt Python avec silencieux modèle pro, quelques cartes de crédit, et plusieurs numéros de *True Detective*, ainsi que des photos Polaroïd déchirées en morceaux, reconstituées en-en-tièrement à l'adhésif, et couvertes de poudre à empreintes qui révèle – devinez quoi ? – deux empreintes identifiées comme appartenant à Martin

Michael Plunkett, blanc, masculin, DDN 11/4/48, Los Angeles, Californie. Tombe-t-il jamais de la neige, en Californie, Martin ?

La main et la voix lâchèrent prise, et mon dos heurta le rebord en acier de la couchette supérieure. Sous le choc, Anderson m'apparut dans toute sa netteté – comme un adversaire. Je me redressai et commençai à pressentir vaguement les grandes lignes du jeu qu'il me jouait. J'avais encore la sensation de sa main et de sa voix sur moi, mais je réussis à me débarrasser de leur chaleur résiduelle avant de dire :

– Que voul...

J'arrêtai à l'énoncé de mes premières syllabes, me surprenant à imiter la voix d'Anderson, douceur enveloppée de menace. Anderson sourit et dit :

– La forme de flatterie la plus sincère, alors, merci. Ce que je veux ? Je ne sais pas, c'est vous l'homme d'Hollywood, à vous de rédiger le scénario.

Je pris une voix grinçante, aux accents durs de baryton.

– Supposez que je sorte d'ici, que je récupère mon camion et que je me contente de partir ?

– A supposer ? Vous êtes libre de faire comme bon vous semble. Mais vous n'irez pas loin, cependant. Il y a là-dehors une tempête meurtrière.

– Est-ce que je récup...

– Non, dit Anderson en secouant le sac. Ne me le demandez plus.

Les lignes du jeu se faisaient plus claires. Je me retrouvais bloqué, dans l'impossibilité d'agir.

– Qu'allez-vous faire avec ce qu'il y a dans le sac ?

– Je le garde.

– Pourquoi ?

– Parce que j'aime votre manière de faire.

– Et lorsque la tempête s'ap...

Anderson se retourna, la voix grinçante :

– ... s'apaisera, vous serez libre de partir.

Je tripotai la clé dans ma poche.

– L'hôtel, dit Anderson, c'est juste de l'autre côté de la rue, deux maisons plus bas, et c'est la police de l'État du Wisconsin qui règle la note parce qu'elle a causé des désagréments à un innocent.

Je sortis de la cellule, traversai le poste et me retrouvai sous la neige. Elle m'enveloppa, et comme je franchissais la rue en direction de l'hôtel, je vis, rangé au bord du trottoir, mon camion, passé de gris argent à blanc poudreux. Je songeai à foncer dans la tempête avec Mortmobile II, véhicule suicidaire ; je songeai à prendre le volant, là, tout de suite, mais prudent, *en mouvement*. La panique montait en moi, nue, laide, mesquine – et je me souvins alors de la main d'Anderson, cette sensation sur mon épaule, et je sus que si je m'enfuyais, il ne saurait jamais que j'étais tout aussi dangereux que lui.

Rester était ma seule porte de sortie.

Je courus à l'hôtel, et arrivai au café tout délabré à l'instant où ils étaient sur le point de fermer. Je mourais de faim et commandai bœuf rôti, petits pains chauds et pommes de terre que j'engloutis sans hésiter. Puis j'allai dans le hall et m'installai dans un fauteuil près de la cheminée pour me retrouver un peu de tripes.

Cette fois mes heures d'attente passèrent vite ; mes frayeurs ne nourrissaient aucun malaise – c'était une peur masculine, toute en nerfs, pareille à celle que doit ressentir le toréador au moment de pénétrer dans l'arène. A 10 h, je pris ma clé, vis qu'elle portait 311 en relief, montai à ma chambre et déverrouillai la porte.

On avait laissé le plafonnier allumé, il illuminait une chambre sinistre, dans le style des années vingt : tapis élimé, grand lit spongieux, bureau et commode délabrés. La banalité de la chambre me fit faire un pas en arrière, et je sus que je m'étais attendu à y voir un homme nu. L'image souhaitée disparut au bout d'une seconde, et je pénétrai dans cet espace de temps gauchi entre quatre murs, avant de refermer et de verrouiller la porte.

Le vent faisait claquer les fenêtres bordées de glace,

et des bouffées de chaleur nauséeuse arrivaient par les gaines de chauffage. Il n'y avait pas de chaise et j'allai jusqu'au lit. J'allais m'y installer lorsque je vis que le couvre-lit était déjà occupé.

On avait étalé des photos Polaroïd sur la chenille blanche, trois rangées de quatre clichés couleur chacune, disposées avec une régularité telle qu'elles couvraient le lit tout entier. Je me penchai pour les regarder et vis des vivisections en progression : quatre adolescentes nues, brunes et jolies, intactes dans la rangée du haut, se démembrant graduellement au fur et à mesure qu'on descendait vers le pied du lit.

Les gaines tremblèrent sous une nouvelle bouffée de chaleur, et je cherchai un lavabo du regard. J'en vis un près d'une porte de communication latérale, j'y courus pour y vomir mon repas. Je me passais de l'eau sur le visage lorsque j'entendis un déclic et vis Anderson sur le seuil de la porte.

J'attrapai une serviette près du lavabo et m'essuyai le visage. Anderson s'appuya de côté sur le mur, prenant la pose avec la grâce d'un mannequin de talent. Je fus frappé alors par le fait que tous les instants de la vie de cet homme, jusqu'au plus petit, étaient parlants, pleins d'éloquence.

– Ne me dites pas que vous ne le saviez déjà, dit-il.

Je dus me contenir pour ne pas casser sa pose, en l'éventrant de mes mains.

– Je savais. *Pourquoi ?*

Anderson lissa sa moustache et m'offrit un sourire qui lui redonna la candeur d'un adolescent de dix-sept ans.

– Pourquoi ? Parce que, moi, je savais. Il y a une route à deux voies parallèle à l'autoroute, au sud de la frontière de l'Illinois, et du côté de Belvit, elle passe en surplomb. Je vous ai vu inspecter la Cadillac et partir en maraude à la recherche du conducteur, et, mon coco, je savais que vos intentions n'étaient pas catholiques. Je vous ai laissé de l'avance en vous pistant au radar.

Lorsque vous vous êtes arrêté, j'ai attendu cinq minutes avant d'avancer doucement dans votre direction et je me suis rangé à six cents mètres derrière vous. J'avais mes jumelles braquées sur votre camion et je vous ai vu remettre le magnum dans sa cachette. C'est alors que j'ai compris que j'aimais votre manière de faire.

1969 remplaça 1979 et je songeai : "Verrouille, charge et tire." Je me centrai sur le cou d'Anderson, et j'avais presque réussi à me trouver assez de tripes pour le faire lorsqu'il sourit et dit :

– Ce n'est pas une bonne idée, Martin.

Sachant que j'avais été arrêté par des lèvres pleines et une moustache plissée – et non par l'avertissement –, je parcourus du regard son corps tout entier, et quelque chose d'extérieur à moi m'obligea à dire :

– Teignez vos cheveux en blond.

Anderson ricana et montra le lit :

– Les blonds, c'est pour les femmelettes. Mon gibier, c'est les brunes.

Je vis une photographie dans son cadre doré : mon père et une femme nue, coiffés tous deux de perruques blanches poudrées. Choqué de pouvoir encore me rappeler les traits de son visage, et dans la crainte des lieux où me ramenait sa photo encadrée, j'éliminai l'image en pensant à ma victime aux cheveux de neige, à cent dix kilomètres de là. L'élégance parfaite d'Anderson ne bougeait pas devant moi : elle m'obligeait à garder les yeux ouverts et empêchait de ce fait mon cerveau d'œuvrer à plein ; je réussis finalement à trouver le courage de faire feu et lançai un swing du droit sur son nez parfait.

Il esquiva le coup à la perfection, agrippa mon poignet et le tordit dans mon dos en me retenant d'un bras ferme passé autour de ma poitrine. Dans l'enveloppe de cette force parfaite, une voix parfaite apaisa mes craintes :

– Whoa, mon coco, whoa. Tu es plus grand et plus fort que moi, mais je suis entraîné. Je ne t'en veux pas de piquer une furie, mais tu n'as pas à t'en faire. Regarde, je te le prouve.

La prise d'Anderson se relâcha et il me fit pivoter ; je lui faisais maintenant face. L'absence de pression me laissa une sensation de creux, et je me concentrai sur les gestes du policier afin d'émousser ce sentiment de vide. Il porta les mains à ses poches avant et arrière, et en sortit des liasses d'argent liquide :

– Tu vois ? Ton argent. Quand j'ai fouillé ton camion, j'ai vu qu'on avait forcé la boîte à gants. Il n'y avait pas d'argent dans tes cachettes, et je savais qu'un garçon intelligent comme toi ne voyage pas sans un joli paquet, alors je me suis dit qu'un des braves de l'État du Wisconsin t'avait fait les poches. Et comme je connais mes collègues, je savais exactement à qui je devais m'adresser. Je l'ai laissé partir avec un blâme : plus que ce que tu as eu, et putain, pour beaucoup moins !

Je pris l'argent et le fourrai dans mes poches.

– Pourquoi ?

– Parce que j'aime ta manière de faire, dit Anderson d'un sourire.

– Qu'est-ce que vous voulez, alors ?

– Le Python et le silencieux, tu sais, des souvenirs. Une petite conversation, des réponses à quelques questions.

– Telles que ?

– Telles que : combien de personnes as-tu tuées ?

Je regardai autour de la pièce, sachant qu'il devait y avoir un piège : le vase fendillé de la commode devait être un dispositif d'écoute, la fenêtre aux rideaux tirés, un point de visée pour les tireurs d'élite aux fusils équipés de lunettes à rayons X, des tueurs de la cambrousse qui feraient feu sur moi à mon premier aveu sur les meurtres. Au bout d'un moment, je sus que je pensais en Super Saigneur infantile et je revins poser mes regards sur Anderson, à détailler les contours de son uniforme collant à la recherche de magnétophones cachés. Le policier éclata de rire en me voyant faire et dit :

– J'ai la nette impression que tu cherches plus qu'un simple micro caché ; de toute manière, permets-moi de refroidir un peu ta paranoïa, okay ? Pour commencer, je t'annonce que je suis le sergent Ross Anderson de la police d'État du Wisconsin, je suis aussi le tueur que les journaux de Milwaukee appellent le "Scieur du Wisconsin". Là, comme ça, ça te rassure ?

Cela me rassura en effet, car malgré son élégance et l'aura de danger qu'il projetait, je savais qu'il n'était pas de ma catégorie pour ce qui était notre souci majeur à l'un et à l'autre. J'eus la sensation hardie d'avoir atteint à une parité avec la perfection. Je dis :

– Environ quarante, et vous ?

Anderson en laissa tomber sa mâchoire ; je venais d'éclipser sa perfection.

– Seigneur Jésus ! Cinq. Tu veux bien m'en parler ?

Je me souvins de ses paroles, lorsque j'avais plaidé pour récupérer mon magnum.

– Non. Ne me le demandez plus.

– Touché. Pourquoi ?

– Parce qu'ils sont à moi.

Ross Anderson s'étira et dit :

– En ce cas, je crois que nous sommes arrivés à une impasse.

Il alla jusqu'au lit et récupéra sa brassée de photos de mort. Lorsqu'il se dirigea vers la porte de communication, je bloquais son passage.

– Parlez-moi des vôtres.

En souriant, Anderson glissa les photos dans les poches de sa chemise et boutonna les rabats. Il leva les sourcils en parodie d'un regard d'invite et retourna vers le lit pour s'asseoir au bord. Je regardai dans la pièce et vis qu'il n'y avait pas de chaise. Sachant que Ross l'avait voulu ainsi, je jouai le jeu et m'assis à côté de lui. Nos regards se détournaient l'un de l'autre mais nos genoux se touchaient.

– Sans mauvais jeu de mots, je mourais de le dire à quelqu'un, quelqu'un de spécial et de sûr, alors je me dis qu'une confession à sens unique, c'est mieux que rien.

« A la fin de mon adolescence, j'avais un copain, et on allait chasser le faisan ensemble du côté de la Prairie-du-Chien. C'était un camé, le genre miteux et pas très propre, mais il me laissait tirer le premier et il était prêt à peu près à n'importe quoi. On passait des heures à parler des nazis et des camps de concentration, et il possédait une collection de dagues et de brassards. En fait, il prenait tout ça très au sérieux : la race des seigneurs, les Juifs, les cocos, tout le tremblement. Moi, j'étais fasciné, mais lui y croyait.

« Un jour, on s'est retrouvé près de la Prairie, juste après la Toussaint de 70. On tirait au calibre douze chargé à la chevrotine double zéro, et si tu connais un peu le tir au gibier à plume, tu sais que c'est beaucoup trop gros pour des oiseaux. Tu vois, on n'était pas chasseurs ou amateurs de cuisine de gibier, ce qu'on aimait, c'était tirer et abattre.

« Il faisait zéro, et il n'y avait pas d'autre chasseur dans le coin. On n'avait pas de chien pour débusquer les oiseaux, on cherchait surtout à essayer de faire quelque chose. On avait des fusils à pompe au lieu de doubles-canons et on était bien contents qu'il n'y ait personne ; on était mômes, et n'importe quel vrai chasseur aurait pu dire, rien qu'à nos armes, qu'on ne prenait pas la chasse au sérieux.

« Le crépuscule commençait à tomber, et voilà qu'un vieux pète-sec débarque soudain on ne sait d'où. Un vieux mec costaud, le teint rouge, avec en plus un Browning à mille dollars, et à peu près un autre bâton en fringues de chez L. L. Bean* sur le dos. Il commence à nous emmerder à propos de nos armes, à nous dire qu'on n'avait aucun respect pour les traditions de la chasse, et où étaient nos permis... et alors, zap ! Je regarde mon copain, un courant de télépathie passe, et

* Marque de vêtements haut de gamme – sport et chasse – qui a maintenant la faveur des jeunes BCBG.

on envoie le vieux connard dans l'autre monde – blam, blam, blam, blam, blam –, cinq cartouches chacun : on réduit l'enfoiré en purée.

Je fixai le mur et agrippai le matelas à deux mains ; à côté de moi, je sentais Ross qui respirait à petites bouffées. Finalement, il prit une énorme inspiration avant de poursuivre :

– Inutile de préciser qu'on ne nous a pas épinglés pour le macchabée ; mais on a eu tous les deux une trouille à chier dans le froc jusqu'à ce qu'ils collent ça sur le dos de deux négros qui avaient braqué une armurerie à Milwaukee et piqué une demi-douzaine de Mossberg à pompe – le même modèle que le nôtre, à mon copain et à moi. Les bougnoules ont été condamnés sur preuves indirectes, et mon copain et moi, on est parti chacun de notre côté, on avait peur des conséquences si on se retrouvait ensemble.

« Cinq années se passent, je chasse l'histoire de mon esprit et je m'engage dans la police d'État. J'adore ça, je suis flic maintenant, au-dessus de tout soupçon. Pour couronner le tout, mon copain déménage à Chicago et se marie, loin des yeux, loin de la tête, on ne s'est pas revus depuis le jour où les négros ont été condamnés à perpète : on avait fêté ça avec deux caisses de bière et on s'était dit *au revoir**. Tout baigne, je m'apprête à “scorer” à l'examen de sergent, et alors, “blam, blam, blam, blam, blam !”

« Ce qui est arrivé, c'est que mon copain d'enfance est revenu dans le Wisconsin : il s'était fait une récolte d'herbe du côté de Belvit, il vivait dans une piaule meublée minable, à Jamesville. Des amis d'amis m'ont prévenu et je suis parti à sa recherche. J'ai inspecté sa crèche : des photos de Hitler sur les murs, des sacs d'herbe tout emballés prêts à partir, des bouquins de haine sur la commode.

« Absolument inacceptable. Je découvre qu'il prend la I-5 jusqu'à Lake Geneva tous les jours ou à peu près,

* En français dans le texte.

pour revendre sa camelote aux vacanciers du coin. J'obtins les coordonnées de son véhicule par le SCG* de l'Illinois. Ce bout de route-là faisait partie de ma ronde et je savais que je le verrais tôt ou tard et, mon coco, je peux dire que j'étais prêt.

Le lendemain, j'étais garé, je contrôlais au radar, et voilà qu'arrive la vieille tire-à-came du copain. J'allume mon giro et ma sirène et je le fais se ranger. Il obéit. "Hé ! Ross !" Et moi : "Hé ! Billy !" et on se raconte des conneries par la vitre ouverte pendant quelques minutes. Je lui dis alors que je dois retourner à la bagnole pour vérifier ma radio.

« Une fois de retour à ma bleue-et-blanche, je me mets en hyperventilation pour prendre un ton paniqué, et je lance un appel pour un "415" : "Suspect armé, besoin de renforts, I-5, nord de la sortie seize." Je retourne à la voiture de mon copain d'enfance et lui envoie deux balles dans la figure ; je sors alors de ma poche un Saturday Night Special, je l'essuie, je le place dans sa main droite, je lui sors le bras par la fenêtre et fais partir un coup en lui appuyant sur l'index – blam – en plein dans les champs de choux. Les renforts qui arrivent me trouvent en train de pleurer parce qu'il a fallu que je tue mon vieux copain Billy Gretzler, celui avec qui j'allais jadis chasser le faisan. Naturellement, tous les indices viennent confirmer mon récit, et les policiers en civil chargés de l'enquête lorsqu'un agent a fait usage de son arme vont inspecter la chambre de Billy ; ils y découvrent Der Führer et l'herbe, et en concluent, tout bien considéré, que ma méthode de contrôle des naissances rétroactive était justifiée. Avant la fusillade, j'avais la réput de quelqu'un de froid, mais ensuite, j'ai eu celle d'un cœur sensible. Ce Ross Anderson, quand même ! L'a tué un vieux copain en service, ça l'a démoli, mais il a continué le boulot de ronde et il est même passé sergent, malgré ça. Ross le Boss, ça, c'est un mec.

J'ôtai mes mains du matelas ; mes doigts étaient

* Service des cartes grises.

gourds à force de serrer pendant tout le monologue de Ross. Je voulais reprendre ma distance par rapport à lui et je quittai le lit pour rendre tout contact physique impossible, en continuant toujours à fixer le mur. Son récit me laissait un arrière-goût qui m'assaillit en vagues, trois coups au corps en série : inexpérience, bravade et style. Je savais qu'il y manquait quelque chose d'essentiel, mais je repoussais l'idée d'y réfléchir, et lorsque Ross me donna un coup de coude dans le bras en disant "Et alors ?", je m'embarquai pour mon propre récit et ses voyages de mort.

Mais je ne dis rien des meurtres à proprement parler.

Je parlai des longueurs du temps, de tous ces petits moments en intervalles ; ce temps passé à respecter la loi, qu'au fond du cœur je ressentais comme une accusation, cette peine que je m'infligeais à être constamment en mouvement, de ville en ville, à louer chambres d'hôtel et appartements pour paraître normal alors que je me serais contenté de nuits dans la Mortmobile ; la réputation douteuse d'être mentionné dans les revues criminelles rédigées pour des quasi-illettrés ; ce désir d'agacer la police en lui abandonnant des indices me désignant, substitut de dernière classe pour un Martin Plunkett en lettres de néon qui brilleraient sur le monde entier. Je dis la stupidité de se laisser cantonner à des allitérations idiotes comme l'"Éventreur de Richmond", l'"Assassin d'Aspen" ou le "Vautour de Vegas" ; et cette sensation toujours présente des cauchemars derrière les frissons d'excitation, exaltés par le néon dont mon nom devrait s'afficher.

Je m'arrêtai lorsque je commençai à percevoir mon discours comme une génuflexion géante devant l'élégance de mannequin mâle de Ross Anderson. Je me tournai pour le regarder et j'eus le désir violent de mutiler sa beauté, de graver mon nom sur la surface de son corps pour que le monde entier puisse le voir. C'est alors qu'il sourit, et je pris conscience de l'impact de nos pouvoirs respectifs : j'émasculais au moyen d'armes à feu, de couteaux, de mes mains ; lui était capable de faire de même d'un clin d'œil ou d'un sourire. Il manquait une partie à son histoire et elle me revint :

– Et les filles, alors ? Les brunes ? Vous ne m'en avez rien dit.

Ross haussa les épaules.

– Il n'y a rien à dire. Quand j'ai descendu Billy, je me suis rendu compte à quel point j'aimais les sports de sang. J'ai toujours eu un faible pour les jeunes brunettes sexy, et le sport, c'est le sport.

– Mais pourquoi ?

– Je ne sais pas. Quelque part, le sort en a été jeté, et ça m'ennuie de réfléchir à ça. C'est comme les pommes et les oranges. Tu aimes les blonds, j'aime les brunettes ; le mec qu'ils ont attrapé l'année dernière, le "Pistoleur de Pittsburgh", il aimait les rousses. Comme on disait dans les années soixante : fais ce qui te branche.

Je me rapprochai de Ross ; mes godillots de travail touchèrent ses bottes de para, polies miroir à la salive.

– Pourriez-vous ch...

Il me coupa d'un clin d'œil et dit :

– Changer ma manière d'opérer ? Bien sûr. Tu veux des blonds, je te trouverai des blonds. J'ai une mission en déplacement qui arrive. Consulte bien les journaux de la Côte Est, dans un mois à partir d'aujourd'hui.

– Quoi ?

A nouveau le clin d'œil... un gant de velours qui étouffait toute possibilité de questions.

– Assez parlé. Écoute, Martin. Ici, en fait, c'est ma chambre. Je la garde pour les longs postes, et en cas de chutes de neige importantes. Tu peux rester si tu veux, mais il n'y a que ce lit.

Le regard que je lus dans les yeux de Ross me dit qu'il parlait de camaraderie et d'élégance, et non de sous-entendus sans originalité. J'ôtai mes chaussures et m'allongeai ; Ross dégrafa son ceinturon, avec son arme, et l'enroula autour du pied du lit, à quelques centimètres de ma tête. Il s'allongea à côté de moi et éteignit l'applique murale ; il parut sombrer dans le sommeil dès l'obscurité faite. Je me sentis soudain épuisé, et alors que disparaissaient les lueurs vacillantes de la journée la plus incroyable de mon existence, je fus pris d'effroi et caressai la crosse du 38, trouvant quelque réconfort à l'idée de savoir que je pourrais assassiner l'assassin allongé près de moi.

Rasséréné, je dormis.

Les lueurs du soleil et le bruit de lourdes machines me réveillèrent des heures plus tard ; des heures sans rêves. Je tendis immédiatement la main à la recherche de Ross, trouvai l'autre moitié du lit vide et bondis. Je me dirigeais vers le lavabo pour me requinquer à l'eau froide lorsqu'il franchit la porte de communication, un petit revolver à la main.

Je m'agrippai au rebord du lavabo, pensant à une trahison, mais Ross m'offrit son sourire d'adolescent désinvolte, faisant pivoter l'arme pour me la présenter crosse en avant. Il me la tendit et dit :

– Smith et Wesson 38 Spécial Détective. Une arme sûre, commode, sans risque. Tu ne croyais tout de même pas que j'allais te laisser repartir sans arme, non ? Ross le Boss, ça, c'est un mec !

J'ouvris le barillet, vis que l'arme était chargée, et la mis dans ma poche arrière. Je ne parvins pas à dire "merci" – c'eût été trop lui consentir –, aussi demandai-je :

– Les routes sont libres ?

– On est en train de les dégager. Tu devrais pouvoir partir vers midi.

Je restai là, songeant aux clichés recollés à l'adhésif, et à mon magnum, ne sachant que dire ni que faire. Ross parut lire dans mes pensées et dit :

– Tes affaires sont en sûreté, avec moi. Je ne cracherai jamais le morceau, mais il se peut que j'aie besoin de toi un jour, et ces preuves sont mon assurance.

Les implications du "besoin de toi" résonnaient encore en moi lorsque Ross se pencha en avant et m'embrassa sur les lèvres. Je me prêtai à son baiser et goûtai le cosmétique de sa moustache, et le café amer sur sa langue ; lorsqu'il rompit le contact et fit demi-tour en direction de la porte, j'avais le rouge aux joues mais j'en voulais encore. Je ne savais pas que ce baiser me pousserait, me hanterait, me ferait mal, je ne savais pas qu'il serait mon énergie pour les deux années et demie qui allaient suivre.

Cinquième Partie

La foudre se disperse

Extrait du *Milwaukee Tribune* du 19 février 1979 :

« L'ENQUÊTE SUR LE "SCIEUR DU WISCONSIN" RELÉGUÉE AU SECOND PLAN. LE CADAVRE EST-IL CELUI DE L'ASSASSIN ?

« Il y a maintenant plus de six semaines que le "Scieur du Wisconsin", le violeur assassin qui a terrorisé la région de Jamesville-Belvit en décembre et janvier, a réclamé sa dernière victime.

« Au matin du 4 janvier, sous la neige, on a découvert le corps massacré de Claire Kozol, 17 ans, de Huyserville, Wisconsin, dans un champ de choux, près de la frontière de l'Illinois. Elle avait été violée, battue à mort et démembrée ; tout comme Gretchen Weymouth, 16 ans, dont le corps avait été découvert à quelques kilomètres de là le 16 décembre, et Mary Coontz, 18 ans, également originaire de Huyserville, qui a été trouvée dans un abri pour la chasse aux canards, aux abords de Belvit, le jour de Noël. Les jeunes femmes étaient toutes trois belles, minces et brunes ; les psychiatres de médecine légale attachés au quartier général de la police d'État du Wisconsin, à Madison, ont la conviction qu'un tueur psychopathe, exceptionnellement vicieux et hautement motivé, opérait dans la région sud du Wisconsin. Le profil psychologique qu'ils ont dressé (fondé sur l'étude de cas identiques et sur les indices matériels des trois meurtres) a abouti à la conclusion que le meurtrier continuerait à tuer le même type de victime, et de la même manière, jusqu'à ce qu'il soit capturé ou qu'il se donne la mort.

« Une force d'intervention spéciale, composée de vingt inspecteurs de la police d'État du Wisconsin, a été affectée à plein temps à l'enquête, avec l'assistance d'agents des services de police de Jamesville et de Belvit. Pièges et leurres sophistiqués ont été mis en place pour capturer le tueur, anticipant une nouvelle tentative de meurtre dans un avenir proche. Le filet se resserrait et les responsables de la police avaient la certitude que le meurtrier assoiffé de sang viendrait bientôt se prendre dans ses filets. Mais ce ne fut pas le cas, et il n'y a pas eu de nouveau crime dont le MO* corresponde à celui des crimes précédents depuis la découverte du corps de Mlle Kozol, le 4 janvier. Le sergent Ross Anderson, de la police d'État du Wisconsin, qui a dirigé la mise en place des leurres, a une théorie sur les événements :

"C'est une théorie qui se fonde sur le cours de psycho 101 de l'université et sur des preuves indirectes, a déclaré ce policier de 29 ans aux journalistes. Mais je lui accorde du crédit par instinct.

"Le 5 janvier, le lendemain de la découverte du corps de Mlle Kozol, j'avais la responsabilité du déneigement sur la I-5, au sud de Huyserville, lorsque j'ai repéré l'arrière d'une voiture, en partie couverte de neige, sur le bas-côté de la route. J'ai creusé la neige et découvert une Cadillac 79 immatriculée dans l'Illinois. Le conducteur ne s'était pas laissé prendre au piège à l'intérieur. J'ai inspecté la boîte à gants, et j'ai découvert des pièces d'identité appartenant à un homme du nom de Saul Malvin, 51 ans, de Lake Forest. En voyant O + sur sa carte de donneur de sang, j'ai eu des picotements sur la peau : le tueur violeur était aussi O + d'après l'analyse de son sperme.

"J'ai contacté par radio les services de police de Lake Forest, et ils m'ont déclaré que la femme de Malvin venait de signaler sa disparition ce matin-là : il était parti la veille au matin pour rendre visite à des amis de Lake Geneva. J'ai emporté un gilet qui était sur le siège arrière, et je me suis rendu à Huyserville pour me trouver une équipe de maîtres-chiens ; je suis retourné sur les lieux et j'ai entamé les recherches. Environ huit heures plus tard, les chiens et moi avons touché le gros lot.

"Les loups avaient dévoré la plus grande partie du buste

* Modus operandi : mode opératoire.

du cadavre, mais on voyait encore ce qui s'était passé. Malvin était mort à une dizaine de mètres du bas-côté de la route. Il tenait à la main un 357 Magnum. Son portefeuille était intact, bourré d'argent. Je suis reparti en courant vers ma voiture de patrouille et j'ai demandé une ambulance par radio ; c'est alors que j'ai commencé à réfléchir."

« La théorie finale du policier Anderson – selon laquelle feu Saul Malvin serait le "Scieur du Wisconsin", et qu'il se serait suicidé dans un accès de culpabilité consécutif à ses crimes – a déclenché un véritable scandale parmi ses collègues de la WSP*, et les avis restent partagés sur la culpabilité de l'ancien cadre d'assurances. Le lieutenant W. S. Havermeyer, commandant de l'annexe de Huyserville, a résumé les tenants et aboutissants de l'affaire au cours d'une conférence de presse la semaine dernière : "À l'heure actuelle, nous considérons que si le "Scieur" n'est pas M. Malvin, c'est qu'il se trouve en prison ou à l'asile, ou qu'il a quitté la région. Les psys de Madison disent qu'il arrive que ces psychos répétitifs aient des moments de lucidité et se suicident, en particulier à la suite d'un meurtre particulièrement brutal ; donc, les circonstances concordent, et Malvin est effectivement O positif. Nous avons contrôlé son emploi du temps aux époques des trois meurtres. Sa voiture a été découverte à quelques kilomètres seulement du lieu où l'on a retrouvé le corps de la fille Kozol. Aux dates des deux meurtres précédents, le 16 décembre et Noël, il était censé travailler seul chez lui, à attendre le retour de sa femme partie célébrer les fêtes auprès de sa sœur invalide.

"Matériellement, Malvin aurait pu commettre les crimes, bien qu'il n'eût rien, apparemment, d'un tueur. Il ne possédait pas de casier judiciaire, son mariage était heureux et il était père de grands enfants ; il avait réussi sa vie professionnelle et était aimé de sa famille comme de ses amis. Tout cela joue en sa faveur.

"Mais il s'est effectivement suicidé au moyen d'une arme dont on n'a toujours pas retrouvé l'origine à ce jour. Sa famille comme ses amis nous ont déclaré qu'il n'avait aucune

* WSP : police d'État du Wisconsin.

raison logique de se donner la mort. Malheureusement, les loups avaient déjà attaqué le corps de Malvin lorsque le sergent Anderson l'a découvert, et s'il subsistait sur le corps des indices matériels qui auraient permis de faire le lien avec Claire Kozol, les animaux les ont probablement détruits. En tous cas, je suis heureux qu'il n'y ait pas eu d'autre meurtre."

« Le sergent Anderson, dont beaucoup de ses collègues reconnaissent que c'est lui qui a "résolu l'affaire", aura la charge d'activités différentes : il part pour l'Est, porteur de mandats d'extradition afin d'en ramener des criminels recherchés par les autorités de l'État du Wisconsin. Il est reconnaissant de ce changement de rythme dans ses fonctions et a déclaré aux journalistes : "L'affaire du "Scieur" m'a coûté beaucoup de mon énergie. Il me sera agréable de changer de décor et d'exercer mes talents en des lieux nouveaux."

Extrait du *Herald* de Louisville, Kentucky, du 18 avril 1979 :

« UNE FEMME TROUVÉE ASSASSINÉE DANS LE QUARTIER PORNO.

« Le corps d'une femme de vingt ans qui travaillait comme danseuse nue a été découvert ce matin par son petit ami ; ce dernier a éclaté en larmes devant les restes massacrés et a immédiatement appelé la police. La victime, Kristine Pasquale, qui travaillait au bar du *Swinger's Rendez-vous* tout proche, avait été tailladée à mort et démembrée, et la police a été choquée et stupéfiée par les restes de la belle blonde. Le sergent James Ruley, l'un des premiers arrivés dans l'appartement gorgé de sang de Mlle Pasquale, a déclaré aux journalistes : "C'est le pire crime, sans exception, perpétré sur une femme, qu'il m'ait été donné de voir, et vous pouvez me citer textuellement. Il y a deux solutions : ou l'affaire sera résolue sans problème, ou alors ce sera un dur morceau, parce que

Mlle Pasquale, si vous voyez ce que je veux dire, n'était pas exactement une vierge rougissante. Je l'ai personnellement arrêtée pour prostitution lorsque je travaillais aux Mœurs, et le Swinger's Rendez-vous, la boîte où elle travaillait, est réputé comme lieu de rencontre d'éléments criminels. A vue de nez, sans réfléchir, je dirais que son assassin est une relation connue de longue date, sinon elle ne l'aurait pas fait monter jusqu'à sa piaule en lui ouvrant la porte à distance. Elle avait l'intelligence de la rue et était difficile sur le choix de ses michés."

« Le corps de Mlle Pasquale a été emporté et l'appartement mis sous scellés. Les techniciens du laboratoire se sont mis au travail, et l'ami de Miss Pasquale, David Komondy, 27 ans, videur du Swinger's Rendez-vous, a été interrogé puis relâché. On n'a trouvé aucun indice dans l'appartement, et huit heures plus tard, le Dr Winton Walker, assistant légiste de Louisville, a annoncé ce qu'il avait découvert :

"Mlle Pasquale a été violée avant d'être assassinée. La mort est due à un traumatisme violent et à la perte de sang. La gorge a été tranchée. D'autres détails seront communiqués ultérieurement."

« Entre-temps, la police de Louisville a envahi le quartier porno, à la recherche de celui que le sergent Ruley a appelé "un homme très en colère". »

« Complément de rapport sur homicide. Louisville : 116-79, 18-4-79, enregistré 27-4-79 par det. sergent J. M. Ruley, matricule 212, services de police de Louisville, division Criminelle. Intitulé "Rapport d'évolution. Viol/Meurtre : Pasquale Kristine Michelle", distribué à toutes les unités d'inspecteurs de Louisville le 28-4-79.

« RAPPORT D'ÉVOLUTION

« Viol/Meurtre : Pasquale, Kristine Michelle, DDD* 18-4-79.

« Note : ce rapport remet à jour les rapports précédents

* Date du décès.

déjà classés : lieux du crime, rapport du légiste, quadrillage et interrogatoires, rapports sur criminels sexuels, états des lieux et objets, mains courantes et inspecteurs (voir dossier 116-79 sous ces intitulés). Ceci est mon premier rapport résumé, comme premier arrivé sur les lieux.

« Messieurs,

« Remise à jour du 116-79, remontant à dix jours. La victime a été violée, la gorge de la victime a été tranchée pendant que le criminel lui maintenait la tête sous un oreiller. Il a sectionné les bras et les jambes en usant d'un instrument différent de celui qui a tranché la gorge (voir Rpt Sc. Cr : 116-79 pr det.). Pas d'arme du crime sur les lieux ou dans les environs. Nous cherchons : 1- couteau de chasse bien affûté, lame 16 cm, marque Buck possible (tous les couteaux de ce type confisqués après arrestations, ou découverts sur suspects du sexe masculin pendant les interrogatoires de terrain, doivent être soumis à un examen chimique afin de déceler la présence éventuelle de traces de sang. Garder les suspects en détention.) 2- scie à métaux, pas approx. des dents : 1/32, bien affûtée. La force de pénétration de la lame indique un homme fort. Enquête en cours sur les ventes récentes d'objets sus-nommés. Pour le suspect : groupe sanguin O + *possible* (possible à cause du sperme découvert dans le vagin de la victime – groupe O + –, et abrasions indiquant une pénétration à force. Cependant : victime prostituée connue et, vu précautions du tueur dans d'autres domaines, a pu avoir l'intelligence de porter un préservatif. (Note : maquereau-amant de la victime la déclare décédée sous pilule, mais elle demandait parfois aux michés d'utiliser préservatif. Pas d'autre sperme ds cavité vag. – élément peut-être non significatif.)

« Associés connus : rien pour l'instant (voir 116-79 : entretiens et main courante).

« Quadrillage : id, voir 116-79 : quadrillage.

« État des lieux : inventaire avec l'ami indique rien de volé, stupéfiants (cocaïne, hachich) confisqués.

« Preuves matérielles : intéressantes, indiquent tueur intelligent. Empreintes éliminées par comparaison avec celles des RC* : pas d'empreintes inconnues. Pas de traces de sang conduisant au rez-de-chaussée, pas d'empreinte sur vibreur de porte utilisé probablement par tueur pour accéder à apt : reconstitution personnelle vu le manque de preuves.

« La victime, avec *neuf* arrest. passées pour prostitution, connue pour sa grande prudence, aurait fait entrer trois types de personnes uniquement : policiers, maquereaux et petits amis, et clients. Élimination des deux premiers (mac et petits amis innocentés : voir 116-79 : entretiens). Reste les *clients*. Ma reconstitution du crime est la suivante : crime perpétré par un ancien amoureux à la rancune tenace, qui a amené à l'appartement un jeu de vêtements de rechange et qui portait des gants. Puisque la plupart des pervers sexuels de la région de Louisville ont été ou sont en train d'être interrogés, et comme il n'y a pas de crime similaire dans les archives, je concentre mes efforts sur l'interrogatoire de prostituées locales et d'hommes convaincus de sollicitation d'actes indécents, et arrêtés. Tous les agents – patrouilles et autres – qui auraient connaissance d'un suspect possible, me contacter à Div. QG, poste 409.

« Il faut qu'on l'ait !

« Sgt J. M. Ruley. »

Extrait de l'*Eagle* d'Evanston, Illinois, du 8 mai 1979 :

« LE CORPS D'UN INCONNU DÉCOUVERT DANS UNE DÉCHARGE.

« Un groupe de personnes qui déchargeaient leurs ordures ont fait ce matin une macabre découverte alors qu'elles

* Relations connues.

apportaient leurs déchets sur une zone libre de la décharge municipale de Kingsbury Road. C'était le cadavre d'un homme, étendu bras en croix sur le sol. Du sang coagulé tachait le haut de sa chemise. Mme Katherine Daniel, seule femme du groupe, s'est évanouie, et son mari, M. Daniel Daniel, de Muirfield Road, à Evanston, l'a fait revenir à elle pendant que leur voisin, M. Jason Granger, courait prévenir la police.

« La police est arrivée peu après et a déterminé que l'homme avait été abattu d'une balle dans la tête. On lui avait retourné les poches, et à ce point de l'enquête qui en est à ses tout débuts, la police pense que le vol pourrait être le mobile du meurtre.

« Mais pour l'instant, le problème le plus urgent est d'identifier la victime. L'homme répond au signalement suivant : blanc, approximativement âgé de trente ans, un mètre quatre-vingt-cinq, quatre-vingt-cinq kilos, cheveux bruns foncé et yeux noisette. Quiconque aurait des informations sur des hommes disparus qui correspondraient à ce signalement est prié de contacter les services de police d'Evanston. »

Mémorandum présenté le 11/5/79 par le capitaine William Silverback, chef des inspecteurs des services de police d'Evanston, à Thomas Thyssen, chef de la police :

« Mémo :

« Monsieur,

« Voici la mise à jour que vous avez demandée sur l'homicide de Kingsbury Road. En premier lieu, le décédé a été identifié. C'est Robert Willard Borgie, BM*, DDN 30/6/51, 1 m 85, 85 kg, bruns et noisette. Adresse : le refuge du 814 à Kingsbury (à quatre blocs de la décharge).

« Borgie était débile mental. Il aurait suivi n'importe qui

* Race blanche, sexe masculin.

n'importe où, et il lui arrivait de partir pour plusieurs jours, ce qui explique le retard pris pour identifier le corps : la directrice du refuge s'est présentée à la suite d'un spot télé sur l'homicide. Elle a dit aux Sgts Lane et Vecchio que Borgie avait l'habitude de fréquenter les homosexuels avec lesquels il pratiquait la fellation contre paiement. A ce qu'on prétend, il accordait sa confiance à *n'importe qui*.

« Pour ce qui est du rapport du coroner : Borgie a été abattu d'une balle dans la *bouche*. Ce seul coup a entraîné la mort. Nous avons une piste grâce à la balle que le légiste a extraite du crâne : les stries étaient très profondes, et le coup n'a pu être tiré qu'avec un 38 à canon court, avec barillet et canon mal alignés dans l'axe. Naturellement, je ferai diffuser dans tout l'État un rapport balistique.

« Pour le mobile : le vol paraît peu probable, bien qu'on ait retourné les poches de Borgie. Subterfuge ? Peut-être, parce que Borgie n'avait jamais plus de quelques dollars sur lui : c'est la balle tirée *dans la bouche* qui me tracasse. Borgie a été abattu sur la décharge (deux séries d'empreintes de pas y conduisent, une seule repart de l'endroit où le corps a été découvert : le tueur est un homme chaussé de bottes de travail, taille 11 1/2), et de toute évidence le tueur lui a commandé d'ouvrir la bouche afin d'y enfoncer son arme. Tous ces éléments (la faible intelligence de Borgie, sa nature confiante, son passé de rapports homosexuels), ainsi que la nature particulièrement perverse du coup de feu, sembleraient indiquer un tueur homosexuel.

« Jusqu'ici, les Sgts Lane et Vecchio ont mené leur enquête de manière traditionnelle (voir dossier 79-008-H pour compléments). Ils n'ont abouti à aucune piste, et je demande dès à présent aux agents d'orienter leurs efforts sur l'aspect homosexuel de l'affaire.

« Respectueusement, Bill Silverback. »

Extrait du *Register* de Des Moines, Iowa, du 20 octobre 1979 :

« MASSACRE SEXUEL : LA VILLE EN ÉTAT DE CHOC.

« Le cadavre d'une adolescente, violée et sauvagement mutilée au couteau, a été découvert dans un silo à grain abandonné, de Des Moines, la nuit dernière.

« Le corps de la victime a été découvert par deux adolescents, deux garçons qui avaient fracturé la porte pour saccager l'intérieur du silo. Prenant conscience de leurs devoirs de citoyens, les garçons ont appelé la police et avoué leur propre crime en faisant le récit de la vision macabre. Les policiers de Des Moines sont arrivés sur les lieux et ont vite oublié le délit de violation de domicile avec effraction, à la seconde même où ils ont vu les restes de Wilma Grace Thurmann, 19 ans, de Brewster Street, Des Moines.

"La gorge de la jeune fille était ouverte d'une oreille à l'autre, les bras et les jambes avaient été amputés et jonchaient le sol du silo", a déclaré l'agent John Belton aux journalistes. "L'identification a été facile, parce que je connaissais Wilma, pas personnellement, mais de vue."

« Interrogé plus avant sur la nature de ses relations avec feu Mlle Thurmann, l'agent Belton s'est refusé à tout commentaire. Nos reporters ont appris par la suite que la décédée était une racoleuse qui avait l'habitude de solliciter les faveurs des routiers dans un restaurant, à trois kilomètres du silo. On savait qu'elle possédait une clé du bâtiment abandonné, on savait aussi qu'elle y emmenait ses "michés".

"Au vu des occupations de la victime, l'enquête risque d'être difficile", a déclaré un porte-parole anonyme de la police dans un communiqué de presse distribué ce matin. "Mais soyez assurés que l'assassin de Mlle Thurmann sera poursuivi avec toute l'énergie requise."

Résumé de détail – enquête sur homicide – distribué à toutes les unités des services de police de Des Moines, le 4/10/79 :

« Crime(s) : meurtre (1er degré), agression sexuelle. Lieu du crime : RFD* 71-A (près de la sortie Relais Routier Sagamore), à l'est de Des Moines.

« Victime : Thurmann, Wilma Grace, BF**, blonds, bleus, 1 m 52, 47 kg, DDN 3/7/60.

« Découverte du corps : approx. 21 h, 1/10/79.

« État de la victime à la découverte du corps : corps découvert par des jeunes après effraction des lieux. Déclaration de l'agent sur les lieux, citée dans Rpt Lieux du crime 79-14-H : "Je suis entré dans le silo muni de ma torche réglementaire et j'ai vu le corps d'une jeune femme blanche dont les bras et les jambes avaient été sectionnés et la gorge tranchée. J'ai examiné le corps de près et j'ai déterminé l'identité de la victime : Wilma Thurmann, une racoleuse du coin. J'ai inspecté le reste du silo et découvert ses bras et ses jambes éparpillés sur des tas de foin."

« Examen légiste : violée avant sa mort. Des marques de lame derrière l'oreille droite indiquent que le violeur assassin y a maintenu son arme pendant l'acte sexuel. Le sperme trouvé dans le vagin de la victime au cours de l'autopsie (O + pour l'éjaculateur) est différent du sperme trouvé dans l'estomac de la victime (AB + O -). Le casier judiciaire de la victime indique cinq condamnations pour racolage sexuel, et elle était connue comme utilisant le silo pour y pratiquer la fellation sur ses clients. O + est donc probablement le groupe sanguin du violeur assassin.

« Causes exactes de la mort : asphyxie due à l'afflux de sang en provenance de la plaie à la gorge.

« Indices découverts sur les lieux du crime : aucun. Sol de terre, accès et intérieur du silo : balayés, pas d'empreintes

* Rural Farm Delivery : chemin d'accès ne desservant qu'une ferme.

** Race blanche, sexe féminin.

de pas. Empreintes digitales sur les lieux : aucune (raison : absence de surfaces porteuses).

« Témoins oculaires : aucun.

« Crimes locaux précédents avec MO correspondant : aucun depuis 1947, lien peu plausible.

« Arme du crime : introuvable pendant l'examen de terrain, quadrillage des revendeurs locaux en cours. *A toutes les unités : attention* : couteau à tranchant simple, 16 cm de long, scie à métaux acier laminé, pas 1/32. Retenez tout suspect sexe masculin porteur ou possesseur.

« Situation présente de l'enquête : affaire non résolue, pas de suspect solide, huit inspecteurs affectés à plein temps. A tous les agents qui ont arrêté ou interrogé Wilma Grace Thurmann ou ses relations connues : téléphonez renseignements significatifs à l'insp. Lt H. V. Miller, commandant de brigade, poste de police, Des Moines Est.

« Pour tous renseignements ultérieurs concernant la progression de l'enquête, voir dossier 79-14-H. Tous les rapports sous cet en-tête sont disponibles pour tout le personnel des DMPD* désireux de se mettre au courant de cet homicide/agression. »

Extrait du *Plains-Advocate* de Lincoln, Nebraska, du 10 décembre 1979 :

« LE MORT PAR BALLE DU CHAMP DE BLÉ DÉCONCERTE LA POLICE.

« Il y a aujourd'hui une semaine que Russell Luxxlor a été découvert abattu d'une balle dans la tête dans un champ de blé, aux abords de Lincoln. Les pistes sont peu nombreuses et la police est déroutée.

« Au départ, les autorités ont cru que le meurtre résultait d'une tentative de vol avortée. Le portefeuille de Luxxlor se

* Services de police de Des Moines.

trouvait dans la poche de son pantalon, vidé de toutes ses pièces d'identité et cartes de crédit, alors que trois cents dollars avaient été laissés intacts dans une poche secrète du coupe-vent de la victime. Cette théorie a été abandonnée par la suite lorsqu'on a appris que Luxxlor était homosexuel et qu'il faisait depuis longtemps partie de la faune gay de Lincoln.

« Le Lt Mills Putnam, porte-parole des services de police de Lincoln, a déclaré aux reporters du *Plains-Advocate* : "Nous fondons notre théorie homosexuelle sur un détail relatif à la manière dont M. Luxxlor a été abattu. Nous ne voulons pas dévoiler ce détail afin de pouvoir l'utiliser à des fins d'interrogatoire."

« Dans un communiqué de presse ultérieur, le Lt Putnam a déclaré : "Nous avons quelque peu aménagé notre hypothèse homosexuelle. Nous pensons que M. Luxxlor a été abattu pour les pièces d'identité et les cartes qu'il avait sur lui. Nous nous fondons sur le fait que toutes ses pièces d'identité avaient disparu lorsque le corps a été découvert. Il a été vu vivant pour la dernière fois dans un bar de Lincoln avec un homme qui avait le même physique. Nous cherchons maintenant un homme de race blanche, la trentaine, 1 m 85/90, 85 à 95 kg, cheveux et yeux foncés, et bien bâti."

« M. Luxxlor a été enterré hier à l'issue d'un service de l'Église méthodiste, et le père de la victime, le révérend Maddox Luxxlor, de Cheyenne, Wyoming, a déclaré à un groupe de journalistes et de policiers réunis au funérarium : "Vous n'avez aucun droit à diffamer mon fils ! Votre travail est de capturer son assassin et non de le juger, lui !"

« L'effort pour appréhender l'assassin se poursuit. »

***

Rapport complémentaire soumis par le sergent inspecteur Joseph Stinson au lieutenant inspecteur Mills Putnam, tous deux attachés au secteur trois de la Criminelle, forces de police de Lincoln :

« 18/10/79

« Lt.

« Voici un nouveau résumé sur l'affaire Luxxlor : 1– Diffusion des photos anthropo dans les bars gay : pas d'identif. du mec avec lequel on a vu Luxxlor. 2– Amis, famille, relations connues : peau de balle. Recherches dans tout l'État sur la balle de 38 aux stries bizarres : idem, mais si la solution n'apparaît pas d'ici peu, je ferai une diffusion nationale. Pour le MO : l'arme dans la bouche, pareil, je vais rédiger un "urgent" sur ce dernier point et faire passer ça aux États voisins et aux fédés.

« ... !!!! Homme correspondant description Luxxlor et suspect aperçu la nuit dernière : il essayait de vendre des cartes de crédit "non recherchées" au Bar du Coin Chaud (119 Cornhusker Road). Coup de fil anonyme, l'informateur a dit que le suspect faisait 1 m 87, 90 kg, yeux bruns, cheveux foncés, "costaud, l'expression très concentrée". Le suspect a pris la mouche, il est parti lorsque le tuyauteur a demandé le nom, sur les cartes. Le tuyauteur a dit que le suspect conduit peut-être une camionnette bleu métallisé. J'ai fait partir un ARTU* et un ordre de détention pour le véhicule sur tout le comté, et j'ai demandé aux hommes de la brigade de secouer leurs informateurs.

« C'est tout pour le moment. Joe. »

Extrait du *Clarion* de Charleston, Caroline du Sud, du 2 juin 1980 :

« AUCUNE PISTE SUR LE MEURTRE SAUVAGE DE L'HÔTESSE : RECOUPEMENTS AVEC DES MEURTRES SIMILAIRES À L'ÉTUDE.

«

Toujours pas de piste dans l'enquête sur le meurtre atroce de

* Avis de recherche à toutes les unités.

de bar, découverte violée et massacrée dans son appartement de Magnolia Street la semaine dernière. La police de Charleston dirige maintenant ses recherches vers deux meurtres identiques commis dans deux autres États ces quatorze derniers mois.

« Le 18 avril de l'année dernière, Kristine Pasquale, danseuse go-go, a été découverte violée et démembrée dans son appartement de Louisville, Kentucky. Wilma Thurmann, prostituée de Des Moines, Iowa, a été découverte pareillement mutilée dans un silo à grains, aux abords de Des Moines le 1er octobre 1979. Dans les trois cas, a déclaré la police de Charleston aux journalistes, les caratéristiques physiques des meurtres sont les mêmes. Au cours d'une conférence de presse tenue hier, le procureur de Charleston, Timothy Kleist, a déclaré : "Dans l'intérêt du bien public et pour une lutte efficace contre la criminalité, nous gardons sous couvert les résultats de l'enquête faite en collaboration avec les polices de Des Moines et de Louisville. Mais je déclarerai ceci aux médias : c'est un gros morceau. Les trois meurtres sont très certainement le fait d'un seul homme, et nous avons l'intention d'appréhender ce démon !"

« Dans une note sur ce point, Michael Cleary, conseiller municipal, a accusé le procureur Kleist d'utiliser l'affaire Tucker comme tremplin politique : "Nous savons tous que Tim s'apprête à poser sa candidature pour être élu sénateur, et une belle condamnation bien juteuse pour meurtre aurait fière allure dans son dossier. Espérons qu'il n'essaiera pas de manœuvres d'entôlage, dans sa hâte d'arriver à Washington. Son parti s'est rendu célèbre par cette pratique, et il est certain que je détesterais voir des hommes innocents se faire épingler."

« Mémorandum complémentaire, classé le 6/6/80, à inclure dans les archives des services de police de Charleston, dossier 80-64 : Viol/Homicide, chemises "Quadrillage" et "Indices matériels" :

« À : tous les enquêteurs.

« De : Sgt insp. W. W. Brown, poste du 19e.

« Au cours d'un nouveau quadrillage aux alentours de Magnolia Street, j'ai interrogé un individu, race noire, sexe masculin, répondant au nom de Steven "Sterno Steve" Washington, un vagabond sans moyens de subsistance reconnus. Il m'a dit que le soir du meurtre Tucker, il buvait du vin sous une véranda située juste de l'autre côté de la rue, et que, "aux environs de minuit", il a vu "un Blanc qui vibrait le flic" pénétrer dans le vestibule, "les mains gantées" : il portait "un sac poubelle en plastique qui était plein". Washington a alors abandonné la véranda, alors que l'homme "appuyait sur le vibreur et montait à l'étage". (Washington a dit qu'il craignait que l'homme ne lui prenne son vin en redescendant.)

« Puisqu'il a été fait état de débris plastique parmi les indices matériels prélevés sur les lieux du crime, je pense que c'est là une piste majeure. (Washington est gardé en cellule parmi les ivrognes, au poste du 19e, pour le cas où un nouvel interrogatoire s'avérerait nécessaire.)

« W. W. Brown, Sgt, 19e Brigade »

Extrait du *Standard-Leader* de Kalamazoo, Michigan, du 10 septembre 1980 :

« LES RESTES D'UN HABITANT DE KALAMAZOO DÉCOUVERTS DANS LE LAC MICHIGAN : ON RECHERCHE LE "NEVEU".

« Le corps d'un habitant de Kalamazoo, connu pour ses excentricités, a été découvert dans les hauts-fonds du lac Michigan, près de la jetée de Benton Heights, il y a trois jours. Bien que la décomposition du cadavre soit presque complète, des balles enchâssées dans le crâne semblent indiquer que la mort a été causée par arme à feu ; un télétype du bridge de la victime adressé aux laboratoires de prothésistes locaux a permis une identification rapide : Rheinhardt Wildebrand, 72 ans, de Kalamazoo.

« Wildebrand, résidant de longue date de Kalamazoo, était inventeur : il vivait des royalties qu'il touchait sur les appareils de moulage et les outils qu'il avait mis au point dans les années trente. C'était une personnalité locale qui habitait une grande maison tarabiscotée de couleur ocre, au 8493 S. Kenilworth : il arborait l'emblême de son pays ancestral, l'Autriche, quittait rarement son immeuble pendant les vacances américaines, et gardait une Packard 1953 dans son allée – mais il ne la conduisait jamais. Il était censé ne plus avoir de famille (ses parents et sa sœur unique étaient décédés dans les années quarante), mais récemment, un homme dont il avait dit à ses voisins que c'était son neveu résidait chez lui, et les polices de Benton Heights et de Kalamazoo sont maintenant à la recherche de cet homme qu'elles soupçonnent d'être l'assassin de Wildebrand.

« Les voisins de l'inventeur à la retraite ont déclaré à la police que le neveu était arrivé au début d'août, et qu'ils l'avaient souvent aperçu en compagnie de Wildebrand sous la véranda de ce dernier ; mais l'homme, comme son oncle prétendu, n'était pas très liant. Les voisins l'ont décrit comme "grand et bien bâti, la trentaine, les cheveux, les yeux et la barbe foncés".

« Le lieutenant Loren Kelleher, des forces de police de Kalamazoo – lesquelles aident la police de Benton Heights dans son enquête –, a déclaré à Bob Shaeffer, reporter du *Standard-Leader* : "Nous avons contrôlé les registres de la famille Wildebrand. Le vieil homme avait une sœur, une vieille fille, décédée en 1941, vraisemblablement avant la naissance de notre suspect. Nous savons donc que l'histoire du prétendu neveu n'est qu'une blague. Nous pensons que le mobile du crime est le vol. Le prétendu neveu a vraisemblablement gagné la confiance de Wildebrand, avant de lui voler son argent et de le tuer. La rumeur voulait que le vieil homme possède une grande quantité d'argent liquide cachée dans sa cave. Nous sommes en ce moment en train de fouiller la maison à la recherche de preuves matérielles et nous montrons des photos anthropométriques de criminels du Michigan, de l'Illinois et de l'Ohio aux voisins dans l'espoir d'identifier le "neveu".

« Quant aux voisins proprement dits, ils déplorent le fait qu'il n'y ait apparemment personne pour pleurer l'inventeur disparu. "Rheinhardt était un drôle de petit oiseau", a déclaré un habitant de Kenilworth Avenue à nos reporters. "Mais personne – pas même un bizarre comme lui – ne mérite d'être abattu puis de se faire balancer à la flotte."

« Des détails supplémentaires sur l'enquête paraîtront dans les éditions suivantes. »

Mémorandum de liaison, adressé à la brigade criminelle, services de police de Benton Heights, par le Lt Loren Kelleher des services de police de Kalamazoo :

« 15/9/80

« Collègues,

« Pour ce qui touche Kalamazoo dans l'affaire Wildebrand, Rheinhardt Jr, un gros zéro avec quelques détails intéressants :

« A– Comptes bancaires de la victime intacts : compte épargne de quarante et un mille dollars, solde créditeur de douze mille (R.W. a adressé des chèques importants aux compagnies de cartes de crédit avant sa disparition).

« B– Rien sur les 38 volés ou vendus, avec défauts de fonctionnement, pas de correspondance sur les balles (diffusion État).

« Pas d'identification du neveu. Personne n'a vu le suspect avec un véhicule.

« C– Quadrillage du quartier : zéro.

« D– Fouille de la maison de la victime : pas de portefeuille, pas de pièces d'identité (probablement dans le lac Mich.) Pas d'argent découvert, vol confirmé comme mobile.

« E– Le tuyau du "neveu" comme notre homme : les trois

étages, les douze pièces de la maison complètement nettoyés, pas une empreinte, marques de lavette partout. Le neveu connaît son boulot.

« F– Rappelez-moi pour me tenir au courant.

« Lt L. Kelleher. »

Extrait du *Sun* de Baltimore, Maryland, du 19 mai 1981 :

« LE MEURTRE D'UNE PROSTITUÉE LIÉ A TROIS AUTRES ASSASSINATS SEXUELS.

« Le meurtre scandaleux de Carol Neilton, découverte violée et sauvagement coupée en morceaux dans son appartement, la semaine dernière, semble être le quatrième d'une série d'assassinats qui ont débuté à Louisville, Kentucky, il y a plus de deux ans.

« En avril 1979, Kristine Pasquale, danseuse nue, a été découverte dans son appartement de Louisville, massacrée d'une manière identique à Mlle Neilton ; Wilma Thurmann a été tuée à Des Moines, Iowa, de la même façon, le 1er octobre de la même année ; et en mai dernier, le 27, Candice Tucker, de Charleston, Caroline du Sud, a trouvé une fin également horrible dans cette ville. Les preuves matérielles sont identiques pour les quatre homicides, et il y a pareillement une absence totale d'indices. Les quatre services de police chargés de l'enquête sont totalement déroutés et envisagent de mettre leurs informations en commun dans l'espoir d'éviter une cinquième victime.

« Le temps joue cependant contre eux. Le capitaine Reynolds Conklin, commandant en second de la division criminelle des forces de police de Baltimore, a déclaré la nuit dernière, devant un rassemblement de journalistes : "Ces quatre homicides couvrent une période de deux ans, et les enquêtes officielles sur les trois premiers sont, en jargon policier, au frigo. De toute la masse des documents amassés jusqu'ici, aucun nom de suspect n'est apparu dans plus d'une des villes. Aucune liste de passagers – avion, car ou train – ne comporte de recoupements indiquant que les mêmes hommes se seraient rendus dans les quatre villes citées, aux dates concernées. A l'heure actuelle, nous ne travaillons que sur dossiers, en lançant au jugé des balles hypothétiques. C'est de cette manière que l'affaire sera résolue."

« Mais au bout de combien de victimes encore, capitaine ? »

Mémorandum interservices, enregistré sous "Rapports divers" dans le dossier 199-5/81 des services de police de Baltimore.

« Patron,

« Vous m'avez demandé d'être sincère, alors voici : rien, excepté quelques belles théories à partir de la lecture de photocopies – dossiers de Louisville, Des Moines, Charleston – et de conversations téléphoniques avec les deux policiers en charge des affaires citées (Sgt Ruley, Louisville, et Sgt Brown, Charleston).

« Ces deux policiers (intelligents) décrivent quelqu'un déguisé en flic qui serait entré en relation avec les victimes en les menaçant de passage à la fouille ou d'arrestation si elles ne s'exécutaient pas, sexuellement parlant. Cela expliquerait la manière dont le tueur a eu accès aux piaules des vict. 1, 3 et 4. En outre, personnifier un flic semble avoir beaucoup de succès chez les psychos ces temps-ci – témoin cette raclure d'"Étrangleur de Hillside", à L.A.

« J'irai un pas plus en avant dans ma reconstitution : supposez que le tueur soit *effectivement* un flic ? Puisque les meurtres ont pris leur origine à Louisville, une vérification des registres passagers avion/train/car, aux dates concernées par les trois derniers meurtres, qui recouperait les listes des policiers du LPD* pourrait s'avérer utile (de même que les absences inexpliquées ou inhabituelles desdits policiers). Du genre aiguille dans une botte de foin, mais au moins ça occupe.

« De toi à moi : je pense qu'il faudrait continuer les procédures de routine, mais enterrer tout ça. Neilton, c'était une racoleuse, ce mec ne tuera plus jamais dans notre juridiction, et la Criminelle a huit meurtres bien brûlants sur les bras : meurtres de gangs et meurtres pendant cambriolages. Ça devrait être ça notre priorité. J'ai entendu dire que les fédés mettent sur pied un truc important qu'ils ont appelé "Unité spéciale chargée des meurtres en série" (ils vont demander communication des données – municipalités et États – sur affaires classées non résolues, avec vérifs ordinateur etc...) C'est peut-être là notre meilleure chance de réussir.

« Je te verrai mardi prochain, pour les Orioles**. Jack. »

Extrait du *Telegram* de Columbus, Ohio, du 30 mai 1981 :

« LE CORPS D'UN VAGABOND DÉCOUVERT DANS UN CHANTIER DE CONSTRUCTION.

« Sunbury, Ohio, 29 mai

« Des ouvriers qui creusaient une parcelle de terrain au moyen de puissantes excavatrices ont mis au jour le corps d'un vagabond, un ancien condamné, hier matin. "L'homme était mort depuis plus d'un mois", a déclaré aux journalistes Roger Diskant, coroner du comté de Columbus. Bien que décomposé à 90 %, le cadavre a été identifié d'après ses empreintes digitales. Il s'agit de William Rohrsfield, 33 ans,

* Services de police de Louisville.
** Nom de l'équipe de base-ball de Baltimore.

vagabond déjà condamné pour cambriolage et racolage homosexuel. La mort est attribuée à un "homicide par arme à feu", et la police d'État de l'Ohio est chargée de l'enquête. »

Rapport résumé d'homicide, rédigé par le lieutenant D. D. Bucklin des services du shérif de Sunbury, Ohio, le 1er juin 1981.

« Chef,

« Voici le topo sur le macchabée découvert près du chantier du 7-11*, du côté de la Route 3.

« Nom : Rohrsfield, William Walter.

« Race : blanche.

« DDN : 4-5-48.

« Signal. : 1 m 87, 95 kg, bruns et bruns, corpulent.

« Cause du décès : arme à feu, impact à la tête, balles de 38 découvertes dans le sol près du corps (stries et rayures inhabituelles : voir examen balistique ci-joint, exécuté par police d'État). Corps enterré à quatre mètres (bizarre).

« Enquête préliminaire : inspecteurs de l'État. Bien que, d'un point de vue technique, cette affaire relève de notre autorité, le rapport-cadavre a été enregistré par l'unité de police d'État qui est arrivée sur les lieux. Comme Rohrsfield avait déjà fait de la prison et qu'il n'habitait pas Sunbury, je dis : qu'ils fassent le travail. Voici le casier de Rohrsfield :

« Mineur : viol. avec effraction, 12-12-65 (suivi par conseil judiciaire), poss. de marijuana, 8-1-66 (6 mois maison correction, Chillicothe).

« Adulte : camb. et recel objets volés, 2-8-67 (1 an prison adulte, Chillicothe). Camb. 1er degré, condamn. (2) le 20/4/69 (3 ans, pris. État, Ohio), et aussi 2/7/74 avec charges aggravées pour racolage à fins de prost., racolage au voisinage des toilettes publiques et exhibitionnisme (5 ans, pris. État,

* 7-11 : magasin ouvert de sept heures du matin à onze heures du soir.

condit. refusée, a terminé sa peine), relâché, 14/7/79. Une douzaine d'arrestations pour ivresse depuis.

« Les inspecteurs d'État peuvent se le prendre, bon débarras pour de la mauvaise graine.

« D. D. Bucklin, lieutenant, Commandant de garde. »

Sixième Partie

Le fugitif remplissage des blancs sur la carte (Janvier 1979 - Septembre 1981)

17

Ainsi donc, le baiser a fait de moi un fugitif, laissant l'homme qui me l'avait donné libre de tuer avec cette facilité pleine d'élégance qui était jusqu'alors la mienne.

A l'époque, bien sûr, je n'avais aucune idée de ce que faisait Ross. La panique et des désirs que je me refusais à nommer le gardaient à l'extérieur de moi, mais toujours proche – comme un vent chaud qui me soufflait dans le dos, qui m'aurait aveuglé si je l'avais affronté de face, yeux grands ouverts. Aujourd'hui, avec les pages du manuscrit et les documents de police qui s'accumulent sur mon bureau, avec les épingles qui marquent mon itinéraire sur la carte qui couvre un des murs de ma cellule, les lignes qui joignent nos meurtres respectifs font ressortir plus fortement la dichotomie : Ross choisissait ses victimes discrètement, sous le couvert de son insigne et de mandats d'extradition, pour retourner ensuite à la sécurité de son Wisconsin rural ; Martin, lui, s'arrachait à travers le pays, fuyant la réalité du sexe, en quête du non-Martin parfait en devenir, brûlant comme une fourmi prise dans les feux du soleil au travers d'une loupe que tiendrait un enfant sadique.

Brûlant mes chemins pour retourner à mon enfance.

Alimentant des brasiers sacrificiels avec un grand-père et trois frères.

Sabotant mes vieilles prudences en navigant au bord des flammes...

Chassé de Huyserville, anéanti, je roulai plein est sur deux voies gadoueuses jusqu'à Lake Geneva. La station regorgeait de jeunes à l'allure d'athlètes, en vêtements de sport aux couleurs brillantes, et, dans le sillage de Ross, je me sentis totalement inadapté pour m'atteler à un travail au milieu d'eux. Le 38 à canon court rangé dans son compartiment du châssis me paraissait un maigre substitut de mon magnum ; et je savais que si je mettais les mains sur une victime – homme, femme, jeune, vieux, laid ou séduisant – j'aurais la sensation de tenir Ross et serais incapable de finir le travail. Mon seul recours était de m'obliger à oublier l'homme : son physique, la sensation de sa présence, son élégance.

Ce soir-là, je fis quelque chose d'extraordinairement hors de propos.

Je réservai une suite au Playboy Club de Lake Geneva et passai la soirée à fêter une occasion propice et anonyme, m'obligeant à me comporter comme un bambochard qui ferait un peu jaillir la vapeur. Je dînai d'un repas prohibitif au *Steakhouse du Sultan*, laissai un pourboire princier et assistai au spectacle donné au *Salon des Jet-Setters*. De jeunes hôtesses en costume de lapin profondément décolleté regardaient d'un œil désapprobateur ma tenue inadaptée aux lieux, mais elles changèrent de ton lorsque je leur montrai la clé de ma chambre montée sur oreille de lapin et portant gravé au dos "Piaule du Potentat". Alors elles acceptèrent mes billets de vingt dollars distribués avec classe, pleines d'une humilité de circonstance, avant de me conduire à une table du premier rang, section réservée aux personnalités. Je commandai du champagne Dom Pérignon, pour moi et mes compatriotes-personnalités, y gagnant un tour d'applaudissements. Mon voisin le plus proche ne tarda pas à m'offrir de la cocaïne, et dans l'esprit de cette célébration anonyme, j'en reniflai une ligne et bus goulûment à la bouteille posée sur ma table.

Le spectacle mettait en scène un bouffon du nom de professeur Irwin Corey. Son numéro consistait en séries de doubles sens sans retenue et de pataquès visant directement les gens assis aux tables du premier rang ; je le trouvai pénible et ennuyeux au début, mais au fur et à mesure que je reniflai, tout en buvant, il se transforma en la chose la plus drôle qu'il m'eût été donné de voir. D'anciennes habitudes de maîtrise gardèrent mon rire intérieur, jusqu'à ce que Corey montre du doigt un gros ivrogne qui ronflait, la tête sur la table. D'une voix de sage oriental, le professeur dit : "Tu bois pour oublier, Papa Sam ?", et par réflexe, je songeai à Ross, fouillai mon cerveau à la recherche d'un portrait, et trouvai en ses lieu et place le visage d'un joli garçon sorti d'une pub de Calvin Klein*. C'est alors que j'éclatai de rire à haute voix, crachant larmes et salive sur la table, jusqu'à ce que Corey me remarque, s'approche de moi et me tape dans le dos en disant : "Là, là, mon grand gaillard. Prends-toi une dose de meth, deux barbitos, quatre Excedrine et appelle ton agent de change demain matin. Là, là."

Je ne sais pas comment je suis parvenu à retrouver ma suite ; ma dernière image éveillée fut celle de filles lapins pleines de sollicitude, ouvrant une porte sur de l'air glacial. Lorsque je me réveillai effectivement, la tête me cognait et j'étais vautré tout habillé au travers d'un lit en forme de cœur recouvert de satin rouge. Je songeai à Ross et obtins une nouvelle image de mannequin à la beauté vide, puis je fus frappé par un retour sur la soirée passée, entouré de points d'interrogation et de symboles du dollar. Cela me mena à toute une série de spéculations à quatre chiffres, suivies de ???? Je me réconfortai avec l'idée que cette nuit-là, toutes soupapes ouvertes, ne se reproduirait plus jamais. Puis je passai en revue mentale la litanie des crédits de mes coffres bancaires et des cachettes de mes clés – et il m'en manqua trois.

Puis Ross apparut en détails, lissant sa moustache

* Calvin Klein : styliste de mode et couturier célèbre.

avec un détachement absolu, tout en me murmurant : "Martin, espèce de connard merdeux."

Je jaillis du lit, poings et genoux en avant ; Ross disait : "T'as cru que je te laisserais partir facile, hein ? Mon coco, qui pourrait oublier un visage comme le mien ? Ross le Boss, ça, c'est un mec !"

Je bondis et me précipitai à travers la suite jusqu'à ce que je trouve du papier et des stylos sur une table, près du téléphone. Les mains tremblantes, je notai noms de banques, chiffres et cachettes, pour arriver à un total de cinq coffres et six mille deux cent quatorze dollars. Une simple soustraction me fournit le coût de ma soirée de débauche prosaïque : onze mille quatre cent soixante-dix moins six mille deux cent quatorze, égale cinq mille deux cent cinquante-six.

Ross dit : "Tu ne réussiras jamais comme noceur, Martin. Mais si tu te tailles sans régler, tu gagneras quelques sacs. Ils n'ont pas vu ton camion quand tu t'es présenté à la réception, alors tout ce qu'ils ont, c'est ton nom, ET TU PEUX EN CHANGER."

En moins de dix minutes, je me retrouvai sur la route, et Ross, énorme mais sans visage, était derrière moi, me poussant comme un vent de Santa Ana.

***

Je ne récupérai jamais mentalement l'argent perdu, et je passai un mois à voyager à travers l'ouest à nettoyer le restant de mes coffres bancaires. Sauvage est le seul mot possible pour décrire ce mois-là. Entrer au volant du camion dans les villes où j'avais déjà tué était d'une stupidité sauvage ; garder l'argent dans la boîte à gants de la Mortmobile donnait la sensation d'un acte nécessaire mais sauvagement risqué. Ross surgissait tout autour de moi : sans visage quand il me conseillait, mais d'une beauté sauvage lorsque je ne l'écoutais pas.

D'autres visages étaient aussi présents, toujours sur les bas-côtés. Hommes, femmes, vieux, jeunes, jolis, laids, tous avaient la bouche grande ouverte et me criaient : "Aime-moi, baise-moi, tue-moi." Ross, sans visage, rien qu'une voix, m'empêchait de les dévaster, garant dans mon esprit de l'idée d'une nouvelle identité. Dans le rôle de conseiller tenu jadis par Super Saigneur, il me dit de prendre mon temps et d'éviter le meurtre jusqu'à ce que je trouve à devenir quelqu'un que je pourrais parfaitement sacrifier, un homme qui me ressemblerait parfaitement et dont personne ne se soucierait. Sachant que Ross demeurerait asexué uniquement si je lui obéissais, j'attendis.

Je fis demi-tour après avoir récupéré l'argent de ma dernière cachette, et me dirigeai à nouveau vers l'est, roulant toute la journée, dormant dans des motels bon marché. La présence de Ross m'accompagnait toujours, et son obsession à m'obliger à tuer pour acquérir la persona d'un non-Martin se mit à grandir dans mon cerveau, étayée par des interrogations sauvages.

"Et si le cadavre de l'homme et sa voiture étaient découverts dans le Wisconsin ?

"Et si les policiers se souvenaient que tu étais emprisonné là-bas à l'époque où il a disparu ?

"Et si le rapprochement se faisait entre les deux faits ?

"Et si on découvrait les balles tirées que tu as jetées sur le bas-côté ?

"Et si la direction du Playboy Club portait plainte pour grivèlerie, et si on rapprochait ce fait des autres, avec pour résultat un mandat de recherche pour délit de fuite ?..."

Toutes ces questions me donnèrent le courage d'agir indépendamment de Ross, le conseiller sans visage, et, chose surprenante, la beauté, dont je croyais qu'elle allait fondre sur moi, n'en fit rien.

Mais, seul, j'échouai.

Je passai une semaine à Chicago, à rôder dans les rades de dernière zone, essayant d'acheter une série de fausses pièces d'identité. Personne ne voulut m'en vendre, et après une demi-douzaine de tentatives, je compris que mon doigté de vieux criminel était marqué par la peur, que l'on me prenait pour un indic et un imbécile. Je quittai la Ville du Vent sous les rires de dérision de Ross et ses : "J'te l'avais bien dit."

Je longeais le lac Michigan, lorsque soudain, un déclic, j'entrevis un compromis : "Installe-toi pour une durée d'un mois ou à peu près, modifie l'aspect de la Mortmobile, obtiens une nouvelle immatriculation et des plaques de l'Illinois pour remplacer tes anciennes plaques du Colorado." Je cherchai les failles de mon plan, y trouvai un risque majeur, et décidai de m'y tenir malgré tout. La témérité de l'entreprise parut satisfaire Ross ; il dit : "Fais ce qui te branche", avant de redevenir sans visage alors que je me mettais au travail.

Je me rendis d'abord à Evanston, trouvai une chambre meublée et réglai deux mois de loyer d'avance ; puis je me rendis au bureau local des cartes grises, et sortis hardiment mon permis et mon immatriculation du Colorado en déclarant que je désirais une immatriculation de l'Illinois pour mon camion. Une fois les formulaires remplis, l'employé fit exactement ce à quoi je m'attendais : il alla droit à un téléscripteur et y entra mon nom et mon véhicule – diffusion nationale – pour d'éventuels mandats et avis de recherche. Pendant qu'il attendait la réponse de l'ordinateur, j'agrippai le 38 à canon court dans ma poche et observai son visage. Si je sortais "Recherché" en Wisconsin ou ailleurs, il réagirait et je l'abattrais, ainsi que les deux autres employés discutant près de la machine à café ; puis je volerais une de leurs voitures et EN AVANT.

Je n'eus pas à recourir à un tel mélodrame : l'homme revint tout sourire, je réglai les frais, et l'écoutai qui me disait que mon macaron de permis temporaire arriverait dans une semaine, mes plaques dans six. Je le remerciai et me mis à la recherche d'un atelier de peinture automobile.

J'en trouvai un près de la décharge municipale de Kingsbury Road, et attendis en lisant des revues que Mortmobile II soit ravalée, passant d'argent à bleu métallisé. Lorsqu'elle sortit du local à peinture, épatante, différente et flambant neuve, un jeunot du type latino s'assit à côté de moi et me dit :

– Putain de méchante tire, mec. Comment tu l'appelles ?

– Comment ?

– Tu sais, mec. Son nom. Comme le "Wagon du Dragon" ou le "Char à Chattes" ou la "Bagnole à Baise". Une tire classe, ça doit avoir un nom.

Plein de hardiesse depuis mon étalage de force au bureau des cartes grises, je dis :

– Je l'appelle le "Kayak du Killer"*.

Le môme se claqua les cuisses :

– Rect-o-matique !

***

Je m'installai à Evanston. La ville était prospère, plus ou moins faubourg de Chicago, et il y avait une profusion de petites universités qui me donnaient la coloration protectrice nécessaire à mon personnage d'étudiant diplômé perpétuel. Mes racines temporaires mises en place, je pensai de moins en moins à Ross, et commençai à me rendre compte que sa présence vocale et physique n'était rien d'autre que des images en miroir de mon amour de moi-même ; que je m'étais entiché de cet homme parce que, l'un comme l'autre, nous excellions dans la même profession, conduisant le reste de nos existences de manière spartiate : moi sans cesse sur la route, lui poursuivant une carrière qui, de toute évi-

* Killer : tueur.

dence, impliquait de longues heures d'ennui. Il me venait en aide aux heures de panique comme jadis Super Saigneur, lorsque mes propres réserves d'amour narcissique diminuaient devant les exigences d'une vie de routard. Si, en manière de symbiose, je le servais au même titre, très bien ; sinon, ça m'était égal. Il y avait aussi d'autres visages à regarder ; les campus d'Evanston en grouillaient. Maintenant que j'avais déterminé le symbolisme de Ross voix/visage, je commençai doucement à me convaincre qu'abandonner Martin Plunkett, voleur condamné et sans domicile fixe, en faveur d'une autre identité devenait impératif, et je me mis en quête d'un jumeau à tuer.

La lucidité tranquille de cette idée, conçue en terreur mais passée par l'épreuve du temps au travers de divers états émotionnels, me permit de me diriger avec méthode vers mon premier fraticide. Je me fabriquai un silencieux à partir de fil de fer et de tube métallique et testai le 38 au feu sur des bouées du lac Michigan ; je rôdais sur les campus à la nuit tombée, le canon court dans la poche, avec l'idée d'abattre ma proie dans une allée tranquille, de voler son portefeuille et de m'en aller paisiblement. J'avais repéré quatre semblables et j'étais sur le point de les arracher à leur existence lorsque je remarquai l'idiot.

Immédiatement, je compris deux choses de lui : qu'il était mentalement retardé, et que sa ressemblance physique avec moi, bien que très grande, allait plus profond. Je savais que nous étions liés l'un à l'autre hypothétiquement ; je savais que si j'avais grandi innocent au lieu d'insensible de façon irrémédiable, c'est cela que je serais devenu.

Sans intention aucune de jamais faire de mal à cet homme, je l'observai qui jouait dans la décharge, tous les jours, une semaine durant. La pension de famille où j'habitais se situait sur une colline, à trois blocs du dépôt d'ordures, et au moyen de jumelles je voyais mon hybride de frère lancer des pierres sur les voitures abandonnées et farfouiller dans les environs à la recherche de pièces de voitures rouillées qu'il utilisait comme jouets. A la tombée du jour, une employée du foyer l'entraînait loin de son aire de jeux, et c'est à elle que je voulais faire mal.

J'avais réduit ma liste de cibles à deux personnes, et je me dirigeais vers le campus de l'université du premier cycle d'Evanston afin de prendre ma décision finale lorsque je rencontrai face à face le Martin-qui-aurait-pu-être. C'était le début de la soirée, et, une heure auparavant, j'avais regardé avec amusement l'homme se cacher dans les herbes afin de déjouer les plans de la vieille fille à l'air méchant qui venait pour l'entraîner loin de ses petits plaisirs. Je roulais maintenant paisiblement le long de la décharge lorsqu'il émergea de l'ombre et me fit signe d'arrêter.

J'arrêtai, et allumai le plafonnier. L'homme s'approcha et passa la tête par la fenêtre, côté passager ; en gros plan très rapproché, je vis que ses traits étaient une caricature hideuse et relâchée de mon visage.

– Je suis Bobby, dit-il d'une voix de ténor grinçante. Tu veux voir ma maison de jeux ?

Je ne pouvais pas refuser, c'eût été renier mon enfance. J'acquiesçai, sortis du camion et traversai la décharge à pied aux côtés de Bobby. Son épaule frôla la mienne, je la sentis molle, sans force. Je me surpris à souhaiter que quelqu'un l'aide à se bâtir un corps, et j'étais sur le point de lui offrir des conseils fraternels sur ce sujet lorsque Bobby montra une lumière qui vacillait devant nous.

– Ma maison, dit-il. Tu vois ?

La maison, c'était deux sièges de voiture pourris disposés face à face, avec une lampe tempête au milieu. Le faisceau de lumière montait droit, formant un tunnel qui illuminait la tête de Bobby, relâchée, pendant de ses épaules comme s'il ne pouvait pas se tenir droit sans aide.

– Ma maison, dit-il.

Je posai les mains sur les épaules de Bobby ; il se redressa d'un bond pour se mettre au garde-à-vous en disant "Oui - monsieur", mais sa tête ballait toujours sur le côté. Je regardai le sol, puis le visage de guingois de l'idiot qui sautillait maintenant comme un animal mécanique sur la banquette arrière d'un bolide. Je resserrai ma prise et dis :

– Tu n'as pas à m'appeler comme ça. Il n'y a personne que tu doives appeler comme ça.

Bobby sourit et je sentis son corps spongieux frissonner sous mes mains. Son sourire s'élargit en rictus, et je vis qu'il était en extase, en quelque sorte, une extase d'idiot. Finalement, langue, palais et lèvres se trouvèrent et il sortit :

– Tu veux êt' mon ami ?

Ce fut mon tour de frissonner, et mes mains posées sur Bobby frissonnèrent, et les lueurs de la lanterne brûlèrent les larmes qui me coulaient sur les joues. Je détournai la tête pour que mon frère idiot ne me croie pas faible, et je l'entendis faire des bruits mouillés comme s'il pleurait. Je le regardai alors, et vis que les bruits sortaient de l'obscénité ronde de sa grande bouche en O pendant qu'il agitait comme un drapeau un billet d'un dollar devant ma poitrine.

J'ôtai les mains de ses épaules et commençai à m'éloigner. J'entendis des sanglots crispés et "s'il- s'il- s'il... " Je me retournai, pour voir Bobby qui me tendait le dollar, essayant de mendier mon amitié tout en me faisant sa hideuse proposition. Je posai à nouveau la main gauche sur son épaule ; je sortis le 38 de la poche de mon coupe-vent. Bobby essaya de sourire en enveloppant le silencieux de ses lèvres. Je pressai la gâchette, et mon frère hybride vola dans la poussière ; je volai son portefeuille pour le garder en souvenir de mon premier meurtre de pitié.

Evanston fut ruiné pour moi à cause de Robert Willard Borgie, et je partis au bout d'un mois, après mon seul et unique interrogatoire de routine par la police. Je me dirigeai vers l'ouest, plaques de l'Illinois sur ma Mortmobile bleue, sans Ross ni Super Saigneur pour me conseiller, avec, collée à la peau, une odeur abominable, douceâtre et nauséeuse. Je me sentais en péril, et si près de toucher à des révélations qui m'anéantiraient, que je traversais à toute vitesse des étendues de terres sauvages, plates et brûlantes, tirant des plans en état de rêve éveillé, allant même jusqu'à faire défiler les vieux films de mon cinéma intérieur pour les contenir. Des pensées troublantes se firent jour néanmoins :

"Borgie avait une intelligence de sous-homme, et il te voulait comme ça.

"Tu as fait sur lui une fixation fraternelle, tu n'avais pas l'intention de le tuer, bien qu'il ait eu la même apparence physique que toi.

"Il t'a fait pleurer.

"S'il t'a fait pleurer par sympathie, alors ta volonté n'est plus ce qu'elle était.

"S'il t'a fait pleurer sur toi-même, tu es fini."

Je terminai cette étape de mon voyage, longue, plate et brûlante, à Lincoln, Nebraska, où je louai un appartement pour célibataire, petite cage étroite et surchauffée, au nord de la ville. Je trouvai un emploi de veilleur de nuit, et on m'affecta au hall d'entrée d'un immeuble de bureaux du centre ville ; je m'y installais tous les jours de minuit à huit heures du matin, vêtu d'un uniforme à galons dorés, armé d'un pistolet à gaz et d'une paire de menottes sous étui plastique. Mis à part les rondes dans les couloirs toutes les heures, le reste du temps m'appartenait. Le veilleur de nuit précédent avait laissé une douzaine de cartons de revues, et plutôt que de m'exciter à en devenir fou à force de ruminer sur les temps morts et ce qu'ils portaient en présage, je dévorai les exemplaires de *Time*, de *People*, de *Us*.

Ce fut, à l'âge de trente et un ans, un nouvel apprentissage complet. Des années s'étaient écoulées depuis mes dernières explorations au cœur des mots écrits, et la culture que j'avais traversée avait dramatiquement changé : des changements que je n'avais pas perçus, guidant mon parcours de ma seule vision en tunnel. Entre juin et fin novembre 79, je lus de bout en bout des centaines de revues. Bien que les bribes d'informations que je digérais eussent trait à des événements disparates, un thème prédominait : la *famille*.

Elle était de retour, elle était solide, elle était "in", elle "n'avait jamais disparu". C'était l'antidote aux nouvelles tensions nées des virus sexuellement transmissibles, au communisme, à la gnôle, à la dépendance aux drogues, à l'ennui, au mal de vivre, à la solitude. Musiciens androgynes, prêcheurs fascistes, bouffons noirs, gonflés de muscle, à la chevelure Mohawk et aux chaînes d'or autour du cou, proclamaient que, sans elle, vous étiez foutu. Les philosophes du dimanche disaient que l'Amérique était arrivée au terme de ses années sans racines, et que le noyau familial était la "nouvelle circonscription d'un temps ancien", point final. La famille, c'était le but de toutes vos aspirations, de votre travail, de vos larmes et de vos sacrifices. La famille, c'est ce qui vous faisait rentrer chez vous. La famille, c'est ce qui était vôtre, pendant qu'une raclure, la lie de la terre, errait à travers le pays, dévorée de cauchemars, tuant les gens, et pleurant parce qu'un idiot, reflet miroir de son visage, lui avait proposé une pipe pour un dollar. L'absence de famille, c'était la racine de toutes les douleurs, de tout le mal, de toute mort.

Ma colère couva, grésilla, bouillonna et mijota pendant tous ces mois de lecture, et Ross réapparaissait périodiquement, m'offrant ses commentaires de chœur grec :

"Martin, si je pensais que cela pût t'aider, je serais ta famille... mais tu sais... les liens du sang sont toujours les plus forts.

"Le problème, avec la famille, c'est que tu ne choisis pas la tienne.

"L'avantage d'être un solitaire comme toi, c'est que tu prends ce que tu veux à qui tu veux.

"Ahhh ! La maman de ce pauv' Martin, c'était une camée, et son papa, il est parti, et le méchant débile, il a fait pleurer Martin - ouin - ouin.

"Est-ce que je ne t'ai pas dit, en janvier dernier, de te procurer une nouvelle identité ?"

Je me mis en quête d'une généalogie à usurper. La revue *People* disait que les bars étaient devenus "les nouveaux lieux de rencontre des célibataires cherchant à se mettre en couple", et puisque je voulais entrer en relation avec un homme à tuer, il était juste que je me mette à fréquenter les bars où des hommes célibataires cherchaient à faire couple avec d'autres hommes. La revue *Christian Times* – Temps chrétiens – qualifiait ces endroits d'"antres de dépravation sexuelle, qui devraient être interdits par un amendement de la constitution". La vérité devait probablement se cacher entre ces deux déclarations. D'un côté comme de l'autre, ça m'était égal, et l'idée de faire la tournée des bars gay en quête d'une nouvelle identité fut mon antidote contre ma volonté de meurtre faiblissante. Je me mis à lire des revues de mode masculine, fis l'achat d'une nouvelle garde-robe recherchée et plongeai de tout mon vouloir dans ce nouvel univers.

Univers qui, à Lincoln, abreuvée de *Bible*, consistait en deux bars côte à côte, aux limites est du quartier industriel. Je m'astreignis à un horaire strict : quatre soirées seulement de recherches, sortie du bar à 11 h 30, au travail à minuit les trois premiers soirs, ne m'autorisant une maraude au-delà de ces heures que le quatrième soir, vendredi, ma nuit de repos. Si rien ne se matérialisait qui me convînt, j'abandonnerais mes recherches. Un article de journal que j'avais lu disait que les étudiants rôdaient parfois "rue des Choutes" à la recherche de voitures de clients à démolir ; aussi je décidai de garer

Mortmobile II à huit cents mètres et de m'y rendre à pied. Ne pas laisser d'empreintes sur le comptoir ou sur les verres, détourner les regards devant tout le monde, sauf devant des cibles possibles.

J'étais bien programmé en termes de maîtrise et de prudence, mais je n'étais pas préparé aux distractions possibles, variations sur Ross et la blondeur. *Chez Tommy et l'Endroit* étaient de simples salles minables aux longs comptoirs de chêne, avec tables minuscules en fer forgé, et juke-box. Mais elles étaient bondées de clones blonds issus du modèle Ross Anderson : musculature dure que seul un travail acharné avait permis d'obtenir, cheveux courts, moustaches en brosse ; et vêtements virils et moulants, chemises Pendleton, Levis délavés et bottes. Il me fallut deux soirs passés à boire de la limonade au bar et à faire l'inventaire des hommes qui me ressemblaient – grands aux cheveux sombres – pour comprendre : j'étais au milieu d'ouvriers homosexuels en train de jouer – charbonniers, bouchers, chauffeurs de poids-lourds –, et les blonds qui étaient présents avaient souvent le type de l'Européen de l'Est, pommettes hautes et yeux d'un bleu de glace. C'était une sous-culture à laquelle ne m'avaient préparé ni mes voyages, ni ma récente fièvre de lecture ; moi, WASP* aux cheveux sombres, en polo et pull ras-du-cou, je me sentais une anomalie vivante au milieu d'eux. Je m'attendais au genre tapettes qui se sentiraient attirées par moi comme papillons de nuit par une flamme, pour se faire descendre avec la même facilité, et je me retrouvais au milieu de fouteurs de merde costauds qui me donneraient un sacré fil à retordre mano a mano.

Aussi, pendant deux soirs, je bus de l'eau gazeuse, asexué faisant tapisserie au bal annuel des homosexuels. Les hommes grands aux cheveux sombres que je repérais avaient tendance à être trop minces ou trop jeunes pour être moi ; mes yeux sans cesse en maraude

* WASP : White Anglo-Saxon Protestant : Américain blanc et protestant d'origine anglo-saxonne.

essuyaient des rebuffades lorsqu'ils entraient en contact avec d'autres regards ; les clones de Ross, les clones de blondeur, me rendaient nerveux, et je tripotais mon verre pour occuper mes mains. Je m'étais préparé à être effrayé, furieux, voire tenté, mais maintenant quelque chose d'autre pesait sur moi, comme un courant contraire au milieu des cognements incessants de la musique. De cette pesanteur naissaient des sensations de regret. Les hommes qui m'entouraient, frivoles mais masculins, me donnaient le sentiment d'être vieux moi-même, et engourdi par mon histoire d'expériences brutales.

Au début du troisième soir de ma mission, je découvris les raisons qui faisaient qu'on m'évitait. Je me lavais les mains dans les toilettes de chez Tommy lorsque j'entendis des voix juste derrière la porte.

– ... Je te le dis, c'est un flic. Ça fait deux soirs qu'il traîne ici et à côté, à essayer de prendre des airs à la coule, mais ça se voit.

– T'es simplement un peu parano parce que tu es en conditionnelle.

– Non, je te dis. Mon Dieu, des pantalons et un chandail, c'est d'un démodé ! Il est aux Mœurs du LPD, mon coco, alors c'est à tes risques et périls si tu tentes le coup.

Il y eut un gloussement.

– Tu crois qu'il a des menottes et un gros revolver ?

– Oui, mon coco, c'est ce que je crois. Et une femme et trois gosses et un quota de flags à remplir.

Les deux voix se fondirent en un éclat de rire avant de disparaître. Je songeai à Ross et à la manière dont il aurait réagi devant la conversation, et retournai à mon tabouret, au bar. Je m'interrogeais sur mes chances de poursuivre ma mission avec succès lorsque je sentis une main hésitante sur mon coude. Je me retournai. Il était là.

– Salut !

C'était la voix de mon admirateur. Je descendis du

tabouret, vis qu'il était aussi grand que moi au centimètre près, cinq kilos de moins et deux années plus jeune. Je plissai les paupières et aperçus des yeux marron. Je me détournai de lui et essuyai le comptoir et mon verre de ma manche, avant de pivoter dans sa direction avec la grâce d'un mannequin.

– Salut ! dis-je.

– Tu bouges super bien, cria l'homme au-dessus de la musique.

Ross me traversa l'esprit comme une flèche et dit: "Tue-le pour moi." Je mis la main en coupe autour de mon oreille et indiquai la porte. L'homme comprit mes intentions et ouvrit le pas. Une fois sur le trottoir, je regardai autour de moi à la recherche de témoins. Ne voyant rien qu'une rue froide et déserte, je me collai mentalement la personnalité du sergent Anderson, du LPD, et dis :

– Je suis policier. Tu peux venir faire une balade avec moi jusqu'aux champs de blé, ou jusqu'au poste. Fais ton choix.

Le presque Martin se mit à rire.

– C'est un entôlage ou une offre de service ?

Je ris à la Ross.

– Les deux, mon coco.

L'homme me donna un coup de coude dans le bras.

– Dur. Je m'appelle Russ.

– Ross.

– Russ et Ross, c'est mignon. Ta voiture ou la mienne ?

Je montrai la rue où la Mortmobile attendait.

– La mienne.

Russ se pencha vers moi avec une timidité feinte, avant de se redresser et de se mettre à marcher. Je lui emboîtai le pas, en me tenant à couvert côté bâtiments ; je songeai à des funérailles nocturnes, me demandant si ma vieille pelle serait capable de pénétrer la terre glacée enracinée de blé. Russ ne disait rien, et je l'imaginai m'imaginant nu. Arrivé devant Mortmobile II, j'ouvris la porte et lui pressai le bras en lui faisant signe de monter ; il poussa un petit grognement de plaisir. Anticipation et allégresse s'emparèrent de moi, et quand je m'installai derrière le volant, j'explosai, impatient de connaître l'histoire de Russ/Martin.

– Parle-moi de ta famille, dis-je.

Cette fois, il lâcha un rire grossier, et la voix résonna en fanfare avec un accent du Centre-Ouest.

– Très romantique, ça, monsieur gay.

Le "gay" me mit en colère ; je mis le contact, enfonçai l'accélarateur et dis :

– Je suis sergent.

– Ça fait partie de vos préliminaires habituels de sergent gay ?

Le second "gay" rendit plus présente la sensation du 38 enfoncé dans ma ceinture et m'empêcha de répliquer par des insultes.

– C'est ça, mon coco.

– Quelqu'un qui m'appelle "mon coco" a droit au récit de mes infortunes.

Russ emboucha une trompe imaginaire et corna, avant d'éclater de rire en s'exclamant :

– Et voici ta vie, Russell Maddox Luxxlor !

Le nom complet se posa sur moi comme une déclaration de liberté. Le quartier industriel disparut ; les étendues plates des prairies, et un énorme ciel étoilé, se dessinèrent devant moi, et je me sentis bourdonner, de la tête aux pieds.

– Raconte, mon coco.

Retentit alors le son nasillard de sa voix théâtrale, un accent du Centre-Ouest par excellence.

– Ehhh bien, je viens de Cheyenne, Wyoming, et je sais que je suis gay depuis à peu près l'âge zéro, et j'ai trois adorables sœurs qui m'ont protégé dans les moments difficiles. Tu sais, quand tu te fais ramasser, ce genre de truc. Et papa est ministre du culte de l'Église congrégationaliste, et il est très vieux jeu sur le sujet, mais pas cinglé comme les nouveaux-chrétiens, et maman, c'est comme une grande sœur, elle m'a accepté vraiment...

Les connotations sexuelles de son monologue changeaient mon bourdonnement en démangeaisons méchantes.

– Parle-moi d'autre chose, dis-je en contenant ma voix. Cheyenne. Tes sœurs. A quoi ça ressemble d'avoir pour père un ministre du culte ?

Russ fit la moue.

– Je pense que pour le reste, tu connais déjà tout. Okay, Cheyenne était d'un ennui mortel et Molly est ma sœur préférée. Elle a trente-quatre ans aujourd'hui, elle a trois ans de plus que moi. Laurie vient en troisième, elle a vingt-neuf ans et a épousé cet horrible fermier qui la bat ; et Susan est la plus jeune, vingt ans. Elle boit, alors elle est aux AA*. Papa, c'est le bon mec, il ne me juge pas, et maman a arrêté de fumer il y a quelques mois. Oh, mon Dieu, tout ça est d'un tel ennui...

Je serrai les doigts sur le volant, au point de croire que mes jointures allaient sauter.

– Raconte encore, mon coco.

Le braiment veule de l'homme mort grinça dans la cabine.

– C'est tes funérailles, ma famille ennuierait Jésus lui-même à mourir. Okay, Susan est la plus jolie, elle est prothésiste dentaire ; Laurie est grasse, et elle a trois moutards dans les pattes, que lui a faits son horrible mari, et c'est moi le plus intelligent, le plus raffiné, et le plus sens...

Je prononçai les mots à l'instant précis où l'idée s'empara de moi.

– Montre-moi les photos de ton portefeuille.

– Mon coco, dit Martin/Russ, tu ne crois pas que c'est pousser le bouchon un peu loin ? Je suis prêt pour la fête, mais ça, ce n'est pas très net.

Je regardai dans mon rétroviseur, ne vis rien que

* Alcooliques anonymes.

prairie en ténèbres, levai le pied et me rangeai sur le côté de la route. L'homme mort me lança un regard d'effroi ; je sortis le 38 de ma ceinture et le pointai sur lui.

– Donne-moi ton portefeuille, sinon je te tue.

Les mains agitées de soubresauts, il le sortit de sa poche arrière et le posa sur le tableau de bord. D'une main calme digne de Ross Anderson, je posai l'arme sur mes genoux et feuilletai photos et cartes de crédit. En voyant trois jeunes femmes en robes de diplômées, et un couple en costume de mariés des années quarante, je tiquai ; en voyant un permis de conduire du Nebraska démuni de photo, une carte de retrait toujours valide ainsi que celles de Visa, de l'American Express et du Diners Club, je souris et dis :

– Sors du camion.

Martin sortit et se tint près de la porte, tremblant et marmonnant des prières. Je mis le portefeuille dans ma poche et le rejoignis sur le bas-côté, savourant en pensée les images de mes trois nouvelles sœurs, jusqu'au moment où le frère sur-le-point-d'être-excommunié se mit à pleurer. Agacé, je lui enfonçai le museau du silencieux dans le dos et dis :

– Marche.

Je le fis avancer de soixante-deux pas exactement, un pas pour chaque année de nos deux vies, avant de dire :

– Retourne-toi et ouvre la bouche.

Il s'exécuta en claquant des dents, j'enfonçai le canon de l'arme et appuyai sur la détente. Son sursaut en arrière faillit m'arracher l'arme, mais je réussis à la garder en main.

L'air froid de la prairie me brûla les poumons pendant que je me reconstituais mentalement. Je songeai à chercher la balle perdue avant d'en abandonner l'idée : le calibre de Ross n'avait servi qu'une fois, en Illinois, sept mois auparavant ; il n'existait aucun moyen de relier les deux crimes.

Je retournais vers Mortmobile II et ma pelle lorsque je vis des phares qui s'approchaient, en provenance de Lincoln. La surprise me remplit d'effroi ; je montai, fis demi-tour et partis au travail. J'étais sur place tôt dans la soirée et je passai les huit heures de mon poste à mémoriser les photographies de ma nouvelle famille. Au matin, je les brûlai et les réduisis en cendres dans les toilettes pour hommes du rez-de-chaussée, et lorsque je tirai la chasse sur les restes noirs de suie, je sus que les visages s'étaient imprimés à jamais dans les coffres de ma mémoire.

18

"A jamais" dura onze jours.

Ce furent des jours de bonheur et de paix. J'avais gagné une famille pour remplir les vides de mon passé, et bien qu'on eût découvert le corps de Russell Luxxlor, réduisant ainsi à néant ma tentative pour lui voler son identité, il me restait toujours papa, maman, et Molly et Laurie et Susan comme prix de consolation. Venaient s'y ajouter en prime les cartes de crédit vendables et je décidai de m'en défaire lorsque je quitterais Lincoln pour de bon, deux semaines après le meurtre, comme prévu.

La mort de Luxxlor fit la une des médias locaux, et, selon un journal, la police émettait l'hypothèse correcte selon laquelle on l'avait tué pour ses pièces d'identité ; on faisait même état de moi comme ayant été vu avec lui chez Tommy. Je ne fus pourtant pas interrogé, pas plus que je ne me tracassai : ce serait à la communauté homosexuelle d'essuyer le feu de la vague policière.

Donc, pendant onze jours, j'existai dans un monde de fantasmes réalistes, dénué de violence et de pulsions sexuelles. Je riais en compagnie de ma préférée, ma sœur Molly, je réconfortais ma sœur Laurie lorsque son mari lui causait du chagrin, j'encourageais ma sœur Susan à rester sobre, et je taquinais maman et papa sur leur ferveur religieuse. Je carburais à un mélange de 80 % de fantasmes et 20 % de désintérêt – 20 % d'un détachement qui savait le jeu que jouait l'autre partie de moi. Les deux parties coexistaient avec harmonie, et ma nouvelle famille dérivait au milieu de mes rêves de sommeil en un fouillis confus qui donnait à ses membres l'aspect vieillot de photos usagées.

Au douzième de mes matins d'après-meurtre, je m'éveillai sans pouvoir me souvenir du visage de Molly. Je me creusai la mémoire sans pouvoir la faire revenir ; les petites corvées pour me soulager l'esprit ne me furent d'aucune aide. Je fantasmai sur les autres membres de la famille, et mon désintérêt, de 20 %, grimpa à 90 % et plus, et vers le soir, chaque fois que je passais en fouille-mémoire à la recherche de Molly, je me retrouvais avec les visages ensanglantés de vieilles femmes, mes victimes passées.

Cette nuit-là, je paniquai : sœur Laurie commençait à disparaître dans le néant. Je chargeai toutes mes affaires dans Mortmobile II et quittai Lincoln pour emprunter l'autoroute Cornhusker. Je me rappelai un article sur les criminels locaux et leurs lieux de réunion et m'arrêtai à un relais routier appelé le *Coin Chaud d'Henderson* ; j'essayai d'y vendre les cartes de crédit de Russell Luxxlor à deux hommes qui jouaient au billard. Nerveux, dévoré de tics, je ne fis que dire ce qu'il ne fallait pas et je les effrayai. Lorsque leurs regards vides et durs vinrent se braquer sur moi, je courus jusqu'à la Mortmobile et sortis du Nebraska, à toute allure, vingt kilomètres au-dessus de la vitesse limite.

L'incident m'entraîna dans un tête-à-queue sans fin, et là où, auparavant, j'aurais tué hardiment pour compenser mes sentiments d'impuissance, je me mis à chercher consolation et réconfort de présences, l'assouvissement d'une curiosité extraordinaire sur la manière dont vivaient les autres.

Pendant huit mois, je roulai lentement au nord-est, restant des semaines d'affilée dans des auberges bon marché, explorant le territoire local. Je dormais dans de grands lits mous et regardais la télé par câble ; je prenais des repas chers qui dévorèrent mes réserves d'argent. Les survivants de ma famille d'adoption quittèrent mon souvenir, un à la fois, au fur et à mesure des kilomètres que je comptais en direction de l'est ; pour les remplacer, je prenais des auto-stoppeurs, les rendais dociles avec de la marijuana, et les faisais parler d'eux-mêmes et de leurs familles. Je les laissais partir sans leur faire le moindre mal, et faisais mien leur passé, dans le rapport habituel 80 % - 20 % : je me sentais toujours un peu plus sécurisé, un peu plus en sûreté. Ross se mit à ressembler à une apparition lointaine.

C'est alors que les 80-20 se révoltèrent contre moi pour devenir cauchemars à 100 %.

La révolte fut soudaine. J'étais endormi dans un grand lit moelleux Howard Johnson*, à Clear Lake, dans l'Iowa. Des auto-stoppeurs récents traversaient mes sommes, et leurs visages se faisaient à chaque passage plus distincts. Mes anticipations grandirent avec le sentiment de les savoir tous blonds ; j'allai dans leur direction. Puis je vis qu'ils étaient coiffés de perruques blanches poudrées ; et c'est alors qu'ils dénudèrent leurs longs crocs acérés et s'attaquèrent à mes parties génitales.

Je me réveillai en hurlant ; en moins de deux minutes, je fus sur la route.

La peur venait de me chasser d'une autre ville, à

* Nom d'une chaîne de motels.

nouveau je luttais contre cette épouvante hors de proportion.

Je restai éveillé cent six heures d'affilée ; je me laissai pousser la barbe ; je changeai de coiffure. Je fumais des pipes entières de ma propre marijuana, faisant l'expérience de ses effets pour la seconde fois ; je riais bêtement et mangeais comme un porc, sous son influence. Lorsque je compris finalement que je ne pourrais pas rester lucide plus longtemps, je me rangeai sur le bas-côté de la route, rien que pour retrouver Ross Anderson qui venait se nicher tout contre moi au milieu de mes rêves :

"Tu te fais tendre, tendre, de plus en plus tendre.

"Tu te fais tendre avec les gens.

"Tu te fais tendre avec les gens de sorte que tu n'aies pas à les tuer.

"Si tu cesses de tuer, tu mourras.

"TUE QUELQU'UN DE GENTIL POUR MOI
TUE QUELQU'UN DE GENTIL POUR MOI
TUE QUELQU'UN DE GENTIL POUR MOI
TUE QUELQU'UN DE GENTIL POUR MOI
TUE QUELQU'UN DE GENTIL POUR MOI
TUE QUELQU'UN DE GENTIL POUR MOI..."

19

Une semaine de cauchemars plus tard, j'ai rencontré Rheinhardt Wildebrand, et au bout du compte, mes forces superbement revenues, je l'ai tué sans l'ombre d'une hésitation malgré l'admiration que j'éprouvais pour sa superbe absence de gentillesse.

Le prologue qui conduit à mon grand-père symbolique consista en sept jours d'un sommeil en à-coups, rempli d'animaux aux visages des victimes qui essayaient de me mordre, et des demandes pressantes de Ross pour que je continue à tuer. Mon tête-à-queue tourbillonnant touchait à son nadir : je me trouvais à court d'argent ; ma barbe poussait en plaques et, de manière incongrue, sans épaisseur ; et Mortmobile II avait des ennuis de moteur, claquements et raclements qui n'étaient que les reflets de mon propre déluge intérieur/extérieur. En pénétrant dans Benton Heights, dans le Michigan, elle coula un piston ; je la poussai jusqu'à un garage proche et laissai la moitié de mon liquide en dépôt pour qu'on lui refasse les segments et une révision générale du moteur. En me tendant la liste des maladies dont souffrait le camion, le chef mécano dit :

– Z'avez roulé sans tête, mon garçon. Z'avez déjà entendu parler de vidange du moteur et de vidange de la boîte ? Z'avez de la chance que la putain de chiotte vous ait pas pété à la figure.

Si seulement il avait su.

La question était maintenant de trouver un endroit où habiter et un boulot pour remettre la Mortmobile à neuf. Le 38 dans la poche, je fis le tour de Benton Heights. La ville est bâtie sur une falaise qui surplombe le lac Michigan, et la vision permanente de ces eaux sombres et boueuses me rappela Bobby Borgie, mort à Evanston, à quelques centaines de kilomètres, sur l'autre rive. Sachant que sa présence me hanterait dans cet endroit, je sautai dans un bus pour la grande ville la plus proche : Kalamazoo. Où, errant sans but dans les environs, je rencontrai Rheinhardt.

Je sortais d'un magasin d'alimentation chargé d'un carton de lait lorsqu'il me repéra et laissa tomber la première de ses nombreuses et mémorables répliques sans appel :

– Qu'est-ce que peut bien fabriquer un élément subversif dans un coin aussi sinistre que le mien ?

La flatterie me toucha, tout comme le style sec et

tranchant du vieux bonhomme, et je dis :
– Je cherche des victimes.
En riant, le vieil homme dit :
– Vous les trouverez bien. C'est un Colt ou un Smith et Wesson que vous portez dans votre pantalon ?
Je jetai un coup d'œil à ma ceinture et vis que la crosse de mon 38 était visible. Je tranchai la question et répondis :
– S et W Spécial Détective.
– Avec un canon aussi long ?
– ... Silencieux, dis-je après une hésitation.
– Vous l'avez fabriqué vous-même ?
– Oui.
– Vous êtes dans l'outillage ?
– Non.
– Voyageur ?
– Oui.
– Je suis dans l'outillage. Venez à la maison, on boira et on bavardera.
J'hésitai à nouveau. Mais le vieil homme dit :
– Je n'ai pas peur de vous, alors n'ayez pas peur de moi.
Je le suivis le long du bloc jusqu'à sa vieille maison moisie et tous ses souvenirs.

***

Et je restai.
Des années auparavant, l'"oncle" Walt Borchard m'avait ennuyé avec ses histoires. Aujourd'hui, "grand-papa" Rheinhardt Wildebrand me passionnait avec les siennes, et le récit/écoute tournait autour d'une dynamique simple : le besoin qu'avait Borchard d'un public était indifférencié, celui de Rheinhardt était très précisément défini : il se mourait doucement d'une maladie cardiaque congestive et voulait quelqu'un d'aussi solitaire

que lui, et d'une égale idiosynchrasie, pour lui apprendre ce qu'il avait fait.

Je devins donc son "neveu", soi-disant intéressé par les références indirectes de Rheinhardt à sa volonté de me laisser ses biens. En réalité, cette dynamique était une protection. Aussi longtemps que je suis resté dans la maison, écoutant de toutes mes oreilles, je n'ai pas connu de cauchemars.

Rheinhardt Wildebrand avait été trafiquant d'alcool pendant la Prohibition, à transporter le whisky sur les Grands Lacs dans une péniche ; il avait vendu des moules de production à des agents de Hitler stationnés au Canada, et en avait empoché le paiement, avant d'aller vendre le même équipement à l'US Army. Il avait abrité Dillinger dans sa maison après la fusillade de l'"Ennemi public numéro un", à Little Bohemia Lodge, dans le Minnesota ; et la Packard Caraïbes 1953 – état exceptionnel – était un cadeau de l'ancien dictateur cubain Fulgencio Batista, en remerciement pour les plans dessinés par Rheinhardt – construction et emplacement d'une prison –, et la voiture avait été amenée de Miami par Meyer Lansky en personne.

Je crus ses histoires complètement, et Rheinhardt crut les miennes : j'étais un voleur à main armée en fuite, en violation de conditionnelle, après un coup foireux dans le Wisconsin sur une paie d'usine. Ce pour quoi je partageais de si bon gré son style de vie en ermite ; ce pour quoi j'endurais ma barbe irrégulière, tout en évitant les regards inquisiteurs des voisins lorsque nous bavardions sous la véranda. Le seul autre mensonge que je servis à Rheinhardt fut, en réponse à une question directe de sa part, après qu'il se fût envoyé une dose de Canadian Club :

– As-tu jamais tué un homme ?

– Non, répondis-je.

Après deux semaines passées dans la maison, je connaissais les habitudes du vieil homme et je savais que j'allais l'assassiner pour l'avantage que je pourrais y gagner. Il avait une cachette dans sa cave, qui contenait plusieurs milliers de dollars : je les volerais. Il achetait ses vêtements, ustensiles ménagers et livres sur catalogues, par correspondance, en réglant par cartes haut-de-gamme – Visa, American Express et Diners Club –, et adressait des chèques annuels au taux d'intérêt de 19,80 % que les compagnies de crédit aiment tellement. Puisque ces compagnies avaient l'habitude de ses excentricités, je mettrais fin à son compte en envoyant de faux chèques d'un montant élevé couvrant l'année à venir d'achats par cartes, et accompagnés de fausses notes déclarant dans le style inimitable de Rheinhardt : "Je vais prendre la route jusqu'à ce que je casse ma pipe, et le chèque devrait couvrir toutes mes dépenses possibles, comme ça vous n'aurez pas à me harceler pour mes dettes."

J'essuierais toutes mes empreintes dans la maison, refilerais un sédatif à Rheinhardt et le conduirais jusqu'au lac Michigan avant de l'abattre et de le balancer à l'eau, convenablement lesté. On ne remarquerait pas sa disparition avant des semaines et, à ce moment-là, je serais parti depuis longtemps.

Le plan était brillant, mais en le formulant, je détruisis mon amour pour les récits de Rheinhardt, et les cauchemars réapparurent.

C'était maintenant les voisins du vieil homme qui m'attaquaient, monstres emperruqués, dotés de pouvoirs télépathiques qui les renseignaient. Ils savaient que j'allais assassiner Rheinhardt, et ils me disaient qu'ils me laisseraient fuir les conséquences de mon acte à la condition que je leur abandonne l'argent du vieux pirate. Lorsque je refusai, ils prirent le visage de mes victimes d'Aspen, m'envoyant leurs persiflages au son du refrain de ce vieux morceau de grand orchestre : "J'ai un boche à Kalamazoo ! Kalamazoo ! Kala-ma-zoo-zoo-zoo..."

Neuf matins d'affilée, je me réveillai hurlant, cognant et me débattant des bras et des jambes. Une fois debout, mais toujours plongé dans mes rêves, je me défoulais sur les meubles de la chambre en renversant chaises et tables de chevet. La première fois, Rheinhardt s'était précipité, très soucieux. Puis, jour après jour, son souci grandit. Mes cauchemars du matin continuèrent et éclipsèrent nos heures d'histoires, et je vis que les soucis du vieil homme se transformaient en dégoût. Je n'étais pas le dur qu'il avait cru ; Lansky et Dillinger m'auraient pris pour une femmelette ; et lui aussi se comportait en femmelette pour avoir partagé ses secrets avec quelqu'un d'aussi faible.

Et Rheinhardt se mit à raconter ses histoires d'un ton sans conviction, et Ross prit le relais des nombreux visages de ses personnages. Je sus que le temps était venu de tuer le vieil homme, ou de partir.

Sachant qu'un épisode supplémentaire de hurlements/faux pas/crise de furie pousserait Rheinhardt à me commander de partir, je contrecarrai mes cauchemars potentiels en restant éveillé à tirer des plans. Après une nuit d'insomnie, j'avais maîtrisé l'écriture du vieil homme dans les moindres détails ; une nuit encore, et je rédigeais les lettres destinées à Visa, au Diners Club et à l'American Express. Au cours de ma troisième nuit, je me rendis dans le quartier sud de Kalamazoo où je me procurai une demi-douzaine de Seconal dosés à 50 mg. La nuit quatre – sinistre, cramé de fatigue, crevé et complètement cuit après cent huit heures de lucidité – fut le moment que je choisis pour frapper.

Je vidai d'abord les Seconal dans le biberon du soir de Rheinhardt – Canadian Club et lait. Il engloutit son verre comme à l'accoutumée, et une demi-heure plus tard je le vis endormi sur le sol de sa chambre, à moitié revêtu de son pyjama. Je le laissai là, passai la maison à la revue de détail muni d'une lavette humide et essuyai tous les murs et tous les meubles de toutes les pièces où j'avais pénétré. Cette précaution élémentaire pour masquer mes traces accomplie, je descendis vider la cachette de la cave, fourrai d'énormes liasses de billets dans mes poches et remontai la colline sur un kilomètre et demi, jusqu'au dépôt routier de Kalamazoo où je pris le dernier bus, à quelques secondes près. Une heure plus tard, plus pauvre de huit cents des dollars de Wildebrand, j'étais au volant de Mortmobile II ronronnant comme une horloge et je me dirigeais vers la maison tarabiscotée.

En y pénétrant à nouveau, j'eus la sensation qu'on me passait les extrémités nerveuses au papier de verre, et mon cœur cognait si fort que j'étais sûr qu'il allait exploser avant que je n'aie accompli mon crime. J'avais la gorge serrée, les mains qui tremblaient, et la sueur bourdonnait à la surface de ma peau comme si j'étais un fil sous tension. Ce n'est qu'en me concentrant pour ne pas toucher le moindre élément extérieur que je parvins à ne pas imploser, et je montai l'escalier comme une fusée jusqu'à la chambre de Rheinhardt.

Il était encore sur le sol et une petite veine lui battait sur le cou, preuve qu'il était toujours en vie. Je le laissai à nouveau, courus à ma chambre récupérer les trois lettres destinées aux compagnies de cartes de crédit, et retournai vite fouiller le bureau et la commode à la recherche de chéquiers. Mes mains se refermaient sur une liasse de chéquiers lorsque j'entendis "Imposteur !" et me retournai pour voir Rheinhardt qui levait sur moi un fusil de chasse à deux canons.

– IMPOSTEUR !

Nous avançâmes l'un vers l'autre. Je sortis mon 38, le canon de l'arme se prit dans ma ceinture ; Rheinhardt appuya sur les deux détentes. Elles ne frappèrent que des canons vides, et le vieil homme me sourit avant de tomber mort à mes pieds. Une heure plus tard, sur un surplomb rocheux, au-dessus du lac Michigan, je lui offrais une exécution qui seyait à sa dignité : deux balles dans la tête et un plongeon dans les profondeurs. Avec ses legs, dignes d'un grand-père, dans ma boîte à gants, je partis à un petit 55 à l'heure, en citoyen respectueux des lois, tout mon épuisement évaporé. Je songeai à Ross et dis : "Écoute, papa, t'as pas à avoir peur" ; et je me mis à la recherche de quelqu'un à tuer dont l'identité me conviendrait.

20

Les maximes qui suivent sont un résumé des sept mois qui suivirent, description en épigramme de certains périls inhérents à ma vie de rôdeur, passée à tuer les gens sur les routes d'Amérique :

"Cherche et tu trouveras.

"Le voyage, et non la destination.

"Prends garde à ce que tu cherches.

"Tu peux courir, mais te cacher, c'est impossible."

M. Parfait apparut, chancelant, à travers mon pare-brise, sur une section déserte de l'US 6, à l'est de Columbus, Ohio, au début d'une soirée d'avril 81 ; en moins de quinze kilomètres, j'eus droit à toute l'histoire de sa vie : mésentente familiale, vol à l'étalage, cambriolage, centre d'éducation surveillée, prison, liberté conditionnelle, et la recherche du "Grand Coup". Au crépuscule, nous quittâmes la route pour partager une prétendue bouteille, et, quelques instants plus tard, j'abattais l'homme de deux balles dans la tête. Ses poches me livrèrent des papiers d'identité au nom de William Robert Rohrsfield, né à moins d'un mois de mon propre jour de naissance, avec pour seule caractéristique physique nous différenciant, trois kilos supplémentaires. J'enterrai Martin Plunkett profondément dans la terre dure près de l'Interstate* et devins Billy Rohrsfield. Devant l'ironie de la métamorphose – je devenais un de mes compatriotes en cambriole – combinée au crédit illimité et à toute épreuve de Papy Rheinhardt, je me sentis libre de toute tension, plein de panache et d'arrogance, avant d'atteindre à un état

* Route interétats.

d'euphorie, sans mots et sans sommeil, qui me donnait l'impression d'avoir pris un aller simple pour Panacéeville, la Cité de la Béatitude, le Grand Contentement. Eussé-je été capable de dire mes transes en paroles, je me serais avoué qu'à trente-trois ans j'avais satisfait tous mes besoins, j'avais atteint toutes mes destinations, j'avais rassasié tous mes désirs et apaisé toutes mes curiosités. Au lieu d'avancer la petite épigramme sournoise par quoi débute ce chapitre, j'aurais mis en avant l'expression du génie des racoleuses de Vegas dans une passe de veine – ça y est, j'ai réussi.

Mais un événement se produisit.

Je venais de franchir la frontière Ohio-Pennsylvanie, lorsqu'une main me tira hors de la cabine de la Mortmobile et me balança dans les airs, cul par-dessus tête. J'entrevis le ciel bleu, l'US 6, et mon camion qui continuait sans moi. Puis je me retrouvai dans la cabine, à zigzaguer le long de la ligne jaune discontinue ; puis je touchai en dérapage une chaîne posée en barrière sur l'accotement de droite, freinai, et me cognai la tête sur le tableau de bord.

Une fois le choc surmonté, je me mis à pleurer. Trop de journées et trop peu de sommeil, me dis-je à moi-même au travers de mes larmes. "Pense un peu à toi", ajouta une autre voix. J'acceptai d'une voix à l'accent allemand, celle que je prenais lorsque j'utilisais les cartes de crédit de Rheinhardt Wildebrand, roulai très lentement jusqu'à un hôtel et dormis.

Le lendemain matin, la première chose que je rencontrai à mon lever, ce fut une image mentale parfaite de ma "sœur" Molly Luxxlor, image perdue depuis décembre 79. Je pleurai de gratitude avant de me souvenir que j'étais Billy Rohrsfield et non Russ Luxxlor, et que la sœur de Billy, Janet, était une mégère qui molestait ses enfants. Molly s'évanouit, et un fac-similé de Janet prit sa place, bigoudis dans les cheveux et rouleau à pâtisserie à la main. Je chassai mes larmes par un éclat de rire, me rasai, me douchai et allai jusqu'à la réception du motel où je rendis ma clé. L'employé m'accueillit par un "Auf Wiedersehn, Herr Wildebrand" devant lequel je m'enfuis tout droit jusqu'à Mortmobile II, tout droit vers un nouvel envol cul par-dessus tête dans les nuages.

Une fois dans les airs, je vis des affiches de voyage et des panneaux pour les Jook Savages et les Marmelades ; retombant sur mon siège, je vis les shérifs du comté de L.A. fouillant au corps un jeune homme effrayé, bras et jambes écartés. Il ressembla d'abord à Billy Rohrsfield, puis à Russ Luxxlor. Je me plongeai alors par automatisme dans mon vieux jeu "80-20 fantasme-désintérêt" et vis ce qui se passait.

"Tu peux courir, mais t'enfuir, c'est impossible."

Sur une première impulsion de lucidité, je voulus détruire les cartes de crédit Wildebrand et l'identité Rohrsfield. A la seconde réflexion, plus lucide cette fois, je m'arrêtai : rejeter des outils d'une telle valeur serait admettre implicitement que je ne savais plus contrôler ma propre individualité. Une troisième réflexion, d'une puissance absolue, prit alors le relais : "Tu es Martin Plunkett." Je m'éloignai au volant de Mortmobile II, à 80 à l'heure, les mains fermes, grâce aux couleurs qui s'empilaient derrière la litanie ; les paroles en étaient : "Je suis Martin Plunkett", et les couleurs me redisaient exactement ce qu'elles me disaient jadis à San Francisco, en 74.

***

J'atterris à Sharon, Pennsylvanie, et dépassai les paroles de ma litanie pour me mettre à parler afin de reprendre les rênes de ma destinée. Les jours de couleur m'avaient éclairci l'esprit en me donnant le courage d'admettre certaines vérités, pour en arriver à des conclusions sur la manière de remettre ma vie en ordre. Je voulais d'abord me débarrasser des banalités d'une nouvelle installation avant d'adresser à l'air estival ma déclaration formelle ; avec la carte Visa de Rheinhardt Wildebrand, j'achetai assez de meubles à prix moyen pour garnir l'appartement de trois pièces que je louai dans les quartiers ouest de la ville sous le nom de William Rohrsfield. A jongler avec ces deux fausses identités, je n'eus à souffrir à aucun moment de schizophrénie ou d'euphorie dérangeante, et une fois seul dans mon nouveau foyer, je fis ma déclaration :

"Depuis le Wisconsin, tu fuis les contraintes de ta sexualité unique, tu es guerrier par nature ; tu fuis des peurs anciennes, tu fuis des indignités anciennes et tu n'y gagnes que des hallucinations de quasi-psychose ; tu as perdu le vouloir de tuer froidement, brutalement, de tes mains. De tuer simplement, de manière anonyme, t'a rendu à ta non-entité, vidé de toute fierté, fainéant dans tes habitudes. Tu en es venu à chercher le confort le plus méprisable qui soit, et la seule manière d'inverser tout cela est de mettre sur pied et d'exécuter une série parfaite et méthodique de meurtres sexuels, avec une rigueur symbolique.

"Tu peux fuir, mais te cacher, c'est impossible."

Des larmes de joie coulaient sur mon visage lorsque j'en eus terminé avec mon auto-critique, et je pleurai contre le premier objet sur lequel m'appuyer : une boîte de carton emplie de plats et d'ustensiles de cuisine.

Les quatre mois qui suivirent, je me procurai mon équipement symbolique : affiches de compagnies aériennes et de groupes de rock identiques à celles qui ornaient les murs du baisodrome de Charlie Manson en 69, une série d'outils de cambrioleurs et une trousse de maquillage de théâtre. La technologie des serrures avait fait des progrès depuis l'époque de mes cambriolages, aussi j'achetai des systèmes de fermeture à monter soi-même couvrant toute la gamme des techniques existantes et je m'entraînai à les neutraliser, à la maison. Des heures de pratique passées à me maquiller devant le miroir de la salle de bains firent de moi un expert en tartinage et faux nez qui transformaient mon visage en non-Martin Plunkett. Alors que mon été dans cette ville d'aciéries touchait à sa fin, il ne me restait plus qu'à trouver des victimes parfaites.

Plus vite dit que fait.

Sharon était une ébauche grossière de ville, à la population d'origine essentiellement russo-polonaise, au style de vie digne d'un beuglant. Les rues étaient pleines de blonds qui projetaient leur aura à la "tuez-moi", mais un été entier passé à les sillonner en quête d'un couple séduisant blond-blonde ne me gagna rien que des yeux douloureux à force de scruter. Pour lutter contre la frustration et rester dans la réalité pendant mes recherches, je me payai une autre balade dans la culture populaire par l'entremise de *People* et de *Cosmopolitan*.

La famille était toujours le gros truc, tout comme la religion, la drogue et la politique de droite, mais le culte de la forme physique semblait accéder à la première place parmi les engouements de l'Amérique. Les clubs de gymnastique étaient devenus les "nouveaux terrains de rencontres" pour célibataires ; la conscience du corps avait donné le jour au "nouveau narcissisme" ; les équipements et techniques de culturisme avaient fait de tels progrès qu'un gourou de la "nouvelle forme" avait pu déclarer tout de go que le travail aux haltères était le "nouveau service religieux", tandis que les machines elles-mêmes, celles qui redonnent son tonus au muscle, devenaient les "nouveaux totems du culte, parce qu'elles libèrent la perfection physique, d'essence divine, qui se trouve en chacun de nous." La folie tout entière avait des relents d'arrivisme – tous ces gens, pour l'essentiel, voulaient paraître bien afin de pouvoir baiser des partenaires de la classe supérieure –, mais si c'était là que se donnaient rendez-vous les beaux corps...

Il existait trois centres de remise en forme à Sharon : Sensass ! Tous en Forme, le Club Mixte et le Centre de Santé Européen de Jack La Lanne. Une série de coups de téléphone me renseigna rapidement sur leurs qualités respectives : “Jack La Fatigue” était destiné aux leveurs de fonte sérieux , le Club Mixte et Sensass ! Tous en forme étaient des boîtes de drague où hommes et femmes travaillaient de conserve sur des équipements Nautilus*, avant de partager les saunas. Les trois voix radieuses, au téléphone, m'invitèrent à leur rendre visite pour une “séance gratuite de présentation” et je pris les deux dernières au mot.

Sensass ! Tous en Forme était, pour reprendre les paroles du Noir mort d'ennui qui me tendit serviette et “tenue gym” à l'entrée, “une boîte à gros lards : que des nanas polak qui essaient de paraître minces afin de pouvoir mettre la main sur un ouvrier des aciéries, avant de reprendre tout leur lard en bouffant, une fois mariées.” Les deux salles pleines de femmes joufflues en Danskins** pastel confirmèrent son jugement, et je ressortis immédiatement pour rendre ma serviette et ma “tenue gym” intactes.

– Je vous l'avais dit, dit l'homme.

A l'entrée du Club Mixte, à un bloc de là, j'eus la sensation d'avoir touché le gros lot. Les voitures garées étaient toutes des modèles récents aux lignes élancées, tout comme les moniteurs des deux sexes qui attendaient dans le hall d'entrée pour y accueillir les membres potentiels. On me tendit à nouveau une serviette et une “tenue d'entraînement”, et on me fit entrer dans une salle de la taille d'un terrain de football remplie d'équipements en métal luisant. Seuls quelques rares hommes et femmes travaillaient aux haltères et aux poulies, et la monitrice remarqua mon regard :

– La grande cohue d'après-boulot commence dans une bonne heure, dit-elle. C'est dingue.

J'acquiesçai, et la jeune femme élancée sourit, avant de me laisser à l'entrée du vestiaire pour hommes. Le jeune moniteur élancé qui s'y trouvait m'attribua un casier, et je me changeai, enfilant short de gym et

* Équipements de gymnastique haut de gamme.
** Collants de gymnastique.

maillot sans manches décorés du logo du Club Mixte : une silhouette masculine élancée et une silhouette féminine élancée qui se tenaient par la main. J'inspectai mon allure dans l'un des nombreux miroirs de plain-pied du vestiaire. Je vis que j'étais bien bâti plutôt qu'élancé, plus carré qu'élégant. Satisfait, je poussai la porte et commençai à lever de la fonte.

Je me sentis bien, et je fus satisfait de constater que je pouvais toujours lever, dos sur le banc, cent vingt kilos vingt fois de suite. J'allai d'appareil en appareil, retrouvant des douleurs agréables, bien dans le rythme des grincements du métal, du sifflement des poulies et de l'odeur de ma propre sueur. La salle commençait à se remplir et il y eut bientôt des files de gens devant les différents appareils. Tout autour de moi, des hommes macho, à la jovialité de façade, offraient leurs encouragements à des femmes macho, qui poussaient, tiraient, levaient et s'accroupissaient. Je me sentis comme un visiteur d'une autre planète en train d'observer les rituels d'avant-accouplement de terriens bizarres. C'est alors que je LES vis : je reposai délicatement la charge que j'avais sur les épaules et me dis : "Morts".

De toute évidence, ils étaient frère et sœur. Vêtus tous deux d'uniformes de moniteurs en satin pourpre, tous deux blonds et de lignes superbes selon les modes classiques de l'esthétique masculine et féminine, ils étaient l'un et l'autre d'une beauté qui allait un peu audelà de cette vacuité des gens simplement jolis, et ils respiraient une longue histoire d'intimité familiale. Je les regardais qui expliquaient à un jeune adolescent osseux l'utilisation du banc à haltères et vis combien leurs gestes respectifs s'accordaient. Lorsque lui ponctuait un point important du tranchant de la main, elle répétait le mouvement, avec plus de douceur. Lorsque lui levait les mains, paumes en l'air, pour indiquer comment fonctionnaient les poulies, elle faisait de même un peu plus lentement. Je les dévorais des yeux et je sus qu'ils étaient incestueux depuis longtemps déjà et que c'était là la seule chose dont ils ne parlaient jamais.

Je quittai le banc aux haltères et allai aux vestiaires. Tout suant d'ivresse, je quittai ma tenue de gym et enfilai mes vêtements, avant de retourner vers la zone d'entraînement. Le frère et la sœur expliquaient la manière d'accroître sa musculature à un groupe, près du tapis roulant pour l'entraînement à la course ; ils indiquaient du geste muscles latéraux et pectoraux l'un sur l'autre, allant jusqu'au contact du doigt sur les endroits concernés. Je touchai ces mêmes parties de mon corps et sentis mes muscles douloureux palpiter puis battre au rythme du mot "mort". A l'avant de cette section de la salle, je remarquai une rangée de photographies des moniteurs du club. George Kurzinski et Paula Kurzinski souriaient côte à côte en haut du panneau. Je plaçai la date de leur mort à neuf mois de là, le 5 juin 1982, au jour près, quatorze ans après avoir vu mon premier couple faire l'amour. Je quittai le Club Mixte et enclenchai mon compte à rebours mental. Satisfait à l'écoute de son mouvement à ressort maintenant remonté, je le laissai défiler pendant que je mettais mon plan en route, une étape à la fois.

Tic tac tic tac tic tac tic tac.

Septembre 1981 :

J'apprends que les Kurzinski vivent ensemble, dorment en chambres séparées et rendent visite à leur mère veuve, au sanatorium, tous les dimanches. Tic tac tic tac.

Novembre 1981 :

En les surveillant, j'apprends que Paula Kurzinski dort chez son petit ami les nuits des mercredi et samedi ; que la petite amie de George Kurzinski dort avec lui, dans l'appartement du frère et de la sœur, ces nuits-là. Tic tac tic tac tic tac.

Janvier 1982 :

Je me procure le plan du rez-de-chaussée de l'appartement des Kurzinski au bureau municipal du cadastre de Sharon. Tic tac tic tac tic tac.

Février 1982 :

Je deviens un expert dans l'art de crocheter les serrures identiques au modèle banal "Roi de la Sécurité" qui équipe la porte d'entrée des Kurzinski. Tic tac tic tac.

Avril 1982 :

Déguisements, drogues et armes sont prêts ; itinéraire de fuite, avec quatre itinéraires de rechange, mis en place. Tic tac tic tac tic tac tic tac.

15 mai 1982 :

Revue de détail de l'appartement des Kurzinski accompli avec succès ; lames de rechange planquées sous les moquettes de la chambre et du salon ; découverte d'un Beretta de calibre 25, chargé, dans le tiroir du haut de la commode de Paula ; d'un revolver S &W de calibre 32, chargé, sous le matelas de George. Tic tac tic tac tic tac.

28 mai 1982 :

Deuxième revue de détail de l'appartement des Kurzinski ; mise en place de cartouches à blanc dans les deux armes ; précaution supplémentaire : les deux chiens sont pliés de 3 mm – pour être sûr que la percussion soit faussée.

Tic

Tac

Tic

Tac

Tic

Tac

Tic

Tac

Tic

Tac.

Extrait du *Law Enforcement Journal* du 30 mai 1982 :

« LA FORCE FÉDÉRALE SPÉCIALE S'ATTAQUE AUX "MEURTRIERS EN SÉRIE" AVEC DES STRATÉGIES D'APPROCHE DIVERSIFIÉES.

« Quantico, Virginie, 15 mai :

« Les phénomènes criminels, aussi vieux soient-ils, ne sont véritablement authentiques que le jour où il leur est donné un nom. "Criminel de masse" et "tueur pour le plaisir" sont de vieux clichés du jargon populaire et policier et on les utilise pour désigner, respectivement, ceux qui assassinent plus d'une seule personne dans un accès unique de rage meurtrière, et ceux (presque toujours des hommes) qui tuent sans mobile apparent. Des événements récents – en premier lieu l'affaire Ted Bundy (voir LEJ du 9/10/81) – ont donné naissance à une nouvelle appellation, un "mot choc" dont on est sûr qu'il accrochera l'imagination du public. Le FBI, conscient du phénomène depuis quelque temps, sera l'instrument qui, en toute probabilité, rendra le qualificatif populaire, puisque c'est le premier service de police américain à s'attaquer, dans un effort concerté, au type de criminel que recouvre ce qualificatif : le "tueur en série".

« Selon l'inspecteur Thomas Dusenberry, du FBI, le tueur en série se définit comme : "Un criminel qui tue, de manière répétée, une ou plusieurs victimes à la fois. Le modèle statistique du prototype de tueur en série est un homme de race blanche, d'une intelligence supérieure à la moyenne qui peut atteindre au génie, de vingt-cinq à quarante-cinq ans. Cela est une constante, alors que tous les autres éléments concernant ce modèle de criminel sont aléatoires, ce qui rend leur capture tellement difficile.

« En premier lieu, les tueurs en série modifient leur mode opérationnel pour l'adapter à la victime du moment. Ils peuvent tuer quelqu'un par assouvissement sexuel, quelqu'un d'autre pour de l'argent. Ils peuvent étrangler l'un, puis abattre le suivant au moyen d'une arme à feu. Nous avons des cas de tueurs en série qui ont violé une demi-douzaine de victimes femmes, pour ignorer ensuite, sexuellement parlant, la demi-douzaine qui a suivi.

« Ces hommes ont également tendance à voyager et à disposer de leurs victimes de telle sorte que les corps ne soient pas retrouvés. Mis à part la complexité du psychisme du tueur en série et des schémas de ses modes opérationnels, son type de vie sans domicile fixe ajoute à la difficulté de l'appréhender : il joue sur l'inadaptation des systèmes de communication entre les services de police américains.

« Ce pays comporte cinquante États, où servent des milliers de services de police qui ne sont pas informés. A l'intérieur d'un même État, les contacts entre les services fonctionnent de manière acceptable depuis des années pour ce qui est de l'identification des criminels, mais les échanges de renseignements d'État à État ne sont qu'une plaisanterie ; c'est la pierre d'achoppement numéro un en ce qui concerne les enquêtes sur des homicides et des disparitions qui pourraient être liés."

« En ce cas, comment la force spéciale chargée des meurtres en série a-t-elle l'intention de résoudre ce problème ?

« Inspecteur Dusenberry : "Une fois qu'un criminel, son meurtre accompli, franchit les limites de l'État, il relève de la loi fédérale. Aussi ce que nous ferons sera de procéder à des recoupements par ordinateur de statistiques sur les homicides et disparitions non résolus dans les cinquante États, sur une période de dix années. Si nous pouvons établir des liens d'État à État, nous demanderons alors les dossiers complets aux services concernés, et nous prendrons contact par téléphone avec les policiers qui ont été chargés des enquêtes. Nous procéderons à des recoupements sur les caractéristiques des modes opérationnels, des indices matériels et des probabilités de preuves indirectes, ainsi que sur une demi-douzaine de catalogues d'indices établis à partir des rapports rédigés par les psychologues de médecine légale attachés à la force spéciale. Il est probable que de toute cette accumulation de renseignements émergera un modèle répétitif à partir duquel nous construirons nos hypothèses ; celles-ci nous permettront de procéder à des enquêtes complémentaires qui seront prises en charge par des agents expérimentés de la division criminelle."

« Une aile entière d'un bâtiment de l'académie du FBI, à Quantico, a été investie par la force spéciale. Les bureaux sont remplis de rames de papier vierge, de meubles et de terminaux d'ordinateurs, à côté d'un ordinateur géant alimenté par les informations des polices des cinquante États. Connu par les agents de la force spéciale sous le nom de "Sally Série", ce cerveau géant sera le point de départ de toutes les enquêtes éventuelles. Déjà programmé grâce aux données de vingt-sept affaires résolues de tueurs en série, "Sally Série" sera assisté par une demi-douzaine de cracks en psychologie de la médecine légale, spécialisés en preuves criminelles dans les affaires d'homicide, et de quatre agents de la division criminelle ayant tous au moins quinze années d'expérience au Bureau, les "fanas de la paperasse" qui dépouilleront les documents à la recherche d'indices, de liens et de rapports possibles.

"Je suis impatient de commencer" a déclaré au LEJ l'inspecteur Dusenberry, 47 ans, responsable de la force spéciale. "J'ai déjà lu une vraie bibliothèque sur le sujet. Le sujet est déprimant et le nombre des victimes renversant. Un homme de l'Alabama a tué vingt-neuf femmes en deux ans ; Gacy, à Chicago, en a tué trente-trois. Il y a aussi, bien entendu, notre ami, Ted Bundy, et nous avons ensuite tous les topos sur les enfants disparus et présumés assassinés. C'est encore plus renversant. La police d'Anchorage, en Alaska, a un suspect accusé de soixante et un meurtres, perpétrés sur une période de dix-huit mois. La douleur que tout cela recouvre est effrayante, et je pense que le problème des meurtres en série est la priorité numéro un de toutes les forces de police américaines."

« L'inspecteur Dusenberry, qui a rejoint les rangs du Bureau en 1961, est diplômé de l'université de droit Notre-

Dame et a seize années d'expérience au sein de la division criminelle, essentiellement comme responsable des enquêtes sur les cambriolages de banques. Marié, un fils et une fille étudiants, sa nomination à la tête de la force spéciale ne pouvait mieux tomber : ses enfants sont grands et son épouse est retournée à l'université où elle prépare un diplôme de spécialité en histoire de l'art. "Cela représentera une lourde charge de longues heures de travail" a-t-il déclaré au LEJ. "Ma femme et mes enfants à l'école, ainsi que la nature du travail – essentiellement du travail de bureau –, me permettront de m'atteler à ma tâche avec d'autant plus d'application. Si je passais tout le temps que cela nécessitera, dans les rues à enquêter sur des cambriolages, je serais toujours inquiet à l'idée que ma famille se fait du souci pour moi."

Septième Partie

Implosion

21

Tic
Tac
Tac
Tic
Tac
Tic
Tac.
Arrêt du compte à rebours.
12 h 16, 5 juin 1982.

J'enfonçai mon rossignol dans la serrure de la porte qui ouvrait sur l'appartement des Kurzinski. Je sentis quelque chose céder légèrement et je poussai la porte juste avant le point où je savais qu'elle serait arrêtée par la chaîne de sécurité. Il y eut un bruit de claquement/raclement lorsque la chaîne se tendit, et je tirai la porte vers moi pour me donner un peu de mou et faire sauter la chaîne, du manche de ma pince-monseigneur. La partie libérée heurta le chambranle et j'entendis, dans la chambre de George Kurzinski, un bruit reconnaissable entre tous : le chien de son 32 qui se relevait.

Je refermai doucement la porte, traversai le salon sombre à pas de velours, et me plaquai contre le mur du fond, près du couloir et de l'interrupteur. Je dégrafai la hache qui pendait à ma ceinture et attendis que des bruits de pas se dirigent dans ma direction. Lorsque j'entendis le premier craquement, mon corps fut parcouru de picotements. Il y avait exactement neuf pas de la chambre de George Kurzinski jusqu'à moi ; sa vie ne tenait plus qu'à ces quelques secondes qui restaient encore.

Les craquements se firent plus proches, et lorsqu'au neuvième pas le pied se posa sur le sol, j'appuyai sur l'interrupteur et balançai ma hache en aveugle dans le couloir. L'impact et les giclures de sang m'indiquèrent que j'avais atteint ma cible en plein dans le mille, avant même que je ne voie l'homme mort. Je fis un pas en avant, j'entendis un gargouillement de liquide et je sentis une main puissante arracher la lame de ma hache. Lorsque je regardai dans le couloir, George Kurzinski était debout contre le mur, essayant de se faire d'une main un garrot pour arrêter le flot de sang qui jaillissait de son cou ouvert de part en part. Il essayait de hurler en même temps, mais son larynx sectionné rendait sa tâche impossible.

Du sang rebondit sur ma combinaison de plastique noir ; un petit jet me frappa au visage, et je léchai les gouttes qui avaient touché mes lèvres. George glissa au sol, leva son arme et tira six fois. Lorsque le chien eut percuté à vide pour la sixième fois, j'entendis un faible "Georgie ? Georgie ?" en provenance de la chambre de Paula, puis le bruit de ses tâtonnements dans la commode, à la recherche du Beretta. Je quittai le couloir en laissant George y mourir, pour m'avancer en direction de l'adorable écho métallique d'une balle à blanc que l'on faisait monter dans le canon, une balle qui n'entrerait jamais en contact avec le percuteur.

Paula m'accueillit de son lit, le regard fier et brûlant, en me crachant un avertissement de film télé : "Bouge pas, connard !" Je désobéis et continuai à avancer lentement sur elle, dénudant mes crocs, pareil à Super Saigneur et Lucretia en quête de carburant. Elle appuya sur la gâchette, rien ne se produisit ; elle manœuvra la culasse et tira à nouveau, pour n'obtenir qu'un autre clic. Je vis les muscles de sa gorge se tendre pour faire jaillir le cri qui ne pouvait manquer de suivre. Je dis : "Je suis invulnérable", et je bondis sur elle.

Elle se battit bien, toute en coudes et en jambes, mais je réussis à placer mes mains autour de sa gorge alors qu'elle lâchait enfin la première syllabe d'"enfoiré". Je serrai à pleine force et je vis les couleurs ; je la mordis à pleines dents dans le cou et je déchargeai. Lorsque son corps se fit tout mou, je la soulevai par une cheville et la fit tournoyer autour de la pièce en cercles parfaits, encore, encore, et encore, sans que jamais ses membres ne touchent les murs. En disposant sa forme avachie sur le lit, je sentis mes parties indignes se tendre devant son corps, un - deux - trois, comme ça, aussi banal qu'une poignée de main.

Je réglai ma montre mentale sur 3 heures, sortis mes affiches – compagnies aériennes et groupes de rock – de la poche intérieure de ma combinaison, et me regardai dans le miroir mural. J'eus droit en retour aux traits sévères du visage d'aigle de Super Saigneur. Mon maquillage était superbe, du travail d'artiste, et j'y étais parvenu sans même me référer aux images de la BD de l'*Homme Cougouar*. Transformé en un autre moi-même, avec le gage d'une validation par le sang, enfin devenu le seul alter ego qui comptait pour moi, je trouvai des punaises dans la cuisine et fixai les affiches sur les murs du salon avant de plonger mes mains en gants de chirurgien dans le sang de George Kurzinski et d'écrire sur le mur, au-dessus de son corps, "Super Saigneur Règne". En pénétrant dans l'appartement dix minutes auparavant, j'étais un homme-enfant de trente-quatre ans qui espérait résoudre une crise d'identité ; en le quittant, j'étais devenu un terroriste.

GROS TITRES

Extrait du *Philadelphia Enquirer* du 7 juin 1982 :

« UN FRÈRE ET UNE SŒUR SAUVAGEMENT MASSACRÉS DANS UN APPARTEMENT DE SHARON. »

Extrait du *Sharon News-Register* du 7 juin 1982 :

« UN DOUBLE MEURTRE SAUVAGE SECOUE LA VILLE ! AMIS ET FAMILLE DANS L'AFFLICTION. »

Extrait du *Philadelphia Post* du 10 juin 1982 :

« AUCUNE PISTE SUR LES MEURTRES SAUVAGES DE SHARON : LA POLICE REFUSE DE COMMUNIQUER LE "MESSAGE SANGLANT", PRÉCIEUX "INDICE DU CRIME MYSTÉRIEUX". »

Extrait du *Sharon News-Register* du 13 juin 1982 :

« UNE FOULE IMMENSE À L'ENTERREMENT DES KURZINSKI. LES CLUBS DE GYM DE LA VILLE ONT FERMÉ. »

Extrait du *Philadelphia Enquirer* du 17 juin 1982 :

« TOUJOURS PAS DE PISTE SUR LES MEURTRES DE SHARON : LA VILLE DE L'ACIER OUTRAGÉE ET TOUJOURS DANS LA PEUR. »

Extrait du *Philadelphia Post* du 19 juin 1982 :

« LA POLICE TOUJOURS À LA RECHERCHE D'UN MOBILE POUR LES MEURTRES KURZINSKI. AFFLUX DE FAUX AVEUX. »

Extrait du *Sharon News-Register* du 14 juillet 1982 :

« DES GROUPES DE VIGILES SE CONSTITUENT : CHASSE AUX MEURTRIERS DES KURZINSKI. »

Extrait du *Sharon News-Register* du 1er août 1982 :

« CONSÉQUENCE TRAGIQUE DES MEURTRES KURZINSKI : UNE FEMME ABAT SON MARI PAR ERREUR. »

Extrait du *Sharon News-Register* du 8 décembre 1982 :

« TOUJOURS AUCUN INDICE SUR LES MEURTRES KURZINSKI. »

Extrait du *Sharon News-Register* du 6 janvier 1983 :

« LA POLICE LOCALE TOUJOURS DÉROUTÉE PAR L'AFFAIRE KURZINSKI. »

Extrait du *Sharon News-Register* du 11 mars 1983 :

« NEUF MOIS PLUS TARD : L'AFFAIRE KURZINSKI TOUJOURS "NON-CLASSÉE", SHARON PLEURE TOUJOURS. »

Extrait du *Sharon News-Register* du 14 mai 1983 :

« AFFAIRE KURZINSKI : "LA PISTE EST FROIDE" ADMET LE CHEF DE LA POLICE. »

Extrait du *Sharon News-Register* du 20 mai 1983 :

« LA POLICE SE REFUSE À RÉVÉLER L'"INDICE SANGLANT" DE L'AFFAIRE KURZINSKI. "NOUS ESPÉRONS CONTRE TOUT ESPOIR", DIT LE CHEF DE LA POLICE. »

Extrait du journal de l'inspecteur Thomas Dusenberry, de la force spéciale du FBI chargée des meurtres en séries :

« 22- 5- 83

« Comme de bien entendu, j'ai pratiquement un an de retard en commençant ce journal. Si Carol n'était pas en train d'étudier ces mecs raffinés de la Renaissance en compagnie d'étudiants deux fois plus jeunes qu'elle, elle serait penchée par-dessus mon épaule à regarder ce que j'écris. Elle remarquerait la phrase par laquelle commence ce journal et dirait : "Comme dans tout ce que tu fais dans ta vie personnelle, chéri." Comme de bien entendu, je ne saurais pas si c'est une vanne ou l'expression de son amour, parce que Carol est un petit peu plus brillante que moi, et un gros peu meilleure que moi pour tout, sauf poursuivre les criminels importants ou gagner de l'argent. Et si jamais elle se bouge le cul (toujours bien rond à 44 ans) et accepte le poste du conseil d'administration des agents immobiliers, elle me battra peut-être même sur ce dernier point. Et si Mark et Susan décidaient de quitter l'école pour se faire criminels ? Ça ne risque pas.

« En remontant dans le temps à environ dix ans d'ici, depuis la mort de Hoover chaque agent en activité s'est mis à rédiger ses mémoires. Certains ont même réussi à se faire publier. Tous n'avaient pour but que leur image personnelle, et leurs mémoires étaient pleins d'inventions et de ouï-dire sur le Grand Homme*. J'ai été envieux des mecs qui se faisaient publier, mais furieux de voir qu'ils faisaient d'eux-mêmes un portrait d'un tel libéralisme et d'une telle sensibilité, alors qu'en réalité la plupart étaient bien plus à droite que le dernier petit dictateur d'une république de pacotille, en train de hurler ses slogans anticoco, tout en fourguant de la cocaïne de la main gauche. Je les ai regardés : dix mille à vingt mille dollars d'avances de l'éditeur, droits d'auteur, droits cinématographiques, et gloire pour avoir fait quelque chose dont j'ai toujours pensé que je le ferais moi-même plutôt bien – et je me suis regardé : vivant au-dessus de mes

* Hoover, directeur du FBI.

moyens pour essayer d'amadouer ma famille, parce que je les obligeais à me suivre à travers le pays au fur et à mesure de mes nominations, et disant à Carol : "Ne travaille pas, ma belle, je prendrai un autre cours du soir"...et je me suis dit : "Eh merde, ça fait des années que je capture des cambrioleurs de banques ; je vais écrire un livre, et je ne parlerai même pas de J. Edgar."

« Mais la vérité est la suivante : les cambriolages de banques sont d'un ennui mortel, à moins que vous n'éprouviez une satisfaction personnelle à éliminer des rues les cambrioleurs de banques, et c'est là le hic. Ou bien les salopards se font attraper sur-le-champ par les forces de police municipales et nous prenons le relais du côté légal de l'affaire, une fois défini le mode de plaidoirie ; ou bien, en créatures prévisibles, aux schémas criminels bien établis, ils vont là où nous savons qu'ils iront, et nous les trouvons. Satisfaisant d'un point de vue personnel, à l'occasion passionnant, mon travail consistait, la majeure partie du temps, en travail de bureau, à lire des rapports et à essayer de découvrir où les tarés en question pourraient bien aller s'ils devenaient soudain d'une richesse obscène. Alors, éliminé le best-seller sur un gros ponte fédé spécialiste en cambriolages : c'est Machin, de la division des escroqueries – là où on trouve une autre classe de criminels –, qui rédigera le bouquin.

« Je pensais que le fait de travailler dans le cadre de cette force spéciale me faciliterait la tâche pour ce journal (futur livre peut-être ?) Ça n'a pas été le cas, et la force spéciale a déjà un an. J'ai cru que Carol m'apporterait son soutien et m'aiderait pour la rédaction, mais elle est absorbée par ses études, et chaque fois que je mentionne des liaisons possibles entre plusieurs disparitions d'enfants, elle se ferme comme une huître et nous ne faisons plus l'amour de la semaine. Lorsque j'essaie de jouer à l'intellectuel en établissant des rapports entre certains des monstres qui sortent de "Sally Série" et Van Gogh (pauvre type) ou Hieronymus Bosch, elle me glace sur place en me sortant des paysages mièvres de ses livres. La vérité cachée, c'est qu'elle regrette de n'avoir jamais fait carrière, et m'envie l'engagement que je consacre à la mienne. Elle a aussi poussé Susan et Mark dans la voie des arts, ce qui devrait me garantir d'habiter rue des Fauchés et d'enseigner le soir jusqu'à ce qu'ils arrivent à leurs doctorats, à l'âge de 30 ans. Et c'est aussi bien, mais je soupçonne que Mark aurait été plus heureux comme charpentier ou entrepreneur, et Susan comme épouse et artiste du dimanche.

« Mais je m'éloigne du sujet, qui est que la force spéciale est la grande mission de ma vie, la plus satisfaisante et la plus troublante ; et c'est pourquoi il m'est toujours difficile d'écrire à ce propos. Pour être honnête, c'est la froideur de Carol qui m'a permis d'aller aussi loin. Je rentre tard à la maison, encore gonflé à bloc, brûlant de continuer à travailler, et madame l'artiste aux froideurs de neige (injuste, chérie, mais autorise-moi cette licence temporaire) accumule quelques congères supplémentaires. La force spéciale m'a amené à penser "famille", aussi vais-je utiliser Susan pour changer de sujet.

« Susie m'a appelé la nuit dernière, un appel longue distance (pour demander de l'argent). On papote et je lui demande si elle a un petit ami en ce moment, et en quoi consiste sa philosophie générale sur le mariage. Elle me dit : "Ben, Pa, je crois à la monogamie en série, et je crois bien que je vais continuer à la pratiquer."

« Putain, j'ai sauté au plafond et j'ai hurlé contre Susie, quelque chose que je fais rarement. A cause, bien sûr, du mot "série" et de ses connotations. Je n'ai pas été trop cohérent en discutant avec Susie, et on s'est dit au revoir quelques minutes plus tard ; mais ce matin, j'ai tout remis en place. Elle a 22 ans, elle couche avec ses petits amis, ça ne me tracasse pas particulièrement. C'est juste le fait qu'elle sait que tôt ou tard ça se terminera ; elle n'a pas en elle ce sentiment du "toujours", cher à la jeunesse et que l'on perd toujours assez tôt, de toute façon. Je lui souhaiterais de suivre les traces de Gretchen, la secrétaire exécutive de la Force, plutôt que la voie de ce mot abominable. Gretch a 31 ans, deux mômes d'un mariage foiré dont elle croyait qu'il durerait toujours, des liaisons avec les mecs qu'y faut pas et qui finalement se taillent parce que les mômes leur collent une trouille à chier dans le froc. Elle en a dans le crâne, elle est drôle, c'est une mère sensationnelle, elle a des amis gay qui sont plus drôles que Bob Hope, Jackie Gleason et Richard Pryor réunis, et elle espère toujours. On se câline une fois de temps en temps, et si je n'étais pas du genre chien fidèle, j'irais jusqu'où Gretch, apparemment, souhaite que nos câlins aillent.

« Quand on est "en série", on cherche toujours le prochain. Amant ou victime, on cherche. Ce matin, quand j'ai trouvé le cran pour commencer ce journal, j'ai voulu voir mon nom imprimé, aussi j'ai consulté un exemplaire du *Law Enforcement Journal* de l'année dernière. Et j'étais là, moi, inspecteur Thomas Dusenberry, avec ma phraséologie style Bureau, toute en "perpétrer","appréhender" et "circonstanciel". J'utilise aussi beaucoup "renversant", et c'est de là que je passe au but véritable de ce journal.

« C'est plus que renversant. Je suis un vétéran des enquêtes criminelles, et dans le seul but d'être réaliste, j'aimerais qu'il existe des adjectifs qui aillent plus loin que "renversant", "stupéfiant", "incroyable", etc... Il y a seize mois de cela, je vous aurais dit que la seule chose qui méritait de telles hyperboles était l'attitude hautaine de mon épouse à un cocktail du Bureau. Aujourd'hui, je supplierais Carol de me pardonner et je dirais : "Désolé, petite, il y a des humains, là, au-dehors, des êtres qui sont allés à l'université, qui ont des boulots de cadre supérieur, et qui battent les gens à mort, leur volent leurs boutons de manchettes comme souvenirs, après quoi ils rentrent à la maison et rameutent leurs gamins pour les emmener à l'entraînement des équipes locales de base-ball. Puis ils régalent toute l'équipe en douillant la note chez Haagen Dazs*, sur le chemin du retour, avant de retrouver leur femme et du sexe plein de tendresse." Si Carol regimbait, j'attirerais son attention sur l'un des trois criminels "en série" que notre force spéciale a jusqu'alors réussi à éliminer en douze mois d'existence : dossier fédéral 086-83 : Whalen, William Edmund, alias le "Hacheur de Chappaqua".

* Haagen Dazs : chaîne de glaciers réputés pour la qualité de leurs glaces et la variété de leurs parfums.

« Willy, cadre de haut niveau dans une agence de publicité de New York, a battu à mort quatorze personnes au total dans les faubourgs de New York et du New Jersey entre 1976 et 1982. Il avait pour habitude de rôder dans les jardins, le long de la rivière Hudson, et de se trouver quelque solitaire amoureux de la nature (jeune, vieux, homme, femme, noir, blanc : Willy était un "tueur d'occasions toutes égales"), puis de le battre à mort avec une pierre, de lui dérober un souvenir quelconque et de balancer le cadavre dans la rivière.

« Je l'ai eu sur un coup de veine extraordinaire. J'ai découvert que toutes les rues latérales qui conduisaient aux jardins publics qu'il utilisait comme terrain de chasse étaient à stationnement unilatéral ; j'ai donc demandé une vérification par ordinateur de tous les procès-verbaux pour stationnement interdit délivrés les jours voisins de ceux qui correspondaient, selon le coroner, aux DDD. Bingo ! Ce vieux Willy avait été imprudent trois fois sur quatorze.

« Il possédait une belle maison coloniale à deux étages à Chappaqua, et son revenu brut pour l'année précédente avait été de deux cent soixante-quinze mille dollars, plus une participation sous forme d'actions. Lorsque j'ai frappé à sa porte, je n'étais pas sûr de sa culpabilité à 100 %, aussi je lui ai demandé brutalement : "M. Whalen, êtes-vous le "Hacheur de Chappaqua" ?"

« Sa réponse : "Oui, c'est moi. Je vous suivrai paisiblement, officier, mais voulez-vous d'abord prendre un martini en ma compagnie ? Mon épouse et mes enfants sont sur le point de partir pour le théâtre, et je ne voudrais pas gâcher leur plaisir. Je vais leur dire que vous appartenez à l'agence."

« Aujourd'hui, Willy se trouve à Lewisburg, vêtu d'uniformes fédéraux de toile bleue au lieu de complets Paul Stuart. J'ai eu droit à beaucoup de rires respectueux et admiratifs lorsque j'ai raconté que je m'étais envoyé quelques Beefeater* en sa compagnie, et en fait, je dirais presque qu'il m'a bien plu, ce cinglé d'enfoiré. Puis, me faisant moi-même la gueule à cause de ça, j'ai été déterrer les photos légistes de ses victimes. Willy ne me plaît plus du tout.

« Pas plus que je ne le comprends.

* Marque de gin.

« Les deux autres éliminés appartiennent à mon collègue Jim Schwartzwalder, anciennement SAC* à Houston. C'est un champion en médecine légale, et c'est lui qui a demandé à prendre en charge les constats sur les enfants disparus (personne d'autre ne voulait le boulot). Jim a mis la main sur des chiffres portant sur les enfants disparus en Louisiane du Nord, et un topo sur deux enfants morts (violés et couverts de marques de morsures) près de Baton Rouge. En posant l'hypothèse d'un tueur de passage, peut-être aussi voleur de voiture, Jim a demandé les rapports sur les vols de voitures pour la région de Shreveport, et il est tombé sur un cas qui sentait la "panique". Puis il a fait des recherches à partir des rapports dentaires du légiste, établis d'après des marques de dents relevées sur les mômes morts, en parallèle avec une demande de renseignements sur les criminels récidivistes épinglés pour vol qualifié d'automobile. Double bingo à la prison d'État du Texas de Brownsville. Les marques de dents correspondaient exactement au dentier fabriqué pour l'ancien détenu Leonard Carl Strohner, dans la tôle en question à l'époque où il accomplissait sa peine de trois à cinq ans pour VQA**, à la fin des années soixante-dix. Quelques mois plus tard, grâce à un ARTU, Strohner a été alpagué au Nouveau-Mexique. Il confessa le meurtre avec viol et morsures de vingt-deux enfants, dans tout le Sud et le Sud-Ouest, aidé à l'occasion par un pote du nom de Charles Sidney Hoyt. Une rafle de routine de vagabonds permit l'arrestation de Hoyt à Tucson, en Arizona, la semaine suivante. Il éclata de rire en avouant ses crimes, et lorsque l'un des agents qui l'avaient arrêté lui demanda pourquoi il aimait mordre les enfants, Hoyt dit : "Plus c'est près de l'os, plus la chair est goûteuse."

« Je divague à nouveau, alors je vais m'accorder un peu de mou avant de revenir au sujet. Digression numéro un : pour un flic, je suis plutôt du genre libéral. La pauvreté est la cause première du crime, un point, c'est tout. Tout ce baratin sur l'effondrement de la morale et l'éclatement de la cellule

* Special Agent in Charge : agent spécial responsable.
** Vol qualifié d'automobile.

familiale, c'est de la connerie. A part la pauvreté et son corrélatif immédiat, l'utilisation des drogues dures, nous avons la motivation psychologique individuelle, ce qui est plutôt du genre insondable, bien que les psychologues de médecine légale attachés à la Force soient plutôt doués pour extrapoler à partir de dossiers et de preuves matérielles. En tant que flic, la motivation psychologique a toujours été mon premier centre d'intérêt professionnel. Willie Roosevelt Washington, drogué de race noire des quartiers sud de Philly*, est devenu cambrioleur de banques. Le papa et la maman de Willie étaient de braves gens qui ne l'avaient jamais frappé. Le voisin d'à côté de chez Willie, Robert Dewey Brown, se chopait régulièrement des branlées de ses parents sadiques et poivrots, et il est aujourd'hui un jeune chimiste brillant du laboratoire de médecine légale du Bureau. Que s'est-il passé ?

« Les flics des villes ont une réponse toute prête. A travailler en liaison avec eux depuis des années, j'ai souvent eu l'occasion de l'entendre : le *Mal*. Causes, effets, épisodes traumatisants égalent peau de balle : ce qui est *est* ; cherchez la cause et l'effet, et ce que vous obtiendrez, c'est : ce qui est *est*, le noir et le blanc mitigés de demi-teintes de gris. Je suis quelqu'un de logique et de méthodique, je n'ai qu'une croyance de pure forme en Dieu, et cette réponse m'a toujours profondément choqué.

« Digression numéro deux : mis à part mon mariage avec Carol contre les recommandations de mes parents, l'acte essentiel de rébellion de mon existence a été mon désaveu de la foi dans laquelle on m'avait élevé. J'avais dix-sept ans lorsque j'ai cessé de croire dans les doctrines de l'Église hollandaise réformée. La sainteté de Jésus-Christ, le bien et le mal sans demi-teintes, et Dieu, le manipulateur de marionnettes, là-haut dans le ciel, en train de faire son numéro de prédestination à la naissance des ouailles de son troupeau, tout cela me paraissait trop laid, trop mesquin et trop stupide pour un môme logique et méthodique qui voulait devenir flic ou homme de loi. Je me suis donc inscrit dans une université

* Philly : Philadelphie.

jésuite, j'ai suivi les cours de droit de Notre-Dame, je suis devenu, et flic, et homme de loi, et je suis toujours logique et méthodique, toujours obsédé par le désir de savoir pourquoi, à près de cinquante ans. Et, argument final de choc : peut-être bien que ce qui est *est*, que le bien et le mal sont la vraie conclusion, avec, comme preuves inattaquables, toutes les données des meurtres en série sur lesquels je travaille.

« Voici quelques bribes de renseignements choisis pour soutenir cette théorie :

« Dans les meurtres en série où le cambriolage a été (en jargon psy de médecine légale) le "mobile de l'instant", la moyenne du butin pour 1981 a été inférieure à vingt dollars par victime.

« Un homme reconnu coupable de neuf meurtres perpétrés dans trois États sur une période de cinq ans, avait été objecteur de conscience pendant la guerre du Viêt-nam et était allé en prison pour avoir organisé des réunions de résistance à la mobilisation, en violation de la loi fédérale. A la lumière de ces faits, on lui a demandé comment il avait pu assassiner neuf personnes de sang-froid. "J'ai adapté ma philosophie pour qu'elle s'accommode de mon désir de tuer", dit-il.

« Un homme pris sur le fait en train de violer une femme âgée qu'il avait assassinée quelques instants auparavant, s'est révélé être un suspect relâché dans plusieurs autres affaires de meurtres. L'homme était passé au détecteur de mensonges avant d'être relâché. Lorsqu'on lui a demandé comment il était parvenu à accomplir ce tour de force, il a déclaré : "Écoutez, tuer, moi, ça me branche, je n'en ressens aucune culpabilité, alors comment une machine programmée pour détecter la culpabilité pourrait me balancer ?"

« Aucun des six meurtriers d'enfants en série condamnés aux États-Unis pendant l'année 1981 n'avait subi de violences lorsqu'il était enfant.

« Les meurtriers en série sont parfaitement capables, plus souvent qu'on ne le croirait, de maintenir des relations sexuelles normales et monogames.

« Argument massue, pour terminer, fourni par Doc

Seidman, responsable psy auprès de la force spéciale : les criminels de carrière endurcis – sociopathes professionnels, avec un passé de violences – qui ne sont pas allés jusqu'au meurtre, ont largement dépassé les meurtriers en série condamnés, pour ce qui est des tests psychologiques visant à détecter le manque de barrières morales et l'absence de conscience criminelle. Doc Seidman dit que là où votre sociopathe modèle vous volera jusqu'à votre chemise et vous exploitera sur toute la ligne – pathologiquement obligé d'agir avec un égoïsme absolu –, les meurtriers en série ne le feront pas. Ils sont parfois, dit-il, capables d'amour et de passion authentiques. Ce "fait" m'a redonné du courage, et j'ai eu la sensation que ce serait peut-être un outil utile dans mes recherches, en même temps qu'un élément tampon contre la dépression. La lecture de rapports de meurtres, de sodomie, de démembrements... de meurtres, et encore de meurtres... peut s'insinuer en vous et vous envahir. La passion, elle, peut être logique ; je peux presque logiquement harponner les raisons de l'amour excessif que j'éprouve pour Carol, en dépit du fait que tant de gens la considèrent comme une garce...

Et puis, j'ai tout fait foirer en recherchant des renforts logiques supplémentaires.

– Comment peuvent-ils en être capables, Doc ?

– Ils ont un sens exalté du style, m'a-t-il répondu.

Et je me retrouve avec le bien contre le mal, l'exaltation de la recherche contre la dépression devant le territoire de chasse, la cause et l'effet contre le style et la passion de Doc. Il se fait tard, Carol ne devrait pas tarder à rentrer, et je veux être en état de lui parler de ses trucs à elle. Je vais donc mettre noir sur blanc les liens que j'ai pu établir jusqu'ici, accompagnés de quelques observations dans le plus pur style flic :

« 1- Deux séries différentes : viols et démembrements. La première série (trois adolescentes, brunes toutes les trois) a eu lieu dans le sud du Wisconsin, fin 78 - début 79. Le responsable en est peut-être un homme de Chicago, Saul Malvin, qui s'est suicidé près des lieux du troisième crime, une fois ce dernier accompli. Malvin était du groupe O +, comme le tueur (d'après l'analyse du sperme retrouvé sur les victimes), mais il n'existe aucune autre preuve matérielle qui permette de le rattacher aux meurtres. Au vu des circonstances, il concorde bien : il était près des lieux du troisième crime, et il était censé se trouver seul chez lui pendant les périodes qui recouvrent les deux premiers. Malvin n'avait pas de casier judiciaire, et aucun passé de suivi psychiatrique, facteur discutable pour ce qui est des séries. Les psys de la Force disent que le suicide après un meurtre particulièrement violent n'est pas inhabituel – il résulte de moments de lucidité. C'est bien qu'ils puissent ressentir ça, mais c'est pas de chance, c'est trop tard pour que ça change quoi que ce soit pour leur dernière victime.

« 2- Quatre adolescentes : une vingtaine d'années, violées et démembrées de manière identique : DDD 18/4/79, Louisville, Kentucky ; 1/10/79, Des Moines, Iowa ; 27/5/80, Charleston, Caroline du Sud ; 19/5/81, Baltimore, Maryland. Les quatre filles étaient blondes, toutes étaient des racoleuses avec multiples condamnations pour prostitution. Le tueur violeur était cette fois encore O + (groupe très courant), et les preuves matérielles (marques de couteau, calibre de la lame de la scie à métaux) sont identiques dans les quatre cas. Les remarques interservices incluses dans les quatre dossiers, ainsi que dans le dossier principal que les quatre forces de police ont constitué lors de la mise en place de leur propre force spéciale – qui n'a pas vécu très longtemps –, émettent l'hypothèse que le tueur est, soit un flic légitime, soit quelqu'un qui se fait passer pour flic. Jusqu'ici, ce n'est que de la théorie, fondée sur les remarques d'un vieux poivrot qui a déclaré avoir vu un homme qui "vibrait le flic" pénétrer dans l'entrée de l'immeuble, le soir où la victime de Charleston a trouvé la mort. Douteux comme truc. Pour le moment, je veux savoir si Malvin est bien le tueur du Wisconsin ou si on peut l'éliminer comme tel ; s'il est éliminé, je veux comparer toutes les preuves matérielles des meurtres du Wisconsin aux quatre autres meurtres. J'ai demandé les dossiers à la police d'État du Wisconsin il y a deux semaines, toujours pas de réponse. Le détail blondes-brunes est intéressant. Les MS* sont délicats, et si une seule personne est responsable des sept morts, peut-être a-t-elle ressenti le besoin violent de changer de "style" ?

« 3- Jim Schwartzwalder a réussi à relier cinq affaires d'enfants disparus, dans les États du Sud, de l'Ouest et du Sud-Ouest. Certains des points se recoupent, mais il a du mal à déterminer le nombre des assassins auxquels il a affaire. Mais... dans une des disparitions, il a la description d'un véhicule, et ce qui lui reste, c'est le vrai travail merdique, celui qui lui permet souvent de résoudre les affaires qu'il a sur les bras : tout le travail de recoupement des immatriculations d'automobiles, avec les circonstances, les occasions et les casiers criminels et/ou psychiatriques des propriétaires des véhicules. Merci d'avoir pris les mômes, Jim. Je t'en dois un.

« 4- J'ai plusieurs meurtres de vagabonds qui remontent à neuf ans. Les MO sont différents, mais les meurtres suivent un axe ouest-est dans l'ordre chronologique, et j'ai réussi à en relier deux. Retour en arrière : treize disparitions ou assassinats dans le Nevada et l'Utah, qui s'étalent de la fin 1974 à la fin 1975. Certains ont été abattus par balle, d'autres battus à mort ; sur la plupart des corps retrouvés, les objets de valeur avaient disparu. Les deux premiers de la série, un jeune homme et une jeune femme découverts par des campeurs dans la campagne du Nevada en décembre 1974, avaient été abattus au moyen d'un 357 Magnum, et disposés, nus, dans une position sexuelle. Viennent ensuite quatre auto-stoppeurs de familles aisées, tous de sexe masculin : on les a découverts battus à mort, abattus (pas de balles récupérées) ou étranglés, dans le Nevada et l'Utah, en janvier 1975. Tous avaient été dépouillés, et des cartes de crédit appartenant à l'une des victimes ont été retrouvées à Salt Lake City. Le suspect qui les avait en sa possession, innocenté des meurtres par la suite, a déclaré que les cartes lui avaient été vendues par un homme grand, sans signe particulier, d'une bonne vingtaine d'années, répondant au nom de Saigneur.

« On saute à : cinq personnes, des deux sexes, âges : de 14 à 71 ans, disparues sur les routes de l'Utah et du Nevada

* MS : meurtrier "en série".

au printemps 1975. Pas de piste, évanouis dans la nature.

« On saute ensuite à : Ogden, Utah, 30/10/75 : deux automobilistes, deux citoyens respectables, ont été vus pour la dernière fois en train de parler à un "jeune Blanc de grande taille" aux abords d'Ogden, puis, poof ! : disparus dans la nature.

« Ce qui donne jusqu'à présent un total de treize morts ou présumés tels. Et maintenant, on saute encore plus loin, en termes de localisation géographique et de style de vie : huit jeunes, hommes et femmes, disparaissent à Aspen, Colorado, de janvier à juin 1976. Quatre sont des couples mariés, tous sont financièrement à l'aise. Les disparitions n'ont jamais réellement été reliées les unes aux autres, même lorsque trois des disparus réapparaissent dans la neige, en bon état de conservation, au moment du dégel du printemps 76 : mutilés, le mari et la femme disposés, nus, en position de rapport sexuel, le troisième disparu, un homme (aperçu pour la dernière fois huit jours après les deux premiers), placé nu à quelques mètre d'eux.

« Ajoutez huit à treize, vous obtenez vingt et un. Et maintenant, un nouveau grand bond en avant. Les lettres "SS" sont découpées sur les jambes des victimes. Au départ, la police locale a cru que c'était des trucs nazis, puis un fana de BD a dit que c'était peut-être une référence à Super Saigneur, un méchant d'une bande dessinée qui remonte à des années. Rapport : "Saigneur" le fourgueur des cartes de crédit ; "Super Saigneur" l'inspirateur des marques en "SS" ? J'ai fait diffuser les deux noms à l'échelon national, et j'attends les résultats des dossiers des polices municipales. Très, très fragile comme truc, mais au moins une base de travail possible.

« Nouveau bond jusqu'à neuf étudiants de race blanche qui, pouf ! tout d'un coup, disparaissent de divers endroits du Kansas et du Missouri, d'avril 77 à octobre 78. Un jeune homme a été vu pour la dernière fois en train de parler à un "grand Blanc bien bâti, peut-être même propriétaire d'une camionnette", et ses cartes de crédit ont été récupérées auprès d'un escroc à cartes, à Saint Louis. L'escroc a déclaré au cours d'un test au détecteur de mensonges : "Le mec auquel je les ai achetées a dit qu'il les avait eues d'un autre mec, avec un nom de fêlé comme Super Saigneur."

« Cela fait trente, et le fil se fait un peu moins mince. Les meurtres sexuels déjà anciens, le "grand, costaud et blanc" qui reviennent, et le "Saigneur" revendeur de cartes indiquent un seul et même individu. Le truc sur "Super Saigneur" me paraît douteux, mais je vais me renseigner auprès des flics d'Aspen sur le fana de BD qui a téléphoné le tuyau : peut-être que le mec aurait des trucs un peu plus consistants. Toutes ces données sont entrées dans "Sally Série", et les psys lisent mes rapports à la chaîne. Ils vont faire leur propre enquête et consulter les registres des prisons et des hôpitaux psychiatriques aux dates précédant immédiatement les premiers meurtres : Saigneur venait peut-être d'être placé en conditionnelle, ou remis en liberté. Le chiant dans tout ça, c'est que ça va prendre du temps. Heureusement, Saigneur se conduit en gentil petit garçon depuis fin 78. Jack Mulhearn a une série de quatre meurtres sur les bras, et il pense qu'ils ont été commis par des vagabonds ; chronologiquement et géographiquement, ils ne correspondent pas parfaitement à la ligne du Saigneur (Illinois 8/5/79 ; Nebraska 3/12/79 ; Michigan 9/80 ; Ohio 5/81). Les quatre hommes ont été abattus d'une balle dans la bouche, tirée par la même arme minable, et Doc Seidman émet l'hypothèse d'un tueur homosexuel, ce qui ne correspond pas, à vue de nez, à mon client. Où es-tu, Saigneur ?

« Voici Carol qui arrive. Je vais lui dire que j'ai rédigé quatorze pages aujourd'hui, et que j'ai parlé d'elle au moins le même nombre de fois. »

22

Le 6 juin 1983, un an jour pour jour après le plus beau moment de ma vie d'assassin, j'ai quitté Sharon et j'ai roulé sans arrêt jusqu'au comté de Westchester, New

York. En traversant le pont de Tappan Zee, j'ai balancé les cartes de crédit de Rheinhardt Wildebrand, dont j'avais abusé et qui étaient devenues dangereuses, dans la rivière Hudson ; en roulant au sud sur la Route 22 à la recherche de country clubs et de clubs de plaisance offrant des boulots d'été, je me sentais comme l'adolescent qui a quitté la fête un peu plus tôt pour se donner un genre, sans se rendre compte qu'il n'a nulle part où aller.

Pour moi, la fête, c'était le statut qui était le mien : responsable du plus grand événement qui ait jamais frappé Sharon, en Pennsylvanie ; et la raison pour laquelle il me fallait partir en l'abandonnant, c'était le tic-tac lent et régulier qui m'emplissait la tête. Sur la route ou dans mon havre de paix – ou souhaité tel – des faubourgs de New York, le bruit n'aurait été rien de plus que ma vieille horloge mentale ; à Sharon, c'était un détonateur. Tôt ou tard, sur place, il m'aurait fallu répéter ma transformation en Super Saigneur, non par simple soif de sang, mais pour entendre les coups de tonnerre de la ville retentir une fois encore avec un fracas énorme. Étant donné la vigilance que j'y avais suscitée, la tentative eût pu être suicidaire.

Comme à San Francisco après Eversall/Sifakis, j'avais écouté. Mais à Sharon, dix fois plus petit en dimensions et cinquante fois moins sophistiqué, les échos avaient résonné avec dix mille fois plus de force. Les Kurzinski étaient connus, aimés, enviés et admirés par la ville tout entière ; avec eux, j'avais détruit une partie de la ville. Ma présence *était* la ville, de manière très semblable à un amant dont la force de présence devient jusqu'à la plus petite parcelle de l'espace qui entoure celle qui l'aime. J'étais tout ce que Sharon, Pennsylvanie, voyait ; pendant l'année d'après-meurtre que j'y avais passée, j'avais été le régulateur des battements de son cœur.

J'avais été Billy Rohrsfield, employé de bibliothèque et leveur de fonte au Club Mixte le jour, Super Saigneur la nuit. Pendant trois cent soixante-cinq crépuscules d'affilée, j'avais exécuté mes rituels de changement d'identité : pantalons, chemise et veste au panier, avant d'enfiler la combinaison noire, et d'appliquer au mastic le bec de faucon fabriqué de mastic lui aussi. Pommettes et sourcils ombrés, de sorte que mon visage tout entier se réduise à l'essentiel. Une radio sur la fréquence de la police, et mon bricolage pour faire ligne commune avec eux et les écouter, EUX, parler de MOI, en me demandant à quel moment ils laisseraient tomber tous leurs faux-semblants et leur "indice mystère" pour diffuser à la face du monde mon nom de nuit. Je me sentais durcir lorsque les vieilles peaux parlaient de moi d'une voix d'adoration remplie de crainte ; je jouissais lorsque les hommes parlaient de moi en furie. Ce fut le paradis jusqu'à ce que démarrent dans mes oreilles les "ssss/tick, ssss/tick, ssss/tick", et que je me mette à penser à la manière d'éviter les patrouilles de sécurité que j'avais inspirées, afin de me glisser à travers les mailles des filets du voisinage pour aller détruire une famille tout entière. Sous les "ssss/tick, ssss/tick, ssss/tick", je savais que c'était d'une témérité folle, aussi je quittai discrètement la ville, avec regret mais avec une certaine gratitude à retrouver mon bon vieux "tic-tac" d'antan.

Je pris un jeune homme qui faisait du stop au sud de White Plains, et il me dit que je pourrais faire le caddie pour la saison dans n'importe lequel de la demi-douzaine de country clubs de Westchester ; tout ce que j'avais à faire, c'était d'avoir l'air vigoureux, cordial et présentable. Il mentionna aussi un bureau de location de Yonkers qui offrait aux visiteurs de passage l'été, les appartements des étudiants de l'université Sarah Lawrence en vacances. Je suivis les conseils du môme pour les deux choses, et avant la fin de la journée, Billy Rohrsfield se retrouvait bien installé dans une petite piaule de célibataire à la limite de Yonkers et de Bronxville, et avait déjà fait neuf trous comme caddie au country club de Siwanoy.

Et cette nuit-là, Billy se transforma en Super Saigneur, pour la première fois à New York.

Sans célébrité locale, sans fréquence radio ni branchement de fortune, il ne me restait rien d'autre à faire que d'écouter les "tic-tac tic-tac tic-tac" s'amplifier, à mesure que je me demandais qui, quand et où. Et c'est ce que j'ai fait : Billy de jour sur les parcours de golf, et mon moi particulier, le visage en plans durs, la nuit. Le tic-tac se poursuivait, et un jour de chaleur de la mi-juillet, j'arrêtai l'horloge au beau milieu de Manhattan et étranglai un ivrogne comateux sur un banc de la cathédrale Saint-Patrick.

Les manchettes du *Post* et du *Daily News* réduisirent le tic-tac à un gémissement, et je continuai Billy/Saigneur, Billy/Saigneur jusqu'au cœur des chaleurs d'août, lorsque j'entrepris une excursion au cœur de Big Apple*. Cette fois, l'alarme retentit avec un "BLAAAAAAAR" alors que je me promenais à travers Central Park, quand un clochard me demanda de la menue monnaie. Entouré de promeneurs, je l'attirai derrière une butte garnie de taillis et lui tranchai la gorge. Le portrait robot qui décorait la page deux du *Post* le lendemain n'était guère ressemblant, et cette nuit-là, en Super Saigneur, je m'attelai à la tâche de créer un long règne de terreur.

Extrait du journal de Thomas Dusenberry :

« 17/8/83

« Me voici de retour, en quête d'un peu d'air frais après trois mois d'affilée passés à fouiner dans la paperasse, à aider Jim Schwartzwalder dans ses interrogatoires de terrain à Minneapolis, à assister aux conférences psy et à ce qui revient à des conférences avec Carol – tellement elle est

* Grosse Pomme : surnom de New York.

devenue austère et formelle. Je rentre tard le soir, épuisé, à cran pour avoir bu trop de café, et elle, elle étudie. Je me passe des rediffusions des Honeymooners* ou de Sergent Bilko** – agréables antidotes superficiels aux rapports des légistes remplis d'éventrations et de pénis sectionnés –, et elle me dit que la nature frénétique des comédies des années cinquante a créé toute une génération de gamins enclins aux rires pour un rien, à la satisfaction rapide et à la violence. Ses diatribes sonnent comme si elles étaient préprogrammées, et je me dis qu'elle les a empruntées à l'un de ses professeurs. Indiscutablement, ça va de plus en plus mal avec elle ; il va falloir qu'on ait une discussion sérieuse très bientôt. J'espère que les raisons de la colère de Carol à mon égard sont purement cliniques : la ménopause me paraîtrait une manière logique et méthodique de mettre un point final à ce sujet. La Carol d'avant me manque.

« En parlant de point final, les vérifications d'automobiles entreprises par Jim Schwartzwalder lui ont donné le nom d'un suspect qu'il estime responsable de treize enlèvements-meurtres d'enfants du Midwest : Anthony Joseph Anzerhaus, de Minneapolis, représentant de commerce pour une entreprise de papeterie et de fournitures de bureau. J'ai accompagné Jim à Minneapolis. Par le patron d'Anzerhaus, nous avons appris qu'il était sur la route et qu'il serait probablement à Sioux Falls, dans le Dakota du Sud, ce soir-là. Nous avons appelé le SAC de Sioux Falls pour lui donner le nom du motel où Anzerhaus réside habituellement, et lui demander de l'attendre sur place. Puis nous avons inspecté l'appartement d'Anzerhaus. Nous avons trouvé les scalps de six enfants dans une glaciaire. Jim a complètement perdu les pédales et a tout démoli, balançant les meubles et cassant les bouteilles. Finalement, j'ai réussi à le calmer, mais le SAC de Sioux Falls a appelé pour dire qu'Anzerhaus ne s'était pas montré. J'ai pensé que son patron l'avait prévenu et j'ai laissé

* Feuilleton célèbre dont l'action se situe à Brooklyn dans les classes populaires.

** Feuilleton-farce mettant en scène une troupe de tire-au-flanc pendant la Deuxième Guerre.

Jim dans un bar pour qu'il se calme, avant d'aller affronter le mec. Il l'a admis, et ça a été mon tour de perdre complètement les pédales : j'ai agrafé ce trou du cul pour "entraves à une enquête fédérale, aide et incitation à la fuite d'un fugitif interétats". Je lui aurais collé une accusation de complicité si j'avais pu la faire tenir.

« Quand je suis retourné au bar, Jim était beurré. Il m'a dit que si Anzerhaus tuait un nouvel enfant avant qu'on l'attrape, il irait tuer son patron. Je suis sûr à 40 % qu'il était sincère. Jim reste à Minneapolis afin de superviser l'enquête. Anthony Joseph Anzerhaus, si j'ai un conseil à te donner en professionnel, suicide-toi, parce que tu seras capturé, et entre Jim Schwartzwalder et les truands moralisateurs du crime organisé qui dirigent les centrales fédérales, tu vas te retrouver dans la merde, dans la merde jusqu'au cou.

« Assez là-dessus. Anzerhaus n'est pas un pro de la fuite, il ne tiendra pas une semaine. La grande nouvelle – le grand bond en avant –, c'est que mes demandes de renseignements sur "Saigneur" et "Super Saigneur" viennent d'arriver, toutes brûlantes. Le 5 juin dernier, un frère et une sœur ont été assassinés dans leur appartement de Sharon, en Pennsylvanie. L'homme est mort d'une blessure au cou causée par un coup de hache, la femme a été étranglée. Le tueur a écrit "Super Saigneur Règne" sur le mur, en lettres de sang, du sang pris sur la victime masculine, et les flics de Sharon ont mis l'étouffoir sur ce détail pour éliminer les aveux bidons. Aucun confesseur spontané (611 se sont présentés) n'a admis avoir écrit ces mots, et les flics ont fait un boulot superbe en donnant des réponses très évasives quant à l'indice. J'ai le dossier complet des services de police de Sharon – 1100 pages, 784 fiches d'IT* –, et je travaille dessus en compagnie des psys et de Jack Mulhearn. Aucun des noms des IT ne correspond aux noms des dossiers des disparitions/assassinats précédents que nous attribuons au Saigneur ; j'ai appelé les flics d'Aspen et leur ai fait le coup à l'intimidation pour obtenir des tuyaux sur le mec qui a téléphoné en premier lieu la remarque sur Super Saigneur. Personne, là-bas, ne se souvient

* Interrogatoire de terrain.

du gars en question : on n'en parle dans aucun des dossiers d'Aspen, et depuis 76, il y a eu de grands changements dans le personnel. En extrapolant lourdement sur ce point, Doc Seidman pense que le mec qui a téléphoné le renseignement est en fait Saigneur : il est d'une intelligence géniale, il a un moi énorme, et il est probablement bisexuel avec une légère préférence pour les hommes. Doc a mis la main sur quelques vieux exemplaires de l'*Homme Cougouar*, la bande dessinée qui met en scène Super Saigneur. Il dit que c'est de la merde de malade sadomasochiste et nécrophile. Par-dessus tout ça, il pense que Saigneur a entre 32 et 37 ans, et qu'il est originaire d'un milieu de "Voiture-Culte", du Sud-Ouest ou de la Californie. Doc penche pour la Californie du Sud parce que l'*Homme Cougouar* bénéficiait d'une forte distribution dans cette région, et aussi parce qu'il estime que Saigneur vient d'un environnement qui vénère la beauté du corps et la forme physique. Celui qui a abattu l'homme à Sharon était d'une force stupéfiante : la victime comme sa sœur étaient culturistes. La théorie de Doc colle bien en fait avec les preuves solides dont nous disposons.

« Où es-tu, "Saigneur" ?

« J'ai fait partir une équipe d'agents de Denver à Aspen pour qu'ils retournent tout sur place jusqu'à ce qu'ils trouvent celui qui a téléphoné l'info Saigneur, et une équipe part demain du bureau de Philly pour Sharon, avec mission de conduire des interrogatoires supplémentaires. Sur les conseils de Doc, j'ai demandé des informations sur les homicides non résolus en Californie, et précédant immédiatement le premier probable de Saigneur, en 12/74. Si Aspen ne nous fournit pas de nom dans la semaine, j'irai moi-même. Tu veux qu'on te bichonne ton moi énorme, Saigneur ? Rends-toi à l'oncle Tom, il fera de toi une vedette.

« C'est Doc qui fait le plus gros de la théorie sur Saigneur, mais je fais ma part du travail sur le lien-connection que j'appelle maintenant "blondes-brunes". Ce n'est que suppositions, théories et circonstances, mais la sensation globale sonne juste, j'ai confiance.

« Un : je suis maintenant partant pour le flic assassin responsable des sept meurtres. En vérifiant les dossiers, j'ai vu que les quatre blondes avaient été arrêtées pour prostitution, ce qui en faisait des proies faciles pour une intimidation policière ou pseudo-policière, ce qui explique aussi pourquoi ces dames à l'instinct de rue si aiguisé ont laissé pénétrer des inconnus dans leurs appartements.

« Deux : je ne suis pas partant pour Saul Malvin comme "Tueur des Brunes". Pour moi, c'est un suicide (le rapport remis par l'agent qui a découvert sa voiture et ensuite son corps était un modèle d'intelligence et de clarté policières, malgré un peu de complaisance excessive pour ses propres théories), mais O + est un groupe sanguin très fréquent ; et puis j'ai passé quelques coups de fil discrets au SAC de Chicago : j'ai appris que Malvin avait une liaison avec une amie de sa femme, et l'amie se montrait pressante. Pour un certain genre d'homme, beau champ d'action pour un suicide.

« Trois : un grand bond en avant, un bond à vous laisser ahuri même si la sensation tombe juste : la police d'État du Wisconsin et les deux forces de police municipales qui l'aident dans les enquêtes sur les meurtres de brunes ne retrouvent plus leurs dossiers sur les trois homicides, ce qui est l'une des choses les plus incroyables qu'il m'ait été donné d'entendre en vingt-deux ans de carrière d'enquêteur. Neuf dossiers récents : évanouis !

« Je crois que nous avons un policier-tueur – port d'attache, le Wisconsin – responsable de sept homicides de blondes-brunes, et je crois qu'il a détruit les trois dossiers de brunes pour éviter qu'on puisse établir des rapprochements, très probablement fondés sur des indices matériels identiques. Maintenant que les correspondances entre indices matériels sont détruites d'un point de vue légal (il y a bien quelque légiste ou pathologiste du Wisconsin qui se souvient des caractéristiques des lames etc... mais cela ne tiendrait pas devant un tribunal), tout ce qui me reste, c'est des circonstances d'occasion.

« Ainsi, tout flic du Wisconsin manquant à l'appel uniquement aux dates des quatre homicides de blondes est mon assassin. J'ai déjà fait partir des demandes de renseignements discrètes auprès du service des affaires internes de la police d'État du Wisconsin ; le SAC de Milwaukee fait la même chose avec les responsables "Personnel" des forces de police de Jamesville et de Belvit. Tout ce qu'il me reste à faire, c'est attendre. Jack Mulhearn craint que ma théorie foire : il pense qu'un flic quelconque a vendu les dossiers aux médias ou à un écrivain de romans criminels. Nous avons un pari de cent dollars qui marche sur le résultat de mes demandes d'infos. Je ne peux pas me permettre de perdre – les frais de scolarité pour le semestre ne vont pas tarder à tomber –, mais je me sens sûr de moi sur ce coup. Où es-tu, Carol ? »

23

Tic
Tac
Tic
Tac
Tic
Tac
Tic
Tac.

Crépuscule, 7 septembre 1983. Le bruit d'horloge était dans ma tête, et dans mes mains je tenais un sac contenant mastic de théâtre et fond de teint n° 9, en rentrant à la maison après ma journée sur le terrain de golf et quelques courses à Bronxville. En ouvrant la porte, j'étais impatient d'entamer ma transformation nocturne et j'ai failli rater les pages d'album photo étalées sur mon lit.

Sentant ce qui avait dû se passer, j'eus le souffle coupé et je regardai les portes des placards et de la salle de bains – les seuls endroits où il pouvait m'attendre. Au milieu des "tic-tac tic-tac tic-tac tic-tac" hurlant de tous leurs décibels avec l'adrénaline qui me cognait le cœur, je réussis sans trop savoir comment à ne pas courir vers l'un ou l'autre, sachant que trahir ainsi mon impatience serait un affront au moi Super Saigneur. J'étais sur le point d'éclater de tous mes sens, mais je m'obligeai à lire le message des retrouvailles.

C'était un article de journal daté du 19 février 1979, qui exposait par le détail les brillantes machinations entreprises par Ross Anderson dans le but d'éviter que n'éclate au grand jour notre participation à tous deux à nos meurtres les plus récents. Je lus et relus le compte rendu, en une succession rapide, et une vision en Technicolor des points essentiels m'engloutit tout entier ; je dus m'agripper au lit pour me retenir :

– Ross repérant la voiture du mort, voyant la carte de donneur de sang O + et criant “Eureka !”

– Ross retournant à Huyserville pour en ramener des chiens, sachant pertinemment, par avance, où se trouvait le corps.

– Ross mettant son propre argent dans le portefeuille du mort, et mon vieux 357, sans silencieux, dans sa main.

– Ross profanant la poitrine de l'homme, de sorte que les pathologistes ne puissent trouver trace des deux impacts de balles, causes de la mort.

Mon point d'implosion se mit à baisser et je repassai le film en cinéma intérieur ; je remis en retour arrière ; je fis défiler au ralenti. Dans toutes les versions, ce fut un spectacle de pur génie... plus quelque chose d'autre.

– Et tu croyais que je n'étais qu'un beau gosse de plus. Ross le Boss, ça, c'est un mec !

Je sentis mon corps se réchauffer, et la vague de chaleur qui m'envahit me donna de l'aplomb. Je me levai du lit, me retournai et souris :

– Bravo, sergent.

Ross lissa sa moustache et caressa le crocodile emblème de son polo bleu. Des vêtements civils, quatre années et demie et mille six cents kilomètres ne l'avaient changé en rien ; chaque parcelle de cet homme avait franchi intacte les morsures du temps.

– C'est lieutenant, dit-il, mais merci quand même.

Refroidi par sa froideur, je retins le feu nourri de mes questions et dis :

– Félicitations.

Ross referma la porte de la salle de bains et dit :

– Merci. A propos, je suis le plus jeune lieutenant de toute l'histoire de la police d'État du Wisconsin. Retourne ces pages d'album ; au dos, il y a des trucs qui vont te plaire.

Je m'exécutai. On avait fixé au verso d'autres articles de journaux, accompagnés de clichés Polaroïd affadis de jeunes femmes blondes massacrées. Pendant que mes yeux parcouraient les textes, que mon cerveau passait un film de Ross voyageur prenant des risques et tuant pour moi, l'homme en personne se mit à parler, lentement, et ses paroles avaient un parfum de musique de fond.

– Tu as été facile à filer, mon coco. Pour les abus de pouvoir policier, je suis de classe internationale, mais comme pisteur, je suis encore meilleur. Le 38 que je t'ai donné m'a servi de traceur. J'avais rainuré l'intérieur du canon et tiré des balles tests dans un caisson à balistique ; je les ai conservées. Les marques et rayures en sont très caractéristiques, et j'ai pensé que le silencieux n'arriverait pas à en modifier les stries. Alors, tout ce que j'ai eu à faire, c'est demander, à l'échelon national, copie de tous les dossiers classés “Mort d'homme par arme à feu”, contrôler les rapports balistiques, et voir ainsi dans quel coin mon vieux pote Martin traînait ses guêtres. Ça m'a pris du temps au téléphone, mais je suis du genre à m'accrocher. Je t'ai repéré pour le débile de l'Illinois et la pédale du Nebraska : alors, tu es enfin sorti de ton placard, mon coco ? C'était tous les deux des grands bruns costauds à peu près de ton âge, et j'ai pensé : “Oh ! Oh ! Martin veut se trouver de nouvelles pièces d'identité parce qu'il sait que Ross le Boss le connaît trop bien.” Et puis tu as effacé le vieux boche du

Michigan. Presque deux ans s'étaient écoulés ; je me suis dit que si tu descendais un vieux mec comme ça, c'était peut-être parce que tu avais les pièces d'identité d'un macchabée que tu n'avais pas abattu ou que les flics n'avaient jamais retrouvé. J'ai eu aussi l'impression – comme ça, au flair – que tu devenais méfiant et précautionneux, et que tu avais dû effacer Papy pour une bonne raison. Alors j'ai réussi à extorquer une photocopie du dossier aux flics de Kalamazoo.

« Que je sois damné si je me trompe, mais tu es un sacré bon escroc. Douze bâtons en chèques aux compagnies de cartes de crédit ? Ces foireux de flics de Kalamazoo n'ont même pas pris la peine de contrôler auprès des compagnies, mais moi, si. Transactions à venir, toujours par cartes de crédit ? Mon coco, tu as une paire de couilles en platine, et j'ai suivi ces couilles-là à travers le pays, grâce aux bons soins de Télécrédit. Il y a Martin dans l'Ohio : peut-être qu'il a un peu tailladé à Sharon, en Pennsylvanie ? Complément d'information après le rapport sur le cadavre Rohrsfield, appel sur la ligne rouge des compagnies de location – les flics y ont accès pour garder la trace des violateurs de conditionnelle –, et que le cric me croque si je ne tombe pas sur un certain William Rohrsfield en cours de route, non loin de cette réunion de famille dont je me disais qu'elle serait trop mortelle pour que j'y assiste. Beau travail sur Rohrsfield, Martin, mais tu n'aurais pas dû l'enterrer sur le site où se construirait un 7-11. Mon coco, tu veux bien reposer ces photos et me regarder ?

Sa requête me fit lever les yeux des portraits de mort. Impressionné par la manière dont Ross m'avait épinglé, je dis :

– Comment êtes-vous parvenu à accomplir tout ça ? Des villes différentes ? En les espaçant comme ça ?

Caressant toujours le crocodile de sa poitrine, Ross dit :

– Affectation aux Extraditions. Je me pointais au poste de police de la municipalité, présentais mes paperasses, discutais le bout de gras avec les agents chargés de l'enquête, avant d'aller fouiner dans les dossiers Mœurs et de trouver une belle pétasse blonde récemment condamnée pour racolage. Facile. Trouver l'information, sonner à sa porte, dire que c'est le sergent Plunkett (ou peu importe), passer à l'acte, prendre les photos et se tailler. Espacer les boulots, des villes différentes. Il a fallu quatre boulots pour qu'on établisse les correspondances, et j'ai arrêté. De la nouvelle graine de tueur, capable de se maîtriser. J'ai aussi fait mes réservations aller et retour pour les villes d'extradition sous des faux noms, j'ai présenté de faux ordres de mission pour moi-même et mon prisonnier, ce qui fait que je n'apparaissais jamais sur aucune liste de passagers. Saul Malvin a porté le chapeau pour les brunes, et j'ai détruit les dossiers qui les concernent, pour le cas où quelqu'un ferait le rapprochement entre le“Scieur du Wisconsin” et le “Hacheur des Quatre États” et déciderait de se mettre à comparer les rapports légistes. Je viens de comprendre quelque chose à notre sujet à tous deux, Martin. Au bout du compte, nous sommes à égalité, mais là où tu excelles en quantité, j'excelle, moi, en qualité.

Malgré mon respect admiratif et ce petit quelque chose d'autre, la condescendance me fit tiquer et je dis :

– Que diriez-vous d'un à un ?

Ross sourit, et je perçus un éclair de son admiration à mon égard.

– Je ne sais pas, mon coco. Honnêtement, sincèrement, je ne sais pas. Ça te dirait d'aller faire un tour ? Peut-être même rencontrer des membres de ma famille ?

***

Ross avait pris un taxi, nous avons donc emprunté Mortmobile II jusqu'à la maison d'été où se réunissaient les plus jeunes de sa famille. Sa présence à mes côtés sur le siège du passager m'emplissait d'une douce chaleur et il parla à voix douce pendant que nous nous dirigions au nord sur la Saw Mill Parkway.

– C'est ici que je passais mes étés quand j'étais enfant. La fiesta est organisée par les Liggett, la famille de ma mère. Du pognon à la pelle. Ils ont toujours pensé que ma mère s'était mariée en-dessous de sa condition : Lars Anderson, grand balaise borné et beau gosse, ébéniste des fins fonds du Wisconsin, pas d'avenir. Ils me le faisaient toujours sentir de manière subtile, à me tuer avec leur gentillesse tout en le faisant. Chaque année, au mois de septembre, à cette époque-ci, juste avant qu'ils ne me renvoient à Belvit, ils m'achetaient une cargaison de vêtements d'automne pour l'école, et on pénétrait chez Brooks Brothers en défilé comme si j'étais le Petit Lord Fauntleroy. Les vendeurs me détestaient parce qu'ils croyaient que j'étais un môme de riche, né avec une cuillère en argent dans le cul ; les Liggett claquaient le pognon par poignées pour rabaisser papa ; et je commandais toujours mes vêtements trop grands ou trop petits, de sorte que je pouvais les revendre ou les larguer une fois rentré à la maison. Tu te souviens de ce pote à moi ? Feu Billy Gretzler ? Tu aurais dû le voir vêtu d'un Chesterfield en cachemire à cinq cents dollars quand il travaillait sur son camion. Le Chesterfield est devenu si noir et si graisseux que, finalement, je lui ai tout dit. Une blague est une blague, maintenant, jette-le. Il n'a jamais voulu. Il a découpé le manteau en morceaux et il utilisait les chiffons pour nettoyer ses fusils. Nous sommes presque à Croton, tu sors à la suivante et tu prends à gauche.

En ralentissant pour me diriger vers la voie de dégagement, je demandai :

– C'était comment, avoir une famille ?

Ross caressa son crocodile.

– Tu n'as pas eu de famille, coco ?

– J'ai été orphelin jeune, dis-je.

– Eh bien, je vais te le dire. Les Anderson, les

Liggett et les Cafferty, j'en ai plein le cul, en fait, c'est que des gens qu'on lit à livre ouvert. Maman et sœurette, c'est des faibles ; papa est stupide et fier ; Richie Liggett – mon cousin, que tu verras probablement –, lui, est brillant, mais il est tellement perdu dans sa vision intello de ce qu'il croit être l'existence qu'on ne le remarque même pas. Une autre cousine, Rosie Cafferty, le modèle type de la minette qui a le feu au derrière, avec un faible pour les Italiens et les voitures musclées. Heureusement qu'elle a du pognon, sinon, ce serait une putain. Elle...

En quittant l'autoroute, je l'interrompis :

– Mais c'est comment ?

Ross réfléchit à la question pendant que je longeais d'énormes bâtisses blanches depuis près de deux kilomètres. Des breaks chargés de monde et de bagages sortaient des allées, et les loueurs tendaient les clés aux locataires sur des douzaines de pelouses de façade. Les lumières qui brillaient dans les maisons me firent penser aux cambriolages et je lâchai d'un coup :

– Dites-le moi, nom de Dieu !

Ross éclata de rire.

– Tu veux une définition de la famille, je vais t'en donner une. La famille, en quelque sorte, c'est te sentir proche de gens parce que tu sais qu'ils sont du même sang, et il faut que tu les supportes, sans tenir compte de ce que tu penses d'eux. Alors au fil des années, ils te deviennent insupportables, d'une manière ou d'une autre. Il est intéressant de les observer et de savoir que tu es plus intelligent qu'eux. En plus, ils te sont redevables et ils peuvent te rendre service. Tourne à gauche au coin et gare-toi.

Je ralentis, pris le virage et me rangeai contre la bordure, en face d'une grande maison blanche qui devait remonter à l'époque de la Révolution.

– Jolie crèche, hein ? dit Ross en m'indiquant les piles de jouets qui jonchaient la pelouse de façade, immaculée. En un mot, du fric et de la famille, en veux-tu, en voilà. Y'a des tas de pognon dans le coin, et les mômes se conduisent toujours comme des bougnoules. Amène-toi.

Nous traversâmes la pelouse jusqu'à la véranda et entrâmes par la porte grande ouverte. A l'intérieur, le mobilier était de prix, les moquettes avaient besoin d'un coup d'aspirateur, et le salon comme l'entrée étaient jonchés de vêtements de sport, de raquettes de tennis et de clubs de golf dépareillés. Ross mit les doigts dans sa bouche et siffla, avant de dire :

– Quelle clique de ploucs ! Richie et Rosie crèchent ici avec l'élu de leur cœur, et moi, j'ai toujours eu droit à une chambre de la taille d'un placard à balais. Le grand rassemblement commence demain soir au yacht club de Mamaroneck, et les cousins non mariés ont leur piaule ici, comme ça, ils ne vont pas gêner Grand Papa Liggett en tirant leur coup dans les cabines. Hey ! Achtung ! Ross le Boss est arrivé !

J'entendis des bruits de pas au premier, et quelques instants plus tard deux couples en tenue blanche de tennis dévalaient l'escalier. Les hommes étaient la jeunesse personnifiée, dans toute la splendeur de leur forme physique, l'un du genre WASP, l'autre de type italien. Les jeunes femmes étaient brune et rousse, droit sorties des publicités de Ralph Lauren* que j'avais vues au cours de mes accès de lecture. Tous quatre commencèrent à blablater "Salut" et "Salut, Ross !" en me regardant du coin de l'œil, comme s'ils me voyaient après coup. Ross serra les mains des hommes et prit les filles dans ses bras, avant de mettre les doigts à sa bouche et de siffler. Le bruit perçant arrêta tous les papotages et Ross dit :

– Hé, les mômes, n'oublions pas nos bonnes manières. Cousins, voici mon ami Billy Rohrsfield. Billy, voici, de gauche à droite, Richie Liggett, Mady Behrens, Rosie Cafferty et Dom De Nunzio.

En me disant "de la classe ", je serrai les mains mas-

* Ralph Lauren : styliste de mode célèbre.

culines et baisai les mains des femmes. Les garçons partirent d'un grand rire et les filles gloussèrent. J'aperçus Ross qui caressait son polo, et une douce chaleur m'envahit à nouveau. En clignant de l'œil, Ross dit :

– Double mixte ? A l'intérieur comme à l'extérieur ?

Tous les mômes éclatèrent de rire devant la finesse d'esprit de cet homme qu'ils adoraient de toute évidence, puis ils se dispersèrent en ramassant sacs de sport et raquettes de tennis. Ils franchirent la porte en courant dans une cacophonie de "À bientôt", "Au revoir" et "Heureux de vous avoir rencontrés" ; le spectacle tout entier prit fin si brutalement que je dus cligner des yeux et enfoncer mes pieds dans la moquette pour retrouver mes points de repère.

Ross remarqua mon attitude et dit :

– Choc des cultures. Amène-toi, je vais te faire visiter la maison. Elle est à nous deux maintenant.

Il caressa une nouvelle fois l'emblème de sa poitrine, et soudain je compris que s'il ne cessait de faire ce geste c'était pour s'empêcher de me toucher.

– Montrez-moi d'abord votre chambre, dis-je.

Nous savions l'un et l'autre ce que je voulais dire.

Ross se toucha la poitrine.

– Alice le crocodile. La seule femme qui ne m'ait jamais laissé tomber, alors je me la garde près du cœur.

Il me montra l'escalier et me fit un clin d'œil. Plié en deux dans une révérence, je lui dis :

– Avancez, coco.

Ross accepta la balle de match sans faire d'esprit, éclatant d'un rire sonore qui révéla un minuscule défaut dans sa perfection presque totale : des dents mal réparées, qu'il masquait habituellement du double subterfuge d'un sourire mince et d'une moustache en brosse. Il ouvrit alors la marche, et je tressaillis devant cette épiphanie d'amants.

Je volai sur les marches en le suivant, comme dans un nuage, jusqu'à la chambre ; et lorsqu'il tendit la main vers l'interrupteur intérieur, c'est à peine si je réussis à m'entendre lui dire : “Non”. Le “Au revoir, Alice” de Ross retentit comme un fracas dans l'obscurité, puis les fermetures Éclair crissèrent, les boucles des ceinturons et les chaussures frappèrent le sol. Les ressorts du lit grincèrent, et l'instant d'après, nous étions ensemble.

Nous nous sommes tenus serrés, nous nous sommes frottés et embrassés. Nous avons senti la lourdeur pesante de nos désirs réciproques sous nos mains en friction. Nous étions impact plutôt que fusion, force plutôt que douceur. Notre fièvre a grandi à la mesure des pressions de nos muscles. Tendus comme ressorts dans nos enlacements, chacun de nous a essayé d'être plus fort que l'autre, et lorsque nous avons senti que nous étions combattants de force égale, tout notre être s'est trouvé réduit à notre bas-ventre, et nous nous y sommes poussés et repoussés à force jusqu'à ce que nous ne soyons plus, au-delà de tout, morts ou... ensemble.

Nous sommes restés étendus là, haletants, en sueur. Mes lèvres frôlaient la poitrine de Ross, et il bougea son corps pour rompre ce contact. Je voulais que fusionne à nouveau le lien qui nous unissait, mais derrière la respiration courte de Ross, je le sentais qui reprenait ses esprits, à nouveau homme de raison, fuyant devant ce que cela faisait de nous, faisait de lui. Je savais que bientôt il dirait quelque chose d'une froideur essentielle afin de diluer cette puissance qui était nous, et je savais que je ne pourrais jamais me prêter à ses paroles. Je me roulai en boule comme un enfant proche du sommeil, plaquai mes mains en coupe sur mes oreilles, et serrai les paupières jusqu'à en être engourdi. J'entendais encore faiblement battre le cœur de Ross ; très faiblement, je l'entendis marmonner et renier avec style ce que nous venions de commettre. Ces mots, je ne les entendais pas, et pourtant, ils m'ont fouillé et déchiré le corps, et je les ai chassés, tenus au loin de toute la puissance de mon pouvoir, de mes muscles, de ma volonté ; je me suis roulé en boule serrée, de plus en plus serrée, jusqu'à perdre le contrôle de mes sens, et mon propre contrôle.

"Tic/toc-toc, tic/toc-toc, tic/toc-toc", étrange musique de berceuse dont le rythme me répétait "Ce n'est qu'un rêve". Serré au fond de ma boule, je sais que je suis un enfant, j'ai quatre ou cinq ans, c'est 1953, le monde est différent. Je suis dans mon lit, et la pression dans ce que ma mère appelle l'"endroit" m'oblige à aller à la salle de bains me soulager. Un bruit de pas montant l'escalier m'empêche de retourner à ma boule, et je reste dans les ombres du couloir, dans l'espoir d'apercevoir les endroits secrets de mon père et de ma mère. Lorsque les pas arrivent sur le palier, c'est un homme et une femme coiffés de perruques blanches et poudrées, et vêtus de costumes sortis droit de mes albums d'images de maternelle : des vêtements comme en portaient George Washington et la royauté européenne dans leur monde différent. Je sens une odeur d'alcool, je sais que l'homme est mon père, mais la femme est trop jolie pour être ma mère.

Ils sont dans la grande chambre et allument la lumière. Mon père dit : "Elle est chez sa tante, à San Berdoo, et le môme dort." La femme dit : "On garde les perruques pour le plaisir, j'ai toujours voulu être blonde." Mon père tend la main vers l'interrupteur, et la femme dit : "Non".

Corsets pesants, chaussures et boucles des ceintures touchent le sol avec un bruit sourd, mon père et la femme sont nus, avec des cheveux sombres à leurs endroits secrets. Il a ce que j'ai aussi, seulement, c'est plus gros ; elle n'a que des cheveux. Les perruques claires et les cheveux sombres à cet endroit, c'est mal, et ce que, moi, je sens à cet endroit, c'est mal, mais je m'approche malgré tout sur la pointe des pieds et je regarde.

A voir, c'est laid et c'est bon. Mon père est fort et musclé, les épaules et la poitrine larges, la taille mince. Il est bon, mais la femme a des jambes grasses, des chevilles épaisses, de grandes dents de cheval, une cicatrice sur l'estomac et du vernis à ongles qui s'écaille. Ils montent sur le lit, ils roulent, et le matelas se met à faire "tic tac tic tac". Elle dit "Mets-la moi", mon père le fait et c'est laid à voir, alors je ferme les yeux et j'écoute le tic tac. A les entendre tous deux, c'est bon ; et c'est bon, la sensation que j'éprouve à cet endroit, c'est même de mieux en mieux au fur et à mesure des grognements de mon père qui accompagnent les "TIC TAC TIC". Il grogne de plus en plus fort, "TIC TAC TIC TAC TIC TAC TIC", et moi aussi, je me touche à cet endroit. C'est bon, ce que je sens, c'est de mieux en mieux, et je cours jusqu'à la salle de bains parce que je sais que quelque chose doit sortir. Rien ne sort, mais je suis gros.

Je prête l'oreille à d'autres tiquetis pour devenir plus gros encore, mais il n'y en a plus. Je vais jusqu'à la porte de la chambre et je vois mon père endormi qui ronfle. La femme me voit et croche un doigt dans ma direction. Fier de ce que je possède, je vais lui montrer.

Elle est laide et son haleine pue, mais sa perruque est jolie, et sa main à cet endroit, c'est bon. Je veux que mon père le voie et j'essaie de tendre le bras par-dessus la femme. Elle m'arrête en mettant sa bouche à cet endroit.

"Tic tac tic tac tic tac" lorsqu'elle remue sur le lit sous l'effort, ses lèvres autour de moi ; "tic tac tic tac", je ferme les yeux ; "tic tac tic tac" elle est en train de me mordre et j'ouvre les yeux, et ma mère est là, brandissant une spatule en acier brossé et une poêle à frire, et je me retire, et la femme saigne des lèvres. Elle repousse ma mère et court en perdant sa perruque ; mon père ronfle et ma mère maintient la perruque sur mon visage, et je m'écroule endormi, poussé à force au sein d'une haleine étouffante, chargée d'alcool, qui se met à battre "tic tac tic tac".

Ensuite, c'est toujours aux environs de 1953, mais plus tard. Ma mère est en train de me donner des pilules pour que je ne me souvienne plus. Les pilules viennent d'un flacon dont l'étiquette dit phénobarbital, et chaque fois qu'elle m'en donne une, elle met un petit mot dans un autre flacon. Le petit mot demande à Dieu de me pardonner pour ce que j'ai fait avec la femme à perruque.

Des mains rudes m'ont arraché à ma boule de sommeil. Une voix jadis parfaitement stylée a laissé suinter son agacement :

– Hé ! hé ! mec ! Tu me fais le coup de la petite connasse ?

Je suis sorti du ventre que je m'étais fait, pleurant, et me balançant comme un pendule. Un revers de main a frappé Ross à la mâchoire et l'a fait tomber du lit. Il s'est remis debout, et j'ai vu qu'il avait déjà remis ses vêtements. Nu, je me suis senti en position de force. Ross s'est caressé la moustache avant de dire :

– C'est mieux. Pendant un moment, je me suis fait du souci pour toi.

Nous sommes restés là, debout, simplement. Ross a fait son petit numéro avec le crocodile et je me suis confronté avec ce qui m'était arrivé trente ans auparavant. La chaleur de la chambre minuscule a séché mes larmes, et la seule chose au monde dont j'étais sûr, c'était que le prochain être humain parfait à croiser ma route allait soit mourir de manière horrible, au-delà des mots pour le dire, soit repartir intact, sentence de mort commuée par ma mère dans sa tombe, et par l'assassin debout en face de moi. Je me rhabillai sous les regards scrutateurs de Ross, et je songeai que la seule chose horrible quant au choix de mes résolutions serait d'attendre pour savoir. Je retournai mes regards sur Ross et dis :

– Merci.

Ross m'offrit son petit sourire affecté, le sourire breveté de celui qui est pris la main dans la boîte à biscuits.

– De rien. De temps à autre, une petite fête à la spartiate, ce n'est pas désagréable. T'as fait un mauvais rêve ?

– Des vieux trucs. Pas de quoi en faire un drame.

– Je ne rêve jamais, peut-être parce que je mène une vie très aventureuse. Si un autre homme, n'importe lequel, m'avait frappé, je l'aurais tué.

– Tu aurais pu me tuer, lieutenant. Tu aurais pu me tuer et tu l'aurais fait passer pour ce que tu aurais voulu et tu aurais pu même en tirer profit.

Ross sourit de toutes ses mauvaises dents, et à cet instant, je l'ai aimé d'amour.

– C'est parce que tu sais que je ne te ferais jamais de mal, coco.

Un raccourci clément pour me sortir de mon dilemme me traversa l'esprit en tiquetant, et je le repassai immédiatement à Ross, ne sachant que trop bien toutes les implications du plan.

– Tu connais ce coin par cœur, non ?

– Comme ma poche, coco.

– Faisons un coup ensemble. Blondes, brunes, ça m'est égal, pourvu qu'elles soient parfaites.

En caressant Alice, Ross dit :

– Passe me prendre demain aux environs de midi. Nous ferons la tournée des coins à estivants, à Vassar et Sarah Lawrence. Mets une veste et une cravate pour avoir l'air d'un flic et je te garantis une superbe partie de plaisir.

J'allai jusqu'à Ross et l'embrassai sur les lèvres, sachant que si je ne pouvais pas tuer notre spécimen de perfection, il me faudrait mettre un terme à mon voyage de sang en tuant l'homme lui-même – mon libérateur et mon seul témoin. Apaisé par cette pensée, je rompis l'embrassade mains sur épaules et sortis de la chambre. La maison était animée de bavardages alors que je descendais l'escalier, et la dernière chose que j'entendis en ouvrant la porte d'entrée fut un trille de soprano émoustillé :

– Richie, tu ne crois pas que Ross est peut-être gay ?

Extrait du journal de Thomas Dusenberry :

« 8/9/83
« 1 h 10 du matin,
« à bord du vol 228 - Eastern Flight
« DC à NYC*

« J'en ai un !

« Je suis en route pour Croton, New York. Une équipe d'agents du bureau de Westchester m'attend à La Guardia, ensuite nous nous rendrons dans une maison d'été de Croton afin d'arrêter un lieutenant de la police d'État du Wisconsin pour les sept homicides de blondes-brunes, plus, chose incroyable, le meurtre de Saul Malvin.

« Voici comment ça s'est passé : le responsable des affaires internes de la WSP** m'a appelé à Quantico il y a trois heures. Il m'a dit que son seul possible était le lieutenant Ross Anderson, commandant de jour à l'annexe de Huyserville. Lorsqu'il était sergent chargé des extraditions et des mandats, Anderson se trouvait, les soirs des quatre homicides de blondes, dans les villes concernées ; il y était arrivé par avion un à trois jours avant chaque meurtre. Dans chaque cas, il était reparti avec son prisonnier vingt-quatre à quarante-huit heures après l'heure estimée par le coroner pour la mort de la victime. Ajouter à cela :

« 1– Anderson est O +.

« 2– Sergent aux patrouilles fin 78-début 79, Anderson couvrait le secteur où ont été découverts les corps des trois brunes.

« 3– Anderson avait la responsabilité du déploiement de surveillance pour capturer le tueur de brunes.

« 4– Le 11/3/76, Anderson a abattu un trafiquant de marijuana, armé, dans l'exercice de ses fonctions. L'homme, William Gretzler, était son ami d'enfance.

« 5– Le dossier de la WSP concernant les meurtres des

* De Washington à New York.
** Police d'État du Winsconsin.

brunes était conservé dans la salle de brigade des inspecteurs de l'annexe de Huyserville, là où Anderson exerce ses fonctions à titres divers depuis six ans, ces huit derniers mois comme commandant de jour.

« 6– Depuis sa promotion au grade de lieutenant, il y a huit mois, Anderson a été fréquemment vu dans les salles de brigades des PP* de Jamesville et de Belvit, là où manquent les autres dossiers de brunes.

« 7- Anderson a été vu en train de compulser les dossiers mœurs des PP de Louisville et de Des Moines vingt-quatre heures avant les homicides survenus dans lesdites villes.

« 8- Le bouquet de tous les bouquets : Anderson est l'officier qui a découvert la voiture, la carte de donneur de sang, et plus tard, le corps de Saul Malvin, que la WSP a officieusement considéré comme étant le tueur de brunes.

« Putain de surprise ! Dans une page antérieure de ce journal, j'ai qualifié le rapport d'Anderson sur sa découverte du corps de Malvin, de “modèle d'intelligence policière”. Putain, mais quelle audace dans tout ça !

« Voici ma reconstitution du meurtre de Malvin : Anderson vient de tuer Claire Kozol, sa troisième victime brune. Il reprend ses patrouilles, voit la Caddy de Malvin sur le bas-côté de la I-5 et commence à enquêter. Malvin est dans la voiture, et pendant qu'il cherche ses papiers d'immatriculation dans la boîte à gants, Anderson repère sa carte de donneur de sang O +. Il se dit “bonne poire” et déclare à Malvin qu'il va l'emmener jusqu'à la ville la plus proche. Il dit à Malvin d'aller jusqu'à sa voiture de patrouille, puis, d'une manière ou d'une autre, en se débrouillant pour que ça ait l'air d'un accident, il fait quitter la route à la Caddy.

« Il neige à gros flocons, il y a peu de voitures sur la route. Peut-être qu'Anderson interroge gentiment Malvin sur son emploi du temps à l'époque des deux premiers meurtres, peut-être qu'il décide tout simplement de laisser la question ouverte en espérant que tout ira pour le mieux. Pour parer à tout, il a le 357 dans sa voiture (c'est probablement de cette manière-là qu'il a exécuté William Gretzler, d'une manière

* Postes de police.

qui laisse présumer aujourd'hui la préméditation), et, sur un prétexte quelconque, il arrête la voiture et oblige Malvin à pénétrer dans les bois. Il lui tire deux balles dans la poitrine avant de placer l'arme dans sa main, sachant pertinemment que le blizzard va masquer les deux séries d'empreintes de pas et empêcher que l'on ne découvre le corps de Malvin – tout au moins avant le matin.

« Le lendemain, la neige ne tombe plus, Anderson fait sa découverte bidon de la voiture de Malvin et de sa carte de donneur de sang, élabore sa petite théorie impromptue, continue à brouiller les pistes en allant à Huyserville pour en revenir avec les chiens, "découvre" le corps de Malvin, et à partir de là, joue son numéro forcé de jeune flic brillant de bout en bout. Il a un coup de bol sur l'emploi du temps de Malvin à l'époque des deux premiers homicides, et il s'en tire sans problème.

« Putain, c'est étonnant !

« Alors que j'écris, les agents de Milwaukee se font délivrer des mandats pour perquisitionner les appartements d'Anderson à Huyserville. S'il avoue ce soir, ou si les mecs de Milwaukee trouvent des armes qui correspondent aux données des meurtres des blondes, il est mort et enterré. Je ne me pose qu'une seule véritable question : qu'est-ce que ce salopard a bien pu faire pendant les deux années écoulées depuis son dernier meurtre ? Ça me fout la trouille.

« Pour couronner le tableau, j'ai obtenu une liste de six noms du SAC de Denver, il y a moins d'une heure, par téléphone. Un flic d'Aspen a mis la main sur de vieilles notes de son vieux partenaire, l'agent qui avait pris l'appel téléphonique du volontaire qui a transmis l'info sur Super Saigneur. L'agent en question est mort l'année dernière, et les notes qu'il a laissées sont rédigées dans une sténo bizarre, mais six noms apparaissent dans une colonne, avec "SS - Ret ?" marqué immédiatement à côté. Les noms – George Magdalemno, Aaron Beau Jean, Martin Plunkett, Henry Hernandez, Steven Hartov, et Gary Mazmanian – sont en train d'être passés à l'ordinateur-plan national, et Jack Mulhearn appellera le bureau de Westchester plus tard dans la soirée, avec les résultats.

« Ça me démange de plus en plus. L'arrestation d'Anderson ne concernera que le Bureau, rien que nous quatre, armés de fusils. C'est le plus jeune lieutenant de toute l'histoire de la police d'État du Wisconsin. Que s'est-il passé ?

« Et pour le Saigneur, ça se rapproche. Deux des noms sont latins, et les quatre autres sont suffisamment peu courants pour qu'une sortie info-plan national ne donne pas plus de vingt possibles par homme. Entrer : grand, costaud, cheveux sombres et 35 à 40 ans, confronter aux résultats du listing, et la liste va encore se rétrécir. Faire passer les photos anthropo ou SCG des suspects les plus probables aux agents des villes où se trouvent les témoins oculaires – les escrocs à la carte de crédit –, et je parie 3 contre 1 qu'ils reconnaîtront notre homme. J'ai gagné un billet de cent sur Anderson, et je me sens toujours en veine. Qui es-tu, Saigneur ? Où es-tu ? Viens vers tonton Tom. Il t'arrêtera, il te fera inculper et passer en jugement. Et quand tu seras condamné, il te trouvera une jolie petite cellule dans une jolie prison fédérale. Si tu as vraiment beaucoup de chance, peut-être que tu auras une couchette en compagnie du lieutenant Anderson. Je suis sûr que vous aurez tous les deux beaucoup de choses à vous raconter. »

24

A cran comme le shérif attendant midi, dans *Le train sifflera trois fois*, j'ai passé la matinée à me préparer pour le grand moment.

D'abord, je me suis rendu chez Brooks Brothers, à Scarsdale. Ross a demandé que je ressemble à un flic, et comme je ne possède pas de complet ni d'ensemble veste de sport-pantalon, j'ai décidé de faire l'achat d'une tenue élégante et convenable pour mes débuts dans la police. En pénétrant dans le magasin, je me suis rendu compte que je n'avais pas porté de veste ni de cravate depuis mon enfance, et j'ai ressenti jusqu'au plus petit détail l'humiliation de Ross gamin lorsque j'ai demandé à un vendeur de me montrer les blazers d'été grand patron. D'un ton condescendant, il me répondit que les blazers portaient l'indication numérotée de leur taille et me suggéra d'essayer une sélection de 56, grande longueur. Furieux, je me suis prêté au jeu en portant mon choix sur une veste de lin bleu marine qui avait apparemment assez d'allure pour désarmer une étudiante de Vassar*. Le vendeur fit la tête devant mon attitude, et lorsque je lui dis : “Pantalons : 42, longueur : 85”, il m'indiqua des rangées de cintres suspendus et s'éloigna. Je trouvai une paire de pantalons bleu clair assortis et les attrapai ; en me dirigeant vers la caisse, je pris une chemise blanche et la première cravate venue, bordeaux foncé avec un motif de clubs de golf entrecroisés. Le coût total de mon costume de représentation se montait à trois cent onze dollars, et en quittant le magasin, j'eus la sensation de sortir de prison.

Je me changeai à l'arrière de Mortmobile II, et poussai un juron en m'apercevant que j'avais oublié la manière de nouer une cravate. Je la passai dans mon col ouvert et roulai jusqu'à une armurerie de Yonkers où je dépensai quatre-vingt-dix dollars pour quelque chose d'utile : un étui de hanche en cuir noir pour mon 38 à canon court. Je transférai l'arme de son compartiment secret de la Mortmobile au nouvel étui de toute beauté que j'agrafai à ma ceinture, du côté gauche pour pouvoir dégainer en style croisé, renversai le mouvement et pris la direction de Croton.

La grande maison d'été paraissait différente à la lumière du jour ; en frappant à la porte, j'en sentis la raison : de mes vêtements à mon passé et à mon avenir, tout en moi changeait à une vitesse folle qui modifiait ma vision des choses.

* Université féminine de grande réputation faisant partie d'un groupe de sept portant le nom de Seven Sisters, les Sept Sœurs.

Mady Behrens ouvrit la porte. Elle aussi n'était plus la même, au point que je faillis ne pas la reconnaître : la blonde pétillante en tenue de tennis blanche avait aujourd'hui un air hagard et soupçonneux, une mégère en puissance vêtue d'un peignoir de bain trempé.

– Ross a été arrêté la nuit dernière, dit-elle. Des policiers avec des fusils l'ont emmené. Le papa de Richie dit que c'est vraiment grave.

La véranda se transforma en sables mouvants sous mes pieds, et la bouche ouverte de la mégère ressemblait à une invite directe pour la décision la plus facile de la terre. Je tendis la main vers mon arme, mais elle gâcha ma cible en chialant :

– Je savais que Ross avait des tendances sadiques, mais je n'arrive pas à croire qu'il...

Je me mis à courir vers la Mortmobile. Des monstres dansaient la sarabande sur mon pare-brise pendant que je m'éloignais pour me cacher.

***

« Transcription du premier interrogatoire de Ross Anderson. Il s'est déroulé au siège du quartier général du FBI, comté de Westchester, New Rochelle, New York : 14 h 00, le 8/9/83. Présents : Ross Anderson ; Everett Bigelow, son avocat, engagé par Richard Liggett Sr, l'oncle du Lt Anderson ; l'inspecteur Thomas Dusenberry et l'agent spécial Jack Mulhearn, de la force spéciale chargée des meurtres en série ; SA Sidney Peak, agent responsable, bureau de New Rochelle :

« Suspect en détention préventive depuis 03 h 40, le 8/9/83 ; informé de ses droits en présence de son avocat à 12 h 00, le 8/9/83 ; a accepté l'interrogatoire après avoir conféré avec M. Bigelow, à 13 h 30. Cet interrogatoire a été à la fois enregistré et pris en sténo par Margaret Wysoski, sténographe, division 104, cour supérieure de justice du comté de Westchester.

« *Inspecteur Dusenberry* : M. Anderson, commençons...
Ross Anderson : Appelez-moi lieutenant.
Dusenberry : Très bien, lieutenant. Commençons par mettre les choses au clair, si vous le voulez bien. Avez-vous fait de votre propre gré d'autres déclarations depuis votre arrestation, cette nuit ?
Anderson : Non. Rien que mon nom, mon grade et mon numéro matricule.
Dusenberry : Avez-vous subi à un moment quelconque des violences physiques, au cours de votre arrestation comme pendant votre détention ?
Anderson : Vous m'avez servi du café instantané en cellule. Dégueulasse. La prochaine fois, faites-le avec du café fraîchement moulu, sinon je change de crémerie.
Everett Bigelow : Soyez sérieux, Ross.
Anderson : Je suis sérieux. Vous ne l'avez pas goûté, maître. De la merde à vomir.
Bigelow : C'est très sérieux, Ross.
Anderson : C'est à moi que vous dites ça ? Je suis un camé de café français. Et je vais bientôt me trouver en manque. Et là, c'est vous qui le regretterez.
Bigelow : Ross...
Dusenberry : Lieutenant, M. Bigelow vous a-t-il informé des accusations qui pèsent sur vous ?
Anderson : Oui. Meurtre.
Dusenberry : C'est exact. Avez-vous une idée du ou des meurtres de qui ?
Anderson : Que diriez-vous de Billy Gretzler ? Je l'ai descendu dans l'exercice de mes fonctions. Ça remonte à 76. C'est la seule personne que j'aie jamais tuée.
Dusenberry : Allons, lieutenant ! Vous faites partie de la police depuis combien d'années ?
Anderson : Dix ans et demi.
Dusenberry : Alors vous savez très bien que les homicides commis à l'intérieur des juridictions de polices municipales ne sont pas des crimes fédéraux.
Anderson : Je sais cela.
Dusenberry : Alors je suis sûr que vous savez également qu'en ce qui concerne la législation fédérale, il faudrait que

vous ayez tué un employé du gouvernement fédéral ou franchi les frontières d'un État après en avoir tué un citoyen pour nous intéresser.

Anderson : En général, je suis quelqu'un d'intéressant.

Dusenberry : C'est incontestable. Savez-vous quelles sont mes fonctions au sein du Bureau ?

Anderson : Quelles sont-elles, je vous prie ?

Dusenberry : Je suis l'agent responsable de la force spéciale chargée des meurtres en série, stationnée à Quantico, en Virginie. Savez-vous ce que sont les meurtriers en série ?

Anderson : Des psychopathes qui assassinent sous l'influence des Rice Krispies.*

Bigelow : Ross, bon sang !

Dusenberry : Ce n'est rien, M. Bigelow. Lieutenant, les noms suivants vous sont-ils familiers ? Gretchen Weymouth, Mary Coontz, Claire Kozol ?

Anderson : Ce sont les noms de victimes de meurtres commis dans le Wisconsin, fin 78-début 79.

Dusenberry : C'est exact. Qui est coupable de ces meurtres, selon vous ?

Anderson : Selon moi, c'est un homme du nom de Saul Malvin. J'ai découvert sa voiture abandonnée, et plus tard son corps. Il s'était suicidé.

Dusenberry : Je vois. Les noms qui suivent vous sont-ils familiers ? Kristine Pasquale, Candice Tucker, Carol Neilton ?

Anderson : Non. Qui sont-elles ?

Dusenberry : Des jeunes femmes assassinées de la même manière que les victimes du Wisconsin.

Anderson : Ce n'est vraiment pas de chance. Où ont-elles été tuées ?

Dusenberry : Louisville, Kentucky ; Des Moines, Iowa ; Charleston, Caroline du Sud, et Baltimore, Maryland. Êtes-vous déjà allé dans les villes citées ?

Anderson : Oui.

Dusenberry : Je vois. Pouvez-vous vous souvenir des dates exactes de vos séjours ?

* Marque de céréales.

Anderson : Pas de but en blanc. Disons entre début 79 et fin 81. C'est l'époque où j'ai été affecté aux extraditions. Si vous désirez les dates exactes, consultez les dossiers de la WSP.

Dusenberry : C'est ce que j'ai fait. Vous vous trouviez dans les villes en question aux moments où ces quatre femmes ont été assassinées.

Anderson : Wow ! Quelle coïcidence !

Dusenberry : Vous étiez également de patrouille à l'époque et dans la région où Claire Kozol a trouvé la mort.

Anderson : Wow !

Dusenberry : Et vous étiez de patrouille dans la région où ont été découvertes les deux premières victimes du Wisconsin, et c'est vous qui avez trouvé le cadavre de leur assassin présumé.

Anderson : Inspecteur, je tire une certaine fierté de ma bonne humeur, mais toute cette merde, ça commence à bien faire. Nous avons l'un et l'autre fait l'université, nous sommes gradés tous les deux, alors je vais vous donner mon opinion de professionnel sur ce que vous avez. Prêt ?

Dusenberry : Allez-y, lieutenant.

Anderson : Vous avez effectué des recoupements chronologiques à partir de deux séries de meurtres et de listes de compilations fondées sur des possibilités de circonstances. J'ai participé à l'enquête sur le "Scieur du Wisconsin", et apparemment, je me trouvais dans les villes citées lorsque les autres filles ont été tuées. En conséquence, je cadre bien avec votre modèle purement circonstanciel. Mais il vous faudra faire beaucoup mieux si vous voulez obtenir une inculpation. Vous quitterez le tribunal sous les rires avec ce que vous avez.

Dusenberry : Vous ou moi, Jack ?

Agent Jack Mulhearn : Vous, Tom. C'est votre homme.

Dusenberry : Connaissez-vous un homme du nom de Thornton Blanchard ?

Anderson : Bien sûr, le vieux Thorny. C'est un ancien aiguilleur de la ligne des Grands Lacs, aujourd'hui retraité.

Dusenberry : C'est exact. Il aime aussi se promener dans

la réserve d'histoire naturelle, à proximité d'Orchard Park. Vous connaissez l'endroit ?

Anderson : Bien sûr.

Dusenberry : La nuit dernière, M. Blanchard a déclaré à l'un de nos agents de Milwaukee qu'il vous avait vu creuser dans les bois à trois ou quatre occasions. Il a indiqué l'endroit approximatif à notre équipe ; vers trois heures, cette nuit, nos hommes ont apporté des lampes à arc et ont commencé à creuser. Vers onze heures, ce matin, ils ont découvert deux sacs plastique à triple enveloppe. Un des sachets contenait un poignard Buck et une scie à métaux. Nous avons trouvé une empreinte de pouce sur le manche du poignard. Elle vous appartient. Sur les dents de la scie, restaient une substance brunâtre et du cartilage. On est en train de les examiner. De toute évidence, c'est du sang et de la chair desséchés, et nous allons essayer de déterminer le groupe sanguin pour le comparer à celui des sept filles. Les dimensions du poignard et celles des dents de la scie correspondent aux dimensions des marques de poignard et de scie des quatre dernières victimes. L'autre sac était rempli de photographies des quatre mêmes filles, nues et découpées en morceaux. Nous avons trouvé du sperme séché sur trois des photos et on est en train de l'analyser. Nous avons obtenu un total de cinq empreintes valables à partir des photographies. Elles vous appartiennent toutes.

Bigelow : Ross ? Ross ? Bon sang, allez chercher un docteur !

Dusenberry : Trouvez-en un, Jack. Notez dans le compte rendu qu'à 14 h 24, le lieutenant Anderson a été pris de nausées et s'est évanoui. Nous arrêtons là pour le moment. Entretenez-vous avec votre client, M. Bigelow. Nous l'inculpons pour avoir franchi les frontières de l'État afin d'éviter les poursuites pour meurtre. L'audience préliminaire aura lieu demain matin. Des représentants des bureaux des procureurs de Louisville, Des Moines, Charleston et Baltimore sont en route pour que nous ayons une entrevue portant sur les inculpations pour meurtre et les procédures d'extradition. Aussi, si Anderson désire parler, je veux sa déclaration d'ici ce soir. Comprenez-vous ?

Bigelow : Oui, bon sang. Où est le docteur ? Cet homme est malade !

Dusenberry : Sid, restez avec Anderson. Ne laissez pas le docteur lui donner des médicaments, et lorsque vous le ramènerez en cellule, mettez-lui les menottes et enchaînez-lui les pieds. Mlle Wysoski, veuillez signer votre compte rendu à 14 h 26. »

***

« Transcription du second interrogatoire et de la déclaration officielle de Ross Anderson. Lieu : siège du quartier général du FBI, comté de Westchester, New Rochelle, New York, 21 h 30, le 8/9/83. Présents : Ross Anderson ; Everett Bigelow, avocat du Lt Anderson ; Stanton J. Buckford, premier procureur fédéral, bureau du district métropolitain de New York ; inspecteur Thomas Dusenberry, AS Jack Mulhearn, AS Sidney Peak. Cet interrogatoire et la déclaration ont été à la fois enregistrés et transcrits en sténo par Kathryn Giles, sténographe, division 104, cour supérieure de justice du comté de Westchester :

« *Inspecteur Dusenberry* : Lieutenant Anderson, le docteur qui vous a soigné à la suite de votre évanouissement vous a-t-il donné des médicaments psychotropes ?

Anderson : Non.

Dusenberry : Avez-vous subi des violences physiques ou des menaces depuis notre première séance, cet après-midi ?

Anderson : Non.

Dusenberry : Vous êtes-vous entretenu avec votre avocat entre-temps ?

Anderson : Oui.

Dusenberry : Êtes-vous prêt à faire une déclaration ?

Anderson : Oui.

Dusenberry : M. Bigelow, avez-vous discuté de la déclaration du lieutenant Anderson avec M. Buckford ?

Everett Bigelow : Oui.

Dusenberry : Dans quel but ?

Bigelow : Afin d'assurer à mon client l'immunité pour les inculpations de meurtre du Kentucky, de l'Iowa, de la Caroline du Sud et du Maryland.

Dusenberry : Mais non pour ce qui est d'inculpations potentielles dans le Wisconsin ?

Bigelow : La peine de mort n'existe pas dans le Wisconsin, inspecteur, ce qui n'est pas vrai de deux des autres États.

Dusenberry : M. Buckford, avez-vous une déclaration à faire ?

Stanton J. Buckford : Oui. J'ai voulu une transcription de tout le processus des transactions intervenues entre la défense et l'accusation, avec des agents fédéraux comme témoins, pour le cas d'une éventuelle controverse dans l'avenir. Je ne connais que les grandes lignes de la déclaration du lieutenant Anderson, mais si son témoignage est aussi important que l'affirme M. Bigelow, et s'il a pour résultat d'autres inculpations, je serais prêt à poursuivre le lieutenant Anderson sur les seuls chefs d'accusation du Wisconsin et de la Police fédérale, pour délit de fuite avec passage de frontière. Comme preuve de votre bonne foi, M. Bigelow, je demanderai au lieutenant Anderson des aveux préalables. S'il acceptait de faire des aveux, et si la Justice du Wisconsin rendait un verdict moins sévère que trois condamnations à perpétuité consécutives, sans possibilité de libération conditionnelle, je demanderais alors au juge présidant le procès pour délit de fuite de rendre le verdict en question. Me suis-je bien fait comprendre, M. Bigelow ?

Bigelow : Oui, M. Buckford. Très bien.

Buckford : Me suis-je bien fait comprendre, lieutenant Anderson ?

Anderson : Oui.

Bigelow : Faites votre déclaration, Ross.

Anderson : Le 16 décembre 1978, j'ai violé et assassiné Gretchen Weymouth. Le 24 décembre 1978, j'ai violé et assassiné Mary Coontz. Le 4 janvier 1979, j'ai violé et assassiné Claire Kozol. Le 18 avril 1979, j'ai violé et assassiné

Kristine Pasquale. Le 1er octobre 1979, j'ai violé et assassiné Wilma Thurmann. Le 27 mai 1980, j'ai violé et assassiné Candice Tucker. Le 19 mai 1981, j'ai violé et assassiné Carol Neilton. Je fais cette déclaration de mon plein gré.

Dusenberry : Jack, allez lui chercher de l'eau.

Bigelow : Je veux que pour le reste, vous preniez tout votre temps, Ross.

Buckford : Êtes-vous prêt à poursuivre, M. Anderson ?

Anderson : (longue pause) Oui.

Buckford : Alors poursuivez.

Anderson : Je n'ai pas tué Saul Malvin, et il ne s'est pas suicidé. Juste après avoir tué Claire Kozol, je remontais par la route à deux voies, parallèle à la I-5. J'ai aperçu un homme qui inspectait la Cadillac abandonnée de Malvin, avant de monter dans une camionnette et de s'éloigner lentement vers le nord. J'ai suivi le véhicule au radar, et j'ai eu le sentiment que l'homme cherchait le conducteur de la Caddy, pour le voler. Je suis resté six cents mètres derrière, et lorsque la camionnette s'est arrêtée, je me suis arrêté également ; je me suis ensuite trouvé quelques rochers pour mieux voir et j'ai observé le véhicule à la jumelle. Après environ cinq minutes, j'ai vu l'homme sortir des bois en tenant un revolver. Il a placé l'arme quelque part sous le châssis de son véhicule et a continué sa route vers le nord. Je...

Dusenberry : Dites-moi le nom de cet homme, Anderson.

Buckford : Laissez-le s'exprimer à sa manière, inspecteur.

Anderson : C'est à ce moment-là que j'ai entendu sur ma radio que l'on avait découvert le corps de la fille, et que l'on installait des barrages sur la I-5. Je suis resté sur la route à deux voies, et j'ai vu la camionnette approcher du premier barrage, dans un virage. Lorsque l'homme s'est trouvé à peu près à deux cents mètres du barrage, il s'est rangé sur le côté et a jeté quelque chose dans la neige, sur l'accotement. J'ai attendu pendant qu'il subissait la procédure de vérification – vous savez, fouille du camion, contrôle des mandats de recherche à son nom, escorte jusqu'au poste de Huyserville pour examen sanguin, et interrogatoire complémentaire s'il s'était avéré être du groupe recherché. Lorsque les choses se sont un peu calmées au barrage, j'ai rejoint la I-5 et j'ai cherché ce que l'homme avait jeté. C'était (un arrêt) des photos déchirées d'un homme mort gisant dans la neige. Écoutez, je savais que ce mec-là, je voulais le rencontrer. J'ai roulé jusqu'à Huyserville, j'ai retrouvé sa camionnette garée dans le parking du poste, et j'ai découvert un 357 mag. dans une planque, sous le châssis. J'ai fini par l'affronter ; nous avons parlé, et il m'a dit qu'il avait tué des tas et des tas de gens, rien que pour l'acte, et puis pour l'argent et les cartes de crédit, et...

Dusenberry : Dites-moi son nom, Anderson.S'il vous plaît, M. Buckford, j'ai mes raisons pour demander cela.

Buckford : Très bien. Le nom de l'homme, M. Anderson.

Anderson : Martin Plunkett. Il...

Dusenberry : Putain de bordel de Dieu ! Plunkett, c'est le "Saigneur", Jack ! Il est sur la liste des suspects d'Aspen. Faites parvenir un avis de recherches, tout de suite !

Agent Mulhearn : Putain du Christ...

Buckford : Un peu de retenue, messieurs. Ceci est un document fédéral. Au nom du Ciel, de quoi parlez-vous ?

Dusenberry : Putain, je... je n'arrive pas à y croire. Plunkett est un "série" de longue date, il y a des mois que nous le suivons à la trace dans les rapports de police. C'est trop compliqué pour que j'entre dans le détail, et je désire d'autres confirmations. Décrivez-le, Anderson.

Anderson : Blanc, 1 m 87, 95 kg, cheveux brun sombre, yeux bruns.

Dusenberry : C'est lui. Véhicule ?

Anderson : En 79, il avait une camionnette Dodge gris argent.

Dusenberry : Quand l'avez-vous vu pour la dernière fois ?

Buckford : Laissez-le terminer à sa manière.

Dusenberry : C'est moi qui terminerai. Vous avez fait semblant de découvrir le corps de Malvin et vous avez placé le magnum de Plunkett dans sa main de manière à lui faire endosser les meurtres des filles, et pour qu'on ne se souvienne pas de votre petit copain comme de quelqu'un sans domicile fixe sur qui on pourrait épingler le meurtre de Malvin. Exact ?

Anderson : Exact.

Buckford : Asseyez-vous, inspecteur.

Dusenberry : Pourquoi, Anderson ?

Anderson : Que voulez-vous dire : "Pourquoi " ?

Buckford : Asseyez-vous et taisez-vous. Ceci est un document fédéral.

Dusenberry : Où est-il, Anderson ?

Anderson : Je ne sais pas. C'était il y a longtemps.

Dusenberry : Vous venez d'échapper à la chaise. Dites-le moi, espèce de fumier !

Buckford : Asseyez-vous, Dusenberry, tout de suite, ou je vous enlève cette affaire ! (pause). Là. C'est mieux. Je ne suis pas très bien toutes ces ramifications, M. Anderson. L'inspecteur a-t-il raison ? Avez-vous fait passer le meurtre de Malvin pour un suicide afin que Plunkett puisse s'échapper ?

Dusenberry : Pourquoi ? Je veux dire : Plunkett ?

Anderson : Parce que son style me plaisait.

Buckford : L'avez-vous revu depuis ? Depuis 1979 ?

Anderson : Non, il est parti dans le crépuscule, comme Lone Ranger.

Buckford : Avez-vous une idée de l'endroit où il se trouve maintenant ?

Anderson : Je suis fatigué. Je veux dormir. Plunkett et moi, ça n'a été qu'une rencontre d'une seule nuit. Je ne sais pas où il se trouve, alors laissez-moi tranquille.

Buckford : Arrêtons là, en ce cas. Inspecteur, il faudra que je vous parle de tout cela. Je note la fin de cette transcription à 21 h 15, le 8 septembre 1983. »

25

Je passai la nuit garé sur un terrain de camping d'Uppers Westchester. Roulé en boule serrée, je dormis et je rêvai de Ross ; chaque fois que je me réveillais en sursaut à cause du plancher dur en métal, je pensais à lui dans mes premiers instants de lucidité et je touchais son corps. A l'aube, les muscles douloureux des longues heures passées à me blottir en fœtus, je me levai, les jambes aussi fragiles que celles d'un nouveau-né. Je frissonnai malgré la chaleur de fournaise, à l'intérieur de la camionnette, et me demandai comment tout s'était terminé autour de moi – sans que j'y sois même présent.

Les muscles toujours coincés par les crampes, j'allai doucement jusqu'à la cabine et mis la clé de contact sur "accessoire" avant d'enclencher la radio. Je trouvai une station d'informations ininterrompues et j'entendis : "... En ce qui concerne le Wisconsin : toujours dans le cadre de l'enquête, les autorités ont découvert un poignard Buck et une scie à métaux portant les empreintes d'Anderson, enterrés sous sachets plastique dans les bois, près de son appartement. Les agents fédéraux pensent qu'il s'agit là des armes qu'il a utilisées pour assassiner et démembrer ses sept victimes. Ici, côté New York de l'affaire, nous avons une déclaration enregistrée de la cousine d'Anderson, Rosemary Cafferty, âgée de dix-sept ans :

" Je... je suis simplement heureuse que Ross soit en prison, là où il ne peut plus faire de mal à personne, excepté à d'autres criminels. C'est... il doit être malfaisant. Je n'arrive pas à croire qu'il fait partie de ma famille. Il... il aurait même pu faire du mal à l'un de nous. Tous..."

J'éteignis la radio, étouffant les trilles de soprano qui avaient essayé de nous reléguer, Ross et moi, à un stéréotype bon marché par les mots : "Richie, tu ne crois pas que Ross est peut-être gay ?" Je compris en cet instant qu'elle et ses petits copains en tenue de tennis étaient ceux qui trahissaient Ross. "FAMILLE" vint s'inscrire dans mon champ de vision, et je pris la route pour devenir Super Saigneur en plein jour.

Dans un magasin d'articles de chasse de Mt Kisco,

j'achetai un grand poignard Buck et une gaine en cuir. De là, je me rendis dans une quincaillerie proche où je fis l'achat d'une scie à métaux aux dents effilées comme un rasoir. Un voyage jusqu'à une boutique punk-rock de Yonkers me procura une combinaison de vinyle noir, et la vendeuse à cheveux verts qui me la vendit regarda ma tenue de chez Brooks Brothers et dit :

– Vous changez complètement de style.

De Yonkers, un tout petit saut et je me retrouvai à Scarsdale, chez Lord & Taylor où je fis l'achat d'une cape d'opéra pour femme, en soie noire, et d'une trousse à maquillage. Avec la boule de mastic de théâtre qui se trouvait déjà dans ma boîte à gants, j'avais tout ce qui m'était nécessaire.

En sortant de chez Lord & Taylor, je vis une voiture de la police de Scarsdale rangée contre le trottoir. Le flic, près de la porte du passager, disait au conducteur : "... putain, le plus jeune lieutenant de toute l'histoire de son service !..." Il tapota une liasse de papiers posée sur le tableau de bord et ajouta : "Et maintenant, les fédés ont un avis de recherche sur un de ses potes."

J'accomplis alors l'acte le plus audacieux de toute ma vie : je m'approchai de la voiture, regardai le flic passager droit dans les yeux et dis :

– Excusez-moi, monsieur l'agent. Est-ce que vous parliez de Ross Anderson, le tueur ?

Le flic lança un regard superficiel sur mon personnage BCBG et dit :

– Oui, monsieur.

Voyant que les papiers, sur le tableau de bord, étaient une liasse de "Recherché" encore humides de l'encre d'imprimerie, je demandai :

– Puis-je en avoir un ? Mon fils en fait collection.

En gloussant, le policier me tendit le feuillet du dessus.

– Merci, dis-je avant d'aller dans l'ombre de Mortmobile II pour savourer l'instant de mon apparition officielle devant le grand public.

L'en-tête disait en grosses capitales d'imprimerie noires : "Recherché - Délit de fuite interétats - Meurtre". En dessous se trouvaient deux photos anthropométriques remontant à mon arrestation pour cambriolage, en 1969. J'avais l'air d'un cœur sensible sans expérience. Sous mon signalement, le jargon policier me fit vibrer tout entier : "présumé armé - extrêmement dangereux - prêt à tout pour s'enfuir - conduit peut-être une camionnette Dodge gris argent d'avant 80 - suspect de multiples meurtres dans de nombreux États."

Seul le : "prêt à tout pour s'enfuir" sonnait faux. C'était fini maintenant ; il n'y avait plus de fuite possible. En songeant à Ross, j'ajoutai des sacs plastique à ma liste d'achats, traversai la rue au pas de course jusqu'à un supermarché, et en achetai un étui de douze. En retournant à la Mortmobile, je regardai la montre du tableau de bord et vis qu'il était presque midi. Je chantai : "Ne m'abandonne pas, ô ma chérie, au jour de nos épousailles", encore et encore, en roulant vers Croton.

Les déjeuners arrosés à la bière occupaient dans le tumulte les pelouses de façade, tout le long du bloc des maisons de vacances, et je roulais lentement, à la traîne, à la recherche des cousins de Ross et de leurs consorts. Ne les voyant pas, je roulai jusqu'à un centre commercial, trouvai une cabine téléphonique et appelai les renseignements. L'opératrice me donna un numéro de Croton au nom de Richard Liggett Senior ; je composai le numéro de la maison d'été et laissai sonner vingt fois. La tonalité tiquetait plus qu'elle ne bourdonnait ; je raccrochai et retournai vers la rue de ma cible.

Je me rangeai à un bloc de là ; j'allai à l'arrière de ma camionnette et quittai mes fringues BCBG. Nu, tenant mon miroir à raser d'une main, j'appliquai de l'autre mon visage Super Saigneur, changeai mon nez retroussé en bec d'aigle à l'aide de mastic, avivai de rouge mes pommettes banales, et fonçai mes sourcils au mascara pour les rendre menaçants. Je plaquai mes cheveux en arrière à la salive, enveloppai poignard et scie à métaux dans un sac en papier, puis j'enfilai ma combinaison noire et attachai ma cape. Je me rappelai une paire de mocassins noirs usagés, sous ma roue de secours. Je les extirpai de là et les époussetai avant de les enfiler. Puis, dégoulinant de sueur, sentant le vinyle et le fond de teint, je fis sortir Super Saigneur de son recoin pour le faire apparaître au monde, enfin.

Les enfants des voitures de passage me saluèrent de la main ; un vieil homme assis sous son porche et en train de boire une bière hurla, "Halloween, c'est pas avant un mois, mon pote." J'offris une révérence à tous mes fans en faisant gonfler ma cape, et lorsque j'arrivai au bloc de ma cible, les fêtards, autour de leur tonneau de bière, me montrèrent du doigt et me gratifièrent de petits applaudissements et d'éclats de rire. Comme je traversais la pelouse des Liggett, un garçon en train de faire cuire des hot dogs sous la véranda voisine s'écria :

– Hé ! Alex ! C'est toi, mec !

– Ouais, mec ! m'écriai-je en retour.

– T'as fait allégeance aux Deltas ?*

– Ouais !

– Alors fonce, mec ! Richie et Mady sont partis au club mais y'a d'la bibine au frigo !

– Ouais, mec ! m'écriai-je dans un tourbillon de ma cape avant de franchir le porche et la porte d'entrée grande ouverte.

A l'intérieur, la maison était fraîche et paisible, et j'allai de pièce en pièce en gravant le désordre dans ma mémoire car je me rappelais à quel point Ross en avait été offensé. Les cendriers qui débordaient, les lits pas faits, les vêtements abandonnés sur le sol, les jeux d'ordinateur coûteux étalés en vrac sur les canapés et les fauteuils me fascinèrent et me mirent en rage, mais je poursuivis mon circuit, à l'étage et au rez-de-chaussée, à la recherche de preuves supplémentaires de la banque-

* Nom d'une fraternité d'étudiants.

route connue sous le nom de VIE DE FAMILLE HEUREUSE.

Rasoirs jetables couverts de poils de barbe et de mousse à raser croûtée ; tubes de dentifrice vides et repliés jusqu'au bouchon ; diaphragme dans son étui. Des heures durant, nature morte après nature morte, je restai dans un tourbillon avec pour seule conscience un peu trouble du temps qui passait, l'allongement des ombres à travers la fenêtre. Puis, alors que j'examinais les livres de poche qui débordaient des bibliothèques, j'entendis :

– Alex, tu es là ?

C'était la voix de Richie Liggett, au rez-de-chaussée. Je regardai autour de moi à la recherche du sac contenant mon poignard et ma scie, l'aperçus sur une commode, à l'autre bout de la chambre, et appelai :

– Je suis au premier, Richie.

Des pas retentirent dans l'escalier, et avant qu'ils n'atteignent le couloir du premier, je tenais le poignard prêt dans ma main droite placée dans mon dos.

Richie Liggett apparut dans l'embrasure de la porte et éclata de rire :

– Seigneur, Alex ! Delta ? Ta famille a toujours suivi les Sigmas O*. A propos, tu as ton mascara qui coule.

Déguisant ma voix d'un grognement de meurtrier de cinéma, je dis :

– Où est Mady ?

– Dans la cuisine. Tu es au courant pour Ross ?

De ma voix de monstre, je grommelai "Traître" avant d'agripper Richie par les cheveux, de lever mon poignard et de lui trancher la gorge d'un geste, droit jusqu'à la trachée. Il tendit les mains vers son cou et bascula vers l'avant d'un seul et unique mouvement ; je fis un pas de côté pour éviter d'être éclaboussé par son sang. Il s'écrasa au sol avec fracas et se mit à gargouiller ; je le retournai sur le dos. Il essayait toujours de parler, la bouche battant spasmodiquement en

* Nom d'une fraternité d'étudiants.

contrepoint des secousses de ses jambes. Je me saisis d'un oreiller sur le lit et le laissai tomber sur son visage. Chevauchant la tête du traître, je posai les pieds sur les coins de la taie et pesai de tout mon poids sur le masque de mort. Lorsque les battements de ses jambes cessèrent et que le tissu blanc laissa suinter du rouge, j'essuyai mon poignard et descendis à la cuisine.

Mady Behrens était en train de faire frire des hamburgers. Lorsqu'elle m'aperçut, elle laissa échapper un petit cri de dame outragée et réussit à articuler :

– Vous n'êtes pas Alex...

– Vous avez raison, dis-je et je la poignardai dans l'estomac, puis dans la poitrine et enfin dans le cou.

Au milieu de ses spasmes de mort, elle fit dégringoler la poêle à frire de la cuisinière, et la dernière chose qu'elle sentit avant que ses yeux ne se ferment, ce fut la graisse brûlante qui éclaboussait ses jambes au bronzage tennis.

TIC-TAC/TOC TIC-TAC/TOC TIC-TAC/TOC TIC-TAC/TOC TIC-TAC/TOC TIC-TAC/TOC.

Je dégringolai l'escalier jusqu'au rez-de-chaussée, respirant une odeur de sang et de vinyle. Richie Liggett était maintenant lui aussi une parcelle de désordre inanimé, bien assortie au reste des détritus de la VIE DE FAMILLE HEUREUSE. Je gravai “SS” sur chacune de ses jambes, avant de les sectionner au moyen de la scie à métaux et de les balancer sur un fauteuil poussiéreux couvert de balles de tennis. L'odeur du sang dominait maintenant toutes les autres ; je me saisis de mes outils et allai jusqu'à Mady Behrens. Une fois qu'elle fut marquée de manière identique, une fois la vivisection terminée, je jetai ses jambes dans l'évier à côté de la vaisselle sale.

TOC/TIC-TAC
TOC/TIC-TAC
TOC/TIC-TAC
TOC/TIC-TAC
TOC/TIC-TAC.

Epuisé, je laissai courir mes regards autour de la cuisine. Le désordre que j'avais créé était joli et avait douce allure ; le calendrier et les maximes sous cadres suspendus de guingois rabaissaient mon œuvre d'art et me bourdonnaient autour comme des petites abeilles en colère. Je les redressai, et le geste me fit penser à Ross ; et avec son image m'arriva une nouvelle vague d'énergie. Je me mis à remettre la maison en ordre.

Pendant des heures, je redressai, nettoyai, rangeai et réarrangeai, remettant la DEMEURE DE LA FAMILLE HEUREUSE dans un ordre tel qu'il éclairait de tous ses feux le Super Saigneur et sa vengeance. Les pièces de la maison brûlaient de toutes leurs lumières et je travaillais, obligeant mon cerveau à s'éloigner de Ross, me contentant de consulter ma montre pour m'obliger à me souvenir que Dom De Nunzio et Rosie Cafferty étaient attendus. Plus je peinais au labeur, plus je voyais de choses qui avaient besoin d'une remise en ordre, et lorsque j'entendis des voix sous la véranda, peu après minuit, j'étais loin d'avoir terminé.

Je les découpai dans le vestibule de l'entrée, taille, tranche et hurle, et mon poignard Buck plongea au-delà des bras levés en protection, pour déchirer les visages des traîtres. Rosie Cafferty était déjà morte et mon arme était levée pour donner à la gorge de son petit ami le coup de tranchet final, lorsque je me souvins que Ross m'avait présenté à eux comme étant Billy Rohrsfield, ce qui voulait dire que quelqu'un d'autre nous avait trahis tous les deux. J'hésitai, et pendant une fraction de seconde, Dom De Nunzio, épinglé au sol sous mes genoux, totalement impuissant, m'apparut dans sa perfection absolue : aussi parfait que Ross. D'une voix rauque, je murmurai : “Je suis désolé”, et je lui tins les paupières fermées pendant que je lui ôtais la vie à coups de poignard, encore, encore et encore...

Il n'y eut pas de “tic-tac” ou de “tic-tac/toc” pendant que je gravais “SS” sur deux autres paires de jambes adorables en tenue blanche de tennis, avant de les découper à la scie et d'aller jusqu'au mur du salon sur lequel j'écrasai une série d'empreintes digitales sanglantes. Je les encerclai d'un anneau de sang, de telle sorte que même le flic le plus stupide ne passerait pas à côté de la preuve. Je ramassai poignard et scie à métaux et allai jusqu'à la Mortmobile, ma cape flottant au vent de la nuit d'été. A l'intérieur de la camionnette, je me changeai à nouveau en Brooks Brothers, avant de racler le sang de mes mains et Super Saigneur de mon visage. Les mains paisibles, je pressai mes empreintes digitales sur les manches du poignard et de la scie que j'enveloppai d'une triple couche de sacs plastique. En farfouillant dans la trousse à outils de la camionnette, je trouvai une pelle. Je l'emportai jusqu'à la cabine puis me mis en quête d'endroits où planter mes accessoires pour justice expéditive.

J'enterrai la scie à métaux au pied d'un arbre jouxtant la bibliothèque de Bronxville, et le poignard près du lac de Huguenot Park, à New Rochelle. Je me souvins d'une pension de famille dont plusieurs caddies avaient parlé, et me rendis au bloc 800 de Lockwood Sud où je frappai à une porte, sous un panneau qui disait : "Locations à la semaine - chambres habituellement disponibles".

La vieille Noire qui répondit à mes coups feignit la colère devant mon intrusion tardive à cette heure de la nuit, mais lorsque je lui dis : "Je veux une chambre, je vous paierai deux mois d'avance en liquide", elle ne se sentit plus et me fit entrer en m'indiquant un bureau où était posé un énorme registre clients. En lui tendant une grosse liasse de billets de cent qui ne m'étaient plus d'aucune utilité, je dis :

– Mon nom est Martin Plunkett. Souvenez-vous-en : Martin Plunkett.

26

Il leur fallut trois jours pour me trouver.

Je dormis presque tout le temps pendant ces soixante-douze heures, assouvissant la lassitude causée par l'un des plus longs circuits routiers de toute l'histoire. Lorsque j'entendis les hélicoptères suspendus directement au-dessus de ma tête, je fus soulagé que ce fût fini. Regardant par la fenêtre, je vis les lumières clignotantes d'une douzaine de voitures de police, et quelques instants plus tard, murmures, grommellements ensommeillés et bruits de pas qui se dépêchaient m'apprirent qu'on était en train de faire évacuer la maison. Puis un lourd bruit de bottes m'encercla de ses "ban/tic, ban/tic, ban/tic", suivi de l'avertissement rituel au mégaphone : "Vous êtes encerclé, Plunkett ! Rendez-vous, ou nous venons vous chercher."

J'avançai jusqu'à la porte et hurlai sans l'ouvrir :

– Je ne suis pas armé. Je veux parler à votre chef avant que vous m'emmeniez.

Je me reculai, prêt à me plaquer au sol, et j'obtins ma réponse : on discutait de vive voix. Je réussis à saisir : "Vous êtes cinglé, inspecteur", et : "Il est à moi", avant que la porte ne s'ouvre d'un coup de pied et qu'un homme entre deux âges, l'air très ordinaire dans un costume gris, ne pointe son 38 vers ma tête.

Il ne dit pas : "Ne bouge pas, connard", ou : "Debout contre le mur, trou duc". Il dit : "Je m'appelle Tom Dusenberry", comme si nous venions de nous rencontrer à un cocktail. Je dis : "Martin Plunkett", et lorsqu'il rabattit le chien de son arme, je souris.

Il n'avait pas l'air de se demander s'il allait me tirer dessus ; il avait l'air d'un homme vivant dans les profondeurs de son être, et se demandant jusqu'où il peut me laisser pénétrer. Toujours souriant, je dis :

– Appartenez-vous à la police de New Rochelle ?

– FBI, dit-il.

– Motif exact de l'arrestation ?

– Délit de fuite interétats, pour moi ; et les quatre mômes de Croton comme vrai motif.

Quelque chose dans la déclaration de l'homme me frappa, dur et fort comme un coup bas, mais je n'arrivai pas à savoir quoi. J'essayai de situer l'origine du coup et je gagnai du temps, jaugeant Dusenberry par la même occasion. Il commençait à s'imposer à moi comme quelqu'un d'extraordinaire – et je ne savais pas pourquoi.

Nous sommes restés silencieux pendant près d'une minute, moi réfléchissant, lui me dévorant de tous ses yeux. Finalement, il dit :

– Pourquoi, Plunkett ?

Et je sus. L'homme était tout simplement la modération personnifiée : voix, corps, vêtements, âme. C'était quelque chose qu'il n'aurait jamais pu entretenir délibérément ; c'était simplement ce qu'il était.

– Pourquoi quoi, M. Dusenberry ?

– Pourquoi tout.

– Vous n'êtes pas très clair.

– Je vais être plus précis. Pourquoi avez-vous tué tant de monde et causé tant de malheur, bordel ?

Je sentais maintenant la tension qui montait en lui, impatient qu'il était que quelque chose se produise, vite. La sueur fonçait le col de sa chemise et ses yeux d'un bleu tendre se rétrécissaient. Bientôt ses jambes se mirent à trembler sous la tension, et la seule chose qui restait calme dans le personnage était son doigt sur la gâchette. La fièvre lui montait au corps dans son désir de réponses directes et précises.

– Je ferai une déclaration officielle, dis-je. Alors, vous saurez. Et je ne ferai cette déclaration qu'à la condition qu'elle soit diffusée au grand public, mot pour mot. Comprenez-vous ?

– Vous vous êtes exprimé très clairement.

– Je me suis exprimé très clairement parce que je sais que vous voulez savoir, et à moins que vous ne me laissiez conduire mes aveux à ma manière, vous ne saurez jamais.

Dusenberry abaissa son arme.

– Il y a longtemps que vous voulez parler, dit-il. Il y a des années que vous laissez des indices derrière vous.

S'il croyait jouer là sa carte d'atout, il se trompait ; je savais que mon désir de gloire avait commencé à grandir comme un cancer autodestructeur il y avait bien longtemps, sur la route.

– Et c'est ainsi que vous m'avez trouvé ?

– En partie, dit Dusenberry avant de sourire.

La banalité de ses dents aux jaquettes parfaites me gela sur place et m'éclaira sur sa déclaration déroutante. L'accusation de délit de fuite fédéral venait du meurtre de Saul Malvin – et seul Ross était au courant de cela.

– Tout, en détail, murmurai-je.

Les dents étaient maintenant pointues et affûtées, et le banal agent fédéral s'était changé en requin.

– Anderson a passé un marché ; il vous a dénoncé pour échapper à la peine de mort. Il vous a jeté dans les griffes du plus ambitieux, du plus féroce procureur fédéral qui ait jamais vu le jour – pour sauver son cul, son cul de pédale sadique et inutile.

Le requin se transformait en monstre, la gueule grande ouverte pour me dévorer de ses mots :

– Et tu l'aimais, hein, enfoiré ? Tu as descendu les mômes parce qu'ils savaient ce que vous étiez, toi et Anderson, et tu ne pouvais pas l'encaisser. Tu l'aimais ! Admets-le, nom de Dieu !

Je m'avançai et Dusenberry leva son arme. Elle se trouvait à cinq centimètres de mon visage, la gâchette à moitié enfoncée, lorsque je compris qu'une attaque de ma part signifierait qu'il serait le vainqueur ; battre en retraite signifiait que ce serait moi. Souriant comme Ross à ses moments de grande classe, et de la voix de Martin Plunkett au plus fort de ses résolutions, je dis :

– J'ai usé de lui, et j'userai de vous, et au bout du compte, je l'emporterai.

Dusenberry rabaissa son arme, et je tendis mes mains pour qu'il me passe les menottes.

Extrait du *New York Times* du 4 février 1984 :

« LE PROCÈS PLUNKETT N'AURA DURÉ QU'UN JOUR : ENTRE POLICE ET JUSTICE, LES MANŒUVRES SE POURSUIVENT.

« Le procès de Martin Michael Plunkett, meurtrier avoué de quatre citoyens du comté de Westchester, n'a demandé que quatre heures hier, mais la controverse légale qui entoure cette affaire pourrait se révéler aussi complexe et d'une portée aussi considérable que le procès a été bref, et il semblerait que commence à s'instaurer une certaine mystique concernant l'homme en question.

« Arrêté à New Rochelle le 13 septembre dernier pour le massacre au poignard de Dominic De Nunzio, Madeleine Behrens, Rosemary Cafferty et Richard Liggett, Plunkett a refusé de parler aux enquêteurs, aux psychiatres assignés par la cour, et à son avocat commis d'office. En fait, il n'a parlé à personne et n'a fait aucune déclaration écrite jusqu'à deux semaines avant son procès d'hier, lorsqu'il a admis avoir commis les quatre meurtres, dans un document notarié qui a mené les enquêteurs aux endroits où il avait enterré les armes des meurtres. Refusant toute assistance judiciaire, il a répété hier sa déclaration au juge et au jury, et a été reconnu coupable sur sa déclaration et sur les preuves matérielles correspondantes. Le jury a rendu son verdict après seulement dix minutes de délibération, et le juge Felix Cansler a prononcé sa sentence : quatre condamnations à perpétuité consécutives sans possibilité de libération conditionnelle. Plunkett a alors été conduit à la prison de Sing-Sing et placé dans une cellule de haute sécurité, où il reste silencieux sur les détails de ses quatre meurtres, et sur tout le reste.

« Plunkett a été capturé à la suite du témoignage d'un autre assassin qui est passé aux aveux, Ross Anderson, 33 ans, anciennement officier de la police d'État du Wisconsin et cousin de M. Liggett et de Mlle Cafferty.

Anderson doit passer en jugement dans le Wisconsin la semaine prochaine pour trois inculpations de meurtre et de viol remontant à 1978 et 1979. Il n'était pas présent comme témoin de l'accusation au procès de Plunkett parce que les autorités fédérales ont estimé que "cela ne ferait qu'embrouiller les choses". Stanton J. Buckford, premier procureur fédéral pour la métropole de New York, a déclaré aux reporters, la semaine dernière : "Si Plunkett n'avait pas fait sa déclaration en l'étayant de preuves matérielles qui ont corroboré ses dires, le témoignage d'Anderson nous aurait été indispensable. Dans l'état actuel des choses, nous n'en aurons pas besoin. Le témoignage d'Anderson concerne un meurtre dont il prétend que Plunkett l'a commis au Wisconsin en 79, et puisque Plunkett sera très certainement condamné à la peine maximale à New York, je ne veux pas qu'il fasse le voyage jusqu'au Wisconsin – état où la peine de mort n'existe pas – uniquement pour se récolter des années de prison supplémentaires. L'homme est supérieurement intelligent et extrêmement dangereux, et j'estime que les risques d'une tentative d'évasion sont très grands. Je veux qu'il reste sous sécurité maximale à New York."

« Le meurtre supposé du Wisconsin nous amène au point le plus pressant du cas Plunkett : combien de personnes Martin Plunkett a-t-il tuées ? A l'origine, il s'était retrouvé sur la liste des suspects à la suite d'une série d'investigations conduites par la force spéciale du FBI chargée des meurtres en séries, et tous les services de police officiels de l'Amérique se posent cette question.

« L'inspecteur Thomas Dusenberry, responsable de la force spéciale, à qui revient le crédit d'avoir résolu les deux séries d'homicides commis par Anderson et Plunkett, pense que le nombre des victimes est beaucoup plus important : "Je dirais que Plunkett a assassiné au moins quarante personnes, et que ses meurtres remontent à 1974, à San Francisco. Je pense qu'il a assassiné George et Paula Kurzinski à Sharon, en Pennsylvanie, en 1982, célèbre affaire non résolue. Si vous ajoutez les disparitions non signalées, ses meurtres peuvent atteindre au nombre d'une centaine. Vous pourriez croire, maintenant que Plunkett est incarcéré et légalement "enterré", que le fait de connaître exactement le nombre de ses victimes n'est pas important, mais c'est faux. En premier lieu, cela épargnerait aux familles des disparus les angoisses indicibles de l'incertitude, pour apprendre finalement qu'ils sont morts ; chose plus importante, si les enquêtes sur les homicides dont nous rendons Plunkett responsable sont toujours ouvertes, nous pourrions les classer définitivement et épargner ainsi de nombreuses heures de travail aux policiers. A l'époque où je l'ai arrêté, Plunkett a sous-entendu qu'il révélerait tous les faits se rapportant à ses meurtres. J'espère qu'il le fera, et vite."

« Les services de police municipaux d'au moins quatre États sont en train de bâtir leurs dossiers contre Plunkett. Les autorités d'Aspen, Colorado, le suspectent de huit meurtres/disparitions commis en 1975 et 1976, et les polices de l'Utah, du Nevada et du Kansas le suspectent d'au moins quinze à vingt meurtres supplémentaires survenus à l'intérieur de leurs juridictions.

« La semaine dernière, l'inspecteur Dusenberry a déclaré : "J'ai retransmis toutes les données que je possédais sur l'affaire Plunkett à tous les services qui en ont fait la demande. Ils méritent de savoir tout ce que nous savons. Mais les procureurs sont tellement à l'affût de têtes que ça en devient ridicule. Sans aveux de la part de Plunkett, toutes les pistes sont beaucoup trop froides. Pas de témoins. Pas de preuves. J'ai parlé à deux hommes auxquels Plunkett avait revendu les cartes de crédit de ses victimes, il y a des années de cela. Ils ont été incapables de l'identifier positivement à partir de son aspect physique actuel. Tout est trop vieux, tout est trop vague, et, au fond, ses seules motivations sont la furie et l'ambition personnelle. Plunkett sera condamné dans un État où la peine de mort n'existe pas, et il n'est pas un seul juge de l'État de New York qui accepterait qu'il soit extradé pour être exécuté, même s'il le mérite absolument, et même si des tas de procureurs ambitieux donneraient leur chemise pour s'en charger."

« En ce qui concerne l'affaire Anderson, l'ancien policier

doit passer en jugement la semaine prochaine au Wisconsin. Il a plaidé coupable lors de l'audience préliminaire, et l'on s'attend à ce qu'il soit condamné à la peine maximale prévue par la loi de l'État du Wisconsin : trois emprisonnements à perpétuité consécutifs. Anderson a reconnu avoir violé et tué des femmes dans quatre autres États (dans deux d'entre eux, la peine capitale est toujours en vigueur), et les procureurs du Kentucky, de l'Iowa, de la Caroline du Sud et du Maryland sont à la recherche de la moindre faille légale afin d'obtenir par ce biais des mandats d'inculpation.

« Anderson, lui, reste silencieux au sujet de ses crimes et de ses relations avec Plunkett, offrant des "Pas de commentaires", par l'intermédiaire de son avocat, lorsque l'interrogent sur ce sujet policiers et procureurs d'autres États. "Tout est entre leurs mains", a dit l'inspecteur Dusenberry. "Si l'un d'eux accepte de parler, des tas de gens, moi y compris, seront tout ouïe."

Extrait du *Milwaukee Post* du 12 février 1984 :

« ANDERSON CONDAMNÉ A PERPÉTUITÉ :

« Ross Anderson, l'ancien lieutenant de la police d'État du Wisconsin – et assassin connu sous le nom de "Scieur du Wisconsin" –, a été reconnu coupable des viols et meurtres, en 1978-1979, de Gretchen Weymouth, Mary Coontz et Claire Kozol, au cours d'un bref procès qui s'est déroulé hier au tribunal du district de Belvit. Le juge Harold Hirsch a condamné Anderson, 33 ans, à trois peines à perpétuité consécutives sans possibilité de libération conditionnelle, exigeant qu'il soit placé dans un établissement offrant "toutes conditions de protection", qualificatif utilisé pour les prisons de haute sécurité disposant de toutes les conditions requises pour des criminels "facilement reconnaissables", à savoir :

anciens officiers de police, célébrités ou personnalités du crime organisé, susceptibles d'être agressés s'ils partageaient les mêmes locaux que la population carcérale en général.

« Une fois le verdict rendu, le procureur de Belvit Roger Mizrahi a déclaré aux journalistes : "C'est une honte et un scandale. Trois jeunes filles du Wisconsin sont mortes, et leur assassin passe le restant de ses jours à jouer au golf au placard, dans des conditions dignes d'un country club."

Extrait de l'éditorial du *Milwaukee Journal* du 3 mars 1984 :

« LE SALAIRE DU MEURTRE ?

« Ross Anderson a assassiné sept personnes. Son ami Martin Plunkett a assassiné au moins quatre personnes, et certains policiers bien au courant de l'enquête déclarent sans hésiter que le nombre de ses victimes se monte à environ cinquante. Les deux "hommes" ont eu la bonne fortune d'être condamnés dans des États qui n'autorisent pas la peine capitale, et tous deux sont des criminels tellement révoltants qu'on ne peut leur permettre de vivre au milieu d'autres criminels ; car même des cambrioleurs et trafiquants de drogue endurcis seraient tellement scandalisés par leur présence dans la même cour de prison que leur sécurité en serait compromise.

« Aussi Ross Anderson, alias le "Scieur du Wisconsin", alias le "Hacheur des Quatre États", se languit aujourd'hui dans un établissement de haute sécurité : il fait des haltères, lit des romans de science-fiction et se construit de coûteuses maquettes d'avions en balsa. Le prisonnier de la cellule voisine est Salvatore Di Stefano, le second de la mafia de Cleveland, qui purge une peine de quinze ans pour racket. Lui et Anderson passent des heures, chaque jour, à discuter baseball à travers leurs barreaux.

« Martin Plunkett est résident de la prison de Sing-Sing, à

Ossining, New York. Il ne parle à personne, mais la rumeur veut qu'il envisage de rédiger ses mémoires. Il est en correspondance avec divers agents littéraires de New York, tous aussi impatients les uns que les autres de distribuer tout livre qu'il écrirait. Les propositions en provenance d'Hollywood – on murmure que certains studios lui auraient offert jusqu'à cinquante mille dollars pour un résumé de vingt pages de sa vie – ne se comptent plus. Cinquante mille dollars divisés par cinquante victimes, égale mille dollars par tête.

« C'est obscène.

« Plunkett ne pourrait pas conserver cet argent : les lois de l'État de New York interdisent aux criminels de récolter de l'argent provenant de récits, publiés ou filmés, de leurs meurtres. Plunkett ne s'en soucie probablement pas : depuis son arrestation, il a brillamment manipulé les autorités judiciaires et médiatiques en place, les forçant à attendre qu'il raconte son histoire à sa manière. Il semblerait que ce fût là son seul désir, et les voyeurs de la littérature comme la gent judiciaire bien intentionnée en bavent par avance.

« C'est d'une obscénité absolue, totalement contraire aux concepts américains de justice sans complaisance et de punition en rapport avec le crime commis. C'est d'une obscénité absolue qui met en relief les perfidies de la libre parole lorsqu'elle atteint à la démesure. C'est d'une obscénité absolue qui illustre la nécessité d'une législation nationale de la peine de mort. »

Extrait du journal de Thomas Dusenberry :

« 13/6/84

« Il y a maintenant neuf mois que j'ai débarrassé les rues d'Anderson et de Plunkett. J'ai été très pris par mon travail – de nouveaux maillons, de nouvelles connections –, à essayer de les cerner l'un et l'autre. Pour le premier, rien ne semble coller, quant au second, tout va de travers.

« Aux dernières nouvelles : c'est Buckford le cerveau,

derrière la mise en accusation de Plunkett. Il s'est constitué une réserve de témoins dont il n'a jamais eu à exploiter les témoignages à cause de la déclaration de Plunkett, et c'est lui qui a mis au point les stratégies du réquisitoire pour le procureur de Westchester, lequel manque d'envergure. Il a gardé une carte maîtresse dans sa manche dans l'éventualité où d'autres États obtiendraient des mandats d'extradition : une série d'accusations pour délit de fuite interétats sont en attente, qui lui garantissent de rester sous les feux des projecteurs et assurent à Plunkett de ne jamais s'asseoir sur la chaise. Je suis partagé quant à mes sentiments pour l'homme et ses machinations. Il sait, et je sais, que la peine capitale n'a jamais eu d'effet dissuasif contre les crimes violents, et l'aristocrate de Southampton qui est en lui trouve cela vulgaire. Très bien, mais il est aussi l'homme qui monte, au parti démocrate, avec en chantier la mise sur pied d'une brigade spéciale contre le racket, et ce n'est pas le genre de boulot à passer inaperçu ; aussi cherche-t-il à garder son image et son crédit de libéral sans tache, parce qu'un poste au Sénat l'attend au bout de la ligne. Il m'a déclaré, comme à une demi-douzaine d'autres agents : "L'Amérique marche à l'alternance, chaud-froid, yin-yang, droite-gauche, et la prochaine fois qu'elle prendra un virage à gauche, je serai là pour en profiter et je prendrai le train en marche."

« Donc Bucky Buckford est un opportuniste, et je le serais aussi, si je n'étais pas aussi déprimé. Après avoir cravaté Anderson et Plunkett, j'ai reçu un télégramme de félicitations du directeur en personne. Il a qualifié mon travail de "magnifique" et a terminé son télégramme par une question : "Resterez-vous dans le service actif jusqu'à l'âge maximum autorisé pour la retraite ?" Dans ma réponse, je ne me suis pas engagé, même si la question était une offre voilée d'un poste de directeur adjoint, ou peut-être même du commandement de toute la division criminelle.

« Les raisons de mon sentiment partagé et de ma dépression sont les suivantes :

« Je veux voir Plunkett mort.

« Anderson m'inquiète beaucoup moins que Plunkett : il

a réellement pleuré lorsque nous lui avons appris que deux de ses cousins avaient été assassinés. Mais Plunkett est incapable de ressentir cela, ou de ressentir quoi que ce soit au-delà de sa propre intransigeance. J'ai comme envie de me justifier, et je vais donc me justifier. Je ne suis pas quelqu'un de vindicatif, je ne suis pas un idéologue d'extrême-droite, je suis capable de faire la séparation entre un besoin de justice et la soif de vengeance. Et je ne me sens pas assailli par une culpabilité irrationnelle pour ne pas avoir placé la maison de Croton sous surveillance : j'ai cru Anderson lorsqu'il m'a dit qu'il n'avait pas vu Plunkett depuis 79. Et je veux toujours voir Plunkett mort. Je veux le voir mort parce que *jamais* il ne ressentira de culpabilité ou de remords, ou un instant de douleur ou de sentiment partagé devant tout le chagrin dont il a été la cause. Parce qu'il se prépare maintenant à rédiger le récit de sa vie, grâce au financement d'un agent littéraire par lequel il aura accès à des documents de police officiels qui l'aideront à raconter son histoire. Je veux le voir mort parce qu'il exploite ce en quoi je crois le plus, afin d'assouvir son propre ego. Je veux le voir mort parce que, maintenant, je ne me demande plus pourquoi : je sais, c'est tout. *Le mal existe*.

« Environ un mois avant le procès de Plunkett, Bucky Buckford et moi-même avons eu une petite réunion avec le directeur. Il m'a dit que j'avais l'air complètement vanné, et m'a ordonné de prendre des vacances. Carol ne pouvait pas partir à cause de ses cours, alors je suis parti seul. Et où suis-je allé ? A Jamesville, Wisconsin, et à Los Angeles, là où Anderson et Plunkett ont grandi. Et qu'est-ce que j'y ai appris ? Rien, excepté que ce qui est, *est*, et que *le mal existe*.

« J'ai parlé à une quarantaine de personnes qui les avaient connus. Anderson adolescent obligeait par la force les garçons plus jeunes à des actes homosexuels et torturait les animaux. Plunkett rôdait dans le voisinage à regarder par les fenêtres. Le trafiquant de marijuana qu'Anderson a abattu dans l'exercice de ses fonctions était un vieil ami soudain devenu ennemi, et je suis certain que le meurtre a été prémédité. Le premier assassinat de Plunkett a presque certainement eu lieu à San Francisco en 74 – on le retrouve dans les fiches d'IT archivées par le SFPD –, trois jours après l'assassinat à coups de hache d'un homme et d'une femme qui habitaient en face de chez lui, de l'autre côté de la rue. En vérifiant leurs dossiers scolaires respectifs, j'ai trouvé un garçon américain cent pour cent, et un garçon étrange d'une grande intelligence ; et rien, absolument rien qui ressemblerait à un traumatisme formateur à un tournant de leurs vies. En rentrant à la maison, je me suis saoulé dans l'avion et j'ai porté un toast à l'Église réformée hollandaise. Le mal existe, préconditionné à la naissance, prédestiné dans le sein maternel. Si Plunkett et Anderson sont, comme le suggère Doc Seidman, des homosexuels sadiques, alors leur passion ne se fonde pas sur l'amour, mais sur le mal qui reconnaît un compatriote en mal. Maman, papa, révérend Hilliker, Jean Calvin, vous aviez raison. A contrecœur, je vous salue.

« En rentrant à la maison, encore à moitié beurré, j'ai fait quelque chose que je n'avais jamais fait en vingt-quatre ans de mariage. J'ai fouillé dans la commode de Carol. Lorsque j'ai vu que son diaphragme n'était pas dans son étui, j'ai commencé à balancer ses affaires. J'ai un peu dessaoulé, je les ai ramassées ; et Carol est rentrée. Elle n'a pas dit un mot et je ne lui ai rien demandé, et ces derniers jours, elle a été douce et si pleine d'attentions que je n'arrive toujours pas à dire quoi que ce soit. Très bientôt, il va falloir en arriver à quelque chose la concernant, mais si je fais le premier geste, j'ai peur que nous soyons tous les deux emportés par la tempête.

« Quelques dernières réflexions sur Plunkett :

« Parfois je me dis que la seule bonne chose qui ressorte de ce qu'il m'a enseigné, c'est la résolution de continuer à voir le mal tel qu'il est. Si ma destinée est de devenir le prototype même du flic pur et dur de la criminelle, qu'il en soit ainsi. S'il doit m'en coûter énormément pour ma vie personnelle, qu'il en soit ainsi. Si Plunkett est un signe envoyé par Dieu, un monstre préconditionné pour que je continue à éliminer les assassins, qu'il en soit ainsi. Si ce qui précède est vrai, alors je pourrai réconcilier cette part de moi logique et méthodique avec cette nouvelle part mystique et, sans illusions, aller de l'avant.

« La seule chose dans tout ça qui ne colle pas, c'est moi.

J'ai presque cinquante ans, et je ne suis pas sûr d'avoir l'énergie nécessaire pour devenir froid, dur, et convaincu de ma mission. C'est un travail d'homme jeune – c'était celui de Plunkett. »

27

15 mai 1984.

J'étais allongé sur ma couchette lorsque j'ai entendu quelqu'un qui bougeait sur la passerelle, devant ma cellule. J'ai d'abord cru que c'était encore un garde ou un des administrateurs, curieux de voir l'assassin silencieux en chair et en os. J'ai gardé les yeux fixés au plafond. Puis j'ai senti une odeur d'alcool, j'ai tourné la tête et j'ai vu Dusenberry agrippé aux barreaux.

– Parle-moi, a-t-il dit.

J'ai décidé de ne pas parler. J'avais rompu mon silence lorsque j'avais engagé mon agent littéraire, et j'avais parlé à des administrateurs de Sing-Sing à cette occasion ; mais mon traqueur du FBI, ivre à deux heures de l'après-midi, ne méritait pas qu'on lui répondît. Je repris ma contemplation du plafond et commençai à faire défiler des couleurs dans mon cinéma intérieur.

– C'est toi qui a fourré Anderson, ou c'est lui ?

Les tourbillons que je voyais étaient rose tendre et beige.

– C'est lui, probablement. Ils sont sur le pied de guerre pour t'avoir, fiston. La Cour suprême de Ronnie* est pleine de durs à cuire. Le Colorado a toute une équipe d'avocats de première qui cherchent par tous les moyens à te cramer le cul.

Ocre foncé et rouge maintenant, qui se mélangeaient doucement.

* Ronald Reagan.

– Si tu crames, tu n'arriveras jamais à écrire ton livre. On t'oubliera.

Ocre foncé et rouge qui se changeaient en bleu, de plus en plus foncé.

– Regarde-moi, espèce d'enfoiré !

Toujours de plus en plus foncées, les couleurs se séparaient lentement pour revenir à leurs teintes originelles, en plus joli.

– Jamais, jamais, espèce d'enfoiré ! Ne jamais être de la merde comme toi !

De plus en plus tendre, de plus en plus joli encore lorsque j'entendis venir les gardes qui emmenèrent Dusenberry.

Extrait du journal de Thomas Dusenberry :

« 19/6/84

« Ce qui s'est passé avec Plunkett est revenu aux oreilles du directeur. Il m'a adressé un blâme, via Bucky Buckford : "Que cela, ou n'importe quoi du même genre, ne se reproduise plus." Bucky me conseille de ne plus faire de vagues et d'obtenir vite des résultats spectaculaires au sein de la force spéciale, même si je dois pour cela voler la vedette à un autre agent. Je ne peux pas faire ça, bien sûr, c'est trop pragmatique, trop dans le style de Plunkett.

« Je me suis expliqué avec Carol hier soir. Elle a reconnu avoir une liaison avec un de ses professeurs. Je suis resté calme jusqu'à ce qu'elle commence à justifier rationnellement ce qui est arrivé. Elle avait des raisons logiques pour tout, et lorsqu'elle a commencé à en faire le décompte, je l'ai frappée. Elle a pleuré et j'ai pleuré, et dix minutes plus tard, elle était à nouveau logique et rationnelle, me disant : "Tom, on ne peut plus continuer comme ça."

« Je le savais bien avant elle.

« De bonnes nouvelles, si on peut appeler ça comme ça : Anthony Joseph Anzerhaus, le scalpeur d'enfants de

Minneapolis, a été abattu hier alors qu'il franchissait la frontière mexicaine pour pénétrer au Texas. Un garde-frontière l'a reconnu et a sorti son revolver, et Anzerhaus a mis la main sous le siège. Croyant que c'était pour prendre une arme, le policier a fait feu. Ce n'était pas une arme. C'était un panda en peluche. Anzerhaus est mort en le berçant dans ses bras comme un bébé.

« J'ai appelé Jim Schwartzwalder et lui ai transmis la bonne nouvelle. Il a craqué, puis sa femme est venue au téléphone et j'ai répété mon histoire, en lui demandant pourquoi Jim avait tellement accusé le coup. Elle a dit : "Vous ne voulez pas le savoir."

« Elle a raison, je ne veux pas.

« Mais ce que je veux, c'est savoir que quelqu'un d'honnête pourra trouver profit à la situation d'impasse dans laquelle je me trouve avec Plunkett. Une fois que j'aurai trouvé comment, et que je saurai, je couperai les ponts avec ce salopard, pour toujours. »

Extrait du *New York Times* du 24 juin 1984 :

« LE RESPONSABLE DE L'ENQUÊTE PLUNKETT-ANDERSON DÉCOUVERT MORT PRÈS DE SON DOMICILE. VERDICT : SUICIDE.

« Quantico, Virginie, 23 juin :

« Thomas D. Dusenberry, 44 ans, inspecteur du FBI, responsable de la force spéciale chargée des meurtres en série, à qui l'on doit les captures de Martin Plunkett et Ross Anderson – auteurs d'assassinats multiples –, a été trouvé mort dans les bois, hier, près de son domicile de Quantico. Dans sa main droite, il tenait un revolver de calibre 38 muni d'un silencieux de fabrication grossière, et sa tête portait l'impact d'une seule balle. Les policiers chargés de l'enquête ont trouvé un mot rédigé de la main de Dusenberry sur la table de sa salle à manger, et la mort a été officiellement certifiée comme “homicide infligé de sa propre main”.

« Les responsables du FBI se sont déclarés choqués par le décès de Dusenberry, mais ils n’ont avancé aucune explication quant aux raisons qui l’ont poussé à se donner la mort. La police de Quantico a révélé qu’à côté de la lettre du suicidé se trouvaient deux chèques de vingt-cinq mille dollars, rédigés par Dusenberry au profit de son fils et de sa fille. Dusenberry aurait déclaré à un collègue, l’agent spécial Jim Schwartzwalder, qu’il avait vendu un journal qu’il avait tenu sur l’affaire Plunkett à l’agent littéraire représentant Martin Plunkett pour la vente de son autobiographie – et cela pour la somme qu’il a léguée à ses enfants.

“Tom m’a parlé de ce contrat il y a trois jours, a déclaré au *Times* l’agent Schwartzwalder. Il paraissait en être content. Je n’avais aucune idée de ce qu’il avait l’intention de faire.”

« Dusenberry sera enterré la semaine prochaine après un service religieux de l’Église réformée hollandaise. Il laisse une épouse, Carol, 45 ans ; un fils, Mark, 22 ans, et une fille, Susan, 23 ans. »

28

A l’exception de cet épilogue, mon récit est terminé. Il y a quatorze mois que je suis à Sing-Sing ; il y a neuf mois que Dusenberry est mort. Aucun mandat d’extradition me concernant n’a été enregistré, et il y a soixante-deux punaises enfoncées dans la carte qui orne le mur de ma cellule. J’ai eu trente-sept ans hier.

Milton Alpert lit les premières pages de mon manuscrit dans une cellule qui fait face à la mienne, de l’autre côté de la passerelle. Il y a une heure que je l’observe, et il a l’air effrayé.

C’est terminé. Je suis aussi mort et inanimé que les

punaises à tête rouge épinglées sur ma carte. En revenant sur ces quelque quatre cents pages, je constate que j'ai été tour à tour effrayé et enragé, audacieux et couard, vicieux et possédé par le *noblesse oblige** du guerrier. J'ai combattu et fui, et lorsque j'ai aimé, les sentiments que j'ai offerts en communion ont été provoqués par une volonté de puissance identique à la mienne. Qu'il se soit révélé faible et plein de traîtrise est sans importance : comme tout être humain, je me suis attaché à un amant charmant qui a rempli de grâce mes propres vides, et je lui ai abandonné en soupirs et enlacements une part de ma volonté. Au contraire de la plupart des humains, je n'ai pas laissé mon désir me détruire. Mes derniers meurtres ont été pour lui, et pour lui, en une fraction de seconde de lucidité, j'ai failli épargner ma victime finale ; mais au bout du compte, ma volonté est restée intacte. J'ai fait cette expérience mienne, mais je n'en ai pas payé le prix ultime.

D'autres l'ont payé à ma place.

En leur ôtant la vie, je les ai connus aux instants les plus exquis de leur existence. Je les ai abattus dans la fleur ardente et saine de leur jeunesse, j'ai assimilé fougue et sexe, qui se seraient affadis, n'en eussé-je été l'usurpateur, les utilisant pour mon propre usage. Je l'ai fait en partie pour mettre à mort mes cauchemars et contenir mes furies abominables, en partie aussi pour les frissons de pure émotion et l'intensité électrique de la sensation de pouvoir que je trouvais dans le meurtre. Je ne peux mieux généraliser mes pulsions qu'en les résumant en ces termes.

Et vous qui cherchez la cause et l'effet, vous participez maintenant de ma mémoire sans défaut et de mon absolue franchise, et vous en concluerez ce que bon vous semblera. Bâtissez des montagnes de mes ellipses, et des fortins de logique des interprétations de cette vérité que je vous ai données. Et si j'ai conquis le droit à la crédibilité en me décrivant avec honnêteté, jusque

* En français dans le texte.

dans mes faiblesses, alors, croyez-moi lorsque je vous dis ceci : j'ai atteint à des sommets de puissance et de lucidité que nul terme ne pourra jamais mesurer, fût-il logique, mystique, ou humain. Telle a été l'inviolabilité sanctifiée de ma folie.

C'est fini, maintenant. Je me refuse à accomplir ma peine jusqu'à son terme. Maintenant que j'ai achevé ces adieux en lettres de sang, mon transit sous forme humaine a atteint à son apogée, et il serait inacceptable de survivre au-delà. Les savants disent que toute matière se disperse en énergie, une énergie sans forme, que nul ne reconnaît mais qui envahit tout. J'ai l'intention de découvrir ce qu'il en est, en me tournant vers l'intérieur de moi-même, en fermant tous mes sens au monde, jusqu'à l'implosion, vers des espaces au-delà de toutes les lois, de toutes les routes, de toutes les limites. Sous quelque forme obscure, je continuerai.

RIVAGES/NOIR

1. Jim Thompson : *Liberté sous condition*
2. Charles Williams : *La Fille des collines*
3. Jonathan Latimer : *Gardénia rouge*
4. Joseph Hansen : *Par qui la mort arrive*
5. J. Van de Wetering : *Comme un rat mort*
6. Tony Hillerman : *Là où dansent les morts*
7. John P. Marquand : *Merci, Mister Moto*
8. John P. Marquand : *Bien joué, Mister Moto*
9. David Goodis : *La Blonde au coin de la rue*
10. Mildred Davis : *Dark Place*
11. Joan Aiken : *Mort un dimanche de pluie*
12. Jim Thompson : *Un nid de crotales*
13. Harry Whittington : *Des feux qui détruisent*
14. Stanley Ellin : *La Corrida des pendus*
15. William Irish : *Manhattan Love Song*
16. Tony Hillerman : *Le Vent sombre*
17. Hugues Pagan : *Les Eaux mortes*
18. John P. Marquand : *Mister Moto est désolé*
19. Donald Westlake : *Drôles de frères*
20. Jonathan Latimer : *Noir comme un souvenir*
21. John D. Mac Donald : *Réponse mortelle*
22. Jim Thompson : *Sang mêlé*
23. William McIlvanney : *Les Papiers de Tony Veitch*
24. William McIlvanney : *Laidlaw*
25. Diana Ramsay : *Approche des ténèbres*
26. Donald Westlake : *Levine*
27. James Ellroy : *Lune sanglante*
28. Harry Whittington : *Le diable a des ailes*
29. John D. Mac Donald : *Un temps pour mourir*
30. J. Van de Wetering : *Sale temps*
31. James Ellroy : *A cause de la nuit*
32. Jim Thompson : *Nuit de fureur*
33. J. Van de Wetering : *L'Autre fils de Dieu*
34. J. Van de Wetering : *Le Babouin blond*
35. Tony Hillerman : *La Voie du fantôme*
36. W. R. Burnett : *Romelle*
37. David Goodis : *Beauté bleue*
38. Diana Ramsay : *Est-ce un meurtre ?*

39. Jim Thompson : *A deux pas du ciel*
40. James Ellroy : *La Colline aux suicidés*
41. Richard Stark : *La Demoiselle*
42. J. Van de Wetering : *Inspecteur Saito*
43. J. Van de Wetering : *Le Massacre du Maine*
44. Joseph Hansen : *Le petit chien riait*
45. John D. Mac Donald : *Un cadavre dans ses rêves*
46. Peter Corris : *La Plage vide*
47. Jim Thompson : *Rage noire*
48. Bill Pronzini : *Hidden Valley*
49. Joseph Hansen : *Un pied dans la tombe*
50. William Irish : *Valse dans les ténèbres*
51. John D. Mac Donald : *Le Combat pour l'île*
52. Jim Thompson : *La mort viendra, petite*
53. J. Van de Wetering : *Un vautour dans la ville*
54. James Ellroy : *Brown's Requiem*
55. Jim Thompson : *Les Alcooliques*
56. W. R. Burnett : *King Cole*
57. Peter Corris : *Des morts dans l'âme*
58. Jim Thompson : *Les Arnaqueurs*
59. J. Van de Wetering : *Mort d'un colporteur*
60. W. R. Burnett : *Fin de parcours*
61. Tony Hillerman : *Femme qui écoute*
62. Kinky Friedman : *Meurtre à Greenwich Village*
63. Jim Thompson : *Vaurien*
64. Robin Cook : *Cauchemar dans la rue*
65. Peter Corris : *Chair blanche*
66. David Goodis : *Rue Barbare*
67. David Goodis : *Retour à la vie*
68. Barry Gifford : *Port Tropique*
69. J. Van de Wetering : *Le Chat du sergent*
70. Joseph Hansen : *Obédience*
71. Roger Simon : *Le Clown blanc*
72. Robert Edmond Alter : *Attractions meurtres*
73. Charles Williams : *Go Home Stranger*
74. John D. Mac Donald : *L'Héritage de la haine*
75. David Goodis : *Obsession*
76. Joseph Hansen : *Le Noyé d'Arena Blanca*
77. Jim Thompson : *Une combine en or*
78. Bill Pronzini : *La nuit hurle*

79. Joseph Hansen : *Pente douce*
80. Peter Corris : *Le Garçon merveilleux*
81. J. Van de Wetering : *Cash-cash millions*
82. Charles Williams : *Et la mer profonde et bleue*
83. Jim Thompson : *Le Texas par la queue*
84. Jim Nisbet : *Les damnés ne meurent jamais*
85. Howard Fast : *Sylvia*
86. Charles Willeford : *Une fille facile*
87. John P. Marquand : *Rira bien, Mister Moto*
88. Chester Himes : *Qu'on lui jette la première pierre*
89. Dolores Hitchens : *La Victime expiatoire*
90. William McIlvanney : *Big Man*
91. Masako Togawa : *Le Baiser de feu*
92. James Crumley : *Putes*
93. Geoffrey Homes : *Pendez-moi haut et court*
94. Geoffrey Homes : *La Rue de la femme qui pleure*
95. George C. Chesbro : *Une affaire de sorciers*
96. Tony Hillerman : *Porteurs-de-peau*
97. James Ellroy : *Clandestin*
98. Tony Hillerman : *La Voie de l'Ennemi*
99. Charles Willeford : *Hérésie*
100. James Ellroy : *Le Dahlia noir*
101. J. de Wetering : *Le Chasseur de papillons*
102. Peter Corris : *Heroïne Annie*
103. Jim Nisbet : *Injection mortelle*
104. Joseph Hansen : *Le Garçon enterré ce matin*
105. Helen McCloy : *La Somnambule*
106. Howard Fast : *L'Ange déchu*
107. Barry Gifford : *Sailor et Lula*
108. Kinky Friedman : *Quand le chat n'est pas là*
109. James Ellroy : *Un tueur sur la route*

RIVAGES/MYSTÈRE

1. Rex Stout : *Le Secret de la bande élastique*
2. William Kotzwinkle : *Fata Morgana*
3. John P. Marquand : *A votre tour, Mister Moto*
4. Rex Stout : *La Cassette rouge*
5. John Dickson Carr : *En dépit du tonnerre*
6. Rex Stout : *Meurtre au vestiaire*
7. Joséphine Tey : *Le plus beau des anges*

Achevé d'imprimer le 28 mars 1991
sur les presses de l'Imprimerie «La Source d'Or»
63200 Marsat
Dépôt légal Mars 1991
Imprimeur N° 3940